허형 순례 시 그리고 하느님

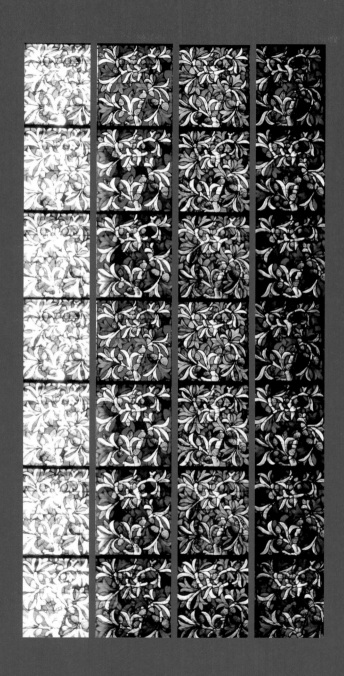

허형 순례 시 그리고 하느님

류해욱 신부

솔과학

하느님과 인간을 잇는 아름다운 다리

『허형, 시, 순례 그리고 하느님』은 공교롭게도 올해는 신부님이 사제서
품을 받으신 지 30주년이 되는 해의 책입니다. 류 신부님은 예수회 사제
이자 신학자이며 시인입니다. 제가 아는 류 신부님은 단 한 순간도 머물
러있지 않는 분, 조용하지만 힘 있게 흐르는 분입니다. 끊임없이 스스로
혁명하며 하느님께로 나아가는 분입니다.

신부님이 저서와 번역서는 사제로 사시는 30년 동안 하느님께 바치는
신부님의 기도일 것입니다. 이 책은 신자들의 순례 여행을 이끄는 지도
신부이자 순례자로서 예수님의 흔적을 찾아가는 길 위의 기록입니다. 또
한, 신부님의 신앙고백이자 하느님께 바치는 찬미입니다. 길 위의 신부님
은 순례지의 역사와 의미를 마치 옆에서 이야기를 하듯이 나직나직 들려
줍니다.

벅차오르는 감동을 시로 읊어줍니다. 책을 읽다 보면, 우리는 신부님

과 함께 갈릴래아 호수의 물안개를 바라보고, 새벽 별이 쏟아지는 시나이산을 오릅니다. 블랙 마돈나의 상처 앞에서 성모님의 사랑을 기억합니다. 신부님은 함께한 순례자들을 고스란히 하느님 앞에 데려다 놓습니다. 책을 읽으면서 신구약과 역사 문화를 아우르는 신부님의 방대한 지식에 놀랐습니다. 섬세한 감성과 따뜻한 인간미에 저절로 입가에 미소가 떠올랐습니다.

사제로서의 신부님, 학자로서의 신부님, 시인으로서의 신부님이 책 속에 고스란히 담겨 있습니다. '사제라는 말의 어원적인 뜻은 하느님과 인간을 잇는 다리'라고 합니다. 류 신부님과 함께 여행을 한 순례자들은 곳곳에서 현존하는 하느님을 느꼈다고 합니다. 신부님은 기꺼이 하느님과 인간을 잇는 다리가 된 것이지요.

이 책이 류 신부님의 사제생활 30년을 다 담지는 못할 것입니다. 수많은 순례 길에서 이루어진 무한한 은혜와 작은 기적들을 다 담을 수도 없을 것입니다. 하지만 장담할 수 있습니다. 류해욱 신부님과 함께 책 속을 걸어보십시오, 하느님이 지으신 아름다운 이 세상을 행복하게 순례하는 기쁨을 누릴 것입니다. 이 책은 하느님과 인간을 잇는 아름다운 다리입니다.

조송희

깊은 염원의 등성이에서

당신 앞에 왔나이다
천근만근의 마음으로.
산산이 부서지는 이 느낌
염원 가득한 침묵의 소리를
깊고 깊은 갈망을 느낍니다.

제 안에 일고 있는
격정의 파도소리를 들으며
이 격정도
평온과 더불어 저의 분신임을 봅니다.

결의에 차기보다는
격정에 휩싸이곤 하는 저입니다.
공손한 언어로 예의를 차리기에는
저의 염원이 너무나 절실합니다.

저의 염원은 등성이 너머 하늘에 맞닿아 있고
저의 내밀한 열망의 깊이는 심연에 이릅니다.
저의 마음을 이끄는 힘은
이름 부르기에 너무 많아 셀 수 없습니다.

저의 끝없는 물음에 답해 줄
치유자를 만날 수 있을 것인가?
저의 혼돈의 구름을 걷어 줄
누군가의 얼굴을 그려 봅니다.

당신은 손수 지으신
모든 것을 결코 부끄럽게 하지 않으십니다.
당신이 저를 사랑하시는 것처럼
제가 저를 사랑할 수 있도록 도와주십시오.
당신의 사랑은 참아주고 용서하는
고요함과 해학의 사랑.

당신의 응시 아래에서

저는 서서히 진리를 보게 될 것입니다.

당신이 저를 놀랄 만큼 훌륭하게 지으셨기에

제가 지닌 모든 것이 소중하고 아름답다는 진리를.

창조주이신 당신께 감사드립니다.

위의 시는 제가 미국 유학 시절, 절친했던 인도 신부인 조 만나스 신부의 기도 시를 번역한 것입니다. 이 시로 제 서문에 대하고자 합니다. 이 시는 그 안에 저의 마음을 담고 있습니다. 하느님은 제가 여러 곳을 순례하면서 놀라운 신비를 보여주셨습니다. 그 여정들에 대해 감사를 드립니다.

제가 바쁜 일상에서 지치고 힘들 때, 어느 곳으론가 데리고 가서서 제게 그 신비를 보여주셨습니다. 주님이 바로 저의 치유자였습니다. 가끔 제가 흠칫 놀라곤 합니다. 그분의 놀라운 손길을 느끼기에 그렇습니다. 제가 보고 생각하고 느끼고 꿈꾸는 모든 것을, 그분은 다시 새롭게 만드십니다.

그분 눈에 제가 보고 느끼고 꿈꾸지 못하는 아름다움을 지니고 계시고, 그 아름다움을 다시 제가 바라볼 수 있도록 하여 주십니다. 저는 그분이 저를 사랑하고 계심을 알고 있습니다. 순례의 장소는 제가 대부분 지도 신부로 따라간 곳입니다. 그런데 그때마다 주님이 저를 도구로 사용하셨습니다.

제가 서품 30주년 책을 만들면서 9가지 주제를 다루었는데, 첫 번째가 성지 순례였습니다. 정리하다가 문득 이 주제를 따로 묶어 책으로 내도 되겠다는 생각이 들었습니다. 같이 순례를 다녀왔던 사람들에게 도움이 될 뿐만 아니라, 성지 순례를 가지 못하는 사람들에게도 성지를 잘 이해하는데 크게 도움이 되겠다고 생각되었습니다.

마치 주님이 저를 사랑하시는 것처럼, 제가 순례자들을 제 친구로서 저와 삶과 희망을 나누고, 그 친구들을 주님께 이끌어주시고 모든 것에 앞서 주님을 사랑할 수 있도록 도와주는 것을 느낄 수 있었습니다. 주님의 눈여겨보심을 통해, 저는 순례 안에 새로운 깨달음을 얻었습니다.

주님은 무엇보다 자연 안에 숨어계셨습니다. 그 안에 놀랍게 꼭꼭 숨어 계시면서, 제가 불현듯 그 신비 안에 주님을 발견하노라면, 살포시 웃으시며 당신 모습을 드러내시는 분이십니다. 순례에 가는 곳마다 제가 가지고 있던 막막함과 어찌할 줄 모르는 저의 문제를 통해 살포시 그것을 풀어주셨습니다.

1

가장 거룩한 땅, 이스라엘

가나의 혼인 잔치

허형,

우리는 복음으로 가나의 혼인 잔치에서 예수님께서 베푸신 첫 기적 이야기를 들었습니다. 오늘 복음을 묵상하면서 가나에서 베푸신 첫 기적의 깊은 의미와 이 기적에서 행하신 어머니의 역할을 이해할 수 있는 은혜를 감히 청합니다. 로사리오에 예수님의 공생활의 핵심 사건을 묵상하는 '빛의 신비'가 도입되었는데, 이 가나의 기적 이야기가 제2단의 내용이 되었지요.

예수님의 공생활을 대표하는 다섯 가지 사건 중의 하나로 선택될 만큼 이 사건이 지닌 의미는 깊고 중요합니다. 가나라는 작은 시골 동네의 혼인 잔치입니다. 가나는 나자렛에서 멀지 않은 동네이지요. 당시 이스라엘의 혼인 잔치는 보통 저녁에 시작됩니다. 저녁 해에 길게 그림자가 드리우는 시간입니다.

조그만 시골 마을에서 잔치가 벌어지고 있는 정경을 상상의 눈으로 그려보십시오. 우리 옛날 시골 잔치가 그러했듯이, 이스라엘에서도 잔치는 동네잔치이기 마련이지요. 산 아래 동네 어귀로 서서히 어둠이 밀려오면서 하나둘씩 등불이 밝혀지고 흥겨운 음악과 춤이 어우러지는, 그런 풍경을 그려보십시오.

마치 우리나라에서 동네 풍악패들이 사물놀이를 하듯이 동네 악단이 잔칫집에 와서 노래를 연주하였다고 합니다. 잔치에 온 손님들은 포도주잔을 기울이면서 신랑 신부에게 축하의 인사를 건네고, 그들이 함께 흥겨워하는 모습은 우리의 마음을 따뜻하게 할 것입니다.

허형, 전승에 의하면 마리아는 신랑과 가까운 친척이었다고 합니다. 마리아가 먼저 잔칫집에 포도주가 떨어졌다는 것을 알아채시고 걱정하시면서 아드님 예수를 부르시고, 포도주가 떨어졌다는 것을 알려 주십니다. 성모님의 겸손한 모습을 바라보십시오. 아드님에게 포도주가 떨어졌다는 것을 알릴 뿐, 어떤 말씀도 하지 않으십니다.

아드님이 알아서 하시도록 맡겨드리는 것이지요. 공동 번역에 의하면, 예수님께서 어머니를 보시고 말씀하십니다. "어머니, 그것이 저에게 무슨 상관이 있다고 그러십니까? 아직 제때가 오지 않았습니다." 새 성경 번역에는 "여인이시여, 저에게 무엇을 바라십니까? 아직 저의 때가 오지 않았습니다."라고 되어있습니다.

두 번역 모두 예수님의 말씀이 좀 이상하게 들리지 않습니까? 겸손한 마음으로 단순히 상황을 알려 드리는 어머니에게, 아드님 예수님께서 너무 냉정하게 말씀하시는 것으로 느껴집니다. 여기에는 번역상의 어려움이 있다고 합니다. 한편 새 성경은 그대로 직역을 하다 보니, 어머니를 '여인이시여'로 옮겼어요.

원문 희랍어에 '여인'이라고 옮겨지는 단어를 쓰고 있다고 하더라도, 당시 그 문화에서 그렇게 썼던 것이지요. 저는 우리말로 옮긴 것이니까, 우리말다워야 한다고 생각합니다. 이 대목을 그대로 직역을 하면 공동 번역이나 새 성경에 번역한 것처럼 그렇게도 번역할 수 있지만, 함축하고 있는 원래의 의미를 의역하면, 이렇게 된답니다.

"어머니, 걱정하지 마세요. 어머니는 무슨 일이 일어나고 있는지 모르십니다. 그냥 저에게 맡겨두세요. 제가 제 방식대로 처리하겠습니다."

이제 예수님의 말씀이 훨씬 쉽게 이해되지요. 효자이신 예수님의 마음을 헤아리면서 그 말씀을 들어보십시오. 당신의 때가 아직 오지 않았다고 느끼셨지만, 어머니의 말씀에 기꺼이 당신의 때를 앞당기시는 예수님의 열려 있는 마음을 바라보며 거기 함께 머무르십시오.

예수님의 말씀을 들은 어머니는 시중들던 사람들에게 "무엇이든지 예수가 시키는 대로 하여라."라고 하십니다. 아드님에 대한 온전한 신뢰를 볼 수 있지요. 그냥 알려주기만 하면, 아드님이 당신의 마음을 읽으시고 그 마음이 원하는 것을 다 들어주리라는 것을, 당신의 삶의 체험 안에서 알고 계신 것으로 느껴집니다.

성모님은 늘 그런 분이셨습니다. 말없이 조용히 머무르시고 일어나는 일을 바라보시면서 기다리시는 분이셨습니다. 우리도 성모님이 지니신 그런 신뢰와 의탁의 마음을 청하기로 해요. 예수님께서는 당신이 어머니께 말씀하신 대로 당신의 고유한 방법으로 일을 처리하시지요. 그 모습을 바라보십시오.

정결 예식에 쓰는 돌 항아리를 놀라운 기적의 도구로 사용하십니다. 그 항아리에 물을 가득 담아 그 물을 포도주로 변화시키십니다. 원래는 손을 씻게 된 항아리의 물을 사람이 마시는 최상의 음료인 포도주로 변화시키십니다. 형식적인 정결례보다는 사람과 사람이 먹는 음식이 더 중요함을 넌지시 가르치시고 있는 것은 아닐까요?

이 대목을 기도하시면서 떠오르는 느낌이나 깨달음이 있으면, 거기 마음을 모아보십시오. 궁극적으로 기도를 이끌어 주시는 분은 성령이십니다. 늘 성서의 말씀을 잘 알아들을 수 있는 은사를 청하기로 해요. 기도에서는 성령께 마음을 모으고 귀를 기울이는 것이 가장 중요합니다.

성령의 이끄심을 따라 기도 안에 머물게 되면 놀랍게도 여러분들 안에서도 지금 이 순간 다시 생생하게 이 사건이 재현될 것입니다. 예수님의 말씀으로 포도주로 변한 그 술맛을 혀로 맛보며 잔치 맡은 이가 토했던 감탄사를 외쳐보십시오. 예수님은 참으로 우리의 삶을 물에서 포도주로 변화시켜 주시는 분이라는 것을 알아채십시오.

허형, 기도를 마치면서 성모님과 잠시 담화를 나누어 보십시오. 이것은 성 이냐시오가 우리에게 권하는 방법입니다. 특별히 이 대목을 기도하면서 성모님이 지니셨던 마음을 더 깊이 알아듣고 그분이 지니신 겸손과 신뢰의 마음을 배울 수 있도록 청하십시오.

갈릴래아 호수

허형,

우리가 머문 방갈로 호텔은 마간 키브츠에서 운영하는 마간 할러데이 빌리지라는 아주 고급스럽지는 않아도, 비교적 깨끗하고 편안한 시설을 갖추고 있었습니다. 저는 5성이나 6성급 호텔보다도 더 마음에 들었고, 이런 방갈로 20개쯤 지닐 수 있으면, 좋은 피정 집이 되리라는 부질없는 생각을 했지요.

지난 편지에 이미 말씀드린 대로 키브츠도 변화의 과정에 있는 것을 느낄 수 있었습니다. 키브츠가 개인적, 가족적 공동체로 전환과정에 있어, 더 이상 공동소유의 공산주의의 개념보다는 자본주의의 색깔을 지니고 젊은 세대의 참여를 유도하고 있다고 합니다.

저는 예수님께서 왜 이곳을 당신의 활동 거점으로 택하셨을까요? 묵상 안에서 이것에 대해 생각해 보았습니다. 오늘날의 경제 개념으로 생각하면 많은 사람이 사는 예루살렘에서 복음을 선포하는 것이 훨씬 더 효

과적이 아니었을까요? 카파르나움은 변방 중의 변방이라고 할 수 있는 장소입니다.

카파르나움은 골란 고원 지역과의 경계 지역으로 이방인들과 쉽게 교류할 수 있는 개방성을 지니고 있던 곳으로 국경을 통과하는 세관이 있었지요. 세리였던 마태오를 부르신 곳도 이곳으로 추정되지요. 카파르나움의 기념성당을 들어서면 입구에 베드로의 동상이 서 있습니다.

성당도 베드로의 집, 더 정확하게는 베드로의 장모 집으로 추정되는 곳 위에 만들어져 있습니다. 저는 집터를 그대로 볼 수 있도록 하면서, 갈릴래아 호수뿐만 아니라 회당터 등 사방을 바라볼 수 있도록 설계된 그 성당도 무척 마음에 듭니다. 우선 성당에 들어가 짧은 조배를 드리고 난 후, 야외 제대에서 미사를 드렸습니다.

저는 갈릴래아 호수를 등지고 서지만, 신자들은 호수를 바라다보면서 미사를 드릴 수 있는 곳이지요. 아침의 갈릴래아 호수도 물안개 같은 것이 피어오르면서 신비로운 아름다움을 드러내고 있고, 그리 멀지 않은 곳에 수백 마리의 새들이 나지막히 날다가 갈대숲과 바위에 앉기도 하는 모습이 보였습니다.

필리핀에서 오셨다는 수녀님 한 분이 아주 친절하게 미사 준비를 해 주시면서 한국말을 못 알아듣지만, 함께 미사에 참례하겠다고 하셔서 기뻤습니다. 비록 언어를 못 알아들어도 가톨릭은 온 세계가 하나의 전례 양식을 사용하니, 진정 가톨릭의 본래의 뜻인 보편성을 지니고 있다고 할 수 있습니다.

하나의 미사를 통해 깊이 일치하는 것이지요. 그 수녀님을 위해서도 강론에서 칼릴 지브란의 '사람의 아들, 예수'에서 뽑은 부분을 영어로 읽었지요. 미사 후에 간단한 자기소개와 느낌, 지향, 소감 등에 대한 짧은 나눔의 시간을 가졌습니다. 다음 일정 때문에 길게 나누지 못하는 것이 아쉬웠지만, 이 나눔의 시간은 자신을 여는 작업을 통해 공동체가 이루어지는 아주 소중한 순례의 일부였답니다.

허형, 저는 나눔을 들으며 이 모든 일이 주님이 해 주시는 일이라는 강한 느낌을 지닐 수 있었고, 깊이 감사를 드렸습니다. 다음 순례지는 '행복 선언 성당'이었습니다. 오래전에는 '진복 팔단 성당'이라고 불렸지요. 성당이 잘 보이는 장소에 모여 복음 봉독에 이어 제가 '행복 선언'에 대한 짧은 강론을 하였습니다.

그다음 순례지는 '일곱 개의 샘'이라는 의미를 지닌 타브가 지역의 두 개의 성당이었습니다. '빵의 기적 성당'과 '베드로 수위권 성당'이지요. 두 성당이 각기 다른 수도회에서 관리하기 때문에 경계로서의 담이 있습니다. '빵의 기적 성당'을 순례한 후에 '베드로 수위권 성당'으로 갔습니다.

우리는 먼저 '빵의 기적 성당'을 순례했습니다. 성당은 현대에 지어진 것이지만 비잔틴 시대의 모습 그대로를 재현하려고 했고, 제대 바닥에 비잔틴 시대부터 있던 빵 5개와 물고기 두 마리의 모습을 지닌 모자이크를 볼 수 있도록 배려했습니다. 그 옆으로 다른 비잔틴 시대의 모자이크들을 볼 수 있었습니다.

허형, 이곳은 베네딕토 수도회에서 관리하는데, 성당 옆에 수도원 건물 공사가 한창이더군요. 그다음에 '베드로 수위권 성당'으로 갔습니다. 이곳은 베드로가 부활하신 예수님에게서 "내 양들을 잘 돌보아라."(요한 21, 16)라는 말씀과 함께 수위권을 받았다고 여겨지기에 '베드로 수위권 성당'이라고 부르는 곳이지요.

부활하신 그리스도께서 호숫가에 서 계셨고 제자들과 함께 숯불에 구원 생선을 나누어 먹었던 장소에 현재의 기념 성전이 세워졌다고 해서 '부활하신 그리스도의 발현 기념성당'이라고도 불리지요. 바로 그 바위 위에는 '그리스도의 식탁'이라는 뜻의 라틴어 'Mensa Christi'라는 말이 쓰여 있습니다.

'베드로 수위권 성당'의 순례에서는 먼저 야외에 있는 교황 요한 바오로 2세 기념 제대로 가서 복음 봉독을 하고, 제가 짧은 나눔이며 강론을 했습니다. 비록 동상이지만, 교황 요한 바오로 2세의 모습을 보니 무척 반가웠습니다. 베드로의 후계자로서 이곳에 오셔서 이 제대에다 입맞춤을 하셨습니다.

허형, 교황님께서 가까이 있던 호숫가를 거니셨을 것을 생각하며, 저도 신발을 벗고 호수 안으로 들어가서 물의 감촉을 느끼고 잠시 걸었습니다. 호수는 전혀 차지 않고 발을 담그기에 아주 적당한 온도였습니다. 이곳에서 예수님도 신발을 벗으시고 발을 담그셨을 것을 생각하며 작은 감동의 울림이 느껴져 와서 다시 한번 이 순례를 깊이 감사했습니다.

허형,

교황 요한 바오로 2세는 예루살렘에 대해 '모든 거룩한 장소들의 요약'이라고 말씀하셨습니다. 성지 순례에서 가장 중요한 장소임에 틀림이 없습니다. 예루살렘을 전체적으로 이해하려면 성(省)에 대한 이해도 중요하지만, 그곳의 산과 계곡으로 나누어진 지형을 이해하고 전체를 그려보는 것이 가장 좋습니다.

예루살렘에는 세 개의 산이 있습니다. 시온 산, 올리브 산, 모리악 산입니다. 계곡으로는 키드론 계곡, 게헨나 계곡이라고도 불리는 힌놈 계곡, 티로포에온 계곡이 있습니다. 가장 중요한 산은 시온 산이고, 중요한 계곡은 키드론 계곡이라고 할 수 있습니다.

그리스도교인들에게 시온 산은 예루살렘의 중심이라고 할 수 있는 곳입니다. 시온 산은 그리스도교뿐만 아니라 유대교, 이슬람교도들에게도 중요한 성지로 "거룩한 시온"(하기아 시온)이라고 불렸습니다. 모리악 산은 유대인들에게는 대성전이 있었던 곳이고, 지금은 회교도의 성전이 있는 곳으로 그들에게는 메카와 메디아에 이어 세 번째로 성스러운 장소입니다.

허형, 저희는 비가 쏟아지는 중에 벳파게 성당을 순례하였습니다. 원래 먼저 주님의 기도문 성당에 갔다가 점심시간 후 아직 문이 열려 있지 않아 벳파게를 들렀습니다. 벳파게 기념성당은 '주님의 기도 성당'과 '주님 승천 경당'이 있는 엘투르에서 베다니아 쪽으로 걸어서 10분도 안 걸리는 위치에 있지만, 비가 오기 때문에 버스로 갔습니다.

예수님께서 잎은 무성하나 열매를 맺지 못하는 무화과나무를 저주하셨다는데, 바로 이곳으로 알려져 있습니다.(마르 11, 12-14) 1876년에 예수님의 메시아적 예루살렘 입성과 나자로의 부활이 그려진 십자군 시대의 사각형 돌기둥이 발견되었습니다. 고고학 발굴 작업 결과 이곳에는 이미 4세기경에 기념 성전이 있었던 곳으로 밝혀졌습니다.

베드로의 회개 기념성당은 시온 산에서 남동쪽 키드론 계곡이 내려다보이는 곳에 자리하고 있습니다. 예수님께서 겟세마니 동산에서 붙잡힌 후에 끌려가 하룻밤을 보내시고, 가야파 대사제에 집에 끌려와서 첫 번째 신문을 받은 곳입니다. 오늘 복음에서 듣는 것처럼, 닭이 두 번 울기 전에 세 번 나를 모른다고 할 것이라는 예수님의 예언이 그대로 이루어진 것을 알고 베드로가 통곡한 곳이기도 합니다.

프랑스 계통 성모 승천 수도회에서 이곳을 발굴하여 맷돌, 토굴, 앞마당, 비잔틴 시대 교회 흔적 등 여러 유물이 발견되어 이곳이 가야파의 집이었다고 확인하게 되었다고 합니다. 저희 순례 일행이 시온 산에서 가장 먼저 순례한 곳이 바로 베드로 회개 기념성당이었습니다.

우선 성당 꼭대기에 있는 베드로의 회개를 상징하는 닭의 모습이 눈에 들어오고 설명하지 않아도 베드로 회개 기념성당인 것을 알 수 있지요. 닭울음 성당이라고도 부르는 베드로 회개 기념성당은 예수님을 심문했던 대사제인 카야파의 집터로 확인된 곳에 베드로의 배반과 회개를 기념하여 지은 성당입니다.

허형, 콘스탄티누스 대제 시대에 예루살렘 성지에 세운 기념성당 터 등을 볼 수 있었고, 당시 예루살렘에 있던 중요 건물들과 예수님이 잡히시던 밤에 움직이신 거리와 장소에 대해서 다시 전체적으로 가늠해 볼수 있는 장소이기도 했습니다. 성당 안에 들어가니까, 인상적인 이콘이 두 개가 서 있었습니다.

성당 안 중앙 제대 벽에는 모자이크로 최고 의회에서 예수님이 심문받으시는 장면이 그려져 있습니다. 성당에서 잠시 복음 듣고 묵상하고 지하 감옥으로 내려갔습니다. 감옥으로 내려가는 입구에는 고난받는 야훼의 종, 예수님의 조각상이 인상적이었습니다. 손을 묶인 채 고통스러운 표정을 한 예수님의 시선은 위로 향하고, 고통의 극치를 하소하는 모습이었습니다.

지하로 조금 내려가자 예수님 시대의 주거지역인 동굴과 물 저장 시설, 감옥 등이 나타났습니다. 예수님께서 카야파에게 재판을 받으러 가기 전에 바로 그 지하 동굴 감옥에 예수님이 갇혀 계셨다고 합니다. 그때의 상황을 실감하기 위해 잠시 전등을 껐더니 완전히 암흑 자체였습니다.

감옥에는 죄인들을 묶어 놓았던 돌기둥이 서 있었습니다. 예수님께서는 바로 이 기둥에 묶인 채 암흑 속에서 하룻밤을 보내셨던 것입니다. 지하에서 나오니 비가 오는 중에도 빛의 세계로 나온 느낌이 어떤 것인지를 실감할 수 있었습니다. 바로 맞은편이 키드론 계곡과 올리브 산입니다.

베드로 회개 기념성당 외벽에는 예수님을 줄에 묶어 감옥으로 내려보내는 그림이 모자이크로 그려져 있습니다. 성당 밖 계단 옆으로 베드로와 대사제의 집 하녀의 모습을 새긴 조각상도 있습니다. 다시 한번 그때의 상황을 그리어 보게 됩니다. "내가 진실로 너에게 말한다. 오늘 밤, 닭이 두 번 울기 전에 너는 세 번이나 나를 모른다고 할 것이다." 그러자 베드로가 더욱 힘주어 장담하였지요.

"스승님과 함께 죽는 한이 있더라도, 저는 결코 스승님을 모른다고 하지 않겠습니다."(마르 14, 30-31)

베드로와 하녀의 조각상 뒤편으로 예루살렘과 키드론 계곡으로 이어지는 로마 시대의 돌계단이 남아 있었습니다. 저는 예수님께서 최후 만찬 후에 시온 산에서 제자들과 최후의 만찬을 드시고 이 길을 통해 겟세마니로 가시면서 모두 포도주 한 잔 걸쳤을 테니, 노래를 부르면서 갔을 장면을 떠올렸습니다.

허형, 유명한 뮤지컬 '지저스 크라이스트 슈퍼스타'에 보면, 술에 취하지 않고 우리는 사랑에 취했다고 노래 부르는 대목이 있다고 합니다. 그리스도의 수난은 그 핵심은 사랑이라는 사실을 다시 떠올리게 하는 대목입니다. 예수님 당시 예루살렘 성안에 있는 이 돌계단은 올리브 동산과 예루살렘을 잇는 가장 가까운 길이었다고 합니다.

젖과 꿀이 흐르는 땅

허형,

법정 스님의 버리고 떠나심을 슬퍼하며, 내일 독서를 묵상하고 쓴 이 글을 법정 스님의 영전에 바칩니다. 이스라엘의 역사는 약속의 역사입니다. 하느님과 백성들과의 관계 안에서 맺어진 약속이 이루어지는 과정의 역사라고 할 수 있습니다. 아브라함에게 하신 약속, "고향을 떠나 내가 장차 보여 줄 땅으로 가거라."를 떠올립니다.

이스라엘의 역사는 "너를 큰 민족이 되게 하겠고, 젖과 꿀이 흐르는 땅에 살게 해 주겠다."라는 약속이 어떻게 이루어지는가를 숨죽이며 바라보아야 하는 역사입니다. 이스라엘 백성이 하느님의 종 모세의 인도로 이집트의 종살이에서 탈출하여 40년의 광야 생활을 겪은 후, 모세는 건너다보고 들어가지 못하고 죽는 것입니다.

후계자인 여호수아가 백성을 이끌고 계곡과 강을 건너 가나안 땅 예리고 벌판으로 들어가게 됩니다. 우리는 이스라엘 백성들은 거기서 파스카 축제를 지내고 처음 그 땅의 소출을 먹었다는 감동적인 대목을 들었습니다. 허형, 상상해 보십시오. 40년을 하늘에서 내려오는 만나만 먹다가 처음 자기들이 땅을 일구어 거둔 소출로 음식을 만들어 먹은 것입니다.

허형, 그들의 감격을 상상해 보십시오. 고기반찬이라고 하더라도 며칠만 먹으면 질기기 마련입니다. 아무것도 수확할 수 없는 광야에서의 긴긴 세월. 이제 노동하여 수확하는 기쁨을 누리게 된 것입니다. 그 수확이 바로 젖과 꿀입니다. 인간에게 노동이 수고이기도 하지만, 기쁨이 아닐 수 없음을 묵상합니다.

저는 오늘 독서를 묵상하며 성지 순례 중의 지금 요르단 땅 느보산 순례를 떠올리게 됩니다. 느보산은 모세가 젖과 꿀이 흐르는 땅을 들어가지 못하고 멀리서 바라보아야만 했고, 이제 하느님의 명령에 따라 죽어야 했던 곳입니다. 저는 느보산에서 모세의 죽음을 생각하며 슬픈 마음을 가눌 길이 없었습니다.

또한, 하느님의 종 모세의 죽음을 묵상하며 우리 삶과 죽음에 대해 깊이 생각하지 않을 수 없습니다. 무소유로 사셨던 법정 스님도 때가 되어 그분이 부르시자 떠나셔야 했습니다. 그분의 삶과 죽음을 보며 우리는 무소유에 대한 그의 화두를 다시 깊이 새기게 됩니다.

모세는 고집 센 백성을 이끌고 이집트를 탈출했을 뿐만 아니라 불평을 쏟아내는 백성을 달래고 위로하며 40년의 긴 세월을 보내고 드디어 하느님의 종이라는 영예로운 칭호를 받았지만, 하느님의 명령에 따라 모압 땅에서 죽어야 했습니다. 약속하신 젖과 꿀이 흐르는 약속의 땅을 바라보는 그의 심정이 어떠했을까요?

허형, 위대한 역사를 이룬 사람이었지만 묻힌 곳도 모르는 이름 없는 존재, 아무것도 지니지 못한 채, 사라져야 하는 그의 운명을 생각하면 하느님은 참으로 헤아릴 수 없는 신비, 도무지 알 수 없는 분이십니다. 법정 스님도 이 나라 중생들의 영적인 지도자로 영혼을 어루만져 주고 위로를 주었습니다.

정작 본인은 고통 속에서 통증을 호소하며 인간적인 약함을 감추지 않았고, 이승의 옷을 벗을 때가 되자, 한 줌 재로 사라진 것입니다. 그런데 하느님께서는 이제 여호수아에게 전권을 주시고 백성들을 이끌고 젖과 꿀이 흐르는 땅으로 들어가게 하십니다. 불교계에도 또 다른 영적 지도자가 나타나겠지요.

허형, 우기인 10월 중순에서 3월 중순까지는 그야말로 지천으로 아네모네, 겨자꽃, 이름 모르는 예쁜 꽃들이 만발하여 탄성을 자아내게 하는 아름다운 곳입니다. 그 꽃과 풀잎들이 건기가 되어 더운 바람이 불어오면, 시편 90편의 말씀처럼, 누렇게 말라버리고 황량한 벌판으로 변하게 됩니다.

아침에 돋아나는 풀잎이옵니다.
아침에는 싱싱하게 피었다가도
저녁이면 시들어 마르는 풀잎이옵니다. (시편 90, 6)

허형, 세계 최고의 꽃 생산지가 어디인지 아세요? 네덜란드가 아니고, 놀랍게도 이스라엘이라고 합니다. 꽃이 있으면, 나비와 벌들이 날아들고, 꿀이 생산되겠지요. 풀이 있으니, 양을 기르고 젖을 짜게 되겠지요. 젖과 꿀이 흐른다는 말이 무슨 의미인지 가늠할 수 있습니다.

가나안 땅에서 처음 소출을 먹고 그 감사와 기쁨을 노래하지 않을 수 없었을 것이고, 아마 오늘 화답송의 찬미가를 드리지 않았을까 생각됩니다.

> 주님이 얼마나 좋으신지 너희는 맛보고 깨달아라. (후렴구)
> 나 언제나 주님을 찬미하리니, 내 입에 늘 찬양이 있으리라.
> 내 영혼 주님을 자랑하리니, 가난한 이는 듣고 기뻐하여라.
> 주님을 바라보아라. 기쁨이 넘치고 너희 얼굴에는 부끄러움이 없으리라.
> 가련한 이 부르짖자 주님이 들으시어, 그 모든 곤경에서 구원해 주셨네.(시편 34,
8, 4-6)

저는 독서와 복음을 묵상하는 중, 이 구절 "오늘 너희에게서 이집트의 수치를 치워버렸다."라는 구절의 의미를 헤아리게 되었습니다. 이집트의 수치가 무엇일까요? 공동 번역에서는 "에집트인들의 수모를 벗겼다."라고 했는데, 저는 공동 번역이 더 마음에 듭니다.

이스라엘 백성들은 비록 몸은 그곳을 탈출하였지만, 그때까지도 마음이 온전히 이집트를 떠나지 못한 것은 아닐까? 라는 생각을 합니다. '에집트인들의 수모'가 아니라 백성들이 에집트인들에게서 받은 수모이며, 한편 아직도 이스라엘 백성들이 에집트의 삶을 그리워하기 때문에 받은 하느님의 수모이기도 할 것입니다.

이제 가나안 땅으로 들어와서 노예가 아니라 자유인으로, 자기들의 땅을 갖고 거기서 소출하여 먹은 것입니다. 이제 에집트인들 때문에 받는 수모를 벗긴 것입니다. 그곳 길갈이라는 지역 이름이 '벗긴다.'라는 뜻에서 왔다고 합니다. 이스라엘 백성들이 자기들이 거둔 소출로 음식을 나누며 축제를 벌이는 그 모습을 보며 하느님께서 얼마나 기뻐하셨을까요?

백성들의 정신 안에 속속들이 배어 있는 이집트의 정신, 이집트에서의 노예근성을 정화하기 위해 하느님께서는 40년을 기다리셔야 했습니다. 늘 기다리시는 아버지, 하느님의 이미지가 새삼 크게 드러납니다. 유명한 잃었던 아들의 비유, 사실 주제의 핵심을 생각하여 더 정확하게 제목을 붙인다면, '기다리시는 아버지의 비유'입니다.

허형. 종살이를 벗어나 진정한 자유인이 되어 돌아오기를 기다리시는 아버지입니다. 저는 복음에 대한 해설 대신 예수회 신부, 톰 멕기네스의 시 하나 들려 드립니다.

> 우리가 다시 만나게 되기를 나는 그토록 꿈꾸었다.
> 나는 너를 의심한 적이 없고, 네가 돌아올 줄 알고 있었다.
> 우리가 알고 있는 사랑을 모두 지닌 채
> 네가 열려진 문으로 들어서는 순간을 보게 되기를 나는 열망했다.
>
> 오, 나는 너에 대해서 확신했고, 너를 너무도 사랑했다.
> 너를 믿었고, 네가 집으로 돌아올 것을 알고 있었다.
> 오, 나는 네가 여전히 우리와 함께 있으라라고 확신했다.
> 때로 나의 마음은 너를 볼 수도 있었다.
>
> 오, 나는 너에 대해 확신했고
> 어떤 식으로든 네가 내 곁에 있음을 알고 있었다.
> 홍수처럼 쏟아지는 말로 너를 위로하고

너를 품에 끌어안아 안심시키며 반갑게 맞이하게 되기를

나는 기다리고 또 기다렸다.

별이 떠오르는 길고도 정적어린 순간에

고독과 어둠이 네게서 사라져버릴 때까지

너를 온갖 악으로부터 지켜주고

너를 맞아들이며 굳게 껴안아 두려움에서 너를 보호해 주는 사랑을

네게 들려주게 되기를

나는 기다리고 또 기다렸다.

오, 네가 어떤 식으로든 곁에 있는 나를 느끼고 있었음을 나는 확신했다.

나는 너를 신뢰했고, 사랑했다.

나는 너를 믿었고, 네가 집으로 돌아올 줄 나는 알고 있었다.

나는 너를 신뢰했고, 네가 집으로 돌아올 줄 나는 알고 있었다.

헤로데 왕 가문

허형,

성경 특히 신약성경에 헤로데라고 하는 인물이 자주 등장하지요. 실상 헤로데라는 이름으로 다른 여러 인물이 있습니다. 그런데 모두 그냥 헤로데, 또는 헤로대 왕이라고 하여 상당히 혼동을 줍니다. 헤로데 또는 헤로데 왕이라는 이름은 신약성서에 총 58번 등장합니다.

그 빈도를 살펴보면 마태오 복음서에 17번, 마르코 복음서에 11번, 루카 복음서에 15번 그리고 사도행전에 15번이라고 합니다. 그런데 이렇게 등장하는 헤로데가 다 같은 헤로데가 아니기에 우리는 매우 헷갈립니다. 제가 다시 한번 헤로데 가문의 족보를 정리해 드리겠습니다.

허형, 이것은 순전히 옛날이야기입니다. 옛날이야기 듣는 마음 자세로 편히 들어주시기 바랍니다. 옛날 옛적, 기원전 64년 로마 제국의 폼페이우스라고 불리는 수염이 멋지게 난 멋쟁이 장군이 대군을 이끌고 와서 시리아와 팔레스티나를 점령합니다. 그리고 그 땅도 로마 제국의 땅이라고 선언합니다.

다시 말해, 식민지로 삼은 것이지요. 예나 지금이나 힘이 없으면 어찌하오리까? 이때부터 이스라엘 역사에 로마라는 골치 아픈 친구, 아니 상전이 자리하게 되는 것이지요. 그런데 이때 팔레스티나 지역, 더 정확한 표현은 아니지만 쉽게 말해, 이스라엘을 다스리던 보스는 하스모네오 왕가였습니다.

헤로데 가문의 안티파텔라는 자가 등장하여 권력을 잡았습니다. 헤로데 가문은 놀랍게도 유다인이 아닙니다. 참 기가 막히게도, 나중에 유대왕이 된 헤로데는 유대인이 아닙니다. 실은 이두매아 출신입니다. 이두매아 사람들은 원래 유다왕국 남쪽에 인접한 에돔 사람들을 가리키는 말입니다.

허형, 어떻게 된 영문이냐고요? 하스모네오 왕가의 통치 시절에 로마의 식민지가 되면서 로마놈들이 에돔 사람들을 유다에 합병시켜 버린 것이지요. 다시 말해, 유다인들에게 에돔 사람들도 이제 유다 백성의 일부로 간주하니, 느네들도 느네 백성으로 받아들여라. 이렇게 된 거예요.

에돔 사람인 헤로데 가문의 안티파텔이라는 사람이 있었는데, 그가 수완이 보통이 아닙니다. 그는 압제자 로마 제국과 그의 황제들에 대해 충성을 다 합니다. 이완용이 같은 사람이지요. 그는 충성심으로 신임을 받아 로마 시민권을 얻습니다. 그리고 로마에서 임명하는 총독에 임명됩니다. 그러니까 쉽게 말하면, 로마에 아부하여 총독이 된 것이지요.

허형, 좋게 말하면 그는 정치적 수완이 탁월한 인물이지요. 그는 로마에 아부하고 이스라엘 백성들을 억압하면서 권좌에 오른 입지적인 인물입니다. 안티파텔에게는 아들이 둘 있었어요. 큰아들은 파사엘이라는 사람이지요. 그 사람에게는 유다와 베레아 지역의 통치권을 주지요. 작은아들이 바로 헤로데라는 자입니다.

안티파텔은 헤로데에게 갈릴래아 지역의 통치권을 넘겨주었지요. 그러고 나서 바로 암살됩니다. 제가 짐작하건데, 아들 헤로데가 아버지를 죽인 거예요. 헤로데는 그러고도 남을 악독한 놈이거든요. 헤로데는 아버지의 암살 사건을 기회로 삼아 아버지보다도 더 로마 제국에 아부하여 권력을 얻게 됩니다.

그가 바로 헤로데 대왕입니다. 아버지는 단지 총독이었는데, 그는 자치권까지 있는 왕이 되었고, 나아가 대왕이라고 불리기까지 됩니다. 역사학자들은 그를 건축왕이라고도 부르지요. 왜냐고요? 헤로데는 대대적으로 건축사업에 몰두합니다. 그자가 아버지 헤로데의 피를 받지 않았나 싶습니다.

그는 로마 제국에 충성하며 자신의 왕위를 견고히 합니다. 그는 로마에 엄청난 조공을 바쳤습니다. 그렇게 하려니까 막대한 비용이 필요했고, 비용조달을 위하여 무자비하게 세금을 징수하였지요. 당연히 백성들은 생활고에 허덕이게 마련이었고요. 그는 백성들에게 엄청나게 원성을 샀지만, 불평하는 백성은 마구잡이로 죽이는 무자비한 자이었어요.

허형, 예수님 탄생 당시 베드레헴 일대의 두 살 이하의 사내아이를 모조리 죽인 인물이 바로 이 헤로데 대왕입니다. 아주 잔인하기로 악명 높은 인물입니다. 사실 갓난아기 죽이는 일은 헤로데 대왕에게는 아무것도 아니에요. 형제, 자식, 아내, 심지어는 어머니까지 죽인 놈이니, 인간이 아니라 짐승이라고 할 수 있지요. 참, 짐승도 그런 짐승은 없습니다.

물론 아기 예수님께서 이집트 피난길에 오른 것도 헤로데 대왕의 박해를 피해서였지요. 나중에 천사가 요셉의 꿈에 나타나 이 헤로데 대왕이 죽었다고 알려주어서 돌아오게 되지요.(마태 2, 13-18) 헤로데 대왕이 죽은 후 팔레스티나 지역은 그의 세 아들에게 분할되어 다스려지게 됩니다.

이들 셋은 모두 이복형제들입니다. 그는 워낙 많은 부인을 두기도 했으니까, 다 배다른 형제들이지요. 세 아들의 이름이 하나는 아르켈라오입니다. 아르켈라오는 유다와 사마리아 지역을 물려받아 기원후 6년까지 다스립니다.(마태 2, 22) 다른 하나는 필립보입니다. 그는 북동부 요르단 지역을 34년까지 다스립니다.

다른 하나가 바로 또 하나의 헤로데입니다. 그가 헤로데 안티파스입니다. 그는 아버지 패륜아 헤로데를 꼭 닮은 불량배입니다. 이 헤로데 안티파스는 요르단강 동서쪽인 베레아와 갈릴래아 지역을 39년까지 다스립니다.(루카 3, 1) 이 헤로데 안티파스가 바로 복음서에 주로 등장하는 인물입니다.

그가 가장 비중 있는 인물이니까, 조금 더 자세히 살펴볼까요? 그는 기원전 20년 패륜아 헤로데 대왕과 사마리아 출신의 부인 말타체의 아들로 태어났습니다. 형제로는 헤로데 아르켈라오스와 헤로데 필립보 1세를 비롯한 다수의 이복형제가 있습니다. 그는 왜 중요한 인물이 되었을까요?

그는 로마 제국이 세운 팔레스티나 지역의 권력자인 아버지 헤로데 대왕과 아우구스투스의 동맹을 유지하는 상징으로, 말하자면 우리나라 소현세자처럼 볼모로 로마에서 자랐고 교육받았습니다. 그는 아버지 헤로데 대왕을 닮은 놈이라고 했지요. 무엇보다 토목 사업을 벌이는 일에서 아버지를 빼닮았어요.

그는 아버지의 전철을 따라 영토 내에 수많은 도시를 건축했습니다. 그중에서 가장 유명한 것은 갈릴래아 바다 서쪽 해변에 세운 티베리아스입니다. 바로 갈릴래아의 수도였습니다. 이 도시의 이름은 그의 보호자였던 로마 황제 티베리우스를 기리기 위해 그의 이름을 따서 지었습니다.

지금도 갈릴래아 지역에서 가장 큰 도시입니다. 제가 이번 말고 지난번 순례 때에 갈릴래아 호숫가에서 머문 호텔 맞은편의 도시로 밤에도 불빛이 휘황찬란하던 곳입니다. 이 헤로데가 바로 동생의 아내 헤로디아를 아내로 취하고 세례자 요한이 옳지 않다고 하자, 그녀의 간교로 세례자 요한을 죽인 자입니다.

그는 예수님을 만나 보고 싶어 했던 놈이기도 합니다. 순전히 호기심에서요. 그는 결국 빌라도의 재판을 받던 예수님을 만나게 되지요. 루카복음서에 의하면, 백성의 지도자들이 예수님을 체포하여 빌라도 총독에게 끌고 가서 고발했지만, 빌라도는 예수님께서 갈릴래아 출신임을 알고는 헤로데에게 보내어 심문을 받게 합니다.(루카 23, 1-12 참조)

헤로데 안티파스가 당시 갈릴래아 영주였고, 마침 그때 과월절을 지내러 예루살렘에 와 있었기 때문에 그런 일이 가능했던 것입니다. 신약성서에서 만나게 되는 또 한 사람의 헤로데는 사도행전에 등장하는 인물입니다. 그는 아르켈라오의 아들로서 '헤로데 아그리파 1세'인데, '헤로데'라는 이름으로 사도행전 12장부터 23장까지 15번 등장합니다.

사도행전 25장과 26장에 '아그리파스'라는 이름을 12번 발견할 수 있는데, 이는 '헤로데 아그리파스 1세'의 아들인 '마르코스 율리우스 아그리파스 2세'를 말합니다. 아르켈라오도 헤로데 못지않은 이름난 폭군입니다. 그는 10년간 유다와 사마리아를 다스리다 죽은 사람입니다.

그 후 이 지역은 로마 제국의 직접적 통치 관할에 편입되지만, A.D. 41년~44년까지는 헤로데 아그리파스 1세가, 그 후는 헤로데 아그리파스 2세가 영향력을 행사했다고 합니다. 다시 간단히 정리하면, 마태오복음 2장에 나오는, 다시 말해, 예수님의 유년 시절에 등장하는 헤로데는 가장 악독한 놈인 '헤로데 대왕'을 지칭합니다.

허형, 간단히 정리하면, 그 나머지 부분의 복음서에 등장하는 헤로데는 갈릴래아의 영주 '헤로데 안티파스'를 말합니다. 그리고 사도행전의 헤로데는 '헤로데 아그리파 1세'와 그의 아들인 '마르코스 율리우스 아그리파 2세'를 말합니다. 대충 정리가 되었으면 좋겠습니다.

물고기 153 마리의 비밀

허형, 부활 제3주입니다. 오늘 복음의 배경은 티베리아스 호수입니다. 얼마 전 성지 순례 중에 머물렀던 티베리아스 호수의 정경이 눈에 삼삼합니다. 티베리아스 호수라고도 하지요. 같은 호수인데, 갈릴레이, 겐네사렛 등 여러 이름으로 불리는 곳이지요. 아마도 예수님께서는 아침저녁으로 이 호수를 산책하시며 명상에 잠기곤 하셨을 것입니다.

처음으로 베드로와 다른 제자들을 부른 곳도 바로 이곳이지요. 참으로 아름다운 호수, 아니 바다입니다. 그곳 사람들은 바다라고 부르지요. 가만히 눈을 감고 상상해 보십시오. 저녁 바람이 호수 위로 불어오고 여기저기 밝혀 놓은 횃불에 반사되는 물결이 비치고 있는 바다처럼 넓은 아름다운 티베리아스 호수를, 마음의 눈으로 바라보십시오.

등을 단 고깃배들이 출렁이는 물결 위에 춤추듯 떠 있는 것이 보입니까? 혹시 호수나 커다란 저수지에서 밤낚시를 해 본 적이 있는지요? 저는 학창 시절 폐결핵을 앓아, 휴학한 적이 있었는데 서너 달을 낚시만 하면서 지냈었지요. 밤낚시를 할 때면 적막한 밤에 카바이드 불빛이 수면 위에 비치면 선율이 흐르듯 물살이 잔잔히 흐르는 모습이 그리 아름다울 수가 없습니다.

허형, 달빛이 비치는 날이면 그 은은한 빛이 사위를 감돌고 물 위에 비친 나뭇잎이 가만히 흔들이는 모습을 보면 그 아름다움에 넋을 잃게 됩니다. 제자들이 고기를 잡으러 간 때도 밤이었지요. 노련한 솜씨로 베드로가 그물을 던질 때 그물이 밤 호수의 허공을 가르는 소리, 그물이 물에 떨어지면 수면을 가르며 첨벙하고 나는 소리를 들어보십시오.

오늘 복음에 보면 시몬 베드로가 고기를 잡으러 가겠다고 하자 나머지 제자들도 따라나섭니다. 그들은 배를 타고 고기잡이를 나갔으나 그날 밤에 한 마리도 잡지 못하고 이튿날 날이 밝아오자 돌아옵니다. 예수님께서 호숫가에 서 계시다가 그들에게 묻지요. "무얼 좀 잡았습니까?"

허형, 주님이라는 말을 들은 베드로는 몸에 겉옷을 두르고 그냥 물속으로 들어갑니다. 주님을 향한 열정으로 그냥 물속으로 뛰어드는 베드로의 모습은 아름답습니다. 급했지만 존경심과 예의로서 겉옷을 두르고 뛰어들지요. 다른 제자들은 그물을 끌며 배를 저어 호숫가로 나와 주님을 만납니다.

3년 전 배와 그물을 버리고 예수님을 따랐던 베드로와 다른 제자들이 다시 고기를 잡으러 간 까닭은 무엇일까요? 우리는 이 사건을 과연, 어떻게 이해해야 할까요? 예수님께서는 부활하셨지만 잠시 나타나셨다가 사라지시자, 그분 없이 그들은 무엇을 어떻게 해야 할지 몰라 맏형 격이던 베드로가 전직인 어부의 삶으로 돌아가자고 한 것일까요?

그럴 리는 없지요. 우리는 요한복음 사가가 아주 상징적인 비유를 통해서 자기의 체험을 표현하고 있다는 것을 염두에 두어야 합니다. 실상 요한복음은 말 한마디 한마디에도 많은 상징적인 의미들을 담고 있기에, 우리가 쉽게 이해할 수가 없습니다. 깊은 묵상이 필요합니다.

허형, 깊은 영적인 체험과 관상을 바탕으로 그런 경지에 있는 사람들을 위해서 쓴 복음서이기 때문입니다. 그래서 유명한 성서학자이기도 한 마르티니 추기경은 요한복음은 원숙한 신앙인, 곧 '원로들의 복음서'라는 이름을 붙였습니다. 많은 성서학자가 이 이야기는 실제로 호수로 고기를 잡으러 나갔을 수도 있겠습니다.

이제 베드로와 다른 제자들이 '사람 낚는 어부'로서 세상 안으로 나간 것을 상징적인 비유로서 표현하고 있다고 해석하고 있는데, 저도 동의합니다. 그물 속에 백 쉰세 마리의 고기가 있었다는 것도 실제적인 숫자라기보다 상징적인 의미를 담고 있다고 보는 것이 요한복음 사가를 옳게 이해하는 것이지요.

역사적으로 유명한 세 학자의 해석을 살펴보는 것도 재미있습니다. 알렉산드리아의 성 치릴로는 153은 100+50+3으로 봅니다. 100은 충만함을 나타내는 숫자이고, 50은 구약에서 이스라엘 백성 중에 다시 모을 '남은 자들'을 상징하고 있고, 3은 모든 일을 함께 이루시는 삼위일체를 나타내는 것으로 해석합니다.

성 아우구스티누스는 1+2=3+4…….17=153으로 봅니다. 17은 다시 10+7인데 10은 10계명을 상징하고 7은 성령이 주시는 일곱 가지 특은을 상징한다고 합니다. 따라서 십계명, 즉 율법으로 상징되는 모든 이스라엘 사람들과 성령이 주시는 은총으로 예수님을 따르는 모든 사람을 나타내고 있다고 합니다.

성 예로니모는 단순히 그 호수에 사는 물고기의 종류가 모두 153 가지라고 하며, 따라서 세상의 모든 민족을 상징적으로 나타내고 있다고 해석합니다. 누구의 해석이 가장 정확한 것인지는 모르지만, 분명한 것은 모두가 공통으로 시사하고 있는 바가 그리스도인으로 불리는데 제외된 사람은 아무도 없다는 것입니다. 제자들은 모든 사람을 불러 모아야 할 것입니다.

허형, 오늘 복음의 사건이 상징적인 비유라고 하더라도 그 의미는 분명합니다. 그들이 막상 세상 안으로 사람들을 낚으러 나갔지만, 그들이 아는 자기들의 방식대로 했더니 한 사람도 낚을 수가 없었는데 주님이 일러주시는 대로 했더니, 많은 사람을 따르게 할 수 있었다는 것입니다.

복음이 있었던 사건을 전한 것이든 상징적인 비유의 표현이든 분명한 가르침은 우리가 전교할 때, 우리의 방식대로 또는 우리의 능력이나 지식으로 해서는 안 되고 그분이 이끌어 주시는 대로 따라야 한다는 것입니다. 그분이 함께할 때만이, 그분이 중심이 될 때만이 참으로 전교가 될 수 있고 교회의 모든 일이 원활하게 이루어질 수 있습니다.

제자들이 와서 보니 예수께서 숯불을 피어 놓고 아침을 준비해 놓으셨습니다. 아침 식사를 마치고 예수께서는 시몬 베드로에게 세 번이나 물으시지요. "당신은 나를 사랑합니까?"라고. 왜 그러셨을까요? 베드로가 당신을 세 번이나 부인했었지요. 베드로는 예수님을 만나면서 마음 깊은 속에 죄스러움과 후회, 자책 등을 지니고 있었을 것입니다.

예수님께서는 인간의 내면을 보시는 분. 예수님께서는 세 번이나 당신을 사랑하노라고 고백하게 함으로써 베드로가 지닌 죄스러운 마음을 씻어주시고 대신 깊은 신뢰의 마음을 심어주시고자 하셨던 것입니다. 베드로는 좀 경솔하고 덤벙거리는 모습도 보이지만 열정과 연민을 지닌 인물입니다.

주님이라는 것을 알자 그냥 물속에 뛰어들 만큼 주님에 대한 사랑을 지닌 베드로입니다. 예수님께서는 그의 마음 깊은 속으로 뚫고 들어가셔서 거기서 상처를 치유해 주시고 그의 사랑을 새롭게 하며 당신에 대한 신뢰를 더 깊이 심어주시고자 거듭 그대는 나를 정말 사랑하는가?라고 물으시는 것입니다.

그런 후에 당신의 교회를 다시 한번 새롭게 맡기시는 것입니다. 진정 나를 사랑한다면, 나의 양들, 즉 당신의 사람들, 바로 교회를 돌보아야 한다고 말씀하시는 것입니다. 마르티니 추기경은 "티베리아스 호숫가에서 예수께서는 베드로 사도의 나약한 인간성에 대한 구원자로 발현하셨다." 라고 말합니다.

허형, 예수님을 세 번이나 부인한 것 때문에 완전히 붕괴할 수도 있었던 그의 인간성에, 배반했다는 사실 때문에 좌절하고 평생 자신 안에 갇혀 있을 수도 있었던 그를 건져내시어 일깨워 주시고 다시 일으켜 주셨다는 것입니다. 우리 모두도 또 한 사람의 베드로입니다.

주님은 우리에게 우리가 잘못했던 어떤 것을 물으시지 않고 다만 우리가 당신을 사랑하는가를 물으십니다. 우리도 "네, 당신을 사랑합니다." 라는 말을 함으로써 우리의 상처를 아물게 하시며 다시 새롭게 우리의 삶을 시작하도록 하여 주십니다. 아울러 우리에게도 교회를 돌볼 사명이 주어지는 것입니다.

사랑은 언제나 그에 대한 책임이 따르는 것입니다. 저와 순례 일행에게 무카비르가 기억에 남을 장소로 새겨지게 된 것은 그곳에서 일몰을 바라보면서 미사를 드렸기 때문입니다. 처음에 장소적인 의미를 생각하여, 세례자 요한의 죽음에 대한 강론을 할까? 잠깐 망설이기도 했지만, 마침 그날은 성 베드로 사도좌 축일이었기 때문에 그날 복음에 관한 강론을 하였습니다.

강론 내용은 폐허가 된 그곳의 풍경과 너무나 잘 연결이 되었습니다. 한때 헤로데 대왕의 여름별장 왕궁이었던 그곳은 돌조각이 뒹구는 그야말로 세월의 무상함을 느끼게 하는 폐허이며 언덕이었습니다. 그날 복음 내용의 장소는 카이사리아 필리피 언덕이었습니다.

한때 번성하던 도시, 화려한 신전들과 카이사르의 흰 대리석 동상이 서 있던 곳이지만, 예수님 당시에 이미 인적이 드문 거의 폐허가 된 곳입니다. 그 카이사리아 필리피 언덕에 서서 예수님께서 물음을 던지신 것입니다. 쉽게 말하면, 예수님께서 한적한 그곳으로 제자들을 데리고 피정을 간 것입니다.

허형, 그곳에서 이 세상 권력의 무상함을 제자들에게 보여 주셨고, 그곳에서 당신이 누구냐는 물음을 던지셨습니다. 베드로는 "당신은 하느님의 아들, 그리스도이십니다."라는 고백을 합니다. 예수님께서는 이 세상 왕이 아닌 진정한 그리스도, 구세주라는 고백을 들으신 것입니다.

저는 미사 중에 제 졸시 베드로의 노래 3도 읊어주었지요. 강론 내용보다 시 일부만 들려드립니다.

그리스 신들의 전설이
소리 없이 들려오고
흰 대리석 카이자르의 동상이 서 있는

이방인의 도시

필립보의 가이사리아 언덕

이스라엘 역사의 물줄기가 흐르는

요르단강 상류

나는 헤아려보네

그분이 이곳에 우리를 데려오신 뜻을

신들과 제왕들의 영화는 돌 조각으로 뒹굴고

풀잎이 황금색으로 눕는 곳

거기 예수님께서 서서

우리들을 내려다보시며 물으셨다네

　　허형, 시나이산에서처럼 일몰을 즐기고 사진도 찍기 위해 미사 중에 잠깐 쉬려고 했는데, 그만 너무 늦게 쉬는 바람에 저는 일몰을 제대로 볼 수 없었습니다. 그런데 저만 일몰을 등지고 미사를 드렸고 다른 순례자들은 모두 일몰을 바라보면서 미사를 드렸으니, 사해로 지는 아름다운 일몰을 보면서 드린 미사가 순례자들의 기억에 오래 남을 것입니다.

사해, 꿈란

허형,

몇 년 전, 꿈란의 사해사본이 서울 용산 전쟁기념관 특별전시장에 전시된 적이 있었습니다. 그 덕분에 우리에게도 사해사본이 그리 낯설지 않은 이름입니다. 당시 '사해사본과 그리스도교의 기원'이라는 이름으로 전시되었던 유적은, 사실 요르단 정부가 소장하고 있는 사해사본의 극히 일부인 진본 5점과 그리스도교 10대 유물인 신약 파피루스 등이었습니다.

사해사본 대부분은 이스라엘이 갖고 있습니다. 옛날 옛적, 아니 63년 전입니다. 허형, 내용이 조금 길지만, 그냥 옛날이야기처럼 생각하고 읽으시기 바랍니다.

1947년 5월의 어느 화창한 봄날이었습니다. 한 베드윈족 소년, 무하마드는 염소 떼를 돌보다가 잃어버린 한 마리의 염소를 찾고 있었습니다. 사해 서쪽 해안의 절벽 지대의 한 동굴 속에 돌멩이를 던졌다가 항아리가 깨지는 소리를 듣고는, 혼자는 무서워서 친구, 아메드를 불러 같이 동굴 속으로 들어 가 보았습니다.

　입구는 아주 좁았지만, 굴은 들어갈수록 넓어졌습니다. 안은 길이 8.5m, 너비 3m, 높이가 3m나 되는 꽤 큰 굴이었습니다. 그곳의 한쪽 구석에는 깨진 질그릇 조각들 사이로 항아리들이 가지런히 놓여 있었습니다. 높이가 60㎝ 가량 되는 큰 항아리들이었습니다. 무하마드와 아메드는 조심조심 항아리 뚜껑을 열어보았습니다. 뭔가 시커면 덩어리들이 드러났고, 꺼내 보니 얇은 양가죽을 꿰매서 이은 양피지 두루마리였습니다. 너비 44㎝에 길이 1m~8m나 되는 그 두루마리들에는 뭔지 모를 글자들이 깨알처럼 적혀 있었습니다. 그들에게 보물은 아니었지만 어쨌든 골동품상에 가져가면, 몇 푼은 받을 수 있을 것 같았습니다.

　허형, 아주 귀한 것이라고 우기는 족장의 말에 골동품 상인은 알아보고 나서 값을 매기겠다고 하였답니다. 족장과 무하마드는 그 상점에 두루마리 다섯 개를 맡기고 천막으로 돌아갔습니다. 골동품점 주인은 그 길로 이스라엘의 성 마르코 수도원으로 사무엘 대주교를 찾았습니다. 한참 동안 두루마리를 살펴보던 대주교는 할 말을 잊은 채 어쩔 줄을 몰랐다고 전합니다. 그의 눈은 뭐라 말할 수 없는 놀라움으로 가득 차 있었습니다. 대주교는 두루마리에 쓰인 글은 히브리 글일 것이라는 말과 함께 5파운드에 사겠다고 했습니다. 세기의 보물이 단돈 5파운드에 팔린 것입니다. 나중에 25만 불에 팔게 되지요. 하하. 사무엘 대주교는 이 두루마리가 어쩌면 구약성서 원본일지도 모른다고 생각했습니다.

　사무엘 대주교의 가슴은 갑자기 두근거리기 시작했습니다. 만약 히브리 글자로 쓰인 이 두루마리가 구약의 원본이라면, 그것은 보물 중의 가장 큰 보물이지요. 구약의 원본은 발견된 적이 없으니까요. 그는 서둘러 예루살렘에 있는 아메리카 동방 연구소의 트레버 박사를 찾았습니다. 확대경으로 한 자 한 자 읽어 내려가던 트레버는 어지러운지 잠시 일손을 놓고, 눈을 지그시 감았습니다. 그가 이렇게 말했다고 합니다. "오! 하느님! 이것이 꿈이 아니기를! 어떤 은총으로 제가 이 귀중한 것을 보게 되었을까요? 사무엘 대주교님, 이것은 틀림없는 구약성서입니다. 아직 증거가 없다뿐이지, 제 생각에는 구약 원본이 틀림없습니다." 트레버는 한참을 더 살핀 뒤 두루마리 가운데에서 구약성서의 이사야 서를 찾아냈습니다.

두 사람은 너무나 기뻐 어찌할 바를 몰랐다고 합니다. 한참 지나서야 트레버가 목소리를 가다듬으며 말했답니다. "글씨체로 보아 이것은 예수 그리스도께서 태어나기 전의 것입니다. 어서 사진을 찍어 과학자들에게 보여서 원본임을 증명해야 합니다." 그들은 곧 사진 촬영에 들어갔습니다.

허형, 두루마리를 잘 다듬어 사진을 찍는 데는 무려 아홉 달이나 걸렸다고 합니다. 1948년 2월 그 사진은 세계 여러 나라의 유명한 고고학자들에게 보내졌습니다. 그로부터 한 달쯤 지난 3월 15일, 사무엘 대주교는 미국 존 홉킨스 대학 고고학 교수 알브라이트 박사로부터 편지를 받았습니다.

"이처럼 거룩한 경전을 구해서 보내 주신 대주교님께 축복과 감사를 드립니다. 이 문서는 구약 사본이며 기원전 1백 년에 만들어진 것입니다. 이 발견은 믿어지지 않을 만큼 큰 발견이며, 인류 역사에 가장 뛰어난 발견입니다. 부디 나머지 두루마리도 찾아서 구약 39권을 모두 갖추게 되기를 빕니다."

그 무렵, 이름난 성서학자인 히브리 대학 고고학 교수 수케닉 박사도 옛 두루마리 세 개를 연구하고 있었습니다. 그것이 바로 다른 소년 아메드가 판 두루마리였습니다. 그도 이 두루마리의 일부가 구약 원본임을 알고 있었습니다. 나머지 두루마리들만 손에 넣을 수 있다면, 이것이 구약 원본임을 증명하는 일은 시간문제라고 생각했습니다.

허형, 바로 그때 나머지 두루마리 다섯 개를 사무엘 대주교가 가지고 있다는 소식이 들려왔습니다. 사무엘 대주교와 수케닉 교수는 서로 만났습니다. 그들이 서로 만나 두루마리 여덟 개가 합쳐진 날, 그날은 인류가 잃었던 보물을 되찾은 날이었습니다. 20세기 최대의 발견이라는 '사해사본'이 빛을 본 날이 된 것입니다.

그들은 두 달 동안 두루마리들을 샅샅이 조사하고 나서 기자들을 불러 기자회견을 했습니다. 기자들은 숨을 죽인 채, 수케닉 교수의 입에서 흘러나오는 떨리는 목소리를 받아 적었습니다.

"여러분, 이 두루마리에는 구약의 이사야서 원본이 들어있습니다. 그밖에도 에세네 교파에서 썼던 '공동체 계율', '빛의 아들과 어둠의 아들 싸움', '감사 찬미가 모음' 등이 기록되어 있습니다. 우리가 이렇게 크나큰 기쁨과 행운을 얻는 일이 다시는 올 수 없을 것입니다."

이 두루마리의 정체가 기원전 250년에서 기원후 68년 사이에 기록된 것으로 당시 가장 오래된 구약성서 사본이라고 믿었던 알레포 사본(925년경 기록)과 레닌그라드 사본(1008년 기록)보다 1100년 이상 이전에 쓰인 히브리어 성서였습니다. 이것이 전 세계를 놀라게 한 20세기의 위대한 발견, 사해사본(The Dead Sea Scrolls)입니다. 드 보 신부를 비롯한 고고학자들은 이후 1949년부터 1956년 사이, 총 11개의 동굴에서 약 900편에 가까운 다양한 문헌과 유물들을 발굴해냈습니다. 사해사본 중 비교적 잘 보존된 두루마리 사본들은 9개 정도밖에 안 된다고 합니다. 나머지 부분은 사본의 조각들인데 흩어져 있어서 마치 퍼즐을 맞추듯 서로 맞추어 보아야 합니다.

허형, 사해사본에 관한 연구는 구약성서 이해에 혁명적인 변화를 가져왔습니다. 특히 사해사본이 발견되기 전까지 구약 성경으로 전해져 내려오던 고대문서들에 대한 재평가가 이루어졌을 뿐만 아니라 성경 번역에 끼친 영향력은 놀랄만한 것이었습니다. 우리 가톨릭 신자들에게 특별히 더욱 의미가 있는 것은 히브리어로 쓰인 사본이 없다는 이유로 유대 종교회의에서 정경으로 인정되지 않았습니다.

그 견해를 따르는 개신교에서는 인정하지 않고 있는, 제2 경전 사본들이 이곳에서 발견되었다는 것입니다. 1949년 중동전쟁이 끝나자 사해 지방은 요르단의 땅이 되었습니다. 그때 예루살렘에 있던 프랑스 신부 드 브오(R. De Vaux)가 사해 일대 탐험에 나섰습니다.

브오 신부는 무하마드와 아메드 그리고 그곳 베두윈들을 데리고 두루마리가 발견되었던 벼랑으로 갔습니다. 브오 신부는 그곳에 에세네 교파가 살았던 자취가 반드시 남아 있으리라고 믿었습니다. 그런 엄청난 보물이 단 한 군데의 동굴에만 있을 리가 없다고 생각한 것이지요.

허형, 그는 귀중한 것일수록 만일을 대비하여 여기저기 흩어 놓는 법이라고 생각했고, 그 생각은 적중했습니다. 과연 브오 신부의 짐작은 맞았습니다. 탐험대는 동굴을 열 개나 더 찾아내었고, 그 안에서는 두루마리가 수백 개나 쏟아져 나왔습니다. 탐험이 계속될수록 놀라운 일들이 벌어졌습니다. 수도원은 원래 성벽으로 쌓여 있었으며, 이보다 높은 지점의 계곡에 댐을 건설하여 겨울철의 우기에 흘러내려 오는 빗물이 수로를 따라 수도원의 물탱크에 저장되었습니다. 한 주간 중 평일에는 근처의 수많은 동굴 속에서 기거하던 엣세네 수도자들이 안식일에는 이곳으로 내려와 물로 씻는 정결 예식이 이루어졌습니다.

허형, 그들은 세상이 마지막에 이르면, 그들 '빛의 아들들'이 '어두움의 아들들'을 물리치고 하느님의 나라를 세울 꿈을 가지고 있었습니다. 200년 동안 에세네파 교인들은 금욕, 기도, 하느님의 말씀 읽기를 계속해 왔습니다. 그러나 그들이 기다리던 세상의 종말은 끝내 오지 않았고, 대신 서기 68년이 되자 그들은 로마군의 침략에 맞서 싸워야만 했습니다.

로마군은 예루살렘을 무참히 짓밟고, 끝까지 항거하는 마사다 요새를 무너뜨렸습니다. 사해 동굴의 문서들은 이때 로마군을 피해 동굴 속에 감추어진 것으로 추정합니다. 어떤 사람은 '정의의 스승'이 세례자 요한일 것이라고 하고, 꿈란 공동체의 하루 일상을 그린 영상도 그런 추정을 바탕으로 요한이 등장합니다.

유대 광야에서 활동했던 세례자 요한이나 근처의 요르단강에서 요한으로부터 세례를 받고 광야에서 40일간 단식기도했던 예수님도 이 공동체에 깊은 영향을 받았으리라고 추정할 수는 있습니다. 저희가 순례한 곳은 사해사본 박물관이지만, 실제 사해사본이 있는 곳은 아닙니다.

만약에 야훼라는 글자를 부득이 적어야 하면, 먼저 정결례로 목욕을 하고 나서 한 글자를 쓰고, 다시 새롭게 작업을 했다고 합니다. 이스라엘 사람들이 그렇게 감히 입에 올릴 수 없었던, 야훼 하느님을 예수님께서는 당시 쓰시던 아람어로 아주 친근하게 부르는 Abba, 우리말로 아빠라고 했으니, 그들에게 미움을 받았던 것이지요.

허형, 박물관을 나오면 실제 공동체가 생활했던 유적지를 둘러보게 됩니다. 거기서 사해 문서가 발견된 여러 동굴을 건너다보는 것이지요. 사해도 아주 잘 보이는 곳입니다.

무카비르,
헤로데와 세례자 요한

허형,

이곳은 요르단에서 사해를 바라보며 일몰의 햇살을 온몸으로 받은 곳, 무카비르입니다. 이 지역은 [유대고대사]를 쓴 유명한 역사학자 요세푸스에 의하면, 알렉산더 얀네우스에 의하여 세워졌다고 하는 고대 마케루스 궁전이 있었다고 합니다. 나중에 건축왕으로도 불리는 헤로데 대왕이 자기의 여름 궁전으로 재건하였습니다.

더 후에는 그의 아들 헤로데 안티파스가 세례자 요한을 감옥에 가두었고, 결국 살로메의 춤판에 의해 그의 머리를 자른 곳입니다. 헤로데 안티파스가 그와 결혼했던 나바테아 왕국 아레타스 4세의 딸을 버리고 그의 이복동생이었던 헤로데 필립보의 아내, 헤로디아와 결혼을 하자, 세례 요한은 이러한 비윤리적인 헤로데의 행동을 비판하여 미움을 사서 감옥에 갇히게 되었습니다.

헤로데는 이 결혼으로 결국 파멸의 첫걸음을 걷게 됩니다. 나중에 그가 버린 첫 부인 파샬리스의 아버지인 나바테아의 왕 아레타스 4세가 쳐들어 왔기 때문입니다. 가이드인 목사님이 이 부분에 관해 설명하면서 두 사람, 헤로데 안티파스와 헤로디아의 사랑은 영원했다고 하여 모두 웃었습니다.

허형, 무슨 말인가 하면, 헤로데 안티파스의 첫 부인의 아버지인 나바테아 왕 아레타스 4세는 (2 고린. 11, 32 참조) 자기 딸을 버린 헤로데를 응징하기 위해 침공하였습니다. 이에 로마에 구원을 요청하자 황제는 군대를 파견했으나, 일부러 느리게 이동하여 헤로데 안티파스를 궁지에 몰리게 했다고 합니다.

현대에 와서 이곳을 발굴하여 헤로데의 궁전터와 성채의 흔적, 헤로데 당시에 건설했던 석조 계단의 흔적, 세례자 요한이 1년 가까이 갇혀 지냈던 동굴 감옥 등이 발견되었습니다. 이곳은 사해가 내려다보이며 근처에는 마인이라는 아주 좋은 온천이 있는 곳입니다. 왕의 별장으로 손색이 없는 경관을 지닌 곳입니다.

헤로데는 피부병이 있어 사해와 근처의 온천에 가기 위해 여름 동안은 아예 이곳에 머물렀다고도 합니다. 저희가 이곳을 순례하게 된 것은 순전히 세례자 요한의 참수현장이기 때문이었습니다. 마르코 복음으로 세례자 요한의 죽음(마태 14, 3-12도 참조)의 내용을 다시 보겠습니다.

이 헤로데는 사람을 보내어 요한을 붙잡아 감옥에 묶어 둔 일이 있었다. 그의 동생 필리포스의 아내 헤로디아 때문이었는데, 헤로데가 이 여자와 혼인하였던 것이다. 그래서 요한은 헤로데에게, "동생의 아내를 차지하는 것은 옳지 않습니다." 하고 여러 차례 말하였다. 헤로디아는 요한

에게 앙심을 품고 그를 죽이려고 하였으나 뜻을 이루지 못하였다.

헤로데가 요한을 의롭고 거룩한 사람으로 알고 그를 두려워하며 보호해 주었을 뿐만 아니라, 그의 말을 때에 몹시 당황해하면서도 기꺼이 듣곤하였기 때문이다. 그런데 좋은 기회가 왔다. 헤로데가 자기 생일에 고관들과 무관들과 갈릴래아의 유지들을 청하여 잔치를 베풀었다. 그 자리에 헤로디아의 딸이 들어가 춤을 추어, 헤로데와 그의 손님들을 즐겁게 하였다.

임금은 그 소녀에게, "무엇이든 원하는 것을 나에게 청하여라. 너에게 주겠다." 하고 말할 뿐만 아니라, 네가 청하는 것은 무엇이든, 내 왕국의 절반이라도 너에게 주겠다. 하고 굳게 맹세까지 하였다. 소녀가 나가서 자기 어머니에게 "무엇을 청할까요?" 하자, 그 여자는 "세례자 요한의 머리를 요구하여라." 하고 일렀다. 소녀는 곧 서둘러 임금에게 가서, "당장 세례자 요한의 머리를 쟁반에 담아 저에게 주시기를 바랍니다." 하고 청하였다.

임금은 몹시 괴로웠지만, 맹세까지 하였고 또 손님들 앞이라 그의 청을 물리치고 싶지 않았다. 그래서 임금은 곧 경비병을 보내며, 요한의 머리를 가져오라고 명령하였다. 경비병이 물러가 감옥에서 요한의 목을 베어, 머리를 쟁반에 담아다가 소녀에게 주자, 소녀는 그것을 자기 어머니에게 주었다. 그 뒤에 요한의 제자들이 소문을 듣고 가서, 그의 주검을 거두어 무덤에 모셨다.(마르. 6, 14-29)

복음에서 듣는 것처럼, 세례자 요한은 권력과 여자의 질투라는 묘한 조합에 의해 죽음을 당합니다. 헤로데 안티파스의 아내 헤로디아가 그를 부추겨 세례자 요한을 잡아 가두게 했으며 자신의 딸 살로메를 시켜 세례자 요한의 목을 가져오도록 하게 했습니다. 이 사건은 수많은 예술작품의 모티브가 되었습니다.

허형, 기원전 4년 헤로데 대왕이 죽자 그의 형제들과 함께 왕국을 분할하여 물려받았는데, 헤로데 안티파스에게 분할된 지역은 갈릴래아와 페레아였습니다. 그는 아버지의 전철을 따라 영토 내에 수많은 도시를 건축했습니다. 그중 가장 유명한 것은 갈릴래아 바다 서쪽 해변에 세운 티베리아스로 갈릴래아의 수도였습니다.

이 도시의 이름은 그의 보호자였던 로마 황제 티베리우스를 기리기 위해 그의 이름을 따서 지어졌습니다. 지금도 갈릴래아 지역에서 가장 큰 도시입니다. 저희가 갈릴래아 호수가에서 머문 호텔 맞은편의 도시로, 밤에도 불빛이 휘황찬란하던 곳입니다.

2

영원한 고대의 땅, 이집트

이집트 카이로
'아기 예수님 피난 성당'

허형,

저는 형의 기도 덕분에 성지 순례 잘 다녀왔습니다. 정말 형이 기도해 주시는 것을 느꼈고, 특별한 은총을 체험한 순례이기도 했습니다. 전례 시기적으로 은총의 시기인 사순이 시작되면서 떠나는 순례라서 지도 신부로 가지만, 저 자신을 돌아보는 순례의 여정이 되리라는 예감을 지울 수 없었습니다.

간단하게 순례기를 쓰려고 합니다. 첫 순례지는 이집트 카이로였습니다. 카이로까지 왔으니, 피라미드와 스핑크스를 돌아보았지만, 저에게는 별로 큰 의미가 없으니 생략하고 첫 순례지 '아기 예수님 피난 성당'에 대해 간략히 나눕니다. 마태오 복음 사가는 우리에게 동방 박사들이 물러간 뒤에 주님의 천사가 요셉의 꿈에 나타나서 피신하라는 내용을 전해줍니다.

"헤로데가 아기를 찾아 죽이려 하니 어서 일어나 아기와 아기 어머니

를 데리고 이집트로 피신하여 내가 알려줄 때까지 거기에 있어라."(마태 1, 13)

이어서 요셉은 일어나 그날 밤으로 아기와 아기 어머니를 데리고 이집트로 피난하여 헤로데가 죽을 때까지 거기서 살았다고 전합니다. 아기 예수님께서 태어나시어 바로 먼 나라로, 아니 이스라엘이 민족이 탈출했던 이집트로 피난을 하시게 되는 의미를 깊이 묵상하지 않을 수 없습니다.

허형, 그것이 우리가 이집트로 성지 순례를 하는 가장 큰 이유일 것입니다. 물론 이집트의 시나이산이 모세가 십계명을 받는 곳으로 중요하지만, 저에게는 '예수님 피난 성당'이 훨씬 더 중요하게 다가왔습니다. '아기 예수님 피난 성당'은 이집트 올드 카이로에 있습니다.

예수님 탄생 당시보다 지금은 지층이 상당히 높아졌기 때문에 예수님 피난 성당은 지하로 내려가서 골목 사이로 한참 걸어가야 나옵니다. 아기 예수님 피난 성당은 엄밀하게 말하면 세르기우스 성당의 지하에 있는 작은 경당이지만, 세르기우스 성당을 편의상 '아기 예수님 피난처 성당'이라고 합니다.

예수님을 배반한 이스가리옷 유다를 상징하는 1 기둥은 다듬지 않은 채 있습니다. 비록 예수님을 배반했지만, 12 사도의 한 사람임은 틀림이 없습니다. 예수님께서 밤을 새우시며 기도하시고 나서 뽑으신 사람이라는 생각을 하며 뽑히는 것이 중요한 것이 아니라, 어떻게 사느냐가 중요함을 다시 생각했습니다.

허형, 예수님 피난 성당의 천정은 마치 베론 성당처럼 노아의 방주를 상징하여 배 모양으로 지어졌고, 1층과 2층에 하나씩 있는 강론 대는 마이크가 없이도 울리도록 설계됐었다고 합니다. 성 가정이 살았다는 지하 동굴은 들어갈 수 없어 그냥 바라다보며 경배를 들렸지요.

이곳에서 피난살이 하던 성 가족은 헤로데가 죽은 후에 나타난 천사의 말을 따라 다시 이스라엘로 돌아오게 됩니다. 성가정에 의해 다시 한번 더 출애굽이 이루어진 것이지요. "아기의 목숨을 노리던 자들이 이미 죽었으니 아기와 아기 어머니를 데리고 이스라엘 땅으로 돌아가라.(마태 2, 20)

요셉은 다시 아기 예수님과 어머니 마리아와 함께 이스라엘로 되돌아가서, 갈릴래아 땅 나자렛에 살게 되었지요. 이집트의 '아기 예수님 피난처 성당'을 이야기하면서 더불어 나누고 싶은 것은 콥트 그리스도교입니다. 저에게 인상적인 것은 콥트 그리스도교인들의 신앙이었습니다.

이집트 인구가 8000만 명인데 그중의 90%가 회교도이고, 나머지 10%가 콥트 그리스도교입니다. 이들이 무수한 박해 속에서 1300년 넘게 신앙을 지켜낸 것은 참으로 놀랍습니다. 지금은 인구의 90%가 회교도이지만, 이집트도 640년경 이슬람이 지배하기 전까지 몇백 년 동안 그리스도교 국가였습니다.

이집트에 그리스도교를 전파한 사람은 성 마르코입니다. 성 마르코는 이집트의 첫 성인이자 순교자이기도 합니다. 마르코 복음 사가가 언제 쓰였는지는 정확하게 알 수 없고, 학자들에 따라 의견이 분분하지만 대략 예루살렘 성전이 파괴되는 70년 전후라는 것은 거의 학자들의 정설입니다.

허형, 그렇다면 이미 70년 이전에 마르코 복음 사가가 알렉산드리아로 왔던 것으로 추정됩니다. 마르코 복음은 이집트 알렉산드리아에서 쓰인 것은 분명하다고 하니까요. 마르코가 이집트에 복음을 전한 후에 놀랄 만큼 빠르게 이집트 전역에 그리스도교가 자리를 잡게 되었다고 합니다. 그들이 종교의 문제로 로만 가톨릭과는 등지고 독자적인 길을 걷게 되고, 이후 그들을 콥틱 그리스도교라고 하게 됩니다.

저는 그들의 신앙이 정말 대단하다는 인상을 받았습니다. 그들은 손목 안쪽에 작은 십자가 문신을 새겨서 그들이 그리스도의 사람인 것을 표시하고, 이슬람국가에서 누릴 수 있는 모든 경제적인 이권을 포기하며 가난하게 살고 있습니다. 보조 가이드였던 이집트 사람도 손목 안쪽에 작은 십자가 문신을 새기고 있어서, 콥트 그리스도교 신자인 것을 제가 금방 알았지요.

지난 순례 때에는 방문하지 않았던 곳을 한 군데 들렸는데 동정 마리아 성당이라고 불리는 콥트 그리스도교 성당이었습니다. 그곳도 잠시 성가족이 피신했다는 동굴이 있고, 그 위에 성당이 세워져 있는데, 많은 콥트 그리스도교 신자들이 와서 열심히 기도하는 모습을 볼 수 있었습니다.

허형, 성당 곳곳에 있는 성모님의 성화를 보면서 그들의 성모 신심도 가늠해 볼 수 있었습니다. 그곳은 바로 나일강 변에 세워진 성당인데, 모세가 파라오의 딸에 의해 갈대숲 속 상자에서 구출되었다는 곳 옆에 있었습니다. 지금도 그곳에는 갈대숲이 있더군요. 그리고 바로 성당 옆 강가에 성경이 하나 떠내려왔는데, 이사야서가 펼쳐져 있었습니다.

그 성경을 사진을 찍어 인화했더니 성가정이 피신하는 모습의 그림이 새겨져 있는 기적이 일어났다고 성당 뒷면에 설명이 있었습니다. 그 기적의 사실 여부는 차치하고 저는 그들의 신앙, 경건하게 기도하는 모습에서 하느님의 기적을 보았습니다. 밤이 깊어 오늘은 이만 줄입니다.

성 가족의 이집트 피난길

"박사들이 물러간 뒤에 주님의 천사가 요셉의 꿈에 나타나서 '헤로데가 아기를 찾아 죽이려 하니 어서 일어나 아기와 아기 어머니를 데리고 이집트로 피신하여 내가 알려 줄 때까지 거기에 있어라' 하고 일러 주었다. 요셉은 일어나 그 밤으로 아기와 아기 어머니를 데리고 이집트로 가서 헤로데가 죽을 때까지 거기에서 살았다. 이리하여 주님께서 예언자를 시켜 '내가 내 아들을 이집트에서 불러내었다'라고 하신 말씀이 이루어졌다."(마태 2, 13-15)

허형,

성 가족의 이집트 피난길을 상상해 봅니다. 성경은 우리에게 성 가족이 헤로데의 박해를 피해 이집트로 피난 가신 사건을 담담하게 들려줍니다. 동방 박사들이 '유다인의 왕으로 나신' 아기를 경배하러 왔다는 이야기를 듣고 당시 유다인의 왕이던 헤로데는 깜짝 놀랍니다. 자기가 왕인데

64

'유다인의 왕으로 나신' 아기라니, 도대체 무슨 말인가?

그는 자신의 왕좌에 대한 위협을 느껴서 측근들에게 자문을 얻어 구세주가 나시기로 예언된 장소가 베들레헴이라는 것을 알고, 베들레헴과 그 일대에 사는 두 살 이하의 사내아이는 모조리 죽입니다. 아기 예수님의 아버지 요셉은 꿈에 천사를 만났습니다. 천사의 이야기를 들은 요셉은 잠자리에서 일어나 그 밤으로 길을 떠났습니다.

허형, 성 가족이 피난길에 오른 것입니다. 급히 서둘러 피난길에 올라야 했던 성 가족의 모습을 떠올려 보면, 가장인 요셉 성인의 불안하고 다급한 심정이 느껴집니다. 성경에는 성 가족이 어떤 모습으로 피난길에 올랐는지, 어떻게 길을 떠났는지, 어떤 일을 겪었는지 기록되어 있지 않습니다.

성전으로는 몇 가지가 전해진다고 합니다. 아라비아 경전에서는 성 가족과 더불어 몸종 하나가 도피 길을 따라나섰다고 하고, 야고버 외경은 성모님만 나귀를 타고 급히 떠났다고 전합니다. 여러 화가가 성 가족의 피난길의 모습을 화폭에 담았습니다. 그중 유명한 화가의 한 사람이 후버입니다.

후버는 나귀 한 마리에다 간단한 짐 꾸러미만 매달고 급히 베들레헴을 떠났다는 야고보 외경을 따라서, 나귀 한 마리, 누렁소 한 마리에 성 가족만 그렸습니다. 후버가 그린 그림에서의 성모님은 나귀 잔 등에 비스듬히 올라탄 모습입니다. 요셉 성인은 등허리를 봇짐에 지고 고삐를 오른손에 쥐었습니다.

잠시 발걸음을 멈추고 돌아보면서 아내 마리아와 아기의 기색을 살핍니다. 왼손에 든 지팡이는 중세 성지 여행자나 순례자들이 들었던 것과

똑같다고 합니다. 나귀는 풀포기 하나 자라지 않는 돌산을 힘겹게 오릅니다. 이집트까지 가는 여정은 황량한 시나이반도의 사막을 거쳐서 가야 합니다.

허형, 가도 가도 험난한 돌산과 사막만 펼쳐집니다. 해산한 지 얼마 되지 않는 마리아와 아기 예수님을 데리고 피난길에 오른 여정이 오죽 힘들고 불안한 길이었겠습니까? 성전에 의하면, 작열하는 태양에 지친 성가족이 허기와 갈증을 견디지 못하고 가던 길을 멈추었고, 종려나무 그늘에서 마리아가 열매를 발견했다고 합니다.

그때 아기 예수님이 종려나무에게 부탁하자, 나무는 곧 허리를 구부려 마리아에게 높이 달린 열매를 선물했다고 전합니다. 아기 예수님은 종려나무에 대한 감사의 마음으로 훗날 천국 동산에 종려나무를 위한 자리를 약속했다고 합니다. 천사를 불러 종려나무의 가지를 한 줄기 끊어 내게 하고, 장차 순교자들이 천국 문에 이를 때 건네주라고 당부했다고 합니다.

허형, 이런 성전의 이야기를 바탕으로 나중에 그리스도교 미술에서 종려나무 가지를 순교의 승리를 상징하는 것으로 표현하게 됩니다. 후버가 성 가족의 피신 장면을 그렸다면, 크라나흐는 성 가족이 피신 중에 잠시 숨을 돌리고 발을 쉬는 휴식 장면을 그렸습니다. 인적 없는 산 중에서 성 가족이 잠시 쉬기 위해 행낭을 풀었습니다.

먼동이 파랗게 밝아오는 모습이 그림의 배경입니다. 성 가족은 천사들의 시중을 받으며 풀밭에 자리 잡았습니다. 마리아가 강보를 풀어서 아기 예수님을 들어 보이고, 요셉은 지팡이에 의지한 채, 모자를 가슴에 대고 있습니다. 한 천사의 피리 연주에 맞추어 다른 천사가 노래를 부릅니다. 천사들의 정성 어린 시중에 성 가족은 불안과 피로가 사라집니다. 또 다른 천사는 아기 예수에게 산딸기를 따서 드립니다.

그림 왼쪽 가장자리에서 아기 천사가 샘물을 두 손으로 받아 듭니다. 새를 붉은 실에 묶어서 잡아 오는 천사도 있습니다. 그림 왼쪽 귀퉁이에는 가시 엉겅퀴가 피어 있습니다. 모두 예수님의 수난을 암시한다고 합니다. 마태오 복음의 내용을 보면, 성 요셉의 운명은 참으로 기구합니다. 약혼녀 마리아가 임신한 것을 알고 난 이후 그의 심정을 헤아려보면, 그가 얼마나 마음의 고통을 겪어야 했는지를 쉽게 가늠할 수 있습니다.

아우구스티누스 황제의 호구조사라는 명에 따라 해 고향으로 갔던 요셉은 아내 마리아가 곧 해산해야 했습니다. 다급한 정황에서 마땅한 숙소를 찾지 못해 마구간에 들어 해산해야 했고, 태어난 아기를 구유에 뉘어야 했고, 동방 박사의 이야기를 듣고 위험을 느낀 헤로데 왕에 의해 무죄한 어린이들이 학살을 당하는 상황에서 위험을 모면하기 위해 급히 서둘러 피난길에 올라야 했습니다.

허형, 이집트에로의 피난길이 얼마나 걸리는 여정이었을까요? 아르메니아 경전에서는 성 가족이 가는 길에 헤브론에서 한참을 지체하는 바람에 여섯 달이나 소요되었다고 썼다고 합니다. 정확하게 얼마나 걸렸는지는 모르지만, 추적해 오는 헤로데의 군사들에게 쫓기면서 위협을 느끼고 도망해야 했던 쉽지 않고 험난하고 긴 피난길이었다는 것은 분명합니다.

성 가족은 도시로 들어가지 못하고 외곽으로 지나가야 했겠지요. 파르마를 거쳐 쟈가지그를 지나 벨바이스의 나무 아래에서 쉬었다고 합니다. 벨바이스는 중세 시대까지 많은 순례자가 방문하던 것이라고 합니다. 순례자들은 성 가족을 기념하는 나무 아래에서 경배를 드렸다고 합니다.

그 후 이집트를 침공했던 나폴레옹의 군사들이 이 나무를 잘라버리려고 도끼로 내려치니 첫 도끼에서 피가 나오는 것을 보고 군사들이 놀라 도망쳤다고 합니다. 성 가족은 벨바이스에 있는 나무 아래서 잠시 피난의 고단함을 달랜 후 남쪽으로 길을 재촉했고, 드디어 지금의 카이로 근처 마타리야에 도착했습니다. 마타리야에 도착했을 때 요셉은 지팡이 하나를 갖고 있었다고 합니다.

아기 예수님은 그 지팡이를 부서뜨려 달라고 청하였습니다. 요셉 성인은 아기 예수님이 부서뜨린 지팡이의 잔 조각을 그곳에 심었다고 합니다. 그리고 그 지팡이 조각들은 자라나 나무가 되고 무성해졌습니다. 이 나무가 바로 '발삼'이라는 나무가 되었다고 하며, 후일 크리슴이라는 성유(聖油)는 발삼나무의 기름으로 만들어졌습니다.

성 가족은 바로 카이로로 들어가지 못하고 동쪽으로 돌아가게 되고, 오아시스였던 와디 나투룬에 잠시 머물게 됩니다. 그곳에는 4세기에 세워진 4개의 수도원이 아직까지 있다고 합니다. 그곳에서 드디어 고대 도시 카이로로 들어오게 됩니다. 당시 카이로, 지금의 올드 카이로에 온 성 가족은 거기서 오래 머물게 됩니다.

올드 카이로의 옛 이름 콰스르 아쉬 샴이라고 알려진 곳에는 바빌론이라고 하는 로마 시대의 성이 있습니다. 그곳에는 옛 콥틱 성당과 수도원들이 여러 개 있습니다. 그중에 성 가정 피난 성당이 가장 중요한 성당입니다. 그리고 나중에 다시 카이로 남쪽 마이디로 피해 가서 그곳의 동굴에 머물렀다고 합니다.

바로 나일강 변에 세워진 동정 성모 마리아 교회가 있는 곳입니다. 그곳은 이집트로 피난한 성 가족이 숨어 있던 동굴이 있던 곳으로 알려졌을 뿐만 아니라, 여러 기적이 일어난 곳으로도 유명합니다. 1975년 성당 옆 나일강 변에 성경이 하나 떠 내려와 건져보니 이사야 19, 25가 펼쳐져 있었습니다.

이집트를 축복하는 구절입니다. "복을 받아라, 내 백성 이집트야, 내가 손수 만든 아시리아야, 나의 소유 이스라엘아!" 어떤 사람이 펼쳐진 성경의 모습을 사진을 찍고 인화해 보니, 놀랍게도 성 가족이 피난하시는 형상의 모습이 나타났다고 합니다. 그 사진이 성당 뒤편에 있었습니다.

제가 동정 성모 마리아 성당 아래 동굴 앞에서 순례하던 일행에게 성전으로 전해지는 이집트 피난길에서의 두 가지 아름다운 이야기를 들려주었습니다. 하나는 제가 [성서 묵상을 통한 십자가의 길]에 썼던 이야기입니다. 우도 디스마스가 십자가에 달릴 때 예수님을 처음 만난 것이 아니라고 합니다. 요셉과 마리아가 이집트로 피난 가는 도중에 강도들을 만났습니다.

그 강도들의 두목이 성 가족을 죽이고 그들이 가진 것을 빼앗으려고 했지만, 그 두목의 아들이었던 디스마스가 자기 아버지를 설득하여, 성 가족을 구해줍니다. 성전은 아기 예수님의 어떤 힘이 디스마스의 마음에 들어갔다고 전합니다. 그는 성 가족을 보호해 주고 아기 예수님을 보고 말합니다. "축복받은 아기여, 나에게 자비를 베풀 때가 이르면 나를 기억해 주기 바란다. 그리고 이 시간을 잊지 말기를 바란다."

이 전설에 따르면, 예수님과 디스마스는 골고타 언덕에서 다시 만났으며 우도 디스마스는 십자가상에서 다시 한번 자비를 청하고, 가장 먼저 천국에 들어간 사람이 됩니다. 다른 이야기는 바로 동정 마리아 성당 아래의 동굴에서 일어난 일이라고 전해지기 때문에 제가 이야기를 나누면서도 저에게 새로운 감동이 일었습니다. 전설의 내용은 이렇습니다.

요셉 성인은 마리아와 예수님을 데리고 피난 중 이집트 가까이 왔을 때, 밤을 맞아 지쳐서 쉬어갈 수 있는 동굴을 찾았습니다. 날씨가 추워서 땅바닥엔 하얀 서리가 깔려 있었습니다. 그런데 거미 한 마리가 아기 예수님를 보았습니다. 그리고 거미는 이 추운 밤 동안 아기 예수님을 따뜻하게 보호할 수 있는 한 가지 일을 하기로 작정했는데 동굴 입구를 거미줄로 엮어서 추운 바람을 막기로 한 것입니다.

헤로데가 보낸 군대가 어린 아기 예수님을 찾아 죽이려고 뒤를 따라오고 있었습니다. 군사들이 이 동굴까지 와서는 누가 그 속에 있지나 않을까? 하여 조사해 보기 위해 몰려왔습니다. 그들 중에 대장이 동굴 앞에 거미줄이 쳐진 것을 발견하였습니다. 거미줄은 하얀 서리로 뒤덮여있었습니다.

군사들은 동굴 입구에 쳐진 거미줄은 보고는 동굴에는 아무도 없다고 여기고 지나갔다고 합니다. 이렇게 하여 성 가족은 무사할 수 있었습니다. 크리스마스 츄리에 거미줄 모양의 금 은사를 두르는 것은 이 전설에서 온 것으로 거미줄을 상징하는 것이라고 합니다.

성전에 의하면, 성 가족은 카이로에서 400km 남쪽인 아슈트로 피난을 가서, 그곳에서 두 달 정도 머물렀다고 합니다. 그곳에 세인트 마리아 수도원이 있고, 지금도 60여 명의 수사님들과 수녀님들이 살고 있다고 합니다. 이집트에서 가장 큰 수도원은 남서쪽에 있는 알 무하락 수도원이라고 합니다.

4세기에 세워진 이 수도원에는 현재에도 130여 명의 수사님들이 수도 생활에 정진하고 있다고 합니다. 그 수도원의 내부에 아기 예수님께서 머무시던 곳으로 특별히 보존되어 온 '성모 마리아 기념성당'이 있습니다. 바로 기념성당이 있는 장소가 성 가족이 머물렀던 곳입니다.

천사가 요셉의 꿈에 나타나 "일어나 아기와 마리아를 데리고 이스라엘 땅으로 돌아가라. 아기의 목숨을 노리던 자들이 죽었다."(마태 2, 19-21)라고 알려 주었다는 장소입니다. 요셉 성인은 그 말을 듣고 즉시 길을 떠납니다. 콥트 그리스도교인들은 매년 6월 18~28일까지 성모 마리아를 공경하는 축제가 벌어지고 수만 명의 콥트 그리스도교 신자들이 와서 함께 축제를 즐긴다고 합니다.

허형, 콥트 그리스도교인들의 성모 신심은 정말 놀랍습니다. 성 가족의 피난길을 살펴보면서 저는 삶의 여정에서 만나게 되는 고난을 기꺼이 받아들일 수 있는 용기와 위로와 힘을 얻게 됩니다. 우리 삶의 여정이 아무리 힘들다고 하더라도 요셉 성인이 성 가족을 데리고 떠났던 피난의 여정만큼 힘들겠습니까?

오늘 의인 요셉 성인의 축일을 맞으며 다시 한번 요셉 성인의 말 없이 베풀었던 수고에 대해 감동을 크게 느낍니다. 그리고 깊은 감사를 드리게 됩니다. 요셉 본명을 받은 저도 요셉 성인처럼 묵묵히 주님이 걸으신 길을 따라야 하리라는 다짐을 새롭게 합니다.

모세기념회당

허형,

지난 순례기에서 올드 카이로에 있는 '아기 예수님 피난 성당'에 관해 서술했습니다마는 사실 올드 카이로에서 먼저 들린 곳이 있습니다. 모세 기념회당이지요. 이집트 올드 카이로는 시대의 변천에 따라 여러 민족과 종교가 어우러져 있는 곳이라고 할 수 있습니다.

지금은 이미 지난 순례기에서 언급한 대로 로만 가톨릭과 교의 문제로 갈등을 겪은 후, 정확하게는 4~5세기 무렵 콘스탄티노플의 교황과 심각한 갈등이고 그들 나름대로 독자적인 노선을 취하면서 면면히 이어온 콥트 그리스도교 신자 많이 사는 지역이기도 합니다. 콥트라는 말은 고대 이집트어에서 파생한 콥트어를 계승하고 있기에 붙여진 이름이라고 합니다.

콥트 그리스도교인들은 4~6세기에 많은 성당을 세웠습니다. 당시의 성당 건물로 지금까지 남아 있는 것은 거의 없지요. 저희가 처음 들린 곳인 모세기념회당은 처음에는 성당 건물이었습니다. 처음에는 알무알라카 성당의 부속 건물로서 AD 4세기에 지어져 AD 9세기까지는 성 미카엘 교회 또는 가브리엘 천사 교회로 불렸었다고 합니다.

허형, 그런데 이집트의 이슬람 왕조인 이븐 툴룬 왕조(AD 868~ 905) 때에 '이븐 툴룬 모스크' 건축 비용을 마련하기 위하여 콥트 그리스도교인들에게 감당할 수 없는 고액의 세금을 부과했습니다. 몇 개의 성당을 매각하게 되었는데, 그중의 하나를 유대인들이 매입하여 회당으로 개조하여 사용하면서 모세기념회당이 된 것입니다.

칼리프 '알 하킴'이라는 술탄에 의해 콥트 그리스도교나 유대교가 혹독한 박해를 받고 성당과 회당도 거의 다 파괴되었습니다. 지금의 모세기념회당도 그때 파괴되었는데, AD 1115년 예루살렘에서 랍비 아브라함 벤 에즈라가 방문한 이후에 재건하였기에 이 이름이 유래되었습니다. 당시의 건축 양식으로 지어진 까닭에 아라베스크 문양을 하고 있습니다.

허형, 그 이후에 이 모세기념회당은 현대의 아랍, 이스라엘 간의 갈등이 심화되던 AD 1965년까지 천여 년 동안 유지되었습니다. 이슬람교 지배 아래에서도 명맥을 이어나간 유대인 공동체의 중심지 역할을 했다고 합니다. 현재 이집트 잔존 유대인들의 수는 겨우 100여 명이고 이들은 시내 중심지의 샤리아에 있는 회당에서 모이고 있다고 합니다.

허형,

제가 마르코에 관해 쓰고 나서 다시 성찰하면서 오해의 소지가 있어
여러 참고 문헌을 인용하면서 설명을 합니다. 교회사에서는 마르코를 우
선 베드로의 통역관으로 서술합니다. 히에라폴리스의 주교 파피아스에
의하면 마르코는 베드로의 통역이었는데, 베드로가 예수님의 말씀과 행
적에 관해서 가르친 것을 기억나는 대로 충실히 기록했다고 합니다. (에우
세비오, 교회사 3, 39, 15)

신약성서에는 요한 마르코라는 인물이 열 번 나오는데 요한이 성이
고 마르코가 이름이 아니고요. 요한은 이스라엘의 이름이고 마르코는 로
마·그리스의 이름입니다. 그는 어머니 마리아와 함께 예루살렘에 살았으
며, 그 집에 그리스도교인들이 모이곤 하였다고 합니다.(사도 12, 12)

마르코는 예수님께서 체포되실 때 몸에 고운 삼베만을 두른 젊은이
가 예수님을 따라가다가 붙들리게 되자, 삼베를 버리고 알몸으로 달아났

던 인물로 전해집니다마는(마르 14, 51-52) 확실한 것은 아닙니다. 사실 요한 마르코라는 인물이 처음 나오는 것은 바울로와 바르나바를 따라(사도 12, 25) 바오로의 1차 선교여행을 함께 했는데(사도 13, 5) 중도 하차하는 사건이 계기가 되지요. 바울로가 마지막으로 로마에 투옥당해 있을 때 디모테오에게 마르코를 데려오도록 부탁한 적도 있을 정도로 바오로는 마르코를 각별하게 생각했습니다(2 디모 4, 11). 한편 베드로의 일행으로 로마에 있었던 마르코는 베드로에게는 '나의 아들'(1 베드 5, 13)이라 불릴 정도로 특별한 사랑을 받았던 인물입니다.

그리스도교 회화에서 마르코는 대개 복음서를 지니고 사자의 모습으로 그려져 있습니다. 사자의 모습은 세례자 요한을 '광야에서 외치는 소리'(마르 1, 3)로 표현한 데서 유래하는데, 예술적 전승은 그 소리를 사자의 울음으로 비유하였습니다. 제가 마르코에 관한 이야기는 모두 전승에 의한 내용입니다.

허형, 전승에 의하면 마르코는 고대 카이로를 거쳐 알렉산드리아에 가서 그리스도교를 전파하였고, 그곳의 주교를 역임하였고 거기서 순교하였다고 전합니다. 그래서 이집트의 콥트 그리스도교에서는 마르코에 대한 특별한 신심을 지니고 있습니다. 교회사에서도 성 요한 크리스토모스가 마르코가 이집트 알렉산드리아에서 그리스어로 복음서 원본을 집필하였다고 서술하고 있습니다. 콥트 그리스도교인들이 지금도 성당으로 사용하고 있는 동정 마리아 성당은 저에게는 이번 성지 순례에서의 큰 선물이었습니다. 제가 처음 폴란드 성지 순례를 하면서 그곳 사람들의 살아 있는 신앙에 깊은 감동을 받았는데, 이번에는 콥트 그리스도인들의 신앙에 감명을 받았습니다. 그리스도교의 다양성에 대해 다시 숙고해 보는 계기가 되었습니다.

시나이산

허형,

시나이산은 이스라엘 역사에서 야훼 하느님께서 당신의 모습을 드러낸 중요한 장소이며, 모세에게 십계명의 돌 판을 주신 곳입니다. 유대인 전설에 의하면, 시나이산에서 십계명뿐만 아니라 성서 내용 및 주해서 전체를 모세에게 주었다고 합니다. 한편, 이 산은 유대인들뿐만 아니라 그리스도교와 이슬람교에서도 신성시하는 성지입니다.

530년 이곳 시나이산의 북쪽 기슭에 카타리나 수도원이 세워졌습니다. 지금도 자치적인 '시나이산 정교회'의 수사님들이 사는 수도원은 세계에서 가장 오래된 그리스도교 수도원이라고 할 수 있습니다. 이 수도원에 소장된 '시나이티쿠스'(지금은 영국 박물관에 보관)를 비롯한 고대 성서 사본들은 성서를 재편하는 데 매우 귀중한 자료가 되기도 했습니다.

시나이산 순례는 새벽 2시 반에 카타리나 수도원에서 시작되었습니다. 1년 4개월 전에는 계절이 달라서 그랬는지 1시에 올랐었지요. 경험으로 상당히 추울 것이라고 사람들에게 이야기했던 것이 무색할 정도로 날씨가 포근한 편이었고, 밤하늘은 청명했습니다. 무수한 별들이 쏟아져 내리고 있었습니다.

허형, 누군가가 "별이 500개도 넘겠네요."라고 말하는 것을 들으며 속으로는 5000개도 넘어요."라는 말이 튀어나왔지만, 그냥 가만히 고개를 끄떡였지요. 모세가 시나이산에 오를 때, 이렇게 별들이 속삭이다가 나지막이 합창을 부르고 있었을까 생각하며 천천히 오르기 시작했습니다.

초승달에서 반달로 접어든 달도 합창단에 섞여서 독창을 부르고 있었습니다. 제가 사는 서석 밤하늘의 별들을 좋아했던 고인이 된 지인을 생각하며 별들을 바라보다가 몇 번이나 돌부리에 발을 채었습니다. 별자리는 서석의 밤하늘과 별로 다르지 않은 그대로이지만, 다른 느낌을 주는 사막의 순수를 지닌 별과 은하수였습니다.

일행 중에 낙타를 타기를 원하는 사람들이 있었지만, 처음부터 타기 위해 줄을 서서 기다리면 시간을 지체해야 하니까 올라가면서 타기로 했는데, 이날 따라 한참을 올라가도 낙타가 없었습니다. 몇 사람들의 불평이 터져 나오기 시작할 무렵 두 번째 휴게소에서 쉬고 있을 때, 내려오는 낙타들을 떼로 만났습니다.

허형, 일행 중 반이 낙타를 탔습니다. 저는 처음에는 모세처럼 끝까지 걸어 올라가리라 생각했지만, 별을 보면서 가고 싶은 유혹을 이기지 못하고 일행의 권유에 못 이기는 척 낙타에 올랐습니다. 낙타는 터벅터벅 시나이산 정상 바로 밑 750계단 아래, 마지막 휴게소까지 무거운 발걸음을 옮겼습니다.

일출을 아주 잘 볼 수 있는 자리였습니다. 바람이 불지만 그렇게 춥지 않은 새벽이었습니다. 미사를 시작하고 해가 떠오르기 바로 전에 잠시 쉬었다가 일출을 보고 미사를 계속하기로 했습니다. 성찬의 예식 중에 해를 떠오르는 조짐이 보이자, 바로 일출을 미사 안에 넣기로 했습니다.

붉게 떠오르는 해는 마치 거양성체에서 들어 올리는 성체 같았습니다. 태양이신 그분이 불끈 솟아오르며 병풍처럼 둘러선 바위들을 붉게 물들이고 있었습니다. 제 필설로는 어찌 표현할 수 없을 만큼 아름다운 현현이었습니다. 산에서의 일출은 바다에서 떠오르는 해와는 또 다른 장관을 보여 줍니다.

먼저 융단을 깔듯이 길게 구름으로 비단길을 만들어놓고 그 위로 장엄하면서도 현란한 색의 무도회를 펼치며 아주 느린 춤사위로 우리의 눈을 사로잡았습니다. 사방으로 천수(千手)의 빛을 내뿜더니 다시 주위의 온 기운을 한데 모아서 다시 우리들에게 나누어 주고 있었습니다.

허형, 아마 일출을 가장 잘 묘사한 사람은 옛날 국어 시간에 배웠던 '동명 일기'로 유명한 의유당일 것입니다. 특히 해가 솟아오르는 장면을 여성다운 섬세한 필치로 생동감 있고 다채롭게 묘사한 것으로서 널리 알려져 있습니다. 그 일부를 인용합니다.

이윽고 날이 밝으며 붉은 기운이 동편 길게 뻗쳤으니, 진홍대단 여러 필을 물 우희 펼친 듯, 만경창패 일시에 붉어 하늘에 자옥하고, 노하는 물결 소래 더욱 장(壯)하며, 홍전 같은 물빛이 황홀하여 수색이 조요하니, 차마 끔찍하더라.

붉은빛이 더욱 붉으니, 마조 선 사람의 낯과 옷이 다 붉더라. 물이 굽이져 치치니, 밤에 물 치는 굽이는 옥같이 희더니, 즉금 물굽이는 붉기 홍옥 같아야 하늘에 닿았으니, 장관(壯觀)을 이를 것이 없더라.

여기저기 순례자들의 탄성이 쏟아져 나왔습니다. 저는 그 순간 동행했던 순례자들을 위해 기도했습니다.

"주님, 이들이 사는 동안 이 순간을 잊지 않게 해 주십시오. 이 순례의 여정을 당신께서 이끌어 주시고 성체처럼 떠오르는 태양을 보여 주셨으니, 그들의 삶의 여정에서도 늘 함께 해 주시고, 때로 지치고 힘들 때 태양처럼 빛나는 당신의 모습을 보여 주십시오."

허형, 저는 강론 대신 시 몇 편을 읽어주었습니다. 일출의 감동에 시가 어우러져서 그런지 두어 사람이 울먹거리는 소리도 들렸습니다. 미사를 마치고, 여러 텐트가 쳐 있는 휴게실 중에 미리 예약을 해 두었던 텐트로 내려와서 컵라면을 먹었습니다. 이명근 사장님이 준비하신 시나이산에서의 컵라면은 기가 막히고 잊을 수 없는 추억이 될 것입니다.

시나이산을 오르내리는 길은 두 갈래입니다. 우리가 올라왔던 길 이외에도 수도자들이 오랜 세월 동안 하나씩 쌓고 다듬어 놓은 3,750계단이나 되는 수도자들의 길이나 3천 계단 길이라고 부르는 좁은 길이 있습니다. 3천 계단 길 중턱에는 예언자 엘리야가 기도한 곳으로 알려진 오아시스가 있고, 내려오는 도중에 수도자들이 만들었다는 회개의 문과 천국의 문을 만나게 됩니다.

아무래도 계단으로 내려오니까 관절에 무리가 갈 수 있고, 사고를 당할 수도 있으니, 자신 있는 사람만 따라오라는 엄포를 놓고 저는 그 길로 들어섰지요. 나중에 제가 그 길로 가겠다고 하여 이명근 사장님께서 무척 야속했었다는 말을 들었지요. 처음에는 아무도 나서지 않아 저 혼자 가는 줄 알았더니 나중에 몇 사람이 동행하게 되었습니다.

1년 반 전 순례 때 그곳에서 괜찮은 사진 몇 장 건졌던 것을 기억하며 큰 기대로 그 길을 택했지만, 이번에는 좋은 사진을 건지지는 못했습니다. 동행했던 분들이 이 길로 오지 않았으면 크게 후회할 뻔했다고 하며 경관에 거듭 감탄을 했습니다. 해가 뜬 시나이산의 하늘은 주변의 바위산과 어우러져 더 푸르고 맑습니다.

허형, 구름은 바람의 흐름에 따라 수시로 변하며 여러 모양새를 만들며 묵상 거리를 던져 줍니다. 구름이 와서 산과 숨바꼭질하다 갑니다. 나무 없는 바위산이 그렇게 아름다울 수 있다는 것에 모두가 놀라게 됩니다. 저는 회개의 문을 통과하면서 사순의 은총이 우리 모두에게 쏟아지기를 기도했습니다.

3

신비의 나라, 요르단

페트라

허형,

요르단 순례는 처음이었고, 일정도 짧게 잡혀 있어 별로 큰 기대를 하지 않았습니다. 사실 제가 상식이 부족했던 것이지요. 아라바 요르단 국경에 마중 나와서 입국 수속 때문에 기다리는 동안 차를 한 잔 사 준 현지 가이드는 오래전에 목사 안수를 받고 요르단에 공부하러 나와 있는데, 태권도 사범, 지압 시술, 가이드, 사역 등의 여러 가지 일을 겸임하고 있다고 자기를 소개한 목사님이었습니다.

페트라는 기원전 300년 전에 나바티안족에 의해 세워진 교역 중심 요새 도시로 현대의 수수께끼 유적의 하나로 불리며, 이집트의 피라미드와 더불어 고대 세계 7대 불가사의의 하나입니다. 1985년 12월 6일 페트라는 유네스코에 의해 세계문화유산으로 지정되었으며 1989년 영화 '인디아나 존스 – 마지막 성배'의 촬영 장소로 유명해졌다고 합니다.

모세가 이스라엘 민족을 이끌고 약속의 땅 가나안으로 가는 여정에서 당시 에돔 왕국의 수도이던 이곳의 통행 허가를 못 받아 멀리 우회하여 느보산으로 갔다고 합니다. 그래서 이곳 페트라에는 '무사와디(모세의 계곡)'라고 불리는 곳과 '모세의 샘'이라고 불리는 우물이 여러 곳에 있다고 합니다.

허형, 대상 무역의 쇠퇴와 더불어 폐허가 되어 여러 세기 동안 발견되지 않은 채 숨겨져 있다가 1812년 요한 루트비히 부르크하르트라는 스위스의 한 젊은 탐험가에 의해 유적이 발견하게 되었다고 합니다. 영국의 시인 존 버곤 신부가 페트라의 절경에 감탄하여, 시를 쓰면서 "영원한 시간의 절반 만큼 오래된, 장밋빛 같은 붉은 도시"라고 묘사한 것으로도 유명합니다.

존 버곤 신부의 표현처럼 붉은 사암으로 이루어진 거대한 도시는 영원을 느끼게 하기에 부족함이 없는 신비의 고대 도시였습니다. 시크라는 글자와 함께 화살표가 보였습니다. 바로 화살표를 따라 협곡으로 들어가게 됩니다. 높은 암벽들 사이로, 미로와 같은 균열 부분이 1.8km 정도 이어지는데, 이 암벽 사이의 좁은 통로를 아랍어로 협곡이라는 뜻의 '시크(Siq)'라고 부릅니다.

이 시크를 따라가면서 고대 수로가 벽면을 따라서 이어지고 있는 것을 볼 수 있습니다. 광야 지대에 거대한 도시를 건설할 수 있었던 것은 바로 이 수로 덕분이었습니다. 200m가 넘는 기암절벽의 바위들 사이로 신비감을 자아내는 미로와 같은 협곡, 시크를 따라 1.5km 정도 가면, 바위로 가려졌던 하늘이 살짝 열리는 것처럼 빛이 밝아져 오는 것을 느낍니다.

허형, 멀리서 조각들이 보이면서 신기한 마음이 들지만, 그때까지도 상상조차 하지 못한 거대한 신전의 모습이 자태를 드러낼 때는 잠깐 숨이 막혀오는 느낌을 받게 됩니다. 바로 요르단(Jordan)의 국보 1호, 알 카즈

네입니다. 보물이 숨겨져 있을 것이라는 소문이 퍼져 보물창고라고도 불리지만 실제로는 나바티안 왕의 무덤이 있는 신전이라고 합니다.

붉은 사암을 파서 정교하게 조각을 한 아름다운 건축물입니다. 알카즈네는 '보고'라고도 불립니다. 전면에 6개의 코린트식 석주가 서 있는 높이 약 25m의 건물로 기원전 1세기경 그리스인들의 영향으로 만든 것으로 추정된다고 합니다. 중앙 출입구 좌우 벽면에는 그리스의 이시스신을 상징하는 식물이 조각되어 있습니다.

2층에 장식된 6개의 코린트식 기둥과 기둥 사이에는 여인 모양의 양각이 새겨져 있습니다. 건물 정면 제일 윗부분에는 항아리 형태가 조각되어 있는데, 그 속에 나바테안들이 보물을 숨겨 놓았다는 전설이 전해져 보물이 있는 줄 알고 사람들이 총을 쏜 탄흔이 남아 있어 안타까움을 자아내게 합니다.

저는 '보고'라는 건축물을 바라보며 인간의 아름다움에 대한 갈구와 예술적인 감각에 감탄을 금할 수 없었습니다. 옛사람들의 미적 감각이 현대인들보다 더 탁월했는지도 모릅니다. 신라 시대의 석굴암도 현대인들이 감히 범접할 수 없는 어떤 경지를 느끼게 하지 않습니까?

허형, 그런가 하면, 여러 문명이 거쳐 가면서 혼합적인 건축 양식을 볼 수 있는 곳이기도 했습니다. 이집트, 메소포타미아 건축 양식을 거쳐 세련되고 화려한 그리스, 로마식 건축에 이르기까지 시대적 흐름에 따른 변천상도 잘 보여 주고 있습니다. 알 카즈네부터는 비교적 넓은 협곡을 지나게 됩니다.

광장 주변으로 수많은 건물은 즐비하게 늘어서 있는데, 모두 암벽을 파서 만들었습니다. 가이드인 목사님이 번창하던 한때에는 극장과 온수 목욕탕, 그리고 상수도 시설이 갖추어진 도시였기 때문에 이곳이 강남이었고, 걸어왔던 반대쪽을 가리키며 저쪽은 강북이었다고 설명하여, 저는 당연히 강북에도 가는 것으로 생각하였습니다.

잠시 둘러보고 거기서 그만 돌아가는지 모르고, 저는 풍경 사진 찍느라고 잠깐 불과 2~3분 바위 건물 위로 올라갔다가 내려오니까 일행이 보이지 않았습니다. 저는 당연히 강북이라는 곳으로 갔으리라고 짐작하여 일행을 따라잡기 위해 강북을 향해 급히 걸었지요.

허형, 나바티안인들이 처음 지었을 땐 3000명가량 수용했었는데 로마가 이곳을 정복한 후 확장해서 8500명 정도 수용할 수 있게 넓혔다고 합니다. 돌기둥길이 시작되면서 강북이라고 지칭했던 페트라 도시가 시작됩니다. 일행은 실제 고대 도시 페트라의 모습은 보지도 못한 것입니다.

그곳 도시에는 암벽을 파서 만든 집들이 끝도 없이 펼쳐져 있습니다. 신전 조각처럼 정교하거나 특별한 예술성이 드러나는 건축물들은 아니지만, 수없이 이어지는 건축들이 있는 바위산 그 자체로 장엄하고 신비스러운 느낌을 주는 동화의 나라였습니다.

허형, 나귀로 가면 20분 이내에 갈 수 있다고 하여, 급한 마음에 나귀를 탔지요. 길도 아닌 계곡으로 얼마나 난폭하게 가는지 위험해서 도저히 탈 수가 없어 다시 내려서 거의 달리다시피 걸어도 일행이 보이지 않았습니다. 좁은 길로 조금 오르다가 수도원 가는 길 중간에서 돌아섰지요.

실제 비경이 시작되는 것 같은데 돌아와야 하는 발걸음이 무거웠지만, 마음은 조급하여 땀을 흘리며 달리기 시작했습니다. 협곡인 시크를 걸어서 올 때, 뿌얀 흙먼지 일으키며 달려가던 마차 탄 사람에게 심한 불평을 했습니다. 마음속으로는 초조하고 불안하고 미안하고 그렇지만 이

왕 돈을 내고 마차를 탔으니, 잠깐이라도 마치 고대 왕국에서 사열하는 것처럼 위풍당당 달렸습니다.

마차는 시크 입구까지만 달리고 다시 걷거나 나귀를 타야 하는데, 나귀는 뛰는 것보다 빠르지 않아 뛰어서 버스 있는 곳으로 돌아오니, 제가 일행을 30분이나 기다리게 하였다는 것을 알게 되었지요. 벌금으로 제가 그날 점심에 포도주를 샀지요.

페트라. 전혀 기대하지 않았던 곳입니다. 다만 갈라. 1, 16에 바오로가 아라비아로 갔다고 기록되어 있고, 2 고린. 11, 32에 다마스쿠스에서 아레타스 왕의 총독이 바오로를 잡으려고 성문을 지키고 있었다는 내용 때문에, 바오로가 와서 전교한 것이 틀림없는 장소라는 정도로 알고 있었을 뿐이었습니다.

언젠가 가 보고 싶었지만, 이런 환상적인 풍경을 지닌 도시인지는 상상도 하지 못했습니다. 제가 본 천년 왕국의 고대 도시 페트라는 저의 상상을 뛰어넘는 거대하고 신비로운 세계였고, 바오로 당시에는 거대한 도시였다는 새로운 사실을 알게 되었습니다. 바오로가 원형극장에서 복음을 전하는 모습을 그려보면서 깊은 감동에 젖기도 했습니다.

한때 강남, 강북으로 나뉜 거대한 도시 페트라에 지금은 대상들은 온데간데없습니다. 나귀를 타라며 달라붙는 베두인 부족 소년들, 기념품을 벌려놓고 아무 표정 없이 앉아 있는 베두인 아줌마들, 말을 타고 어슬렁거리는 근위병들 이외에는 모두 관광객들뿐이었습니다.

풍경은 고대의 도시, 동화 속의 나라인데, 사람들은 선글라스를 끼고 배낭을 멘 현대 나그네의 모습이었습니다. 마치 타임머신을 타고 고대 세계에 잠깐 발을 들여놓았다가 쫓기듯 빠져나온 허망한 느낌으로 버스에서 한참 그곳의 모습을 바라보았습니다.

4

잠에서 깨어난 나라, 폴란드

자비의 사도이신 성녀 파우스티나 수녀님

허형,

인천 공항에 10시에 모여 프랑크푸르트행 아시아나 비행기를 타기 전에 순례를 떠나는 시작 기도와 저의 강복으로 순례가 시작되었습니다. 모두 시간 잘 지켜서 공항에 모였고, 수속도 비교적 빨리 되어 여유 있게 커피 한잔 마시고 기다리다가 출발할 수 있었습니다.

11시간 50분 걸려 프랑크푸르트에 도착하였습니다. 조금 연착이 되는 바람에 급히 서둘러 비행기를 갈아타고 다시 한 시간 반 후 폴란드의 크라코프에 도착하였을 때는 이미 어둠이 짙게 깔린 저녁이었습니다. 공항에는 현지 가이드 신경섭 씨가 마중 나와 있었습니다.

허형, 저희 첫 순례의 장소가 하느님 자비의 사도이신 성녀 파우스티나 수녀님이 사시며 하느님 자비의 메시지를 받았던 자비의 성모 수녀원이라는 사실에 다시 한번 감사를 드렸지요. 자비의 성모 수녀원으로 가는 버스에서 현지 가이드 신경섭 씨가 아주 의미 있는 말을 했습니다.

"정말 중요한 곳은 눈에 그럴듯하게 보이는 곳이 아니라, 깊숙한 곳, 작은 곳, 보잘것없어 보이는 곳에 있습니다." 세 번째 이곳을 방문하는 저는 금방 무슨 말인지 알아들었지요. 시성을 기념하여 지은 대성당이 크고 화려하게 보이지만, 정작 중요한 곳은 자비의 예수님 그림 원본이 있는 자비의 성모 수녀원 옛 성당 제대 옆이라는 말이지요.

저희가 그곳을 참배하고, 그곳에서 기도를 드리는 일이 그날 아침 가장 중요한 순례의 일정이지요. 실상 자비의 예수님 그림이 중요한 것이 아니라, 그 그림을 통해 세상에 하느님의 자비를 알리고자 하신 뜻을 헤아리며 기도드리는 일이겠지요. 2000년 자비의 주일이 선포된 이후, 폴란드나 동구에서뿐만 아니라 전 유럽이나, 우리나라의 많은 성당에서 자비의 예수님 그림이나 상을 제대 옆에 두고 있습니다.

다시 한번 강조해서 말씀드리면, 그 그림이 중요한 것이 아니라 그 그림을 통해 하느님의 자비를 기억하며 기도드리는 일이 더 중요하고, 바로 우리가 이곳을 순례하는 의미이기도 합니다. 파우스티나 수녀님의 일기를 그대로 인용하며 그 의미를 새깁니다.

파우스티나 수녀님의 일기에서:

"저녁때에 흰옷을 입으신 주님을 보았다. 한 손은 가슴에 얹으셨고 한 손은 축복하려는 듯이 들고 계셨다. 가슴에는 두 줄기의 빛이 뿜어 나왔는데 붉은 빛과 엷은 빛이었다. 나는 아무 말 없이 주님을 쳐다보았다. 내 마음은 두려움에 떨었지만 큰 기쁨이 넘쳤다. 잠시 후 예수님께서 말씀하셨다.

'네가 본대로 성화를 그려라. 그리고 예수님께 의탁하나이다.'라는 말을 넣어라. 나는 이 성화가 전 세계에서 공경받기를 바란다. 나는 이 성화를 공경하는 사람을 멸망하지 않도록 하겠다. 그리고 지금 이 상에서부터 특히 임종 때에 적에게 승리하도록 약속하겠다. 나는 이 성화를 영광으로서 지킬 것이다."

주님께 성화에 나타난 빛의 의미를 물었다.

"두 빛줄기는 피와 물을 상징한다. 빛이 엷은 것은 영혼을 의롭게 하는 물이요, 붉은 것은 영혼의 생명인 피를 의미한다. 이 두 빛줄기는 십자가에서 창으로 내 심장을 열었을 때 내 깊은 자비에서 흘러나온 것이다. 이 빛줄기는 영혼들을 하느님의 분노로부터 보호할 것이다. 이 보호 속에 사는 사람은 행복하다. 왜냐하면, 하느님의 의로운 손길도 못할 것이기 때문이다."

허형, 교황 요한 바오로 2세는 새 천년기를 맞이하면서 첫 시성을 폴란드의 파우스티나 수녀로 정하셨습니다. 아주 깊은 의미를 담고 있는 역사적 사건이었습니다. 교황님께서는 2000년 4월 하느님 자비의 사도로 알려진 마리아 파우스티나 수녀를 시성하면서 특별히 하느님 자비를 기릴 것을 당부한 것이지요.

교황님께서는 이 시대에 무엇보다 필요한 것이 하느님의 자비로 본 것입니다. 교황청은 그해 5월 5일 교령을 통해 2001년부터 부활 제2주일을 하느님의 자비 주일로 지내도록 발표했습니다. 교황이 파우스티나 수녀를 새 천년기 첫 성인으로 선포하고, 동시에 부활 제2주일을 하느님의 자비 주일로 정한 것은 정말 의미심장한 일입니다.

자비의 예수님 그림 원본은 파우스티나 수녀님의 시성을 위해서 중요했다고 합니다. 시성 작업이 늦어지자 교황께서는 그 그림 원본을 빨리 찾으라고 말씀하셨고, 시성 준비 과정에서 일시 중단되었던 작업이 원본을 찾게 됨으로써 박차를 가할 수 있었다고 합니다.

마리아 파우스티나 수녀는 1905년 8월 25일 폴란드 글라고비에츠에서 아버지 스타니슬라우스 코발스카와 어머니 마리안나 바벨 사이에 10 남매 중 셋째로 태어났답니다. 수녀님의 부모는 비록 가난하고 배운 것이 없었지만, 신심이 깊은 사람들이었다고 합니다.

　　하느님께 대한 사랑을 지니고 농부로서 부지런히 일하면서 자녀들에게 모범을 보였다고 합니다. 부모들은 어린 자녀들에게 신앙을 심어주었고, 파우스티나는 어린 시절부터 화살기도 바치는 법을 알고 있었다고 합니다. 파우스티나는 그냥 평범한 시골 아이로 성격이 온순한 편이고 부모님의 말씀에 순종하였고, 다른 이를 돕는 일에 기쁨을 느끼는 아이였다고 합니다.

　　특히 가난한 이들에 대한 연민이 각별했다고 합니다. 당시 폴란드는 경제적으로 아주 어려운 시기였다고 합니다. 러시아가 폴란드를 강점하게 되면서 그녀는 초등학교 3학년을 채 마치지 못하고, 15살 때 집을 떠나 남의 집 가정부로 들어가서 살기도 했답니다. 그런데 파우스티나는 어느 날 수녀원에 가라는 부르심을 받았습니다.

　　그녀는 주로 허드렛일, 예를 들어, 주방 일, 정원을 가꾸는 일, 문지기 등 소임으로 13년을 평범하게 살았습니다. 그런데 파우스티나는 이렇게 평범한 수도 생활을 하면서 어느 날부터 계시와 환시 같은 특별한 은사들을 체험했고, 이를 통해 자신의 사명이 하느님의 자비를 전하는 데 있음을 깨닫게 된 것입니다.

　　파우스티나 수녀는 이런 체험을 고백 사제에게 이야기했고, 1934년부터 고해 사제의 뜻에 따라 '나의 영혼 안에서 하느님의 자비'라는 제목으로 특별한 영적 체험을 통해 받은 하느님의 메시지들을 일기 형식으로 자세히 기록하기 시작한 것입니다.

이 일기가 세상에 알려지고, 여러 나라 말로 옮겨지면서 하느님 자비 신심을 널리 전파하는 촉매제 역할을 하게 되었습니다. 교황청은 한때 이 일기와 하느님의 자비 신심에 대해 제재 조치를 내리기도 했습니다. 그러나 예수님의 자비에 대한 신심 운동은 더 퍼져 나갔습니다.

허형, 55년 후인 1993년 4월 18일 그녀에게 나타난 예수 그리스도께서 하느님의 자비 축일로 지내라고 명한 부활 제2주일에 시복되었고, 다시 7년 후인 2000년 대희년 같은 부활 제2주일인 4월 30일 시성 되었습니다. 교황 요한 바오로 2세께서는 파우스티나 수녀 시성식 강론을 통해, 예수님 께서 파우스티나 수녀에게 전하라고 주신 말씀을 다시 상기시키셨습니다.

자비를 신뢰하지 않는 한 인류는 평화를 얻지 못할 것이라는 말씀이지요. 요한 바오로 2세께서는 자비 메시지는 새로운 것이 아니지만, 이 시대 사람들에게 한 줄기 빛을 던져 주는 특별한 선물이 될 수 있다고 밝히셨습니다. 하느님의 자비 신심의 핵심은 하느님의 자비로우신 사랑을 일깨우는 것입니다.

하느님의 자비에 관한 신심을 실천하는 것입니다. 이를 위해서는 먼저 어린이와 같이 순수한 마음으로 하느님의 자비에 자신을 온전히 맡기는 것이 필요하다고 합니다. 또 말과 행동과 기도로써 자비를 실천해야 합니다. 이 두 가지를 바탕으로 하느님의 자비 신심을 전하기 위해 성녀가 받은 메시지들은 다음과 같습니다.

파우스티나 수녀는 특히 그리스도께서 십자가에 못 박혀 돌아가신 시각인 오후 3시에 하느님의 자비를 찬미하고 하느님께 영광을 드리며 죄인들을 위해 하느님의 자비를 청하는 기도를 바치라는 메시지입니다. 가능하다면 오후 3시에 하던 일을 잠시 멈추고, 하느님 자비를 묵상합니다. 자비를 실천할 수 있는 힘을 달라고 화살기도를 바치자는 것입니다.

　허형, 순례의 의미는 단순히 예수님의 자비 상 그림 원본을 보거나 성녀 파우스티나의 유해를 보는 것이 아니라, 다시 한번 하느님의 자비의 메시지를 마음 깊이 새기는 것이겠지요.

크라쿠프 광장과 성모 마리아 대성당

허형,

저희는 아쉬운 마음으로 10시 30분경, 자비의 성모 성당을 떠나 크라코프의 구시가지 시내로 들어갔습니다. 폴란드에는 세 개의 수도가 있다고 합니다. 크라쿠프는 폴란드의 고도이며, 문화, 예술의 수도로 불리는 곳입니다. 크라코프는 폴란드가 나라로 정착을 한 7세기부터 형성된 도시라고 합니다.

저희는 관광객이 가장 즐겨 찾는 광장의 중앙에 있는 길이 100m나 되는 커다란 직물회관과 성모 마리아 성당 사이에서 간단히 설명을 듣고, 50분의 시간 여유를 주었습니다. 먼저 성당을 순례하고, 이어서 직물회관이라고 불리는 상점에서 물건을 살 수 있도록 했습니다.

직물회관은 본래는 의복이나 직물의 교역 장소였다고 하는데, 지금은 많은 기념품 상점들이 즐비하게 늘어서 있는 곳입니다. 저는 몇 년 전에 골목길에서 작은 그림을 두어 장 살 수 있었기 때문에 다시 기억을 더듬어 골목길을 찾아갔었는데, 일요일이라서 거리 행상이 거의 없더라고요.

성모 마리아 대성당은 왕족이나 귀족들의 성당이 아니라 시민들의 성당이었다고 하네요. 그래서 겉은 그렇게 화려하지 않은데, 내부는 아주 아름답습니다. 시민들이 자진해서 헌금하면서 내부를 치장하는데, 온 정성을 쏟았기 때문이라고 합니다. 몇 년 전에는 돈을 받고 후레쉬 없이 사진 찍는 것을 허용했는데, 지금은 아예 사진 불허이더군요. 성당의 제대는 국보로 지정되어 있지요. 제대는 조각가 파이트 슈토스의 작품으로, 제작 기간만 무려 12년이나 걸렸다고 합니다.

허 형, 저희는 오후의 일정 때문에 크라코프시의 다른 여러 아름다운 성당을 순례하지 못하는 아쉬움을 남겨야 했습니다. 제가 개인적으로 왔을 때는 여러 성당을 순례하고, 구시가지 남쪽에 있는 아름다운 숲길을 따라 걷다가 바벨 언덕을 올랐었지요. 그 언덕에는 폴란드 왕족의 대관식과 장례가 치러졌다는 바벨 대성당이 있습니다.

폴란드 역대 왕들이 살던 바벨성이 자리하고 있습니다. 저희는 점심 식사 후에 다만 버스로 다리를 지나가면서 그 언덕을 건너다보고 다음 순례지를 향해 떠나야 했지요. 다음 순례지는 칼바리아 제부르도프스카 수도원과 교황 요한 바오로 2세의 고향, 바도비체입니다.

칼바리아 제브르도브스카 수도원

허형,

오후 일정 때문에 크라코프 구시가지를 돌아다니며 둘러보지는 못하고 그곳 어느 아담하고 정겨운 식당에서 현지식으로 점심을 했지요. 제가 처음으로 와인을 쐈습니다. 서양 음식은 와인이라도 있어야 입에 넘어가는 분들을 위하여! 하하. 사실 제가 먼저 쏴야 차례로 쏘겠다는 사람들이 줄을 서거든요. 실제로 그랬고요.

오후의 주요 일정은 바도비체이지만, 바도비체에서 불과 15분 정도 떨어진 곳에 칼바리아 제브르도브스카라는 수도원이 있습니다. 아주 아름다운 곳이고, 자연과 조화를 잘 이룬 수도원이라 1999년에 유네스코 세계 문화유산의 하나로 지정된 곳이기도 하지요.

허형, 그곳은 세계의 축제를 소개할 때도 빠지지 않고 소개될 정도로 성 주간에 예수 수난극과 부활절 축제를 크게 하는 곳으로도 유명한 곳입니다. 우리에게 중요한 것은 고 요한 바오로 2세가 학생 시절 이곳에서 예수님 역을 맡아 십자가를 메고 수난극에 참여하였다는 사실이고요.

또 하나의 다른 블랙 마돈나, 검은 성모자상이 있는 곳으로도 유명합니다. 야스나고라의 검은 성모님은 왼손에 아기 예수님을 안고 계신데 비해, 이곳의 검은 성모님은 오른손에 아기 예수님을 안고 계신 것이 특징이지요. 순례의 중요한 목적의 하나가 이 성모상 앞에서 기도하는 것이지요.

저희가 수도원에 도착하였더니, 앞마당에서 고 요한 바오로 2세의 동상이 우리를 반겨주었습니다. 무척 편안하고, 인자해 보이는 모습의 상이었습니다. 수도원으로 오르는 언덕 오른쪽으로는 상점들이 늘어서 있는데, 그 앞의 꽃들이 아름다웠습니다. 대성당에는 미사가 행해지고 있어, 우선 성당의 측면을 통과하여, 뒷마당으로 갔습니다.

대성당에 미사 드리는 사람이 너무 많아서 옆 복도도 사람들로 꽉 차 있어 지나가기가 너무 미안하였지요. 폴란드는 가는 곳곳마다 미사가 행해지고 있었습니다. 저는 살짝 경내를 빠져나가 십자가 길이 시작되는 언덕을 올라갔지요. 그곳에서 수도원 전체 경관도 잘 보이고, 산 위의 바람에 나부끼는 나뭇잎들도 볼 수 있었지요.

십자가의 길은 정말 장난이 아니라고 하더니, 정말 올려다보니 언덕이 상당히 높고 가파르게 보였습니다. 그곳을 예수 역을 맡은 사람은 실제 크기의 십자가를 지고, 골고타 언덕을 오르는 수난극을 한다고 합니다. 그때에는 그 성 주간 행사에 참여하기 위해 전국 각지에서 순례자들이 몰려와서 북새통을 이룬다고 하네요.

제가 가이드에게 어느 수도회이냐고 물으니까 모르는 거예요. 그리고 마침 조금 후에 프란치스코 수도복을 입은 신부님을 만났고, 잠시 이야기를 나누었고 프란치스코 수도회의 수도원이라는 것을 알았습니다. 후에 가이드도 어느 수도회인지 알아보고 와서 프란치스코 수도회라고 제게 알려 주더군요.

11년이나 가이드를 하면서 이곳에 수없이 왔을 터인데, 어느 수도회 인지 물어본 사람이 없었나 봅니다. 하하. 이래서 아는 척하는 신부 만나 면, 가이드들이 싫어합니다.

바
도
비
체

허형,

교황 요한 바오로 2세의 고향, 바도비체를 향하며, 저는 첫사랑의 님을 만나러 가는 것처럼 마음이 설레었습니다. 제가 버스에서 교황님을 사랑했던 어느 여인이 썼다는 시를 읽어드렸더니, 순례자들이 모두 너무 슬픈 시라고 하였지요. 저는 다만 교황님의 인간적인 면모, 위대한 교황님으로서보다는 인간, 카롤 보이티와를 그리며 그분을 나누고 싶었지요.

카롤 유제프 보이티와는 우리가 모두 너무나 존경하고 사랑하는 교황 요한 바오로 2세의 본명입니다. 그 시, 카롤 보이티와를 첫사랑으로 두었다는 여인이 훗날 교황님을 만난 후에 썼다고 하는 시를 형과도 나눕니다. 너무 슬퍼하지 마세요. 사랑하지 않은 것보다 사랑하고 잃는 것이 더 낫다는 앨프레드 로드 테니슨의 유명한 싯귀처럼 그 여인은 교황을 사랑했던 것으로 이미 충분히 행복했을 테니까요. 하하.

첫사랑 꿈꾼 날엔

가슴이 시리다

가슴으로 와서

가슴으로 부르다

가슴에 묻힌 그 사람

첫사랑을 꿈꾸었지만

지금도 한 마디 말하지 못한다

가물한 이름과 얼굴

도로 가슴에 묻는다.

허형, 제가 순례 후에 처음 올린 졸시 '행복했던 님, 카롤 보이티와를 그리며'에서 교황님의 생애에 대해 요약한 바 있습니다마는 다시 객관적인 그분의 생애와 제가 시에서 쓴 것을 조금 풀어서 교황 요한 바오로 2세에 대해 나누고자 합니다. 그는 하드리아노 6세 이래 455년 만의 비(非)이탈리아 출신 교황이자 역사상 최초의 슬라브계 교황이기도 합니다.

그는 58세의 나이, 20세기 교황들 가운데 최연소로 즉위한 교황이기도 합니다. 그는 무엇보다 선교여행을 가장 많이 한 교황으로 알려져 있습니다. 전임자들보다 무려 100개국 이상의 나라를 더 방문하였으니까요. 단순히 교황으로서뿐만 아니라, 지금까지의 세계 지도자 가운데서도 역사상 여행을 가장 많이 한 분으로 기록되어 있다고 합니다.

그는 쿠바와 시리아, 이스라엘 등 이전 교황들이 발을 들여놓을 생각도 못했던 국가들을 전격 방문해 종교 간 화해와 평화를 위해 기도했습니다. 1984년 전두환 대통령 당시 처음 한국을 방문하였고, 103위 시성식을 거행하셨지요. 교황님께서는 고 김대중 전 대통령이 사형 선고를 받고 수감됐던 1980년 12월, 전두환 당시 대통령에게 서한을 보내 김 전 대통령의 감형에 이어 석방을 요청했다고 합니다.

전두환 대통령도 그 청을 거절할 수 없었나 봅니다. 그는 언어에 탁월한 감각을 지니고 있던 분이기도 하지요. 모국어인 폴란드어는 물론이지만, 이탈리아어, 프랑스어, 독일어, 영어, 스페인어, 크로아티아어, 포르투갈어, 러시아어, 라틴어, 희랍어 등 다양한 언어를 유창하게 구사할 줄도 알았습니다.

허형, 한국 방문을 위해서는 당시 로마에 있던 또 한 사람의 언어의 천재, 고 장익 신부님(훗날 주교)에게 한국말을 배우는 열정을 지닌 분입니다. 하여 한국 방문 때, 일부 한국어로 미사를 드려서 우리를 감동시켰던 분이지요. 교황님은 고국 폴란드를 비롯한 동유럽의 민주화 운동을 지원하였고, 세계 평화와 반전을 호소하면서, 결국 냉전 시대를 종식하는데 누구보다 커다란 역할을 하신 분입니다.

교황님의 원래 이름, 카롤 유제프 보이티와는 1920년 5월 18일 폴란드 남부 바도비체라는 작은 도시에서 태어났습니다. 그는 예술과 문학에 재능을 지녔던 아이였을 뿐, 그는 처음부터 거룩함의 소명을 받은 것은 아니었다고 합니다. 연극인이 되고자 대학 문학부에 들어갔고 대학 연극반에서 주연과 연출가로 활동했습니다.

제2차 세계 대전이 일어나고, 독일 게슈타포들이 유대인들을 색출할 때는 그들의 눈을 피해 유대인들을 숨겨주었습니다. 전쟁 중에 그는 어떤 사건을 계기로 연극인이 아니라 신부가 되기로 결심합니다. 그는 낮에는 단순 노동자로 일하며 힘든 하루를 보내지만, 밤에는 남몰래 지하 신학교 학생으로써 공부를 합니다.

허형, 노동 중에도 쉬는 시간에는 손에서 책을 놓지 않는 그를 보며 동료들이 이상하게 생각했다고 합니다. 그는 철학과 신학을 공부하면서 하느님과 인간에 대한 깊은 사색에 빠졌고, 하느님과 인간에 대한 사랑을 키워나갔습니다. 처음 꿈꾸던 연극과는 전혀 다른 삶을 길을 걸은 것이지요.

사제라는 말의 어원적인 뜻이 하느님과 인간을 잇는 다리이지요. 그는 진정 하느님과 인간에 대한 사랑을 지닌 사제가 되고 훗날 '종들의 종', 교황으로 선출되었습니다. 그는 교황을 누구나 가까이 다가갈 수 있는 친근한 이름, 진정 '종들의 종'으로 만든 분이며 세계의 누구와도 기꺼이 대화하고자 손수 찾아가 손을 내밀고 마음을 열었던 분입니다.

허형, 1981년 교황님은 성 베드로 광장에서 신자들을 알현하던 중 터키인 청년의 총탄을 맞고 쓰러졌습니다. 왼쪽 가슴에 총탄이 박혔었다고 합니다. 교황님은 6시간이 넘게 걸린 대수술을 받았습니다. 교황님은 회복하신 후에 교도소를 찾아 범인을 만났고, 말씀하셨습니다.

"내게 총을 쏜 이 형제를 위해 기도합시다. 나는 이미 진정으로 그를 용서했습니다."

자기에게 총을 쏜 이 형제를 위해 기도하자고 청한 교황님은 진정 이 시대의 평화의 도구, 화해의 증인이셨습니다. 그런 교황님께서는 말년을 아주 큰 고통 중에 보내셨습니다. 파킨슨병을 비롯해 여러 가지 합병증으로 무척 고통스러웠다고 합니다. 저에게는 시대의 아픔을 짊어지고 가시려고 했던 것으로 느껴집니다.

그는 2005년 4월 2일, 바로 제 생일에 하느님 품으로 가셨습니다. 그가 마지막으로 남긴 말은 우리가 모두 너무나 잘 알지요. "나는 행복합니다. 여러분도 행복하게 지내십시오. 저를 위해 슬퍼하지 말고 함께 기쁘게 기도합시다." 그가 마지막으로 남긴 말은 "나는 행복하였노라."이었다는 것이 깊은 감동으로 다가옵니다.

저희가 순례한 바도비체는 교황님께서 이곳을 방문하셨을 때, '내 삶의 모든 출발점'이라고 말한 곳이기도 하기에 더욱 의미가 있는 곳이지요. 18살에 크라코프에 있는 대학에 가기 전까지 사셨던 곳이고요. 교황님의 고향, 바도비체를 순례하며 진정 그의 평화와 화해의 정신을 배워야 하리라고 생각했습니다.

아니, 순례하는 우리도 이 시대의 평화의 사도가 되어야 할 것입니다. 그것이 바로 이곳, 바도비체를 순례하는 진정한 의미이겠지요. 후임 교황이셨던 베네딕토 16세는 폴란드 출신의 전임 요한 바오로 2세의 유지를 받든다는 표징으로, 고국 독일에 이은 두 번째 선교 방문지로 폴란드를 택했습니다.

폴란드 방문 사흘째 날에는 요한 바오로 2세의 고향 바도비체를 방문한 자리에서 선언하였습니다. "저는 요한 바오로 2세가 가까운 장래에 시성되기를 희망합니다." 온 폴란드 국민들, 특히 바도비체의 시민들은 열렬한 환영과 기쁨을 나타냈다고 합니다.

아직 확실한 것은 아니지만 곧 복자품에 오르게 되리라는 소식도 들립니다. 저는 순례 떠나기 전에 준비하는 과정에서 오래전, 교황 요한 바오로 2세가 고향 바도비체를 방문하신 후에, '크림 과자' 열풍이 불었었다고 하는 내용의 기사를 발견하였었지요.

교황이 고향을 방문하여, 10만 명이 넘는 고향의 환영인파에게 연설하던 중 "어릴 적에 광장에 있는 제과점에 들러 크림 과자를 즐겨 사 먹었는데 그 맛은 '둘이 먹다 하나가 죽어도' 모를 만큼 기가 막혔다."라고 말한 이후 지역주민은 물론 순례객들이 너도나도 교황님이 즐겨 먹었다는 크림 과자를 찾고 있는 것입니다.

바도비체 광장 주변의 제과점들은 밀려드는 손님을 맞이하느라 연일 즐거운 비명을 지르고 있답니다. 하여 저는 이번에 방문하면 '크림 과자'를 사 먹어 보겠다고 생각했었지요. 그런데 그만 건망증으로 잊어버리고, 돌아오는 차 안에 생각이 나는 거예요.

제가 순례자들에게 '크림 과자' 이야기를 하면서 그만 깜빡하고 크림 과자 사 먹는 것을 잊어 버렸다고 하자, 가이드 신경섭 씨가 그 과자 너무 달아서 한국 사람들은 좋아하지 않는다고 하더군요. 바도비체의 대성당, 교황님의 세례 성당이기도 한 '동정녀 마리아 대성당'을 바라다보았습니다.

저희는 이 성당의 중앙 제대 왼쪽에 있는 성 비오 제대에서 미사를 드렸습니다. 이 제대의 이름이 성 비오 제대로 붙여지게 된 것은 요한 바오로 2세와 성 비오 신부님과의 특별한 관계 때문에 성 비오 신부님께 봉헌되었다고 합니다. 젊은 사제, 카롤 보이티와가 로마 유학 중에 비오 신부님을 찾아갔다고 합니다.

두 사람은 만나자마자 서로를 알아봅니다. 젊은 사제, 보이키와는 비오 신부님의 인품에 반하게 되지요. 더욱 놀라운 것은 비오 신부님이 젊은 폴란드 사제를 알아보고, 정확한 예언을 합니다. 비오 신부님은 당신이 훗날 교황이 될 것이라는 예언합니다.

허형, 젊은 사제 카롤 보이티와는 말도 안 되는 소리라고 생각했지만, 훗날 교황이 되고 나서 놀라움을 금치 못하지요. 그는 살아생전에 오히려 교회로부터 박해를 받던 비오 신부님을 시성하는 작업을 시작했고, 교회 역사 안에서 놀랍도록 예외적인 짧은 시일 안에 비오 신부님을 성인품이 올리지요.

교황님의 생가는 아직도 수리 중이라고 막아 놓았더군요. 다만 건너다보는 것으로 만족해야 했습니다. 꼭 들어가서 보아야 하는 것은 아니지요. 저는 몇 년 전에 순례를 왔을 때, 들어가서 보았지요. 유품들과 어릴 때부터의 사진들이 걸려 있던 것으로 기억합니다. 스키 타는 사진이 인상적이었습니다.

블랙 마돈나,
쳉스토코바, 야스나구라의 성모님

허형,

안개 낀 전날과는 달리 맑고 신선한 아침이었습니다. 그날은 제가, 아니 우리가 모두 좋아하는 성인, 아시씨의 성 프란치스코 축일이었습니다. 저는 아침에 일찍 일어나서 어제 하루를 정리하고, 오늘 하루를 준비하면서 평화의 성인, 아시씨의 성 프란치스코 축일에 이곳 야스나구라에서 아침을 맞게 되는 의미를 헤아렸습니다.

우리 순례자의 몇 사람이 아침 일찍 가서 현지 미사에 참례하고 오기도 했었는데, 아주 좋았다고 하였습니다. 사실 그분들만 전체 야스나구라 수도원의 전경을 보신 분들이지요. 폴란드에는 3개의 수도가 있다고 했지요. 문화, 예술의 수도, 크라코프를 이미 순례했고요.

허형, 바로 폴란드인들의 종교적이며, 영적인, 또는 정신적인 수도는 바로 쳉스토호바입니다. 18세기에 폴란드가 독립을 잃게 되었습니다. 그 당시 폴란드 국민들은 블랙 마돈나 상을 향해 기도하면서 야스라구라 수도원은 폴란드인들의 특별한 정신적 구심점이 되었습니다.

블랙 마돈나, 검은 성모님은 모든 항쟁의 수호자가 되셨고, 폴란드 민중들은 마리아를 해방과 국가 통치권의 수호자로 열렬히 모시게 되었습니다. 그 후 지금까지 야스나구라 수도원은 폴란드의 영적 수도로 자리매김하게 되었습니다. 이곳 야스나구라에서 폴란드 가톨릭교회의 시노드, 주교 회의를 비롯하여 각종 신앙에 관한 대회 및 전국적인 심포지움이 열린다고 합니다.

저는 4년 전, 이곳에 두 번째로 무화과 기도 모임의 순례자들과 함께 이곳을 순례하였습니다. 당시 저와 우리 순례자들이 아주 깊은 인상을 받은 곳이었습니다. 그 당시를 떠올리며 정말 설레는 마음으로 버스에서 내렸지요. 이른 아침이라 4년 전과는 상황이 조금 달랐습니다.

4년 전에는 늦은 오후 이곳 수도원의 대성당 한쪽 구석에 있는 경당에서 미사를 드리고 수많은 순례자의 틈을 비집고 유명한 블랙 마돈나고 불리는 성화가 모셔져 있는 중앙 제대로 갔을 때, 아이들이 첫영성체를 하고 있었습니다. 어린 신랑과 신부처럼 정장과 하얀 드레스로 차려입은 아이들의 첫영성체 모습을 보면서 순례자들의 입에서 '아, 참 예쁘다.'라는 탄성이 절로 나왔었지요.

허형, 아이들의 상기된 얼굴을 보면서 이 첫영성체가 아이들에게 어떤 인상으로 그들의 생애에 깊이 아로새겨질 것인데 어렵지 않게 가늠할 수 있었습니다. 그날 첫영성체를 하는 아이들은 쳉스토코바 지역에 속한 아이들이 아니었습니다. 폴란드 전역에서 첫영성체를 하러 와서 블랙 마돈나 앞의 중앙 제대에는 새벽부터 저녁까지 계속 첫영성체 하는 아이들을 중심으로 미사가 이루어지고 있습니다.

그 모습이 바로 제가 우리 순례자들에게 보여 주고 싶었던 모습의 하나였지요. 제가 다시 6년 전 이곳 폴란드를 처음 순례하면서 느낀 것이 이들의 신앙은 일상의 삶 안에 살아 있다는 사실이었습니다. 당시 비가 오는데도 줄을 서서 고백성사를 보는 모습을 보면서 저는 큰 감동을 받았지요.

허형, 폴란드인들의 그런 살아 있는 신앙의 모습을 순례자들에게 보여 주고 싶었는데 그들이 아이들에게 첫영성체를 얼마나 중요하게 여기도록 이끌어 주는지 함께 볼 수 있어 내심 기뻤던 기억을 다시 떠올렸습니다. 이번에는 비교적 이른 아침이라 순례자들이 그리 많지 않았습니다. 버스에서 내린 곳도 달랐고요.

야스나구라가 순례자들의 참배 수로 볼 때, 세계에서 두 번째라는 사실을 아는 사람은 거의 없습니다. 우리나라 신자들에게 세계에서 가장 많은 순례자가 찾는 성모 성지가 어디냐고 물으면, 대개 '루르드'라고 답합니다. 실제 통계적으로 세계 최대의 성모 성지는 단연 멕시코의 과다루뻬이지요.

연간 순례자들의 수가 2000만을 넘어 어느 해는 2500만에 이른다고 합니다. 그다음이 바로 블랙 마돈나가 모셔져 있는 폴란드의 야스나구라입니다. 연간 순례자 수가 500만이 넘는답니다. 그다음이 마지막 순례지 메쥬고리예로 450만에 이르고 있지요. 그다음이 루르드로 300만 정도입니다.

야스나구라가 세계인들에게 널리 알려진 것은 고 교황 요한 바오로 2세에 의해서입니다. 교황이 되신 후에 이곳 야스나구라를 참배하시면서 말씀하셨습니다. "폴란드의 아들을 베드로좌로 부르신 사실은 이 성지와 깊은 관계가 있습니다. 이곳은 큰 희망의 땅이며, 나는 이 성상 앞에서 수없이 기도하곤 하였습니다."(1979년 6월 4일)

허형, 왜 이 초상화가 블랙 마돈나라고 불리게 되었을까요? 사실 르네상스 시대에 와서야 비로소 예수님과 성모 마리아의 초상화에서 흰 피부와 푸른 눈, 그리고 금발이 나타나기 시작하였다고 합니다. 그전에는 거의 모든 성화와 성 예술품들은 성가정과 사도들이 올리브색의 피부, 검거나 갈색의 머리카락과 눈동자를 가진 것으로 표현하고 있습니다.

물론 이 성지에서 가장 중요한 것이 블랙 마돈나, 검은 성모님 성화이지만 우리가 순례하는 의미가 단순히 블랙 마돈나, 원본을 보는 것이 아니지요. 눈에 보이는 모습으로 그분을 나타내는 그 상을 통해 당신 모습을 드러내 보여 주시는 어머니를 만나는 것이 중요하지요. 나아가서, 어머니께서 들려주시는 말씀을 듣는 것이 중요하지요.

허형, 이미 10살의 소년 콜베가 어머니의 말씀을 들었듯이, 그렇게 들을 수 있는 열린 마음을 지니는 것이라고 생각합니다. 한 마디로 줄이면, 순례의 중요한 의미가 '믿음'을 더하고, '영원한 생명'을 추구하는 일이라고 했지요. 수많은 순례자가 이곳, 블랙 마돈나, 검은 성모님 앞에서 기도하면서 어머니를 만나고, 어머니에게서 위로와 용기를 얻고 새 삶을 삽니다. 그런 새 삶이라면 그 삶은 이미 '영원한 생명'의 시작이라고 생각합니다.

왜 이곳에 순례를 옵니까? 왜 이곳에 와서 기도합니까? 믿음이란 무엇인가요? 다시 되새기게 되는 것은 그날 복음 말씀처럼 "제 믿음을 더해 주십시오."라는 청입니다. 그 믿음을 통해 우리는 궁극적으로 '영원한 생명'을 얻게 됩니다. 그것이 바로 그분이 우리에게 약속하신 것이지요.

영원한 생명을 얻게 되면, 그분과 얼굴을 맞대고 만나는 만남을 갖게 되겠지요. 성모님과도 성화로서가 아니라 얼굴을 맞대고 숨결을 느끼며 만나게 되겠지요. 이 블랙 마돈나는 '호디지트리아'로 알려진 동정 성모님의 모습입니다. 이 말은 성모 마리아가 당신 왼팔에 안고 있는 거룩한 예수 아기를 오른손으로 가리키고 있는 모습이란 뜻이라고 합니다.

허형, 이 성화의 신비스러운 모습과 극적인 전설과 실제로 알려진 내용의 역사를 통해 대중적인 공경을 불러일으키고 순례자들의 발걸음을 그치지 않게 합니다. 이 블랙 마돈나로 알려진 성모 성화는 실제 역사적 사건과 더불어 많은 전설을 지니고 있습니다.

가장 잘 알려진 전설이며 이 성화가 폴란드 국민의 성모님을 넘어서서 모든 가톨릭 신자들의 공경을 받는 이유 중의 하나는 성 요셉이 성가정을 위해 만들었다고 전해지는 식탁 위에 새겨져 있었다고 전해지기 때문입니다. 이 성모 성화는 예수님의 성가정에서 사용하던 사이프러스 나무로 만든 것입니다.

탁자의 윗면에 성 루카가 그린 것이라고 전해집니다. 성 루카는 성모님께 초상을 그리게 해 달라고 청하셨고, 성모님께서는 기꺼이 의자에 앉으셔서 모델이 되셨다고 전해집니다. 성모님께서는 완성된 초상화를 보시고 매우 흡족하시어 "나의 은총이 이것과 함께 할 것입니다."라고 말씀하셨다고 합니다.

이 초상화, 아니 성화의 기적적인 역사는 이렇게 해서 시작되었습니다. 이 성모 성화는 거의 300년 가까이 예루살렘의 모처에 숨겨져 있는 동안에도 공경의 대상이었다고 합니다. 그러던 중 성녀 헬레나가 '진짜 십자가(True Cross)'를 찾는 과정에서 발견되었다고 합니다.

성녀 헬레나는 이 성모 성화를 콘스탄티노플로 가져와 그의 아들이 며 로마제국의 첫 번째 신자 황제였던 콘스탄틴 대제에게 바쳤습니다. 콘 스탄틴 대제는 성모 성화를 안치하기 위한 성당을 건립하였고, 그 후 성 모 성화는 5세기 동안 그곳에 보관되었습니다. 성모 성화를 그냥 블랙 마 돈나로 부르기로 하지요.

오랜 세월 동안 많은 외적이 콘스탄티노플을 침략하였는데, 그때마다 블랙 마돈나가 안치된 성당은 그 도시 사람들이 희망을 소원하는 중심지 가 되었다고 합니다. 한번은 외적의 침공을 받아 도시가 함락될 위기에 처하였는데, 주민들이 블랙 마돈나 앞에 모여 기도한 결과 외적의 침략 에서 도시를 구해낸 적도 있었답니다.

이미 콘스탄티노플에 있을 때부터 블랙 마돈나 앞에서 기도하는 사 람들이 성모 마리아의 도우심이라고 증언하는 수없이 많은 기적이 일어 났습니다. 실제로, 이 성모 성화를 조사해 본 결과, 5세기에서 8세기의 것으로 판명되었다고 합니다. 따라서 성 루카가 그린 진본이라고 보기는 어렵습니다.

블랙 마돈나는 신비스런 여행 끝에 이곳 쳉스토호바에 모셔진 것으 로 알려져 있습니다. 처음에는 팔레스티나에 모셔져 있다가 콘스탄티노 플로 옮겨졌고, 그다음은 헝가리로 갔다가 루테니아로 갔고, 마지막에는 베츠 성(城)으로 옮겨졌다고 합니다. 역사적인 기록으로는 폴란드의 라디 슬라오 오플치크 왕자가 전리품으로 이 성모 성화를 획득하여 쳉스토코 바로 옮겨옵니다.

18세기에는 폴란드가 독립을 잃게 되었는데, 이때 성모님은 모든 항 쟁의 수호자가 되셨고, 민중들은 마리아를 해방과 국가 통치권의 수호자로 열렬히 모셨습니다. 그러므로 침략자인 러시아는 순례를 금지하고, 이 성상을 제거하려고 애썼다고 합니다. 이때, 그들을 비웃는 희화를 비롯하여 성모님께 더욱 매달리기를 호소하는 책자들이 쏟아져 나왔고, 또 쳉스토코바의 성모 성당이 최초로 건립되었습니다.

허형, 19세기에 이르러 폴란드가 자유를 잃게 되자, 야스나 고라 수도 원은 폴란드 애국주의의 중심이 되었으며, 2차 세계 대전 중에는 국민이 나치에 항거하며 이 수도원까지 행진하여 그들을 놀라게 하였습니다. 그러므로 이 성모님과 성당은 폴란드 국민의 힘이지요. 이리하여 폴란드는 천주의 성모님께 봉헌되었습니다.

폴란드의 신앙은 쳉스토코바의 성모 손에 달렸다고 사람들은 인식하고 있습니다. 이렇게 하여 폴란드 국민에게 야스나 고라 수도원은 그들의 영적 고향으로 누구나 찾아가기를 원하는 곳이 되었습니다. 교황 요한 바오로 2세께서 1979년 6월에 순례하신 다음부터는 세계 곳곳에서 순례자들이 모여들고 있습니다.

그렇기에 단순히 폴란드인들의 성지가 아닌 참배 순례자 수로 세계 두 번째의 성지가 되었습니다. 고 요한 바오로 2세는 쳉스토코바의 성모 신심은 자신뿐만 아니라 폴란드 전 국민의 심중에 깊이 자리하고 있으며, 전체 교회에 대한 감도와 신앙의 표상이 된다고 선언하셨습니다.

허형, 고 요한 바오로 2세께서 블랙 마돈나를 얼마나 사랑하시는지를 보여 주는 것이지요. 고 요한 바오로 2세께서 야스나고라에 대해 말씀하신 몇 가지를 소개합니다. "야스나 고라의 성모는 모든 영혼들에게, 모든 가정에 그리고 모든 사람들에게 당신의 모성적 사랑을 알려 주십니다." (1979년 6월 4일)

"쳉스토코바는 교회 안에 성모님이 임재하심을 알리는 상징입니다. 천상 어머니께서 분명히 여기 이 자리에 계십니다. 어머니는 그리스도와 교회의 신비 안에 계십니다. 마리아는 만인을 위해 그리고 당신을 뵈오려 순례의 길을 찾아든 모든 이와 함께 계십니다."(1979년 6월 4일)

아우슈비츠

허형,

이곳은 아우슈비츠라는 곳입니다. 이 아우슈비츠는 바로 폴란드 갈리치아에 있는 작은 마을 오슈비엥침에 처음 세워진 것입니다. 우리의 현지 가이드 신경섭 씨는 이 수용소가 유태인들을 위한 수용소가 아니라 폴란드 정치범을 위한 수용소라는 말을 여러 번 강조했지요. 정확하게 1940년 4월 27일 하인리히 히믈러가 이곳 작은 마을 오슈비엥침에 첫 번째 수용소 건립을 명령했습니다.

같은 해 6월 14일 최초로 폴란드 정치범들이 수송되어왔다고 합니다. 저희 순례자들이 둘러보는 곳이며, 바로 콜베 신부님의 순교지이기도 한 곳이 이 작은 '아우슈비츠 1호'입니다. 처음에는 이곳에 주로 폴란드와 독일 정치범들이 수용된 것입니다. 그러나 그 후 2, 3호는 유대인들을 학살하기 위한 것이었고, 아우슈비츠라고 불리는 곳에서 죽은 사람은 분명 유대인들이었습니다.

허형, 바데안슈탈트라고 불린 목욕탕과 처형당한 죄수들의 시체를 보관하는 데 사용한 라이헨켈러라고 불린 시체보관실, 아인에셔룽스외펜라고 불린 화장터 등을 갖춘 대규모 집단 처형소로 개발했습니다. 모두 유럽 여러 나라에 거주하고 있던 유대인들을 말살하기 위한 집단수용소와 처형장이었습니다. 그리고 1942년 5월에 후에 '아우슈비츠 3호'라고 명명된 드보리 마을 부근의 조금 더 큰 다른 수용소를 세웠습니다.

독일의 히틀러, 아니 나치는 정말 인간의 탈을 쓴 짐승들이었습니다. 나치는 많은 사람을 의학실험 대상으로 삼기도 했습니다. 이러한 의학실험의 예로 값싸고 신속하게 살해하는 방법, 아리안족의 수를 늘리는 방법을 찾기 위한 쌍둥이들의 시체 검시 등이 있었다고 합니다. 악명 높은 의사 요제프 멩겔레가 쌍둥이 부검 실험을 지휘했으며 선별 작업을 감독했다고 합니다.

아우슈비츠에서의 사망자 수는 확실하지 않지만 보통 200만이 넘는 것으로 알려져 있습니다. 어떤 학자들은 이곳에서만 400만 명에 이른다고 하는 이도 있습니다마는 이곳에서만도 아주 적게도 분명 100만이 넘는 유태인들이 학살되었습니다. 저희는 '아우슈비츠 1호'만 순례를 하였지요.

사실 1호만 거의 원형 그대로 보존되어 있고, 나머지 2, 3호는 건물 뼈대만 남아 있지요. 저는 10년에 이곳에 처음 순례 왔을 때, 그곳도 들러보았지요. 저희가 이곳을 방문하면서 순례라는 말을 쓰는 것은 너무나 수많은 사람이 희생당한 엄숙한 장소이기 때문에 당연하지만, 무엇보다 콜베 신부님의 순교지이기 때문이기도 하지요.

이곳의 잔혹한 참상을 보노라면, 절로 인간에 대한 비애를 느끼게 하는 곳입니다. 저는 10년 전 처음 이곳을 방문하고 잠을 이룰 수 없었던 기억이 있습니다. 이곳의 참상을 아는 것도 물론 중요하지만, 저희가 이곳을 순례하는 아주 중요한 이유의 하나는 성 막시밀리아노 콜베 신부님의 순교지이기도 합니다.

이제 간단하게 콜베 신부님의 사건에 대해 정리해 보겠습니다. 콜베 신부님이 있던 감방에서 한 사람의 탈출자가 생겼습니다. 한 사람이 도망치면 그 대가로 같은 감방에 있던 죄수 10명은 굶어 죽어야 했습니다. 때는 7월의 폭염 중이었습니다. 콜베 신부님께서 폭염 속에서 죽음의 공포에 떨고 있는 죄수들과 함께 서 있는 장면을 상상 안에서 떠올려 보십시오.

콜베 신부님은 영혼의 깊은 침묵 속에서 성모님과 함께라면 못할 일이 없다는 믿음의 길을 걸을 때가 가까이 왔음을 직감하십니다. 콜베 신부님은 이미 10살 때 어떤 특별한 체험으로 성모 마리아에게 완전히 마음을 사로잡혔습니다. 무척 말썽꾸러기였던 그는 어머니의 심한 꾸중을 듣고서는 슬픈 마음으로 쳉스토호바, 야스나구라 수도원에 가서 성모님께 장차 자신이 어떤 사람이 될 것인지를 물었다고 합니다.

그때 성모님께서는 흰색의 관과 붉은색의 관을 들고 나타나서는 어린 콜베에게 어느 관을 갖고 싶은지 물었습니다. 흰색은 순결을 붉은색은 순교를 뜻합니다. 그는 두 개를 모두 달라고 하였고 그의 대답에 성모님은 살며시 미소 짓고는 사라지셨다고 합니다. 그 이후 성모님은 콜베 신부님의 마음의 친구이자 여왕이었으며 주인이 되셨습니다.

당시 아우슈비츠 수용소장은 프리치라는 이름의 아주 잔인한 사람이었다고 합니다. 그는 자기가 내키는 대로 10명을 손가락 하나로 골라서 아사 감방으로 보내겠다며 그들에게 다가서고 있습니다. 오랜 세월이 흘렀지만, 지금도 상상만으로도 그의 기분대로 선택된 10명의 공포에 질린 눈동자와 거친 숨소리를 느낄 수 있습니다.

선택당한 10명은 굶어 죽게 되었습니다. 물도 없이 굶어 죽는 아사가 가장 잔인한 죽음의 방법이라고 합니다. 10명이 손가락질로 끌려 나왔고, 그들 10명 중 어느 한 사람이 이제 가족은 어떻게 하느냐며 울부짖었습니다. 그때 수인번호 16670번을 가슴에 단 콜베 신부님은 그 울부짖는 사람 대신 자신이 죽겠다고 나섭니다.

수용소장 프리치는 "너는 누구냐?"고 묻습니다. 그때 콜베 신부님은 "가톨릭 사제입니다."라고 답합니다. 콜베 신부님은 수도자라고도 프란치스코회원이라고도 하지 않고, 오직 사제라고만 대답하였습니다. 그 대답의 의미는 그리스도를 대신하여 사제로서 죽을 것이고, 사제이기 때문에 죽으려는 것이었습니다. 수용소장 프리치는 바로 '안 된다.'라고 대답하지 못하고, 그 긴 침묵 속에 콜베 신부님은 마치 평화 속에서 미사를 올리고 있는 듯한 모습으로 계셨다고 전합니다.

자신의 결정을 결코 번복한 적이 없었던 수용소장은 콜베 신부님의 청을 들어주기로 합니다. 그때 지평선에 걸린 태양은 성체 현시대처럼 빛났다고 살아남은 자들은 들려주고 있습니다. 지옥의 축소판인 아사 감방은 목마르고 굶주린 사형수들의 아우성으로 떠나갈 듯하지만, 신부님과 함께 한 10명의 사형수는 아우성이 아닌 노래를 부르기 시작했다고 합니다.

허형, 그 노랫소리는 옆 감방으로 전해져 그들도 울부짖는 소리 대신 노래로 화답했고 이어서 이 감방 저 감방이 노래와 기도로 화답하기 시작했습니다. 그 노래는 그리스도를 믿는 이들에게 약속된 승리의 노래였고 사랑의 노래였습니다. 한 신부의 사랑이 죽음보다 강하다는 신념과 행동은 생지옥 같은 감방을 성당으로 바꾸어 놓았던 것입니다.

콜베 신부님은 감방 한가운데서 무릎을 꿇거나 서서 기도하며 죽어가는 사람들을 영혼을 하느님께 맡겨드리며 사제로서 그들의 임종을 도왔습니다. 1941년 8월 14일, 성모승천 대축일 전야에 비인간적이고 비그리스도적인 잔인성은 신부님의 지상에서의 생명을 페놀 주사로써 앗아가 버렸습니다.

저는 콜베 신부님이 돌아가신 그 아사 감방 앞에서 순례자들이 함께 잠시 기도하고 기도 시도 읽어주고 싶었지만, 장소가 너무나 좁고 다른 순례자들이 있어 그렇게 못했고, 나중에 밖으로 나와서 했습니다. 이것은 제가 쓴 졸시입니다.

사랑하는 콜베 신부님!

당신은 사랑이 얼마나 위대한지를
저희에게 가르쳐 주셨습니다.
한 사람 대신 죽음을 택함으로
사랑이 죽음보다도 더 강하다는 것을
온몸으로 증거하셨습니다.

어린 시절
성모님께 받기를 원했던 두 개의 관

순결과 순교의 관을 끝내
죽음을 택함으로 모두 받으셨습니다.

당신이 알지 못하는 한 사람을 위해
대신 받으신 고통과 순교의 죽음은
한 순간의 행동이 아니었습니다.
순결을 사셨던 삶의 연장이었습니다.

죽음보다 더 강했던 그 사랑의 순간을
묵상하려 하오니 도와주십시오.
사랑의 절정의 순간을 있었던 그대로
바라보고 느끼도록 함께 해 주십시오.

당신 사랑의 행동만이 아니라
그 사랑의 마음을 깊이 헤아리도록
저희들의 마음의 눈을 열어 주십시오.

결코, 한번 내린 결정을 바꾸지 않는
수용소장의 결정을 바꾸게 했던
당신의 겸손하고 부드러운 눈빛을
저희도 느끼게 해 주십시오.

목마름의 극도의 고통 때문에

지옥의 축소판으로 불린 아사 감방을

찬미 노래 부르는 성당으로 바꾸게 했던

그 힘의 원천을 가르쳐 주십시오.

마지막 순간까지 착한 목자로서

죽어가는 양 떼를 돌보던

고요하고 평화로운 모습을 바라보며

제 사제 삶의 길을 가르쳐 주십시오.

5

동구의 아름다운 나라, 체코

프라하의 아기 예수님

허형,

체코 프라하의 아기 예수님입니다. 너무나 유명한 은총의 아기 예수상, 제 어머니가 너무나 좋아하시던 아기 예수상이기도 합니다. 저는 4년 만에 이곳에 다시 오는 감회가 새로웠습니다. 4년 전 순례 때는 감기몸살이 너무 심하던 날이라 몸은 힘들고 목소리도 제대로 나오지 않는 상태라서, 내심 어떻게 미사를 드릴 수 있을까 걱정을 많이 했었습니다.

그 유명한 '은총의 아기 예수상'이 모셔져 있는 성당에서 미사를 드릴 수 있다는 말을 듣고 아픈 것도 잊고 흥분되어 미사를 드렸던 기억이 새롭습니다. 당시 성당에 도착하여 제의 방을 찾았더니, 말도 잘 통하지 않는 수녀님이 얼마나 친절하게 제의를 차려 주시고 입는 것까지 도와주시던지 깊은 인상으로 남아 있습니다.

이번 순례 때에 그 수녀님을 반갑게 맞이하리라 생각했는데, 마침 쉬는 날이어서 못 뵈었습니다. 알고 보니, 그 수녀님이 친절한 것은 유명하더군요. 순례자 일행 중의 어느 분의 지인이 몇 년 전에 이곳에 왔다가 그 수녀님이 너무 친절하여 꼭 감사한 마음을 전해달라고 하여 신부님을 통해 적지 않은 돈을 전해 드렸지요. 하하. 이렇게 친절은 보답을 받습니다.

4년 전에 저는 워낙 유명한 성당이라 계속 순례자들이 붐비고 있어서 당연히 작은 경당에서 한국말 미사를 드릴 수 있을 것이라고 생각했었지요. 그런데 놀랍게도 아름답고 화려하게 꾸며진 성당의 중당 제대에서 한국말로 미사를 드릴 수 있었답니다. 물론 이번에도 그렇게 했고요.

당시 순례단의 연주자인 최 모니카 씨가 이층 파이프 오르간 실로 안내를 받아 올라가서 웅장한 파이프 오르간의 반주로 한국말 성가가 울려 퍼지면서 미사가 시작되었지요. 이번에도 순례단에 훌륭한 오르간 반주자가 있어, 다시 한번 그때의 감동을 재현하리라 생각했는데, 이제 더 이상 파이프 오르간을 반주할 수 없다고 하여 아쉬웠습니다.

대신 이번에는 매 미사, 영성체 후에 모니카 씨의 독창과 루카 씨의 클라리넷 연주가 있어 아쉬움을 달래는 것 이상, 아주 좋았지요. 당시 수녀님 뿐만 아니라 원장 신부님도 인상적이었기 때문에 다시 만나고 싶었지요. 제가 프라하로 오는 버스에서 가이드 세레나 씨에게 그 원장 신부님을 만나고 싶다고 했더니, 그분 아프리카에 자주 가시고 거의 안 계셔서 만나기 힘들 것이라고 했었지요.

허형, 그런데 바로 그 원장 신부님을 다시 뵐 수 있었습니다. 우선 4년 전 감동에 대해 잠깐 나누고 이어서 이번의 감동에 대해 나눕니다. 4년 전, 미사가 끝났을 때였어요. 감동의 클라이맥스입니다. 제가 제의실로 들어가자 그곳의 신부님이 반갑게 인사를 하면서 순례자들의 음악이 아름다웠다고 하시더군요. 그러면서 순례자들에게 아기 예수상이 있는 상본을 하나씩 주고 싶다고 하셨습니다.

당신의 책상 서랍에서 상본을 한 아름 꺼내어 손에 들고 같이 성당으로 나가자고 하시더군요. 저는 간단한 인사말을 하실 줄 알았는데 의외로 저희 순례자들에게 다시 한번 한국 성가를 부르라고 청하셨지요. 진심으로 아름답다고 칭찬해 주시고 격려해 주셨어요. 그리고 저희에게 들려준 한마디 말이 그날 제가 나오지 않는 목소리로 했던 강론을 무색하게 만들고 저희 순례자들의 가슴에 뺄 수 없는 화살을 박아놓았지요.

"저기 보이는 아기 예수님은 다만 이미지일 뿐입니다. 진짜 예수님은 바로 여러분들의 가슴에 계십니다."

"저기 보이는 아기 예수님은 다만 이미지일 뿐입니다. 진짜 예수님은 바로 여러분들의 가슴에 계십니다."

허 형, 그 유명한 '은총의 아기 예수상'에 대해서는 한마디도 하지 않으시고 진짜 예수님은 바로 여러분들의 가슴에 계시다는 그 말만 두 번 반복해서 하셨지요. 저는 그 말을 새기며 그 '은총의 아기 예수상'을 오랫동안 바라보았어요. 이미지의 예수님을 찾으면서 가슴에 계시는 예수님을 외면하는 어리석음을 저지르지 않게 도와달라고 기도했지요.

이번에는 가이드 세레나 씨 말에 의하면, 원장 신부님이 모니카 씨 독창과 루카 씨 클라리넷 연주를 듣고 너무 흥분하셔서 늘 하시는 그 말씀도 잊으셨다고 합니다. 원장 신부님이 나비로 만든 성모자상 그림 두 장을 가지고 오시더니, 모니카 씨와 루카 씨에게 하나씩 선물로 주시는 거예요.

원장 신부님이 속한 수도회에서도 이태석 신부님 때문에 우리에게 잘 알려진 아프리카 남수단에서 선교하신답니다. 나중에 그곳에 있는 수녀님들이 나비로 만든 그림을 가져다 팔아서 선교비로 사용하고 계시다는 말을 듣고, 그 그림을 순례자들이 한 장씩 사고, 저는 아주 많이 샀답니다. 처음에는 살아 있는 생명체인 나비로 만들었다고 하여 끔찍하다고 생각했는데, 그곳에는 죽은 나비가 아주 많다고 하네요.

허 형, 프라하의 '은총의 아기 예수상'에 대해 간단히 소개합니다. 프라하의 '은총의 아기 예수상'은 원래는 스페인에 모셔져 있었는데 체코의 프라하까지 오게 되었답니다. 지금은 체코의 수도인 프라하시의 '승리의 마리아 가르멜 수도원' 소속의 아기 예수 피난처 성당에 모셔져 있습니다.

스페인의 한 수도원에서 발현한 아기 예수님의 모습대로 재조된 이 성상이 프라하에 모셔지게 된 경위는 대략 이렇습니다. 스페인 남부 코르도바와 세비야 사이에 있는 과달키비르 지역에는 원래 옛날 스페인 땅에서 유명했던 어느 수도원이 있었는데 전쟁이 일어나 회교인들에 의해 철저하게 파괴되었답니다.

그 후 폐허 위에 몇 명의 수도자들만이 살고 있었지요. 그런데 그들 가운데에 아기 예수님께 대한 신심이 깊은 한 수사가 있었지요. 그가 어느 날 열심히 바닥을 쓸고 있을 때였답니다. 아주 맑고 깊은 눈을 지닌 한 아이가 갑자기 그의 앞에 나타났답니다. 그 아이는 그 순간 그에게 많은 기쁨을 선사하며 말했지요.

"요셉 수사님, 정말 비질을 잘하시네요. 바닥이 눈부시게 번쩍입니다. 하지만 더 중요한 것이 있습니다. 지금 성모송을 기도하실 수 있으세요?"

그는 약간 당황하였지만 사랑스런 눈으로 그 아이를 바라보면서 대답하였답니다.

"그럼, 할 수 있고 말고."

"오, 그럼 바로 지금 당장 성모송을 기도해 주세요."

요셉 수사는 그 자리에서 두 손을 모으고 "은총이 가득하신 마리아여, 기뻐하소서……" 하며 성모송을 이어나갔는데 "…… 태중의 아들 예수 또한 복되시도다."에 이르렀을 때 그 아이가 갑자기 "그게 바로 나예요."라고 외쳤답니다. 그는 그 말을 듣고 깜짝 놀랐지요.

자신 앞에 서 있는 아이는 바로 아기 예수님이셨던 것을 알았지요. 그런데 그것을 깨닫는 순간 곧 그 아이는 사라져버렸답니다. 그 후 요셉 수사는 아기 예수님께 대한 그리움으로 가득 찼고, 다시 그 아기 예수님을 만나고 싶은 그리움으로 마치 죽을 것 같은 나날을 보내어야 했지요.

수많은 고독의 날들이 지나갔지만, 그 아기가 보인 작별의 미소는 그의 가슴 속에서 계속 불타고 있었답니다. 그러던 어느 날 아주 아름다운 목소리가 들려왔답니다. "내 모습대로 밀랍인형을 만들어 주세요." 그는 그분의 모습대로 밀랍인형을 만드는 것이 그의 거룩한 의무라고 느끼며 재료를 부탁하러 곧바로 수도원장에게 달려갔답니다.

사랑에 넘치는 두 손으로 그 아기의 모습을 만드는 작업을 시작했던 것이지요. 그의 그리움은 채워졌고, 그는 너무나 행복했답니다. 아기가 사라진 뒤 그는 기억을 더듬어가며 여러 가지 모습을 만들었지요. 그런데 그의 방 안에 한 무리의 천사들에 둘러싸여 그 하늘 아기가 또다시 나타났답니다.

아기 예수님은 문지방에 서서 말했습니다. "나입니다. 내가 왔어요. 이제 이 작품은 완벽하게 진행될 수 있어요. 나를 쳐다봐요. 이제 당신은 내가 지닌 천상의 얼굴 표정을 그대로 밀랍에 새길 수 있어요." 그는 그 아기의 모습대로 밀랍에 형을 떴고 가슴은 기쁨으로 차올랐지요.

작품을 완성하고 감동에 젖은 그는 무릎을 꿇었고, 두 손에 머리를 파묻고는 이어 기쁨의 눈물을 흘리며 그 자리에서 평온하게 숨을 거두었답니다. 영원한 사랑이 그에게 입맞춤했고, 천사들은 그를 천국으로 데려갔지요. 수도원장은 성대한 행렬을 갖추어 그 밀랍 상을 성당에 모셨답니다. 그런데 요셉 수사가 죽은 다음 날 밤, 그가 수도원장 앞에 나타나 말했습니다.

"부족한 제가 만든 이 아기 예수상은 여러분을 위한 것이 아닙니다. 일 년 후에 도나 이사벨라 후작 부인이 와서 이 천상 아기를 모셔갈 것입니다. 그리고 그녀는 이를 곧 따님인 마리아 만리케쯔에게 결혼 선물로 주게 될 것이므로 여러분은 이후에도 언제나 사랑과 존경을 지니고서 이 아기 예수님을 생각해야 합니다.

마리아는 이 아기를 고향에서 멀리 떨어진 머나먼 보헤미아 지역으로 모셔가게 될 것입니다. 그곳 프라하에서 아기 예수님은 많은 사람의 경배를 받을 것이며 암담한 날들에는 도움을 많이 줄 것입니다. 아기 예수님이 선택한 그 땅에 은총과 평화와 자비가 내릴 것이며 이 아기는 그 나라를 사랑과 지혜로 이끌어 나갈 것입니다.

보헤미아 민족은 그의 민족이 될 것이며 이 아기는 그 민족 한가운데서 살게 될 것입니다. 그리고는 그들의 영원한 왕이라 불릴 것이며 이 왕은 은총으로 그들에게 충분한 보답을 할 것입니다. 그리고 모든 민족과 나라들로부터 '은총이 충만한 프라하의 아기 예수님'이라고 불릴 것입니다. 이 아기 예수님께 청원하는 모든 이에게 지구 끝까지라도 축복과 도움을 줄 것입니다."

한편 도나 이사벨라의 딸인 마리아 만리케쯔는 보헤미아의 귀족, 브라티슬라 폰 페른스타인와 결혼할 때 그녀의 가문에서 이미 '오랫동안 기적을 행하는 아기'로서 공경합니다. 가보로 전해지던 이 아기 예수상을, 오래전에 요셉 수사가 예언한 대로, 어머니에게서 물려받아 시댁이 있는 보헤미아로 가져왔습니다.

허형, 그리고 마리아 만리케쯔는 그것을 다시 자신의 딸, 마리아 폴리세나가 영주 아달베르트 폰 롭코비츠와 결혼할 때 선물하였지요. 그런데 1623년 남편이 죽음으로써 과부가 된 후에도 폴리세나는 돈독한 신앙생활과 이웃사랑으로 생애를 보냈는데, 그녀는 특히 프라그 지역에 있는 승리의 마리아 가르멜 수도원 수사들과 특별한 관계를 맺고 있었습니다.

그 당시 수사들은 그 수도원의 창설자요, 후원자며 가장 큰 은인이었던 황제 페르디낭드 2세가 왕궁을 비엔나로 옮긴 이후 커다란 곤경에 빠져 빵 한 조각도 먹기 힘든 극심한 빈곤 상태에 처해 있었지요. 이 슬픈 상황을 전해 들은 롭코비츠가의 영주 부인 폴리세나는 자기 스페인 선조의 가보인 값비싼 보옥으로 된 아기 예수상을 그 수도원에 주기로 결정했습니다. 그녀는 그 예수상을 주면서 말했답니다.

"제게 가장 소중한 것을 여러분들에게 드립니다. 아기 예수님을 공경하십시오. 그러면 여러분에게 아무런 부족함이 없을 것입니다."

이렇게 하여 스페인에서 옮겨져 프라하에 정착하게 된 이 아기 예수상은 약 60cm 정도의 크기에 나무로 조각되어 그 위에 밀랍이 씌워져 있습니다. 세 살 정도의 아이 모습을 하고 있으며 값비싼 대관식용 외투를 걸치고 있는 머리에는 아주 큰 보석으로 장식된 왕관이 있습니다.

왼손에는 십자가가 달린 지구의를 들고 있으며 오른손은 축복을 내리는 듯 위로 들고 있고 하느님의 미소를 머금은 다정한 얼굴을 하고 있습니다. 체코 사람들에게 '은총의 아기상'은 삶의 어떠한 상황에도 축복을 내려주시는 분으로 알려져 있습니다. 1761년에 출판된 옛 책자에 이렇게 쓰여 있다고 합니다.

"은총에 찬 이 성상 앞에서 믿음을 가지고 기도하는 이들은 누구나 위험에 처했을 때는 도움을, 우울할 때는 위안을, 빈곤할 때는 도움을, 불안할 때는 안정을, 절망할 때는 희망을, 병들었을 때는 건강을 얻게 된다. 은총에 가득 찬 이 성상의 자비로운 두 눈은 온통 사랑의 불꽃을 내뿜을 것이며, 입가의 미소는 감미로움에 젖게 하고 그 아름다움은 모든 감정을 압도한다.

이 놀라운 은총의 아기에 의해 치유되지 않은 것은 없다. 이 아기는 적대감을 없애며, 갇힌 자를 해방하고, 죽음의 선고를 받은 이를 구원하며, 뉘우칠 줄 모르는 죄인을 회개시키며, 자녀가 없는 이들에게 아기를 낳을 수 있는 축복을 내려준다. 모든 사람에게 모든 것이 되어준다."

허형, 프라하의 아기 예수님을 찬미하는 미사와 영성체를 통해 계속해서 여러 가지 치유의 기적이 일어나고 있다고 합니다.

성 비투스 성당

허형,

아, 프라하에 오기 전에 가이드 세레나 씨 만난 것을 이야기하지 못 했네요. 저희는 폴란드 국경을 지나 부르노를 향했지요. 부르노라는 도 시는 보헤미아—모라비아 고지(체크어로는 체스코모라프스카 비소치나)의 동쪽 기 슭, 스브라트카강과 스비타바강이 합류하는 곳에 자리잡고 있습니다.

우리나라 대구 정도의 체코에서 비교적 아주 큰 도시이며 모라비아 지방의 전통적인 중심지라고 합니다. 부르노시 북쪽에는 동굴·석굴·협 곡으로 유명한 모라비아 카르스트가 있다고 하지만, 저희는 관광을 온 것이 아니니까 생략하고 부루노에서 저녁 식사를 하고 잠만 자고 떠나는 일정이었습니다.

그곳 호텔에서 새 가이드 세레나 씨를 만났지요. 세레나 씨는 스스럼 없이 자기 사생활 이야기를 나눌 만큼 소탈하면서도 자기 일에 대한 열 정을 지난 자매님이었습니다. 프라하의 뒷골목을 걸으면서 세레나 씨가 두 가지 재미있는 말을 했습니다. 하나는 "역사는 앞서갈 수 있지만, 가이드는 앞서갈 수 없습니다."이고, 다른 하나는 "저는 한번 간 길은 다시 가지 않아요."입니다.

시대도 아니고, 역사를 앞서갈 수 있어도, 가이드는 앞서갈 수 없다니! 하하. 한번 간 길은 다시 가지 않는다는 의미는 뒷골목 하나라도 더 보여 주고 싶은 마음의 표현이지요. 프라하의 뒷골목을 걸어보신 분은 느끼셨겠지만, 곳곳에 배여 있는 동유럽 특유의 아름다움이 인상적입니다. 저는 작은 성당이 하나 제 눈에 들어와서 마음에 담았어요. 화려한 비투스 성당을 보기 전에 작은 것을 소홀히 하지 말라는 의미가 아닐까 생각했어요.

허형, 프라하의 아기 예수님을 만난 후에 골목길을 통과하여 성 비투스 대성당으로 갔지요. 성 비투스 성당은 프라하성의 중앙에 있어, 프라하 시내 어디에서도 다 보이는 아주 웅장하고 아름다운 성당입니다. 프라하에서뿐만 아니라 세계에서도 가장 아름다운 성당 가운데 하나로 비엔나에 있는 유명한 슈테판 성당의 모델이 된 건물이기도 합니다.

9세기에 이미 성 비투스를 기념하여 성당을 지었지만 허물고 다시 지었답니다. 지금의 모습을 지닌 대성당은 1344년 카를 4세에 의해 짓기 시작하여 1929년에 완성되었다고 하니, 거의 600년에 걸쳐 지어진 성당이랍니다. 로마네스크 성당 터에 고딕 양식으로 만들면서 바로크 첨탑이 가미된 복합양식 건물로, 건축 양식 사에서도 중요한 곳으로 단순히 성당이 아니라 자체로 거대한 박물관이기도 합니다.

성당 안에 놀라운 예술품들이 즐비하기 때문이지요. 체코 사람들이 가장 보물로 여기는 것은 그들의 수호성인이며 성왕이기도 한 성 바츨라프의 무덤과 성 요한 네포묵의 무덤입니다. 저는 다만 이곳에서의 중요한 두 성인, 성 바츨라프와 성 요한 네포목에 대해서만 말씀드리고자 합니다.

허형, 이곳이 박물관이라는 표현을 썼는데, 무엇보다 성지이기도 한 것은 네 분의 성인들의 유해가 모셔져 있기 때문입니다. 네 분은 바로 성 비투스, 성 바츨라프, 성 요한 네포목, 성 루드밀라입니다. 성 바츨라프는 체코의 수호성인입니다. 어린 시절부터 할머니였던 성 루드밀라에 의해 좋은 신앙 교육을 받으면서 그리스도교인으로 자랐다고 합니다.

우리가 강조하고 싶은 성인은 성 네포목입니다. 세레나 씨는 우리가 그의 이름을 잊지 말라고, 청포묵이 아니라, 네포묵이라고 하였지요. 청포묵을 네 개 드신 성인으로 기억하면 잊지 않을 거예요. 보헤미아의 네포묵에서 태어난 그는 원래 성은 볼플라인인데, 후대 사람들이 고향 이름을 따서 성 요한 네포묵이라고 불러 아예 성처럼 되었지요.

그는 아주 명석하고 탁월한 능력을 인정받아 서품된 지 얼마 지나지 않아서 프라하의 대주교 요한 젠젠슈타인의 총대리로 발탁되었고, 왕실의 고백 신부 역할까지 하게 되었지요. 가이드 세레나 씨는 1탄, 2탄, 3탄에 걸쳐 성 요한 네포묵에 대해 설명을 해 주었지요. 우선 제1탄은 성 요한 네포묵의 성화 앞에서 해 주었습니다.

제1 탄의 내용입니다. 당시 보헤미아를 통치하고 있던 왕은 벤첸슬라오 1세라는 어느 인간을 닮은 쥐새끼 같은 인간이었답니다. 왕은 폭군이면서 아주 잔인한 성격의 인물이었지만, 그의 왕비 요안나는 그와는 정반대로 경건한 신앙을 지니고 있었고, 오로지 하느님을 섬김에서만 즐거움을 찾는 온순한 부인이었다고 합니다.

당연히 왕과 왕비는 사이가 별로 좋지 않았겠지요. 왕에게는 왕비를 사찰하는 아첨꾼이 있었답니다. 어느 날 왕비가 고백성사 보는 것까지 사찰했나 봅니다. 그런데 요즈음 사찰에 망원경까지 동원했다고 하던데 당시에 벌써 투시경이 있었는지 아니면, 고백소를 나온 후에 본 것인지, 하여튼 고백성사를 들은 요한 네포묵 신부님이 우시는 것을 사찰하여 왕에게 일러바친 것이지요.

왕이 요한 네포묵 신부를 불러 고백 내용을 말하라고 다그쳤답니다. 도대체 무슨 내용의 고백을 들었기에 눈물을 흘렸는지, 이실직고하라는 것입니다. 세레나 씨의 말을 그대로 인용하면, 처음에 왕은 요한 네포묵 신부님이 다른 사람들이 있기에 말을 안 하는지 알고, 저녁에 다시 은밀하게 불렀습니다.

허형, 다른 사람들을 모두 내보내고서 이제 사람들이 없는 곳이니, 어서 말하라고 했답니다. 요한 네포묵 신부님은 이 방에 있는 오로지 한 영혼에게만 말할 수 있다고 했답니다. 왕은 그 영혼이 당연히 자기인지 알았는데, 요한 신부님은 그 방에 있던 개를 가리켰답니다. 개에게만 말할 수 있다고 한 것이지요. 하하.

당신은 개만도 못하다는 은유가 아니었을까요? 정말 개 같은 사람도 있고, 개만도 못한 사람도 있습니다. 부인까지 사찰했으니, 개만도 못한 사람, 쥐새끼 같은 인간이지요. 화가 머리끝까지 난 왕은 신부님의 혀를 뽑고, 우리에게 몰다우강으로 더 잘 알려진 블타바강에 돌을 매달아 던져버렸답니다.

제2탄은 성당 안쪽으로 조금 돌아 무덤 앞에서 해 주었습니다. 정말 아름답게 꾸며진 무덤입니다. 온 국민이 성금을 하여 그 무덤을 봉헌했다고 합니다. 무덤은 은장식으로 꾸며져 있는데, 단순한 아름다움을 넘어 거룩함이 느껴지는 놀라운 예술품이기도 합니다. 무덤은 온 백성이 봉헌하고, 주위를 지키는 천사상은 당시 왕비가 봉헌했다고 합니다.

허형, 제2탄의 이야기입니다. 오늘날도 블타바강에는 낚시하는 사람들이 눈에 띄는 곳입니다. 요한 신부님이 살해당한 다음 날, 한 낚시꾼이 새벽에 고기를 잡으러 나갔다가 별이 다섯 개 떠 있어 이상하게 여겼답니다. 가방끈이 짧은 그는 그것이 무슨 의미인지를 몰라 그래도 가장 가방끈이 긴 본당 신부님께 여쭈었답니다.

본당 신부님도 고민을 하다가 문득 성경 구절을 떠올렸답니다. 베드로에게 예수님께서 이르신 말씀이지요. "그물을 던져라."본당 신부님은 그 어부에게 별이 뜬 그곳에 그물을 던지라고 했고, 어부는 그곳에 그물을 던졌답니다. 아주 묵직한 것이 걸려 대어를 낚았는지 알고, 기분 좋게 그것을 끌어올렸답니다.

그물에 걸린 것은 대어가 아니라 혀가 빠진 채 죽은 요한 네포묵 신부님의 시신이었답니다. 놀랍게도 시신은 조금도 상하지 않고, 그대로 있었답니다. 어부는 시신을 수습하여 본당 신부님께 모시고 왔고, 본당 신부님은 성당 마당에 요한 신부님의 시신을 안치하여 모셨지요. 본당 신부님은 왕의 짓인지 알았지만, 사람들에게 알리지는 않았답니다. 그만 들통이 나게 되었답니다. 왜 들통이 났을까요?

밤마다 별 다섯 개가 그곳을 비추어 주었습니다. 그 사실이 입소문을 타고 전해지면서 온 국민이 알게 된 것이지요. 왕은 아무도 모르게 하려고 했지만, 별이 그 사실을 밝혀준 것이었지요. 네포묵의 요한이 성인품에 오른 것은 1729년 3월 19일 교황 베네딕트 13세의 시대였다고 합니다.

그가 성인품에 오르기 10년 전, 시성 조사가 행해지던 때에 그의 무덤을 열어 시체를 검사하니 3백 년 이상이나 경과 되었으므로 전신은 모조리 다 썩어있었지만, 혀만은 마른 채로 그대로 남아 있었다고 합니다. 사람들은 이것이야말로 고백의 비밀을 지킨 성인의 충실함에 대한 하느님의 존귀한 보수의 표시라고 기뻐하였습니다.

체코의 국민은 그를 정성스럽게 황금의 성광에 모시고, 순은으로 장식하여 성당의 보물로서 영구히 보존하게 된 것입니다. 또한, 이 성인은 다리 위에서 물속에 던져져 순교한 점에서 다리의 성인이라 칭하고, 수많은 다리 위에 그의 초상을 모시게 되었답니다.

성 요한 네포묵은 보헤미아의 수호성인이면서 동시에 세계의 모든 고백성사를 사람의 수호성인이기도 합니다. 성 요한 네포묵의 초상은 보통 사제 복장 위에 영대를 걸치고, 오른손에 십자가를 들고 왼편에 입을 다문 모양을 그립니다. 항상 머리 위에는 별 다섯 개가 있고요.

허형, 제3탄은 나중에 카를교에서 해 주었지요. 우리는 다시 뒷골목을 지나 카를교로 갔지요. 많은 사람은 카를교에 있는 요한 네포목 신부님의 동상에 손을 대고, 소원을 빕니다. 대개의 소원 내용이 이곳 프라하에 다시 오게 해 달라는 소원을 빈답니다. 우리 순례자 일행 중에도 전에 그 소원을 빌었고, 그래서 다시 오게 되었다고 하신 분이 있었지요.

정작 더 중요한 장소는 네포묵 성인이 동상이 아니라 떨어져 순교하신 장소이고, 그곳에 성인의 작은 모습이 있어요. 그곳에 손을 대고 기도를 해야지요. 저는 잠시 기도하면서 요한 네포묵 신부님께서 고백성사를 들으시고 우셨다는 사실이 가슴 뭉클하게 다가왔습니다.

저는 그 생각으로 그날 오후를 보내게 되었습니다. 요한 신부님의 고뇌는 죄 자체보다 죄를 짓는 인간에 대한 깊은 연민이었겠지요. 고백의 비밀을 지키신 요한 네포묵 신부님. 그것을 목숨보다 더 소중하게 여긴 그 정신은 모든 사제가 몸으로 익혀야 할 덕목입니다.

성 요한 네포묵 신부님은 단순히 체코 사람들이 수호성인으로 공경할 성인이 아닙니다. 물론 성인품에 오른다는 것이 전 세계의 가톨릭 신자들의 공경 대상이 된다는 의미이기도 하지만, 요한 네포묵 신부님이야말로 우리나라에서도 더 널리 알려야 할 분이라고 생각합니다.

허형, 저도 4년 전에 이곳에 왔을 때만 기억하고 잊고 있었는데, 그동안을 반성했습니다. 정말 훌륭한 분이고, 우리의 가슴에 깊이 새겨야 할 성인입니다. 성 요한 네포묵이여! 고백성사를 듣는 모든 사제를 위해 빌어주소서!라고 기도했습니다.

체스키 크룸로프

허형,

체스키 크룸로프는 프라하에서 버스로 3시간 정도의 거리에 있습니다. 오스트리아 국경에서 멀지 않은 체코 남보헤미아주의 작은 도시이지요. 아니, 도시라고 부르기에는 너무나 동화 같은 아름다운 마을입니다. 언덕에 있는 '크룸로프 성'은 금방이라도 요정들이 나와서, 무도회를 벌일 것 같은 느낌을 주는 마법의 성입니다.

분홍색 계통의 다채로운 색감들이 어우러져 파스텔화를 바라보는 느낌을 주지요. 아름다우면서도 아주 견고한 성으로 건축을 하는 사람들에게도 잘 알려진 뛰어난 건축물이라고 하네요. 체스키 크룸로프 마을 전체가 유네스코 세계유산이기도 하지요. 체스키는 체코어로 '보헤미아의 것'이라는 의미로 보헤미아에 있는 하회마을이라는 뜻이 되겠습니다.

세레나 씨가 체코의 하회마을이라는 표현을 여러 번 했는데, 하회마을이 안동에 있는 우리 하회마을처럼 민속 마을이라는 뜻이 아니라, 강이 마을을 휘돌고 감으면서 흐른다는 의미이지요. 크룸로프는 '강의 만곡부의 습지'를 의미한답니다. 쉽게 말해, 곡선을 그리면서 강이 흐르기 때문에 하회마을이 된다는 뜻이지요.

허형, 체코에 이런 하회마을이 여러 개 있나 봅니다. 체스키 크룸로프라고 한 것은 특히 모라비아 지역에 있는 모라브스키 크룸로프와 구별하기 위해서라고 합니다. 저는 체스키 크룸로프로 향하는 버스에서 제가 미리 찾아보았던 자료에서 발견한 어느 여행자가 쓴 시 하나를 들려주었지요.

체스키 크룸로프의 작은 골목에서

때로는
나뭇잎 사이로 부서지는 햇살들과도 이야기한다.

때로는
이름도 없이 눈에 보이지도 않고 느낄 사이도 없이 곁을 지나치는
작은 바람 한 줌과도 이야기를 한다.

그리고 때로는
지구 반대편에서 살고 있는
이름 없는 작은 골목의 알지 못하는 소녀의
팔에 걸린 밝은 초록의 소박한 가방과도 이야기를 한다.

그리고 그녀의 가방과도 역시
나는 다신 만나지 못할 것이다.
갑작스레 찾아온 만남이고
다시는 재회를 기약하지 못하는
제대로 된 이별이다.

내 기억에 남을 수 있는 이별과 만남은
살면서 겪게 되는 수백만 번의 이별과 만남 중
지극히 소수인 몇 개일 뿐이다.

가슴에 담을 수 있는
만남과 이별은
그것이 아프든 기쁘든
대단한 축복인 것이다.

허형, 우리는 체스키 프롬로프 외곽에 버스를 대고 10분 정도 걸어서 굽이 흐르는 블타바강을 바라보며 마을로 들어서면서 모두 감탄사를 연발했습니다. 체스키 프롬로프는 작은 도시이지만, 체스키 프롬로프 대성당이라고 불리는 성당과 다른 두 개의 성당이 있는 가톨릭 마을입니다. 저희는 대성당에 11시, 미사 예약이 되어있어, 발걸음을 서둘렀습니다.

여기저기 아름다운 풍경에 셔터를 눌러대는 순례자들을 독려하여 성당으로 향하게 하였습니다. 대성당에 들어서니, 연세 지긋해 보이는 할아버지가 안내를 해 주더군요. 중앙 제대에서 미사를 드리기를 원하는지,

아니면 옆의 소성당에서 미사를 드리기를 원하는지 제게 묻더군요.

저희는 대성당 중앙 제대에서 미사를 드렸습니다. 세레나 씨가 13년 동안 가이드 역할 하면서 이곳 중앙 제대에서 미사 드린 것은 우리가 처음이라고 하더군요. 마침 그날 복음 말씀은 '주님의 기도'이었지요. 저는 나름대로 준비했던 강론을 했지만, 그 성당에서 미사를 드리면서 특별한 느낌을 받았지요.

아, 주님께서 정말 우리에게 일용할 양식을 주시는구나, 그 일용할 양식은 단순히 빵이 아니라 영혼의 양식, 오늘 우리에게 꼭 필요한 영혼의 양식을 은밀하게 주시는구나, 하는 느낌이었지요. 미사 후에 마을 전경이 가장 잘 보인다는 곳에서 간략하게 마을에 대한 안내를 들었습니다. 재미있는 것은 바로 그곳이 원래는 예수회 수도원의 정원이었다고 하네요.

허형, 저희가 미사 드린 대성당 뒤편이 지금은 호텔인데, 원래는 예수회 수도원이었답니다. 그곳 성주가 예수회를 쫓아내고 재산을 몰수했는데, 그 이유가 좋은 교육을 하여 주니까 배운 사람들이 많아지면서 자기들의 입지가 곤란하여 그렇게 했다고 하네요. 저는 그 사실을 듣고, 그것도 이유가 되겠구나. 싶었지요. 하하.

6

성 바오로가 활동한 나라, 터키

성 요한 크리소스토모

허형,

저는 감사의 마음을 담아 순례기를 쓰려고 합니다. 우선 시리아, 터키에 관한 순례기를 먼저 쓰려고 합니다. 찬밥은 냉동실에 얼려두고 따뜻한 밥을 먹는 셈이지요. 하하. 7월 5일 제 사제서품 기념일이 지나기 5분 전, 11시 55분 발 이스탄불행 비행기를 타고 현지 시각 7월 6일 새벽 5시 반에 공항에 내렸습니다.

이스탄불의 중추신경이며 아시아와 유럽을 가르는 보스포러스 해협은 지정학적으로 아주 중요한 곳입니다. 하지만 11시간 반을 비행기를 타고 온 저희에게 시원한 바닷바람이 여독을 풀어주기 때문에 꼭 필요한 일정이기도 했습니다. 처음에는 성지 순례에 왠 유람선이냐고 생각했지만, 배려 깊은 최요한 사장님께 감사를 드리지 않을 수 없습니다.

최요한 사장님은 순례 기간 내내 깊은 배려로 저를 감탄하게 했습니다. 대략 1시간 정도 배를 타고 아름다운 보스포러스 해협 주변을 둘러보면서 아시아와 유럽을 잇는 두 번째 다리까지 갈 때는 유럽 쪽 해안을 따라, 돌아올 때는 아시아 쪽 해안을 따라 유람했습니다.

돌마바흐체 궁전은 유럽 쪽 해안을 따라 600m 가량 길게 뻗어 있었습니다. 배에서 내린 후에 바로 순례의 첫 미사를 드리러 성령께 봉헌된 주교좌성당으로 갔습니다. 제가 제의실에 들어갔더니 그곳을 담당하시는 살레시오회 신부님께서 저를 기다리고 있다가 미사 전에 자기가 성당의 의미에 대해 설명할 터이니, 저에게 통역해 달라고 하셨습니다.

허형, 그 덕분에 10년 만에 엉터리 동시통역을 했습니다. 그 살레시오회 신부님은 열정이 대단하신 분이셨습니다. 핵심내용만 전하면 이렇습니다. 이 성당은 일치와 화해의 상징으로써 성령께 봉헌되었다고 합니다. 1054년 정교회가 로마 가톨릭에서 공식적으로 분리된 후, 정교회는 독자적으로 지내다가 14세기부터 오스만 터키의 지배를 받았고, 그 시대가 끝나면서 다시 일치의 상징으로 세워진 성당이라고 합니다.

그 신부님은 먼저 교황 요한 23세가 된 론깔리 대주교님에 대해 언급하셨습니다. 교황 23세는 제가 가장 존경하는 교황님이기도 하여, 반가웠습니다. 그의 [영혼의 일기]는 학창시절 제게 가장 큰 영향을 준 책이기도 합니다. 요한 23세는 아주 소박하고 개방적인 태도로 처음으로 베드로 대성당의 성역을 벗어나 양로원, 고아원, 감옥, 공장 등을 찾아다니며 소외되고 고통받는 사람들을 위로한 분입니다.

허형, 그분의 서민적이고 개방적인 모습은 당시에는 놀라운 일이었습니다. 살레시오회 신부님은 요한 23세가 된 론깔리 대주교님이 2차 세계대전 당시 터키주재 교황 대사로 계셨다고 했습니다. 그 신부님은 교황님에 대해 진정한 존경심을 지니고 열변으로 그분이 교회 일치를 위해 노력했다고 설명하셨습니다.

그분은 진정으로 일치와 화해의 대사였다고 합니다. 동방 정교회뿐만 아니라 무스렘들과도 교류하면서 친분을 두텁게 했다고 합니다. 그분은 당시 수천 명의 헝가리계 유대인을 나치의 대학살로부터 구해내기도 했다고 합니다. 폴란드 소재 아우슈비츠 수용소의 참상을 들은 그는 교황 비오 12세에게 헝가리 정부가 유대인들을 더 이상 폴란드로 보내지 말 것을 요구하는 서한을 보냈습니다.

그분은 헝가리계 유대인들의 수용소행을 중단시키도록 한, 분이기도 합니다. 한편 터키로 피난 온 약 1만 2천 명의 헝가리계 유대인의 해외 도피를 위해 문서를 꾸며주었다고 합니다. 그 신부님은 교황 요한 23세가 제2차 공의회를 열고 그 정신의 하나가 바로 교회일치운동이 된 것은 교황 요한 23세가 어떤 분인지를 잘 나타내고 있습니다.

이 성령 성당은 그분의 정신을 이어받아 계속 터키 안에서 일치와 화해의 상징으로 자리매김하고 있다고 열변을 토해 설명했습니다. 주교좌 성당을 들어서면 왼쪽에 교황 성 베네딕트 15세의 동상이 세워져 있었습니다. 그 신부님께서는 그 의미도 설명해 주셨습니다.

1914부터 1922년까지 교황을 지낸 베네딕트 15세는 제1차 세계 대전이라는 비극의 시절에 가톨릭교회를 이끌며 국제분쟁의 화해자로서 헌신한 분이라고 합니다. 그는 전쟁을 반대하고, 특히 독가스 같은 비인간적인 무기의 사용에 반대한 분입니다. 그는 전쟁의 무고한 희생자를 도와주기 위해 애썼습니다.

허형, 7개 항의 평화계획을 제안하기도 했지만, 양쪽에 모두 받아들여지지 않았다고 합니다. 터키의 주교좌성당인 성령 성당은 일치와 화해의 상징으로 성당 앞에 평화와 일치를 위해 노력한 교황 성 베네딕트 15세의 동상을 세웠다고 합니다. 이어서 요한 크리소스토모에 대해 설명하셨습니다.

요한 금구라고도 불리는 그는 당시 수도인 콘스탄티노플의 총대주교가 된 후, 궁중 생활과 너무나 밀착되어 부패한 성직자와 수도자들의 화려한 생활을 질타하고, 신자들이 생활을 윤리적으로 쇄신할 것을 강조한 성인입니다. 그는 가난한 이들을 위한 여러 가지 구호사업을 시작함으로써 교회의 개혁을 시도하였다고 합니다.

그러자 총대주교의 개혁에 불만을 품고 있던 적대자들이 연대하여 요한 크리소스토모를 반대하기 시작하였다고 합니다. 처음에는 황실과의 관계도 좋았지만, 황후의 지나친 사치와 탐욕을 비난하여 악화하였다고 합니다. 그 신부님은 재미있는 표현으로 성 요한 금구가 황실을 비난한 내용을 이야기하셨습니다.

"거리 뒷골목의 가난한 사람들을 보라. 그들은 황실이나 권력층의 말보다도 못한 처지가 아닌가!"

그런 비난을 하고 온전할 리가 없겠지요. 그는 결국 반대자들의 모략을 받아들인 소심증이 있던 아르카디우스 황제에 의해 비티니아로 유배를 당합니다. 고대 소아시아 북서부 지역입니다. 그러나 신자들이 이 결정에 반발하여 폭동을 일으키자, 이에 놀란 황제는 그의 유배를 취소하고 돌아오게 하였다고 합니다.

허형, 저희는 미사 후에 모두 성 요한 금구의 유해에 친구(입맞춤)로서 경배를 했습니다. 교황 23세 이후 교황님들이 이곳을 방문한 기념으로 유해를 돌려주신 교황 요한 바오로 2세는 특별히 성당 제대 쪽에 다른 두 분, 바오로 6세와 베네딕토 16세는 뒷면에 기념 문구가 새겨져 있었습니다.

그 신부님께서는 이스탄불에 여러 종파의 그리스도교가 있다고 알려 주셨습니다. 대략 합하여 20만 명 정도 되는데, 정교회가 가장 크고, 가톨릭은 2만 정도 되고, 개신교도 들어와 있고, 가이드 요한 씨에 의하면 한국 개신교도 들어와 있다고 합니다. 가톨릭에서는 여러 수도회가 나와 있는데, 서로 협력하면서 일치의 모습을 보여 주면서 활동하고 있다고 합니다.

프란치스코회, 구속주회, 마리아 전교회 등 여러 수도회가 주로 병원과 학교 등 지역 사회의 복지를 위해 일하면서 화해와 일치의 정신을 보여 주려고 애쓴다고 하였습니다. 저는 미사 후에 그 신부님과 개인적으로 잠깐 이야기를 나누었는데, 제가 예수회 신부라고 하니까, 농담으로 두 손을 모으더니 90도로 절을 하시는 거예요.

허형, 오늘 첫날의 순례기를 다 쓰려고 했지만, 여기에서 줄입니다.

이스탄불

허형,

먼저 터키 역사를 이해하는 것이 이스탄불 순례의 의미에 도움이 될 것 같아 간단히 역사를 더듬으려고 합니다. 한국에 터키를 사랑하는 사람들의 모임인 터사모라는 모임이 있습니다. 정신과 의사인 이시형 박사도 그 모임의 한 사람이며 터키통인데, 제가 강남의 터키 레스토랑에서 함께 식사를 한 적이 있습니다.

그는 이스탄불을 세상에서 가장 매력적인 도시라고 자랑합니다. 가이드 말이 이희수 교수라는 분이 터사모의 대표주자이며 한국에서는 터키에 대해 가장 해박한 사람이라고 하더군요. 이시형 박사나 이희수 교수뿐만 아니라 터키에 살거나 여러 번 가 본 많은 사람이 이스탄불이 가장 매력적인 도시라는데 이의가 없습니다.

이스탄불이라는 도시의 역사를 간단히 소개하면 이렇습니다. 기원전 7세기 그리스를 통치하고 있던 비자스 왕은 오랜 기도 끝에 "눈먼 땅에 새 도시를 건설하라."라는 델퍼 신전의 신탁을 받았다고 합니다. 도대체 눈먼 땅이 어디란 말인가! 그는 이 의미를 깨닫지 못하고 있었습니다.

어느 날 그는 배를 타고 왔다가 보스포러스 해안 맞은편 언덕과 마주친 순간 무릎을 쳤다고 합니다. 그곳은 세 바다가 만나는 천혜의 요새이며 경치 또한 기가 막히게 아름다웠다고 합니다. 그런데 그곳을 두고 저 멀리 산 위에 사람들이 사는 것을 보며, 그들이 눈먼 사람들이라고 생각한 것이지요.

비자스는 사람들이 눈이 멀어 미처 보지 못했던 보스포러스 해안 맞은편 언덕에 그의 도시를 건설했다고 합니다. 비자스의 도시 비잔티움이 생겨난 유래이지요. 비잔티움이 후에 콘스탄티노플 황제에 의해 그의 이름을 따서 콘스탄티노플이 되고, 오스만 터키에 의해 새 이름, 이스탄불이 된 것입니다.

지정학적으로 중요한 가치를 지닌 비잔티움은 새로운 지배세력이 등장할 때마다 탐욕의 대상이 됩니다. 따라서 역사의 굴곡 안에서 수많은 우여곡절을 겪으면서 비잔티움의 운명은 늘 풍전등화였다고 말할 수 있을 것입니다. 한때 페르시아의 지배 아래에 있다가 알렉산더 대왕에 의해 마케도니아, 곧 그리스의 영토가 되었다가 나중에 로마 제국의 영토가 되었습니다.

허형, 이스탄불은 현재 터키에서 가장 큰 도시이지만 수도는 아닙니다. 수도는 중부에 있는 앙카라입니다. 터키는 97%가 아시아이고, 3%가 유럽인 나라입니다. 3%가 유럽이기 때문에 EU에 가입하려고 하지만, EU가 받아 주지 않는다고 합니다. EU가 인구수에 의해 영향력을 행사하니, 터키를 받아들이면 영향력이 막강할 터이니 쉽게 받아 주지 않을 것이라고 합니다.

이미 언급한 것처럼 도시 이스탄불도 보스포루스 해협을 가운데에 두고 아시아와 유럽 두 대륙에 걸쳐있는 묘한 도시이지요. 1985년 유네스코는 이스탄불을 세계문화유산으로 지정하였습니다. 로마 황제 콘스탄티누스 대제가 수도를 로마에서 이곳 비잔틴으로 옮기고 이곳을 '새로운 로마'라고 불렀기 때문에 후세의 역사가들이 이 동쪽의 로마 제국을 고도의 이름과 연관되어 '비잔틴 제국'이라고 부르게 된 것이지요.

우리가 계속 비잔틴 시대라는 말을 듣게 되기 때문에, 조금 장황하게 설명하였습니다. 미사를 드린 후에 우리가 찾아간 곳은 유명한 히포드럼이라고 불리는 광장이었습니다. 광장 가운데에 이집트의 오벨리스크 하나가 우뚝 서 있습니다. 이집트의 나일강에 있는 카르낙 신전에서, 로마의 테오도시우스 황제에 의해 운반되어왔다고 합니다.

로마 베드로 광장 앞에 있는 오벨리스크와 짝을 이루는 것이라고 하더군요. 조금 떨어진 곳에 뱀 기둥이 있는데 그리스 델피의 아폴로 신전에서 운반되어왔다고 하며 머리 부분은 따로 보관되어 있다고 합니다. 영국, 독일, 프랑스, 오스트리아 등 유럽의 여러 나라에 의해 문화재를 많이 빼앗긴 나라, 터키. 그 이전에는 남의 나라에서 빼앗아 온 역사도 있다는 것을 생각하며, 묘한 기분이 들었습니다.

역사는 돌고 도는 것인가요! 그다음에는 바로 옆에 있는 일명 블루모스크라고 불리는 술탄 아흐멧의 사원으로 갔습니다. 모스크는 지금도 신을 벗고 들어가게 되어있습니다. 17세기 초 술탄 아흐멧이 대신들에게 성 소피아 성당을 능가하는 모스크를 지으라고 명령하고, 그동안 자기는 메카로 성지 순례 갔답니다.

모스크를 상징하는 것은 미나렛이라고 불리는 첨탑이지요. 당시까지 메카에 있는 첨탑만이 여섯 개였다고 합니다. 다른 곳은 국왕의 이름으로 지어도 4개만 지을 수 있었다고 합니다. 술탄 아흐멧은 첨탑을 모두 금으로 지으라고 하고 성지 순례를 떠난 것입니다.

당시 터키는 재정난으로 허덕이고 있었기 때문에, 도저히 금을 조달할 수 없어 대신들이 꾀를 내었답니다. 금을 나타내는 단어와 숫자 여섯을 나타내는 단어가 거의 발음이 같은 것을 이용하여 자기들은 첨탑을 금으로 지으라고 들은 것이 아니라 다만 6개를 지으라고 들은 것으로 알고, 그렇게 지었노라고 하였답니다. 하하.

술탄이 돌아오면서 바라보니 첨탑이 6개의 모스크가 세워져 있었습니다. 그런데 아름다웠답니다. 그것을 보고 놀라서 물으니, 자기가 그렇게 하라고 했다고 대신들이 우기니, 왕도 어쩝니까? 그런데 첨탑을 6개를 지었으니, 큰일이 난 것입니다. 감히 메카와 맞먹으려 들은 셈이었으니! 대신들이 다시 꾀를 내었답니다.

성지 순례 다녀오신 기념으로 메카에 첨탑 하나를 기증하시라고. 그후 메카는 첨탑이 7개가 되었다가 점점 늘어나서 지금은 11개가 된다고 하지요. 블루 모스크는 오스만 터키의 위대한 건축가 메흐멧 아야에 의해 지어졌습니다. 하지만 성 소피아 성당과는 비교할 수 없지요.

허형, 크기도 그렇지만 기하학적 건술 기법이 도저히 따라갈 수 없었지요. 성 소피아 성당은 기둥 없이 기하학적 공법에 의해 지어졌지만, 그것이 현대 건축가들도 불가사의라고 하네요. 블루 모스크는 네 개의 큰 기둥이 떠받고 있습니다. 다만 내부와 외부의 타일 장식은 상당히 화려하여 그저 볼만 한 정도입니다.

터키 어느 곳에 가나 아타투르크의 동상이 서 있고, 그의 사진이 붙어 있습니다. 터키의 아버지, 아타투르크. 그는 터키를 서방 세계화하려고 한 인물이기도 합니다. 이스탄불은 여전히 이슬람적 분위기가 압도하는 나라이고, 요즈음 정권을 잡은 사람들이 친이슬람으로 가려는 성향을 보인다고 합니다.

이스탄불은 하루에 볼 수 있는 도시는 아니지요. 5천 년의 역사와 문화를 지닌 도시. 인류문명의 살아 있는 현장이며 도시 자체가 박물관이라고 불리는 이스탄불. 동양과 서양의 각기 다른 모습들이 조화를 이루며 너무나 자연스럽게 섞여 있는 도시 이스탄불. 아무리 그래도 이스탄불에 성 소피아 성당이 없다면, 이스탄불을 세계에서 가장 매력적인 도시라고 할 수 없을 것입니다.

영원한 도움의 성모 성화

허형,

'영원한 도움의 성모님 성화'에 대한 이야기는 여러 가지 다른 설이 있습니다. 제가 종합하여 정리해 드립니다. '영원한 도움의 성모님 성화'는 5세기 중엽 팔레스티나에 순례했던 황후 에우도시아가 선물로 받아서 콘스탄티노플로 가져왔고, 그녀는 이 성화를 다시 그의 시누이이며 후에 성녀가 된 플케리아에게 선물하였다고 합니다.

황제는 이 성화를 매우 사랑하여 해마다 그의 개선일인 사순절 제5주 목요일에는 이 성화를 자신의 궁전으로 모시고 가서, 온 가족이 마리아께 특별 공경을 드렸다고 합니다. 1453년 이슬람교인 술탄 마호메트 2세가 콘스탄티노플을 점령하였을 때, 다른 많은 성화와 함께 200여 년 동안 성 소피아 성당에서 공경을 받던 이 성화도 분실되고 말았습니다.

그 후에 어떻게 해서 이 성화가 크레타섬의 한 성당에 소장되었는지는 알 수 없다고 합니다. 그러나 크레타섬에서도 '영원한 도움의 성모님 성화'는 '기적의 성모'로 공경을 받았습니다. 그런데 어느 날 크레타섬의 한 상인이 이 성화를 훔쳐내어 자기의 상품과 함께 로마로 가져갔습니다.

그는 도중에 거친 풍랑을 만나는 등 많은 어려움을 겪고 마침내 1년 후에야 로마에 도착할 수 있었습니다. 로마에서 그 상인은 병에 걸려 로마인 친구의 도움을 받으며 투병 생활을 하였으나, 병세는 더욱 악화되었습니다. 그리하여 그는 임종을 맞으며 친구에게 '영원한 도움의 성모님 성화'에 대한 이야기를 하였습니다.

그는 자신이 비록 이 성화를 훔쳐 왔지만, 이제 이 '기적의 성화'를 적절한 성당에 모시고 많은 사람의 공경을 받을 수 있도록 해 달라고 친구에게 부탁하였답니다. 그러나 로마인 친구는 죽은 상인의 짐 속에서 찾아낸 영원한 도움의 성모님 성화를 자기 아내의 청에 따라 자기들 침실에 걸어 놓았습니다.

복되신 동정녀 마리아는 이 로마인의 꿈에 두 번이나 나타나 당신의 성화를 적당한 곳으로 옮겨 달라고 부탁하셨답니다. 그러나 두 번의 부탁에도 불구하고 이행하지 않자, 세 번째 꿈에 나타나서는 내 말을 무시하면 죽으리라는 경고를 내리셨다고 합니다.

허형, 그러나 아내의 반대로 친구의 유언과 마리아의 말씀을 실행하지 못한 그는 결국 죽고 말았습니다. 그 후 마리아는 여섯 살 된 그의 딸에게 나타나 "할아버지와 어머니에게 '영원한 도움의 성모님 성화'를 이 집 밖으로 모시고 나가라고 전하여라."라고 말씀하셨답니다.

또다시 두 번째 나타난 마리아는 "이 성화를 성 마리아 대성당과 성 요한 라테라노 대성당 사이 에스퀴리노 언덕에 있는 성 마태오 성당에 모시라고 어머니에게 말하여라."라고 말씀하셨답니다. 마침내 로마인의 아내는 성 마태오 성당을 관할하고 있던 아우구스티노회 사제들에게 이 사실을 알림으로써 1499년 3월 27일 '영원한 도움의 성모님 성화'는 성 마태오 성당에 모셔지게 되었습니다.

성화는 4세기라는 긴 세월이 지났음에도 불구하고, 마리아의 오른 소매의 한 부분이 약간 퇴색했을 뿐 다른 곳은 놀라울 정도로 그 색채가 선명하였습니다. 다만 나무판에 그려졌기 때문에 벌레 먹은 자리와 성모자의 왕관을 지탱하기 위해 뒤로 붙인 나무 조각의 구멍 수리가 시급하였습니다.

허형, 이 축제의 책임자인 콘스탄틴 파트리치 추기경은 보도 매체를 통하여 이 경사를 널리 알렸으며, 로마의 모든 순례자를 이 행사에 초대하였습니다. 1866년 4월 26일 오후에 거행된 행렬은 화려했다고 합니다. 근방의 주민들은 이날을 위하여 만국기와 꽃들로 집 안팎을 장식하였습니다.

'영원한 도움의 성모님 성화'는 이날 다시 그 이름에 비길 만한 감격적 사건과 기적들을 보여 주었습니다. 그 한 예로 3주 동안 뇌막염으로 사경을 헤매던 네 살 된 아들을 가진 어머니의 경우를 들 수 있습니다. 그 어머니는 신뢰심을 갖고 성화가 자기의 집 옆으로 지나갈 때 아이를 자리에서 일으켜 안고 창가로 갔습니다.

그녀는 "오, 착하신 모후여, 내 아들을 고쳐주시거나 아니면 당신과 함께 천국으로 데려가 주소서." 하고 기도하며 흐느껴 울었습니다. 그로부터 며칠 후 사람들은 어머니의 손을 잡고 '영원한 도움의 성모님 성화' 앞에 촛불을 켜는 소년의 모습을 바라볼 수 있었다고 합니다.

허형, 장엄한 행렬로 성 알폰소 성당에 도착한 성화는 제대 위에 모셔졌으며 '떼데움'(감사가)을 노래하고 성체 강복으로 예식을 모두 마쳤습니다. 촛불과 꽃들로 찬란히 장식된 성당에는 순례자들의 줄이 끊임없이 이어지고 저녁노을이 물들자 로마의 거리는 수천 수백의 촛불로 물결쳤다고 합니다.

성 소피아 성당

허형,

12년 전에 터키 이스탄불을 갔었지요. 성지 순례로 간 것이 아니라 주로 역사학자들로 이루어진 비교문화 연구회라는 곳에서 주최한 역사기행에 함께하였습니다. 당시 터키에서 가장 인상적으로 제 기억에 남아 있는 곳으로 가장 다시 보고 싶었던 곳이 바로 성 소피아 성당이었습니다. 성 소피아 성당은 현재까지 남아 있는 비잔티움 건축의 대표작인 건축물입니다.

최초의 정교회 대성당은 목조 지붕을 가진 바실리카였다고 합니다. 404년, 당시 콘스탄티노플의 총대주교 요한네스 크리소스토모스는 로마 황제의 사치를 비난하였습니다. 그러자 황제는 크리소스토모스를 추방시킵니다. 그러자 그를 존경하는 신자들이 반란을 일으킵니다. 그 와중에 교회가 불타게 되었다고 합니다.

그 후 테오도시우스 2세에 의해 재건되고 415년에 축성되었다고 합니

다. 이 대성당도 현재의 것과는 완전히 다른 바실리카이며, 현재에도 일렬의 원주와 주기, 장식된 대들보가 남아 있다고 합니다. 그러나 이 정교회 대성당도 532년 니케아 반란 도중 일어났던 대화재로 다시 소실해 버렸습니다.

두 번의 소실을 겪은 후, 유스티니아누스 1세는 즉위 후 소피아 정교회 성당의 재건을 결정하여, 그 시대의 가장 저명한 수학자 안테미우스를 수석 건축기사로 그 조수로는 밀레투스의 위대한 기하학자 이시도루스를 임명하여 이 일을 맡겼다고 합니다. 5년 후 커다란 중앙 돔에 둘레에 작은 돔으로 장식된 역사적 교회가 완성되었습니다.

허형, 532년 12월 26일 유스티니아누스 황제의 참석 하에 당시 콘스탄티노플 총대주교인 메나스 총대주교에 의해 헌당 되었습니다. 이때 유스티니아누스 1세는, 고대 이스라엘 왕국의 왕 솔로몬의 신전을 능가하는 교회를 세웠다는 생각을 하여 "솔로몬이여, 내가 그대에게 승리했도다!"라고 외쳤다고 전해지고 있습니다.

그 뒤 지진이 일어나 거대한 돔 일부가 상당 부분 파괴되자, 563년 다시 한번 재건하여 교회의 제막식 행사를 가졌습니다. 많은 세월이 지나는 동안 소피아 성당은 여러 차례 보수되지만, 현재의 건물 구조는 유스티니아누스 당시의 교회 모습 그대로라고 합니다.

이렇게 유스티니아누스 1세에 의해서 재건된 성 소피아 대성당은, 콘스탄티노플 총대교구의 소재지로서 동방 정교회 제일의 격식을 자랑하였습니다. 콘스탄티노폴리스를 방문한 순례자들의 기록을 보면, 대성당 안에는 현재는 없어진 시설이나 성물이 있었던 것을 알 수 있다고 합니다.

14세기에 콘스탄티노폴리스를 방문한 러시아인인 스몰렌스크 이그나티오스의 기록에서는, 대성당 내부에는 많은 예배당이 설치되어 있으며 노아 방주의 문이나 성 십자가, 아브라함의 테이블 등 많은 성물이 안치되어 있었다고 합니다. 또, 이 시대에는 근처에 총대교구의 자택이 병설되어 있어, 현재는 출입구가 되어있는 부분은 총대주교 자택으로 통하는 통로로 이용되고 있었습니다.

허형, 그런데 그는 "그리스도인들이 믿는 하느님은 없고, 알라만 존재한다."라고 외치면서 영토 확장 목적의 달성을 기념하기 위해 대성당의 흙을 자신의 머리에 뿌리고, 콘스탄티노플 총대주교로부터 이 대성당을 몰수, 모스코로 사용할 것을 선언하였습니다. 그가 과연 마호메트의 정신을 알기는 할까요?

성당 안벽은 회칠로 덮은 그 위에 이슬람교 코란의 금문자와 문양들로 채워졌습니다. 오호 통제라! 그 후 아야 소피아 자미로 불리게 된 성당은 톱카프 궁전 쪽에 있어, 오스만 제국의 술탄이 매주 금요일 예배마다 방문하게 되어 오스만 제국에서 가장 격식 높은 모스크 중 하나로 여겨지게 되었습니다.

1923년 오스만 제정이 무너지고 공화국이 수립되었을 때, 그리스를 중심으로 유럽 각국은 하기아 소피아의 반환과 종교적 복원을 강력하게 요구했습니다. 결국, 터키 정부는 하기아 소피아를 인류 모두의 공동유산인 박물관으로 지정하고 아야소피아 박물관으로 개조해 그 안에서 그리스도교이든 이슬람교이든 종교적 행위를 일절 금지했습니다.

허형, 1934년 성 소피아 박물관이란 이름으로 정식 명칭을 바꾸면서 복원작업이 진행되어 두꺼운 회칠이 벗겨지면서 성모 마리아를 비롯한 비잔틴 시대의 화려한 흔적들이 드러났습니다. 성 소피아 성당을 보면

참 기묘한 역사의 수레바퀴를 생각하며 여러 가지 상념에 젖게 됩니다.

그리스도교교회가 처음 동서로 갈라지게 된 현장이며, 그리스도교의 문화가 이슬람교에 의해 파괴된 모습을 보여 주는 상징이며 지금은 그리스도교의 성당도, 이슬람교의 모스코도 아닌 박물관으로서 두 종교의 문화가 공존하는 모습을 보여 주는 역사적인 장소이기 때문입니다.

성 소피아 성당이 7대 불가사의인 이유는 높이 55m에 폭이 33m라는 어마어마한 건물을 기둥이 지탱하는 것이 아니라 15층 높이의 돔 때문이라고 합니다. 기둥이 건물을 받쳐 주지도 않는데 그 큰 건물의 무게를 잘 받쳐 주고 있다는 것입니다. 오늘날의 건축가들도 이 놀라운 건축술에 대해 이해할 수 없는 신비라고 경탄을 하며 많은 연구를 한다고 합니다.

허형, 가이드는 마주 보이는 블루 모스코와의 차이를 열변을 토하며 설명을 이어갔지요. 천 년이 지난 후에 지은 블루 모스코는 소피아 성당을 그대로 재현하여 만들려고 했던 모스코인데, 당시 최고의 건축가들이 지혜를 모아 똑같이 지으려고 했습니다. 그런데 도저히 그렇게 할 수 없어서 블루 모스코는 네 개의 큰 기둥이 전체를 받쳐 주고 있습니다.

저희가 블루 모스코를 먼저 보고 성 소피아 성당에 왔었거든요. 가이드는 성 소피아 성당에 들어서자마자, 두 건축물의 차이를 이야기해 보라고 우리에게 물었지요. 저는 12년 전에 와서 가장 인상 깊게 남아 있었기 때문에 알고 있었지만, 입 다물고 있었지요.

성소피아 성당은 통로와 중심, 혹은 통로와 목표가 완벽하게 통합되어 있는데 이것은 자신이 지상의 순례자로서 영원한 하느님을 향하는 길목에 서 있다는 근본적인 그리스도교 정신의 표출이라고 합니다.

환상의 나라, 시리아

세이드나야 여자 수도원

허형,

밤 11시 35분 시리아, 다마스커스로 가는 비행기를 타고 거의 2시가 다 된 시간에 도착하여, 세이드에 있는 호텔에 와서 체크인하고 방에 들어서니, 새벽 3시입니다. 8시에 모닝콜 해 준다고 했지만, 저는 6시가 되기 전에 깨어 어제 하루를 정리하고, 오늘 하루를 준비했습니다.

시리아를 가면서 물론 사도 바오로가 주님을 만났던 '다마스커스 가는 길'을 가장 보고 싶지만, 다마스커스 이외에 꼭 가 보고 싶은 곳이 있었습니다. 바로 세이드나야 여자 수도원입니다. 많은 모스크가 있는 아랍 나라에 바위산 위에 있는 난공불락의 요새 그리스 정교회 소속의 세이드나야 여자 수도원이 세워져 오랜 전통을 지키고 있다는 이야기를 들은 적이 있어, 내심 기대하던 곳입니다.

허형, 그 세이드나야 여자 수도원을 시리아에서 가장 먼저 순례하게 되어 마음이 설레었습니다. 개신교 신자인 가이드 수진 양은 수도원이라는 개념을 잘 모르기 때문인지, 세이드나야 성당이라고 부르더군요. 수도 자인 저에게는 성당으로서의 의미보다는 현재도 수도 삶을 사는 수도원 으로서의 의미가 더 크지요.

수도원 삼면은 오를 수 없는 높은 절벽이고, 수도원 입구 문은 겨우 한 사람이 드나들 수 있는 작은 문이라고 들었는데 지금은 버스가 작은 문 바로 아래 불과 몇십 미터까지 가더군요. 버스에서 내려 계단을 따라 조금 오르니, 말로 듣던 작은 문을 통과해야 했습니다.

다른 외국인 순례자들이 나오는 것을 기다렸다가 한 사람씩 허리를 굽히고 수도원으로 들어갔습니다. 작은 문에 대해 생각했습니다. 예수 님께서 '좁은 문'으로 들어가라고 하신 의미와 더불어 묵상했습니다. 이 미 말씀드린 대로 동방 정교회는 성모 신심이 오히려 가톨릭보다 더 강 합니다.

이 수도원은 6세기 비잔틴 시대에 유스티니아누스 황제가 꿈에 나타 난 성모의 계시를 따라 세웠다고 합니다. 또 다른 전설에 의하면 유스티 니아누스 황제가 이곳에서 사냥하던 중 사슴을 겨냥하자 사슴이 성모 마리아로 변했다가 다시 사슴으로 변한 사건을 계기로 그 자리에 수도원 을 세웠다고 합니다.

허형, 사슴에서 성모님으로 변하시고는 "쏘지 마라."고 하셨답니다. 이 이야기는 단순히 전설일 수도 있지만 중요한 것은 유스티아누스 황제 에게 그것이 의미로 와 닿았고, 마음에 새겨져 꿈에 계시로 나타났고 그 것을 따르고자 하는 마음에서 성당을 세워 봉헌했고, 후에 그곳에 수도 삶의 터전을 잡았다는 사실이지요.

그와 같은 전설로 이곳은 그리스도교인들의 순례지기도 하지만 이슬람교인들도 순례하고 있다고 합니다. 수도원 내부는 수도원과 성당뿐만 아니라 신학교도 있다고 합니다. 수도원 곳곳에 많은 시리아의 성화들이 있는데 그중 가장 유명한 것은 성당 깊숙이 사도 루카가 그렸다는 성모 마리아상이 보관되어 있습니다.

허형, 벌써 오랜 세월 전에 성모님에 대한 사적 계시가 있었다는 사실이 새롭게 와 닿았습니다. 분명히 그곳에 특별한 은총이 있었고, 그 은총을 수도 삶을 통해 잘 보존해 온 것에 대해서도 감동을 느꼈습니다. 우리나라 나주의 성모상에 대해 잠시 생각했습니다.

저는 나주 성모상도 처음부터 사기극은 아니고, 분명히 처음에는 어떤 은총이 있었던 것으로 생각합니다. 저는 초창기에 그곳에서 치유의 은사를 받았다는 사제도 만난 적이 있지요. 사적 계시는 공적 계시에 앞설 수는 없는데 나주 성모상은 교회의 조사를 기다리기도 전에 사적 계시가 강조되면서 그 의미가 변질되었습니다.

50년 동안 오상을 받으신 성 비오 신부님을 생각하게 됩니다. 한때 성사를 드리지 못하고 혼자 미사를 드려야 하는 등의 박해를 받으면서도 묵묵히 교회에 순명하고자 했던 비오 신부님. 비오 신부님은 교회의 박해에 대해, 교회가 할 일을 한 것이라고 말씀하셨습니다.

저는 성모님의 눈물 흘리심을 단순한 믿음으로 받아들이고 그것을 바탕으로 수도 삶을 사는 공동체가 생겨나고, 오늘날까지 그 정신이 이어져 오고 있다는 사실, 현재 50여 분이 수도 삶을 살고 있다는 사실이 놀랍고 감동으로 다가왔습니다. 그 수도 삶의 모습을 잠깐이라도 엿보고 싶어 담 넘어 기웃거렸지만, 그들을 볼 수는 없었습니다.

그냥 그 안에서 하느님께 대한 믿음으로 봉쇄 수도 삶을 사는 분들을 생각하니 섭리가 느껴졌습니다. 회교 국가가 된 지 1300년 가까이 되는 그곳의 역사를 생각하면, 술탄에 따라 정도의 차이가 있었겠지만 모진 박해를 겪어야 했겠지요. 하느님께서 지켜주지 않았다면 불가능했겠지요.

허형, 은총을 받는 것도 중요하지만 그 은총을 관리하고 보존하는 것이 더 중요함을 묵상합니다.

말룰라

허형,

세이드나야 여자 수도원을 순례한 후, 그 다음으로 간 곳은 말룰라라는 작은 마을이었습니다. 말룰라는 아랍말로 입구라는 뜻이라고 합니다. 입구에서 마을 전경을 보기 위해 잠깐 버스를 세우고, 산 위의 마을을 바라보고 단체 사진도 찍었습니다. 말룰라는 인구 언덕 위의 하얀 집들로 아름다운 마을이었습니다.

이제 머지않아 이곳이 재개발이 이루어지면 지금의 모습은 찾아볼 수 없게 될 것이라고 가이드 수진 양이 말하는 것을 들으며 안타까웠습니다. 이곳 말룰라는 말룰라 테클라라고도 불리는 성녀 테클라와 시리아 최초의 순교자 성 세르기우스로 유명한 곳이기도 하고, 한편 예수님 생전에 사용하던 언어인 '아람어'가 아직도 사용되고 있는 곳으로도 유명한 곳입니다.

멜 깁슨 감독이 만든 영화 '패션 오브 크라이스트'을 보신 분은 이미

들은 적이 있는 아람어. 현재는 아람어가 거의 사용되지 않지만, 유일하게 이곳에서 사용되고 있고 시리아의 몇몇 대학에 아람어과를 만들어 보존하려고 노력하고 있다고 합니다. 먼저 찾아간 곳이 성 세르기우스 기념성당이었습니다.

이 성당에 들어가기 위해서도 세이드나야 수도원처럼 작은 문을 통해야 하는데, 이는 다시 한번 자신을 낮추라는 의미라고 합니다. 그곳에서 두 아가씨가 아람어로 주님의 기도를 외우는 것을 들었습니다. 아람어로 주님의 기도를 드리면서 예수님께서 쓰시던 언어인 아람어를 보존하려는 그곳 사람들의 순수한 신앙에 대해 감탄하지 않을 수 없었습니다.

성 세르기우스는 시리아 교회사 최초의 순교자입니다. 시리아 북부 출신 세르기우스는 로마군 수비 대장이었는데 제우스 신전에 절하라는 황제의 명을 그리스도교 신자로서 우상에 절할 수는 없다고 거절하면서, 끝까지 믿음을 지키고 순교한 분입니다. 그의 거절에 화가 난 로마 황제는 그를 직접 칼로 난자하여 죽였다고 합니다.

허형, 시리아 동방 교회에서는 세르기우스의 믿음과 용기를 추앙하여 시리아 그리스도교 수호 성자로 모신다고 합니다. 성당 안으로 들어서면 두 성인의 모습이 세워져 있습니다. 성 세르기우스와 성 바쿠스라고 합니다. 성 바쿠스에 대한 설명은 따로 없었는데 성 세르기우스의 동료로 짐작됩니다.

이곳도 기념성당이면서 작은 수도원이라고 합니다. 저는 일행이 수도원에서 만든 성물을 사러 방앗간(참새가 방앗간을 그냥 지날 수 없잖아요.)에 간 사이에 잠시 살짝 옥상에 올라가 보았습니다. 혹시 수도원 안의 모습을 볼 수 있을까 생각했지요. 안의 모습은 볼 수 없지만, 두 분이 밭에 채소를 가꾸는 모습을 보았습니다.

이글거리는 태양 아래에서도 사람들의 땀방울로 채소가 자라고 있었습니다. 이어서 찾아간 곳은 테클라 성녀 기념성당입니다. 뜨거운 태양 아래였지만 1Km 정도 걸어서 테클라 성녀가 로마 군인들에게 쫓길 때 바위산이 가로막혀 있었지만, 갑자기 바위산이 갈라져 숨을 수 있었다는 협곡을 통과하여 기념성당으로 갔습니다.

2세기에 기록된 외경이라고 할 수 있는 성전의 하나인 [바오로와 테클라 행전]에 의하면, 성녀 테클라는 당시 소아시아 이코니온에서 태어나 사도 바오로의 개인적 가르침을 받았다고 합니다. 이코니온은 오늘날 터키 중부의 콘야로, 후에 사도 바오로의 중요한 선교지로 후에 우리가 순례할 곳입니다.

테클라 성녀는 18세 때에 이콘니온에 있는 오네시포루스의 집에서 사도 바오로가 가르쳤던 예수님의 산상수훈에 관한 강론을 듣고 감명을 받아 신자가 되었답니다. 세례를 받은 테클라는 결혼 약속을 파기하고, 전적으로 하느님께 자신을 봉헌하였다고 합니다.

제사장의 딸이었던 테클라는 파혼당한 약혼자가 이코니온 사람들을 선동하여 사도 바오로를 감금하도록 했다고 합니다. 테클라는 감옥에 갇힌 사도를 몰래 찾아갔다가 들켜, 바오로는 추방당하였고 그녀는 화형판결을 받았다고 합니다. 그러나 성녀 테클라가 성호를 그은 후 불타는 장작더미에 던져지자 갑자기 비가 내려 불이 꺼졌다고 합니다.

허형, 기적적으로 화형을 면한 테클라는 사도 바오로에게 동행을 간청하였고, 결국 안티오키아까지 따라갔다고 합니다. 안티오키아에 살던 알렉산데르라는 사람이 그녀에게 청혼합니다. 하지만, 그녀가 관심을 보이지 않자 결국 무고를 하여, 테클라는 야생 동물들이 있는 곳에 갇히게 합니다.

결국, 황소에 묶여 몸이 찢기기도 하고 심지어 독사 굴에 던져지기까지 하였다고 합니다. 그러나 놀랍게도 그녀는 아무런 해도 입지 않고 이 모든 위험에서 안전하게 벗어날 수 있었다고 합니다. 후에 로마 군인에게 쫓겨 이곳에 와서 바위가 갈라지는 기적을 보게 되었고, 이곳 말룰라의 알 칼라문 산 중턱에서 동굴 생활을 하였다고 합니다.

바위가 갈라지는 기적이 일어났다고 하는 장소는 길을 돌아 밑으로 가서 다리를 건너면 갑자기 작은 협곡이 나타났습니다. 기적은 사실 갑자기 협곡을 발견한 것일 수도 있지만, 그것을 은총으로 받아들인 것이 기적 자체일 수 있다는 생각을 했습니다.

자연 현상이라고 하더라도 그것을 은총으로 받아들이고, 그것을 계기로 은수의 삶을 살았고 2000년 가까운 세월 동안 그 정신이 이어져 오고 있다는 사실이 놀라운 기적이 아니겠습니까? 기적 자체보다 그 은총을 보존해 온 그들의 소박한 신앙이 정말 놀랍습니다.

허형, 저희는 성녀 기념성당이라고 불리는 동굴을 순례하였습니다. 동굴에서 혼자 독거하며 기도 생활을 한 그녀의 흔적은 지금도 그대로 남아 저희는 동굴을 순례하며 경건한 마음을 지녔습니다. 동굴 앞에는 지금도 기적이 일어난다는 기적 수를 한 모금씩 먹었지요.

동굴 앞마당에 줄기가 굵은 오랜 풍상을 겪었을 큰 살구나무가 묘한 모습으로 뻗어 나가 담 너머로 가지를 늘어뜨리고 있었고, 가지에는 살구 열매가 무진장 달려 있었습니다. 몇 개 따 먹을까 하여 돌아 들어가려고 하니, 막혀있었습니다. 열매는 우리의 몫이 아닌 새나 짐승들의 몫이었나 봅니다. 고목의 나뭇가지에 달린 많은 열매가 상징처럼 느껴졌습니다.

허형, 말룰라는 오랜 세월 동안 마을 주민의 대부분이 그리스도교 신자였다고 합니다. 물론 동방 정교회이지요. 아랍 국가에서 이 마을을 그리스도교 신자들로 살도록 하는 힘의 원천이 무엇이었을까를 생각했습니다. 바라보니 산꼭대기에 흰 대리석으로 만든 예수님상이 두 팔을 벌리고 서 계셨습니다.

수도원 꼭대기에는 청동으로 된 예수님상이 역시 두 팔을 벌리고 서 있었습니다. 예수님의 보호 아래 꿋꿋하게 신앙을 간직해 온 그곳 사람들의 순수한 마음이 가슴을 뭉클하게 울려주었습니다. 도시 계획에 의해 4~5년 후면 마을의 모습은 변하게 된다고 하지만, 그 정신은 그대로 남아 순례자들의 가슴을 적셔주기를 기도했습니다.

다마스쿠스

허형,

우리나라와는 미수교국이며 이스라엘과 적대 관계에 있기에 이스라엘을 다녀온 저 같은 사람은 여권을 다시 만드는 번거로움을 거치면서도 시리아를 순례한 것은 앞의 세이드나야 여자 수도원이나 말룰라 마을의 성 세르기우스 기념성당이나 성녀 테클라 기념성당보다는 사도 바오로가 주님을 만났던 장소, 그의 회심지 다마스쿠스로 가는 길과 고도 다마스쿠스가 있기 때문이지요.

'사도 바오로의 발자취를 따라'의 의미를 생각하면 '다마스쿠스로 가는 길'에 있는 회심 기념성당을 먼저 순례하는 것이 순서이겠지만, 교통의 형편상 점심 식사 후에 먼저 하나니아스 기념성당으로 갔습니다. 다마스쿠스는 세계에서 가장 오래된 도시의 하나로 알려질 만큼, 유서 깊은 고대 도시입니다.

시리아에서는 가장 큰 도시이자 수도입니다. 다마스쿠스는 고대부터 내려오는 구도시와 근대에 들어 확장된 신도시로 나뉜다고 하는데, 저희는 구도시를 순례하고, 신도시는 버스로 이동하면서 바라다보았습니다. 회색의 시멘트로 덮인 어두운 인상을 주는 도시였습니다.

허 형, 구도시가 사도행전에 나오는 '곧은 길'이 있는 곳입니다. 가이드 수진 양의 설명에 따르면, 동서로 가르는 '곧은 길'은 원래는 250m의 대리석 기둥이 서 있는 곧게 뻗은 길, 즉 전형적인 로마식 대로였지만 지금은 몇 개의 석주만이 남아 있을 뿐입니다.

동문이라고 불리는 작은 성문을 통과하면 바로 '곧은 길'의 흔적이 남아 있는 곳에서 오른쪽 골목이 그리스도인들 구역이라고 하고, 그 골목으로 60~70m쯤 가면 하나니아스 기념성당이 있습니다. 하나니아스가 사울을 찾아왔던 곳에 세워진 것으로 알려져 있습니다.

바로 사울이 하나니아스에게 세례를 받고 공적으로 교회 안에 받아들여지고 주님의 사도로 불림을 받은 것을 기념하는 성당이지요. 성당 마당에 사울이 하나니아스에게 세례받는 상이 세워져 있습니다. 지하로 내려가면, 돌로 만든 아름답게 꾸며진 성당이 있습니다.

그 상황을 표현하고 있는 성화들이 걸려있고, 성당 옆으로는 하나니아스가 무릎을 꿇고 기도했던 곳으로 여겨지는 곳도 여러 성화로 장식되어 있습니다. 저희는 이곳에서 미사를 봉헌했지요. 저는 서둘러야 하는 일정이지만 시리아 순례의 의미 다마스쿠스 순례, 바로 사도 바오로의 회심과 이어지는 교회 안에 받아들여지는 의미의 중요성 때문입니다.

미사 전에 보니 우리 순례 일행 이외에 5명 정도의 외국인 순례자들이 성당 뒤쪽에 앉아 있기에 제가 가서 잠깐 이야기를 나누었는데 영어를 안다고 하고, 마침 제대에 영어 미사 경본이 있어 성찬의 전례 부분을 영어로 했지요. 소수의 신자에 대한 배려도 있었지만, 한국의 순례자들에게도 보편 미사의 경험을 하게 해주고 싶었습니다.

허형, 미사를 마치고 다시 골목을 걸어오면서 보니, 찻집, 음식점, 기념품 가게 이름이 모두 사도 바오로나 하나니아스의 이름을 따서 지었더군요. 시리아에서 그리스도인 거리를 걷는 것은 특별했습니다. 남쪽으로 300여m쯤 성벽을 따라 '사도 바오로 기념성당'으로 갔습니다. 비교적 큰 성문이 있고, 이 성문 뒤쪽으로 성 바오로 기념성당이 아담하게 이어져 있었습니다.

허형, 사울을 죽이려는 유다인의 음모를 알고 바오로가 그의 제자들 도움으로 바구니에 실려 성벽으로 내려왔다는 곳으로 추정되는 지점에 기면 성당을 세운 것입니다. 오늘날 우리가 보는 성벽은 물론 당시의 성벽은 아니고 새로 복원된 것이라고 합니다. 지금 그 성벽에 그 사건을 기념하여 십자가와 그 상황에 대한 성화가 있고, 바구니도 놓여 있습니다.

그 모습을 보며 사도 바오로가 회심 이후 곧바로 처음부터 박해를 받아야 했고, 성문 밖으로 광주리에 실려 피신해야 했던 절박한 상황을 느끼며 그의 가쁜 숨소리를 들을 수 있었습니다. 저는 사도 바오로의 회심 장소로 가기 위해서 서둘러야 하는데도 주책도 없이 긴 설명을 하였습니다.

허형, 중요한 것은 다마스쿠스가 원래 교회의 박해자였던 사울이 주님을 만나는 체험과 하나니아스를 만나는 과정을 거쳐 위대한 사도이며, 이방인들에게도 복음의 씨앗을 뿌린 선교의 시발점으로서의 중요한 역사적 장소라는 것이지요. 우리는 잠시 그 대목의 성경 말씀을 듣고 사도 바오로의 체취를 느끼려고 했습니다.

우리가 뜨거운 태양 아래 뛰다시피 걸어온 탓도 있었겠지만 사도 바오로의 열정이 가슴으로 전해진 것인지 가슴이 뜨거워지는 것을 느꼈습니다.

성
바
오
로
주
님
과
의
만
남
기
념
총
대
주
교
수
도
원

허형,

사도 바오로 기념성당을 가면서도 뛰다시피 하면서 서두른 까닭은 원래 일정에 없던 한 곳을 더 순례하기 위해서였습니다. 바로 사도 바오로의 회심 장소로 추정되는 곳에 세워져 있는 기념수도원 성당, 우리말로 직역하여 옮기면 '성 바오로 주님과의 만남 기념 총대주교 수도원'이 되겠습니다.

이곳 수도원 기념성당은 최근에 세워졌지만, 수도원은 오랜 역사를 지닌 곳이라고 합니다. 여러 가지 의미상으로 순례에서 중요한 곳임에도 불구하고, 일부러 남쪽으로 내려가야 하고 도로 사정도 좋지 않은 등으로 원래는 일정에 없던 곳이었습니다. 저도 꼭 가기를 원했고, 우리 성서모임의 대장이신 우 스텔라 수녀님의 강력한 원의가 있었기에, 특별히 순례하게 된 곳입니다.

사실 '사도 바오로의 발자취를 따라' 하는 순례에서 아주 중요한 곳이지만, 워낙 이곳에는 아직 한국의 순례자들이 찾아온 선례가 별로 없는 곳이라 일정에 없었답니다. 사도 바오로가 죽기 전에 자기의 전 생애를 통틀어 돌아본다고 하더라도, 가장 깊은 인상으로 남아 있는 곳은 아마 부활하신 그리스도를 처음 만났던 '다마스쿠스로 가는 길', 바로 회심 장소인 이곳이었을 것입니다.

우리가 사도 바오로의 발자취를 따르면서 그곳을 뺄 수는 없지요. 저희는 기념성당에 들어가서 먼저 기도를 드렸습니다. 성당은 외부에서 보는 것보다도 더 작고 아름다웠습니다. 우 스텔라 수녀님이 성서를 봉독하고, 성 바오로의 호칭기도를 함께 드렸지요. 저희가 모두 잠시 묵상을 하고, 사진을 찍었습니다. 내부의 창유리가 단순하면서도 아름다웠습니다.

저는 The St. Paul Vision Patriachal Monastry이라는 제목의 영어 팜프렛을 하나 얻었습니다. 그 팜프렛에 의하면, 첫 문장은 On a hill near Egypt-Damascus ancient road, 18Km South of Damascus stands the vision Convent.라는 말로 시작됩니다. 이집트와 다마스커스 고대 도로 가까운 언덕 위에 다마스커스 남쪽 18Km 떨어진 곳에 기념수도원이 서 있습니다.

이어지는 문장은 교회 역사의 초창기부터 이곳의 거룩함과 중요성을 인식하고 있었기 때문에 수도원이 세워지고, 그 전통이 이어져 왔다는 내용이었습니다. 십자군 전쟁 당시의 역사가가 이곳에 수도원이 있었다는 것을 기록으로 남기고 있다는 내용도 있었습니다. 이곳의 지명은 영어로 Kaukah로 적혀 있었습니다.

허형, 카우카로 읽을 수 있겠지요. 이곳의 수도원은 오스만 터기 제국에 의해 폐쇄가 되었으리라 짐작할 수 있습니다. 다만 흔적으로 오래전

수도원에서 쓰던 우물이 남아 있고, 고린토 양식의 석주가 몇 개 남아 있습니다. 물론 그 석주는 로마 시대의 대로였던 흔적이겠지요.

남아 있는 길과 샘의 흔적을 보며 다마스쿠스로 가는 길에 빛 속에서 주님을 만났고, 그 빛에 의해 눈이 멀었던 바오로의 체취가 느껴지고 그의 새로운 빛과의 만남, 그 만남의 충격과 이어지는 놀라운 체험, 새로운 빛으로의 나아감 등이 어제의 일처럼 생생하게 느껴지며 감동에 젖게 되었습니다.

우마야드 모스크

허형,

아직도 7월 7일의 순례 여정입니다. 이러다가 어느 세월에. 하하. 그래도 그냥 넘어가거나 뺄 수는 없는 일이지요. 그날의 일정을 서둘렀던 것은 우마야드 모스크가 문 닫기 전에 가야, 그 안에 있는 세례자 요한 기념 경당을 순례할 수 있기 때문이었습니다.

우마야드 모스크에 가면서 시리아의 재래시장을 통과했습니다. 원래 이스탄불의 재래시장인 그랜드 바자르를 가려고 했다가 첫날 새벽부터 시작된 여정에 모두 너무 지치기도 했고, 시간적 여유도 많지 않아서 못 들렀기 때문에 비슷한 시리아의 재래시장의 모습을 통과하면서 그곳의 풍물을 엿보기로 한 것이지요.

시장은 우리나라 동대문 시장을 연상시키는 곳으로 비교적 크고 깨끗한 편이었습니다. 중간에 단체로 그곳 특유의 아이스크림을 사 먹었는데, 달콤새콤 깨소금 맛, 진짜 아주 맛있더라고요. 우마야드 모스크를 들어가는데, 우선 기도가 필요했습니다. 그 다음날 대통령을 포함한 국빈이 오기 때문에 외부인들이 통과하는 곳이 청소 중이라 들어갈 수 없다고 하여, 잘 이야기를 하고 교섭을 잘해야 한다고 하는 것이 아니겠습니까?

그러면 먼저 왼쪽에 있는 사당에 가서 기도를 드리기로 했지요. 하하. 사당은 바로 살라딘 왕의 묘였습니다. 살라딘 왕은 3차 십자군 전쟁 때에 십자군을 물리치고 이집트부터 메소포타미아 지역까지 통일한 역사적인 이슬람 세계의 인물로 이슬람 사람들에게 특별한 존경을 받는 인물이지요.

그리스도교로 보면, 적이지만 적에게 경이를 표하고 경건한(?) 마음으로 기도를 드렸더니, 우마야드 모스크를 들어갈 수 있게 해 주었습니다. 사원의 내부는 원래 대리석 광장을 통해 들어가는데, 청소 관계로 저희는 옆문으로 들어갔습니다. 우마야드 모스크를 들어가려면 여자들은 모두 '차도로'라고 불리는 모자 달린 긴 가운을 빌려 입어야 했는데, 꼭 중세 수도원의 수도복 같았습니다.

허형, 여성들은 길지 않은 시간이지만 모두 수도자들이 여름에 얼마나 덥게 보내는지를 체험했으리라 생각합니다. 모스크 사원 안에서는 원래는 남자와 여자가 서로 분리된 자리에서 기도를 드리는데, 가이드가 설명하는 그 이유가 재미있었습니다. 절을 하면서 기도드리는데, 여성의 엉덩이를 보면 분심이 들고, 경건한 마음을 가질 수 없기 때문이라고 합니다.

우마야드 모스크는 시리아에서 가장 큰 이슬람교 대사원으로 세계 4대 모스크의 하나로 매우 크고 아름다운 사원입니다. 다마스커스가 전성기의 이슬람 제국의 수도였던 당시의 찬란한 영광을 어느 정도 가늠할 수 있는 곳입니다. 웅장한 건축물과 정교한 벽화, 사원 안의 넓은 광장이 조화를 이루고 있는 아름답고 성스러운 이슬람 사원입니다.

요한 목 무덤 기념성당은 초록색 유리창 돔으로 되어 있었습니다. 모스크에는 아름다운 첨탑이 3개 있는데, 그중의 하나는 특이하게 예수 첨탑이라고 불린답니다. 건물 정면의 벽화는 전원 풍경을 묘사하고 있는데 이슬람의 천국을 묘사하고 있다고 합니다. 모스크 내부의 기도를 드리는 홀은 길이 130m로 기도드리는 사람들로 북적이는 곳이었습니다.

허형, 이곳은 실은 그리스도교 성당이 지어지기 전에는 원래 이 사원이 서 있는 자리는 아랍인들의 하다드 신전이 있던 곳이라고 합니다. 하다드는 비를 주관하고 땅을 풍요롭게 해 준다는 고대 시리아의 최고신이었습니다. 로마 제국 시대에 들어와서 그 자리에는 로마인들의 최고신을 위한 주피터 신전이 건축되었습니다.

그다음 비잔틴 시대에 성당이 지어졌고, 8세기에 들어 모스크가 세워진 것입니다. 처음 이슬람교인들이 들어왔을 때는 그리스도교들도 같은 건물에서 일정 부분을 서로 나눠 가지며 각자의 종교의식을 가졌다고 합니다. 그러다가 이슬람교도들의 수가 증가해 건물 전체를 그들이 가지고 되었고, 그리스도교인들에게는 새로운 성당을 지어주게 되었지만, 세례자 요한 기념성당은 헐지 않고 그대로 둔 것이지요.

허형, 참 기묘한 역사 안에서의 변천을 보는 것이 감회가 깊었습니다. 이곳은 최초로 가톨릭 교황님이 방문한 이슬람교 사원으로도 유명합니다. 바로 교황 바오로 2세가 이곳을 방문했다고 합니다. 비록 우리는 사도 바오로의 발자취를 따르는 성지 순례이지만, 이곳은 시리아, 다마스쿠스에서는 아주 중요한 순례지이었습니다.

팔미라

허형,

오전 순례지는 그 유명한 '팔미라'이었습니다. 그대가 '팔미라'가 관광지이지 왜 순례지이냐고 물으신다면, 불국사가 일반인들에게는 관광지이지만 불교도들에게는 순례지이라는 사실을 생각하시라고 말하오리이다! '팔미라'는 유명한 고대 도시 국가 유적지이지만, 거기에도 성당이 있었기에 우리에게는 순례지이기도 합니다.

3시간을 넘게 황량한 사막과 광야가 있는 곳을 달리다가 갑자기 멀리 보이는 풍광이 나타나는데, 가까이 가면서 그것이 푸른 나무들이라는 것을 알게 됩니다. 검은 점들이 푸른 잎을 띄우는 나무로 변하면서 나타나는 오아시스입니다. 팔미라는 불어로 오아시스를 뜻한다고 하네요.

팔미라에 가기 전에 들린 '바그다드 카페'부터 이야기하려고 합니다. 유명한 영화, 아니 그 영화의 주제 음악 Calling You가 더 유명하지요. '바그다드 카페'의 영화 음악은 누가 제게 주었는지 기억하지 못하지만, 음악에 문외한인 저도 그 CD를 가지고 있을 정도이니까요. '바그다드 카페'의 줄거리를 간단히 소개합니다.

쟈스민 부부는 독일에서 미국으로 관광을 왔다가 말다툼을 합니다. 싸움은 크게 되고, 쟈스민은 짐을 꾸려 차에서 내려버리지요. 그때 남편의 가방을 가져오게 됩니다. 가방을 땅바닥에 끌며 사막을 걷다가 그는 사막 한가운데에 초라하게 서 있는 '바그다드 카페'에 다다릅니다. 이 모텔 '바그다드 카페'의 안주인 브렌다도 남편을 방금 내쫓는 참이었지요.

'바그다드 카페'에 오래 머물게 된 쟈스민은 어느 날 까페 손님에게 우연히 마술을 보여 준 것을 계기로 용기를 내서, 계속 마술을 하기 시작하지요. 까페는 마술을 구경하러 온 사람들로 붐비기 시작하고, 쟈스민은 브랜다 가족의 일원이 되어가면서 보여 주는 인간미와 해학이 넘치는 내용이지요.

바로 이 영화의 타이틀을 딴 휴게소 카페가 팔미라로 가는 광야 한가운데에 서 있습니다. '바그다드 카페'. 제게 정겨운 이름이었습니다. 베두민 유목민들의 천막을 만들어놓고, 그들의 옷을 빌려주고 사진을 찍게 하는 곳이기도 하여, 사람들이 신나게 옷 입고 사진을 찍고 좋아했습니다.

허형, 이 '바그다드 카페'는 영화에서처럼 사람들이 많이 찾게 되어 '바그다드 카페' 2호점이 생기더니, 3호점까지 생겼다고 합니다. 버스 타고 오면서 2호점과 3호점도 지나가게 되었지요. 가이드 수진 씨 말로는 형제자매 가족들이 2호점과 3호점을 내었다고 하네요.

페트라와 더불어 대상들에게 중요한 도시였다가 페트라가 망하면서 더욱 부각된 도시였다고 합니다. 영국의 유명한 여성 작가, 추리 소설가 아가사 크리스티가 말했답니다. "뜨거운 모래사막 한가운데 땅속에서 솟아오른 환상의 도시 팔미라여"라고. 시리아의 동부 사막지대 한복판에 세워진 대도시 팔미라는 흔히 사막의 궁전으로 불리기도 합니다.

광야를 달리다 마주치게 되는 오아시스에 세워진 고대 도시 팔미라는 지친 나그네의 마음을 적셔주고 경이를 느끼게 하기에 충분한 갑자기 나타난 마술과도 같은 도시 유적지입니다. 허형, 어떻게 이 광야에 도시가 세워질 수 있었을까? 의아하지만, 오늘날도 이곳의 에프카라고 불리는 샘에서는 맑은 물이 솟아나 일대를 푸른 나무로 가득 채워주고 있습니다.

가이드 수진 씨는 이곳 신전 담벽 위로 저희를 데리고 가서 10m가 넘는 큰 아자 나무들이 숲을 이룬 모습을 보여 주었지요. 원래 이곳 지명의 이름이었던 타드모르는 고대 셈족어로 야자수를 뜻했다고 하네요. 팔미라는 쉽게 말해, 사막을 왕래하며 장사를 하던 카라반들이 피곤한 몸을 쉬고 물을 공급받던 사막의 경유지였습니다.

오늘날 팔미라에 복원되고 있는 유적들의 대부분은 1~3세기의 로마 시대에 건축한 것이라고 합니다. 에페소의 로마 유적과는 달리 표면은 거칠지만, 오히려 세련미가 훨씬 더 돋보이는 건축들은 뛰어난 미적 감각을 지니고 있어 그 시대의 건축기술과 예술성에 대해 놀라움을 금치 못하게 됩니다.

허형, 우리가 팔미라에서 먼저 찾아간 곳은 팔미라를 대표하는 신전인 벨 신전이었습니다. 벨은 성경에서 나오는 바알에 해당하는 신이라고 합니다. 바로 풍요와 다산의 신이지요. 벨 신전이라고 불리지만 처음에 신전으로 지어졌기 때문이고, 시대의 변천에 따라 달리 사용되었습니다. 나중에 비잔틴 시대에는 성당으로 사용된 것입니다.

여기에서도 역사의 흐름 안에서 흥망성쇠를 느끼게 되었습니다. 벨 신전은 처음(대략 기원후 30년경) 셈족의 신전으로 지어진 건물이라고 합니다. 신전은 외부의 성벽과 내부 성소로 구분되는데 200m 길이의 성벽이 사면으로 매우 높게 둘러싸여 있습니다. 넓은 마당 안쪽에 가장 신성한 장소인 신전이 있는데 이곳에서 신에게 제사를 지냈다고 합니다.

제물을 바칠 때는 짐승을 죽여서 피를 흘리게 하였다고 하니, 피 냄새가 진동하였을 것입니다. 하느님께서 피 냄새를 얼마나 역겨워하셨을까를 생각하며, 예언서의 말씀들을 떠올리게 되었습니다. "축제 때마다 바치는 분향제 냄새가 역겹구나. 친교 제물로 바치는 살진 제물은 보기도 싫다. 다만 정의를 강물처럼 흐르게 하여라. 서로 위하는 마음 개울같이 넘쳐 흐르게 하여라."

허형, 신전 앞쪽에 거대한 문이 있고 주위로 코린트 양식의 기둥이 세워져 있는데 현재 건물의 뒤쪽에만 남아 있습니다. 신전 안으로 들어가는 입구에 뉘인 돌판에는 풍요와 다산을 나타내는 신전이라는 것을 알 수 있는 여러 과일, 젖, 여체 등이 그려져 있는 것을 볼 수 있었습니다.

내부로 가면 동서의 양쪽으로 움푹 들어간 제대와 제단이 있습니다. 동쪽에 있는 제대는 비잔틴 시대 때 성당의 제대이고, 서쪽의 제단은 신전에 속한 것이라고 합니다. 비잔틴 시대의 성당 제대는 항상 동쪽에 두었습니다. 제대는 태양이신 그리스도를 상징하기 때문에 태양이 떠오르는 동쪽에 둔 것이지요.

가이드 수진 씨 설명이 아주 마음에 들었습니다. 그리스도는 바로 당신이 태양이시기 때문에 동쪽에 위치하는 것이 마땅하지만, 다른 신전은 태양이 비춰주어야만 하기에 반대쪽인 서쪽에 두고 있다고 하네요. 벽에는 비잔틴 시대의 것으로 보이는 프레스코 벽화가 희미하게 남아 있었습니다.

허형, 외부를 한 바퀴 돌고 나서 저는 다시 신전이며 성당인 건물 안으로 들어가서 동서 양쪽의 제단과 제대를 비교하며 살펴보았습니다. 성당의 제대 옆의 장식은 단순한 반면에, 선전의 제단 옆의 장식은 화려한 문양들로 이루어져 있었습니다. 역시 화려함보다는 단순함 안에 성당의 미적 감각이 돋보입니다.

오늘은 팔미라의 역사를 돌아보고, 소회도 나눕니다. 커다란 샘이 있어 물이 풍부했기 때문에 고대부터 발전하여 중요한 대상(隊商)도시가 되었던 팔미라. 로마 마르쿠스 안토니우스의 침공을 받아 몰락하는 듯했지만, 오히려 그것을 번성의 계기로 삼아 부흥했었습니다.

당시 로마와 파르티아 두 제국 사이에서 중립을 지켜 황금기를 맞았던 팔미라. 129A.D년경 하드리아누스 황제가 이곳을 방문한 후 자유도시로 선포하였으며, 카라칼라 황제 시대에는 특별 자치 식민도시의 지위를 얻어 세금이 면제된 후 서기 3세기에 전성기를 맞았던 팔미라. 그곳을 바라보며 지나가는 나그네는 상념에 잠깁니다.

허형, 그런데 로마의 시민이었던 오다이나투스는 258년경 로마 집정관의 지위를 얻어 팔미라의 통치자가 됩니다. 그는 스스로 자신을 팔미라의 왕이라 칭했으며, 나중에는 '왕 중의 왕'이라고 불렀다고 합니다. 그러나 어디까지나 로마의 황제에 충성하는 속왕이었지요. 그는 로마 속주인 당시 소아시아 동부의 카파도키아에서 고트족 침략자들을 몰아낼 준비를 하다가, 맏아들 헤로데스와 함께 암살됩니다.

암살의 의문의 화살은 그의 부인 제노비아에게로 쏠리지만, 그녀는 어린 아들 바발라투스의 섭정이 되어 자신을 팔미라의 여왕이라고 부릅니다. 그리고 아들에게 그의 아버지의 칭호인 '왕 중의 왕'과 '온 동방의 통치자'라고 불리게 합니다. 문제는 제노비아가 로마 속왕으로 지내는 것에 만족하지 않았다는 데서 발생합니다.

그녀는 갈리에누스와 클라우디우스 2세가 죽은 틈을 타 269년 이집트를 점령했고 그 뒤 270년 소아시아의 대부분을 정복하고 로마로부터의 독립을 선포합니다. 간도 큰 여인이었습니다. 이듬해에는 아들을 황제로 선포했다니! 그러고도 무사하기를 바랐다면, 판단 착오이지요!

뿔이 난 로마 아우렐리아누스 황제는 동방으로 진군해 안티오키아와 지금의 시리아 홈스인 에메사에서 제노비아의 군대를 격파하고 팔미라를 포위합니다. 제노비아와 바발라투스는 팔미라를 빠져나가려다 붙잡혀 로마로 압송되지요. 팔미라인들은 당연히 항복할 수 밖에 없었습니다.

아우렐리아누스는 동부 속주들을 다시 제국에 통합합니다. 재미있는 것은 로마 황제가 역적인 제노비아를 로마가 살려 준 것입니다. 그녀는 로마의 원로원 의원과 결혼해 티부르 근처에 있던 남편의 별장에서 여생을 보낸 것으로 알려졌다고 하네요. 도대체 어떤 매력을 지닌 여인이었는지 궁금하네요.

제노비아의 야망은 결국은 팔미라를 폐허로 만들고 번성했던 도시의 몰락을 가져오게 됩니다. 인간의 욕망은 끝이 없지요. 속왕으로 만족하지 못하고, 아들을 황제로 만들고자 했던 그녀. 유명한 역사학자 비코는 "역사는 나선형식으로 순환 반복한다."라고 했던가요?

어느 나라에서나 이런 역사의 순환 반복을 보게 되지요. 결국, 욕심은 욕심을 낳고 욕심의 말로는 늘 비참하기 마련이지요. 팔미라인들이 이듬해인 273년 다시 반란을 일으키자 로마는 이 도시를 다시 점령해 파괴하여 거의 폐허가 됩니다. 팔미라는 그 후 복구되어 다시 계속 다마스쿠스와 유프라테스를 잇는 포장도로였던 스트라타디오 클레시아나의 주요 교통로 역할을 합니다.

역사 시간에 들어 본 적이 있는 팔미라 비문. 팔미라 비문은 팔미라뿐만 아니라 팔레스타인, 이집트, 북아프리카의 여러 곳, 멀리 흑해 연안, 헝가리, 이탈리아, 잉글랜드에서도 발견되었다고 하니, 놀랍지요. 팔미라 관세 표로 알려진 2개의 언어로 쓴 큰 서판과 위대한 대상 지도자들의 조상(彫像) 밑에 새겨진 명판을 통해 대상의 조직과 팔미라 교역의 성격을 알 수 있다고 하네요.

허형, 팔미라인들은 페르시아만을 거쳐 인도와 교역했으며 나일강의 콥토스, 로마, 시리아의 두라에우로푸스 같은 도시들과도 거래했다고 합니다. 팔미라의 유적은 보존 상태가 좋은 기념 건축물이 많기에 현재 중동 지역에서 가장 유명한 로마 유적지 중 하나이지요.

중요한 것은 그들이 로마나 다른 나라의 기술이나 양식이나 방법을 전수받았지만, 사막의 환경과 어우러지는 그들만의 풍토성과 환경에 맞는 재료를 사용하면서 독특한 건축미를 지닌 그들 고유의 건축 양식을 완성하였다는 것입니다. 그 점이 저에게 경이를 느끼게 합니다.

팔미라의 발견

허형,

20세기 인류 최대의 발견인 사해의 문서들이 있는 '꿈란의 대발견'이 우연히 베두인 양치기 소년들에 의해 시작되듯이, 팔미라 유적의 발견도 한 여인이 밭을 갈다가 땅속에 묻혀 있는 석판 하나를 발견하는 데서 시작되었다고 합니다. 팔미라의 발견'이 바로 '꿈란의 대발견'에 이어 20세기 두 번째의 대발견이라고 하는 학자도 있습니다.

팔미라 유적의 발견을 통해 우리가 알게 된 중요한 사실의 하나는 실크로드가 이곳까지 이어져 있었다는 것이지요. 1877년 독일 학자 리히트호펜이 중국 ~ 중앙아시아 ~ 서북 인도 사이의 교역로 연변에서 고대 중국의 비단 유물이 발견되었습니다. 그 사실을 중시해 이 길을 독일어로 '자이덴 슈트라센' 곧 '실크로드'라고 지었습니다.

후에 독일의 동양학자 헤르만은 중앙아시아에서 지중해 동쪽 해안의 팔미라까지 이어지는 오아시스 곳곳에서 중국 비단 유물이 발견된 사실을 내세워 실크로드, 우리말로 비단길을 팔미라로 이어지는 지중해 연안까지 연장하게 된 것이지요. 그 팔미라는 저의 눈과 마음을 기쁨으로 떨게 만드는 것이지요.

허형, 제가 팔미라의 상징이라고 한 개선문을 중심으로 동서로 뻗은 너비 11m의 열주 도로는 원래 길이가 1100m나 된다고 하는데, 아직 4분의 1도 채 발굴이 되지 않았지만, 양쪽에는 높이 솟은 코린트식 석주가 수없이 늘어서 있는 것을 확인할 수 있었습니다. 기둥의 위쪽 끝에는 돈을 많이 낸 부자들이 기증의 표시로 자기들의 얼굴을 새겨 만든 석상을 붙였다고 합니다.

쉽게 말해, 그런 기부금으로 그런 석주들을 만든 것이지요. 지금은 석상들은 거의 다 떨어져 나가고 석상을 얹으려고 만든 받침대가 약간 튀어나와 있는 모습을 볼 수 있습니다. 허형, 부자들은 주로 교역 대상들이었지요. 받침대 밑에 그들의 공덕을 찬양하는 명문이 그리스·팔미라어로 새겨져 있었다고 합니다. 당시 팔미라인들이 얼마나 교역을 중시했는지를 가늠할 수 있는 증거도 되지요.

제가 팔미라의 상징이라고 했던 아치형 개선문이 로마식 도로의 기점이지요. 200A.D.년경 세워진 것으로 추측된다고 하네요. 1930년 복원되었다고 하는 이 아치형 개선문 193년에서 211년까지 이 지역을 통치했던 세베루스의 기념 아치라고 합니다. 양쪽에 출입문 달린 개선문에 들어서서 열주 도로를 따라 나가다 보면, 오른쪽에 293~303년경에 지은 것으로 추측되는 목욕탕이 있고, 좀 더 가면 왼쪽으로 원형 야외극장이 나옵니다.

전형적인 로마식 극장이고 비교적 보존이 잘 된 극장입니다. 양옆에는 소음 차단벽도 설치했다고 합니다. 저는 극장의 맨 꼭대기 오른쪽 끝에 가서 노래를 들었는데 그 울림이 대단하더군요. 극장 바로 곁에는 원로원 의사당이 붙어 있고, 당시의 세관으로 쓰였던 건물이 있었고, 밖으로 나오면 아고라, 시장이 펼쳐져 있습니다. 시장에서 나오면 커다란 탑 모양으로 된 또 하나의 신전 기둥이 인상적입니다.

그 기둥의 석상 하나는 성모상처럼 보였습니다. 천천히 옛 로마식 거리를 걸어 나와서 뙤약볕 속에서 버스로 갔습니다. 다리가 아프시기도 하지만 용감한 어느 여성께서 베두인의 오토바이에 몸을 실었지요. 하하. 잠깐 버스를 타고 간 곳은 시장 터에서 건너다보이는 곳에 무덤의 계곡이 있다는 설명을 들었던 곳, 바로 무덤 계곡이었습니다.

허형, 가장 보존이 잘 된 무덤 엘레벨 무덤으로 이동하였습니다. 팔미라 무덤군은 지상으로 보이는 것뿐만 아니라 지하 묘도 있다고 합니다. 지하 묘는 비교적 최근에 발견되었다고 합니다. 1990년 팔미라 유적 발굴조사단은 '지중 레이더'라는 최신기술을 이용한 탐사로 '동남 묘지'라는 A~E까지의 5개 지하 묘를 발굴하였다고 합니다.

널방의 전체 길이는 약 18m이고, 돌계단을 이용하여 널에 이르는 길이는 30m나 된다고 하네요. 널방 제일 안쪽에는 이 무덤을 건조한 사람과 그 가족의 돌 널 3개가 ㄷ자형으로 배열되어 있으며, 그 뚜껑 위에는 가족의 연회를 나타내는 등신대의 조각이 장식되어 있으며, 무덤은 대개 가족묘의 형태를 띠고 있다고 합니다.

무덤은 대개 정방형의 모습이고, 멀리서 보면 그냥 탑처럼 보입니다. 계단 형태의 기단 위에 벽돌을 쌓아 올린 것입니다. 언급한 대로 엘레벨 무덤이라고 불리는 무덤이 가장 보존이 잘 된 무덤인데, 이 무덤은 128년에 건조된 것임이 밝혀졌다고 합니다. 시간 관계상 무덤 내부를 들어가지는 않았고 외부를 보는 것으로 만족했지만, 무덤 계곡은 깊은 인상을 주었습니다.

당시 이곳에 살았던 라바티안인들은 사후 세계를 믿었기 때문에 사는 곳에서 가까운 곳에 무덤을 두고 수시로 찾아갔다고 하네요. 팔미라 무덤군의 특징은 가족묘 형태를 가지고 있다는 것입니다. 아름답고 화려했던 팔미라는 이미 언급한 것처럼 272년 이곳을 지배하던 제노비아 여왕이 로마 황제 아우렐리우스에게 패배한 후 재건이 됩니다.

허형, 하지만 크게 빛을 발하지 못하다가 서서히 역사 속에서 사라져 갔습니다. 16만 평에 달하는 거대한 유적이 갑자기 자취를 감춘 것은 11세기였다고 합니다. 이 지역을 강타한 지진으로 완전히 매몰돼 버린 것이지요. 솔로몬이 말했다고 하네요. "이 세상의 영광이 아무리 크고 화려할지라도 하루아침에 사라지는 아침 안개와 같은 것이다."

아직 복원작업이 진행 중인 팔미라. 복원 중에도 방치되어 있는 것처럼 보이는 안타까운 유적 팔미라는 지나가는 나그네의 가슴에 지울 수 없는 인장 하나를 새겨 놓았습니다.

팔미라와 작은 들꽃

허형,

놀랍게도 사막에도 들꽃이 피어 있었습니다. 저는 팔미라를 보고 이동하던 버스에서 조병화 시인의 '작은 들꽃'이라는 시를 들려주었습니다. 그리고 다음 날 전날의 전체 정리와 순례지 복습 시간에 제 시작-노트라고 할 수 있는 글을 나누기도 했지요. 여러분들에게도 나눕니다.

작은 들꽃

　　　　- 조병화

사랑스러운 작은 들꽃아
너나 나나 이 세상에선
소유할 것이 하나도 없단다

소유한다는 것은 이미 구속이며
욕심의 시작일 뿐
부자유스러운 부질없는 인간들의 일이란다

넓은 하늘을 보아라
그곳에 어디 소유라는 게 있느냐
훌훌 지나가는 바람을 보아라

그곳에 어디 애착이라는 게 있느냐
훨훨 떠가는 구름을 보아라
그곳에 어디 미련이라는 게 있느냐

실로 고마운 것은 이 인간의 타향에서
내가 이렇게 네 곁에 머물며
존재의 신비를 생각하고 있다는 사실이다

이 짧은 세상에서
이만하면 행복이잖니
사랑스러운 작은 들꽃아

너는 인간들이 울며불며 갖는
고민스러운 소유를 갖지 말아라
번민스러운 애착을 갖지 말아라

고통스러운 고민을 갖지 말아라

하늘이 늘 너와 같이하고 있지 않니
대지가 늘 너와 같이하고 있지 않니
구름이 늘 너와 같이하고 있지 않니

다음은 제 졸시입니다.

팔미라, 사막의 꽃

팔미라, 그대를 사막의 꽃이라 부르건만
어찌 생명이 있는 작은 들꽃에 비하리오!
한때의 번영은 다만 돌조각으로 뒹구나니
인생은 한바탕 꿈이라는 시편의 노래 읊으며
들꽃 향기 맡고자 가만히 고개 숙이네.

지진으로 모래 속에 묻혔던 유적 바라보며
영원히 사라지지 않는 것이 무엇인지 생각하네.
뜨거운 태양 아래에서도 봉오리 내미는
흰 들꽃 바라보며
태양이신 그분의 숨결을 느끼네.

투구를 쓰고 말을 달리던 여걸 제노비아여!

194

그대의 미모와 야망은 어디 있는가?

그대 야망으로 파멸한 팔미라 비문은 보이지 않누나!

그대가 누렸던 영화, 그대의 자랑 팔미라의 비문이

한 송이 작은 들꽃에 비할 수 없으리.

홈즈

허형,

제가 생명을 지닌 들꽃에 비할 수 없다고 했지만, 사막의 오아시스, 팔미라는 너무나 아름다운 유적지라는 것을 누구도 부인할 수는 없습니다. 다만 아무리 아름다울지라도 인간의 작품은 하느님의 작품에 비해 유한하다는 사실을 절감하게 되는 것을 느낀 것이지요.

히잡을 썼다고 하지만, 이글거리는 태양 아래 모래사막의 열기 속에서 얼굴이 익은 저희 순례자들은 시원한 식당 안에 들어오니 금방 현대 문명의 고마움을 느낄 수 있었습니다. 통째로 구운 양고기는 어찌 그리 맛이 향기롭던지요? 하하. 사실 배추쌈과 곁들여 먹으니, 환상이었습니다.

조대윤 하상 바오로 회장님께서 포도주를 내셨지요. 아쉬운 것은 너무 시장하여 미처 생각을 하지 못하다가 식사가 다 끝날 무렵에야 포도주 생각을 하셨다는 사실! 맛있는 점심을 먹고 우리가 향한 곳은 홈즈.

이쯤에서 우리가 순례하는 곳이 시리아의 지도상에서 어디쯤 가고 있는지, 대략 아는 것이 좋으리라 생각됩니다.

수도 다마스쿠스는 시리아의 남서쪽이지요. 팔미라는 다마스쿠스에서 버스로 3시간 조금 더 걸리는 북동쪽, 지중해와 유프라테스강의 중간 지점에 있는 곳이지요. 북동쪽이라고 하지만 거의 동쪽으로 가는 곳이었지요. 지중해 변을 따라 터키에서 시리아를 거쳐 레바논까지 오론테스강이 흐르니, 오론테스강과 시리아 동쪽의 유명한 유프라테스강 사이의 사막 지역이라고 말할 수 있겠지요.

시리아는 지중해 변의 서쪽과 북쪽 일부를 제외하면 영토의 대부분이 건조한 사막 지역입니다. 시리아 홈즈는 다시 서쪽으로 2시간을 달려오는 곳이었습니다. 홈즈는 5000년이 넘는 역사를 가진 유서 깊은 도시라고 합니다. 기원전 333년 알렉산더 대왕이 시리아 지역을 점령한 후, 기원후 650년경 이슬람이 이 나라를 다시 점령하였습니다.

허형, 이전까지 시리아는 동로마제국의 식민속국이었고, 홈즈는 오론테스강을 끼고 번성한 도시였다고 합니다. 로마 역사에서 재미있고 특이한 사실 하나는 점령지 출신의 인물이 본국의 황제에 등극한 경우는 세계사에서 아주 드문 경우인데, 대 로마 제국에서 속국이랄까, 점령지 나라 출신의 로마 황제가 세 사람이 있었다고 합니다.

모두 이 지역 시리아 출신이며 그중 두 사람은 바로 이곳 홈즈 출신이고 한 사람은 홈즈 북쪽에 있는 우리의 다음 숙박지, 알레포 출신이라고 합니다. 알레포는 다시 홈즈에서 북쪽으로 버스로 두 시간. 바로 터키 국경과 가까운 도시입니다. 우리가 홈즈를 찾은 것은 홈즈가 로마 황제를 두 명이나 배출했거나 시리아의 제 3의 도시이기 때문은 물론 아니지요.

900년의 역사를 간직한 가장 완벽한 십자군 성채이며 기사의 성이라고 불리는 '크락데스 슈발리에' 성이 있기 때문도 아닙니다. 회교의 박해를 순교로 항거하며 교리 중심의 신앙을 지켜온 가톨릭 수사들의 정신적 기둥이었던 '성 조오지' 수도원이 지금도 남아 있다고 들었지만, 그곳 때문도 아니었습니다.

바로 성모 마리아의 '허리띠'가 보관된 '성 마리아 성당'의 순례를 위해서였습니다. 물론 성 마리아 성당은 시리아 정교회 성당이었습니다. 우리는 시리아 정교회 성당에서 가톨릭 미사를 드렸습니다. 미사를 드리는 동안 그곳의 검은 수단을 입은 분이 옆에서 함께 미사를 드리며 제가 미사 드리는 모습을 유심히 지켜보고 있었습니다.

허형, 저는 당연히 그곳 사제라고 생각했는데, 사제는 아니고 수사님이었습니다. 마침 본당 사제는 출타 중이라고 하더군요. 미사 후에 그 수사님과 함께 사진도 찍고 했지요. 가이드 수진 씨 말에 의하면, 저도 믿기 어렵지만 자기가 알기로 이곳에서 한국말 가톨릭 미사가 드린 것이 우리가 처음이라고 합니다.

워낙 이곳은 알려지지 않은 곳이라고 하네요. 사실이라면 우리가 대단한 일을 한 것이지요. 성모님의 띠가 모셔져 있는 성모 마리아 성당. 시장통에서 버스에서 내린 저희는 달리다시피 하여 성당으로 들어가서 먼저 미사를 드린 것입니다. 저는 대전 성서 모임 순례자들의 태도에 깊은 감명을 받았습니다.

인간적으로 성모님의 띠를 먼저 참관하고 싶을 터인데, 미사부터 드린 것입니다. 아, 이분들이 제대로 배우셨구나, 우 스텔라 수녀님과 이 요한나 수녀님이 제대로 가르치셨구나, 하는 감탄이었습니다. 이것은 사소

한 일 같지만, 실은 아주 중요한 의미를 지니고 있습니다. 어떤 사적 계시도 공적 계시보다 우선 될 수 없습니다.

메쥬고리예 발현 증인들이 한결같이 말합니다. 같은 장소에서 그런 일이 없겠지만 만약 메쥬고리예 어느 한 곳에서 성모님 발현이 있고, 성당에서 미사가 드려지고 있으면 어디로 가야 하는가? 당연히 미사에 가야 한다고 합니다. 미사가 더 중요합니다.

메쥬고리에 발현 증인들은 늘 기도하는 사람들이기 때문에 은총 관리를 하는 분들입니다. 잘 모르고 강복을 청하는 순례자들에게 그들은 말합니다. "우리는 하느님의 축복을 빌어줄 수 있지만, 강복을 줄 권한이 없습니다. 사제들에게 강복을 청하십시오." 다시 한번 은총 관리를 제대로 하지 못한 나주 사건의 관계자들을 생각하면 마음이 아픕니다.

저희는 서둘러 시리아의 성모 마리아 성당을 갔습니다. 그곳의 오늘날의 모습의 성당이 지어진 것은 얼마 되지 않았지만, 오래전부터 성모님께 봉헌된 장소라고 합니다. 그곳에 성모님께서 매셨던 것이라고 전해지는 띠가 오랫동안 묻혀 있다가 발견되었고, 지금 성당 옆에 모셔져 있습니다.

띠는 오래전에 터키 남부에서 옮겨 왔다고 합니다. 성모님께서 말년을 터키 남부, 에페소에서 사셨으니까 아마 어떤 기연으로 에페소에서 이곳으로 모셔져 왔나 봅니다. 저희가 미사를 드렸던 임시 제대가 놓여 있던 바로 그 지점에서 발견되었다고 합니다. 시리아 정교회는 아직 사제가 제대를 향해 미사를 드리니까 저희를 위해 임시 제대를 마련해 주셨습니다.

저는 띠의 의미를 생각하며 잠시 묵상을 드렸습니다. 띠의 의미는 무

엇보다 '절제'를 뜻하고 대령하는 자세, 경건한 마음을 뜻하지요. 성모님
이 지니셨던 경건한 마음, 당신 자신을 추스르고 주님 앞에 대령하는 마
음을 묵상하며 숙연한 마음이 들었습니다.

시리아 도시는 다마스쿠스도 그렇지만 이곳 홈즈도 잿빛 도시였습니
다. 정부에서 지어서 분양하였다는 아파트들이 모두 잿빛이었습니다. 다
른 지중해 연안의 도시들이 다 빨간 지붕에 흰색 건물들인데, 이곳 시리
아는 마치 그들이 안고 있는 아픔을 상징하듯 잿빛 도시로 우중충하고
무겁게 느껴집니다.

허형, 거리에서 재미있는 것은 작은 저울 하나 달랑 놓고 길가는 사
람들의 몸무게를 재주고 돈을 받고 있습니다. 그들에게도 다이어트를 하
는지 몸무게는 중요하나 봅니다. 하하. 성모 마리아 성당의 순례를 마치
고 알레포로 가는 버스에서 순례자 각자 자기소개를 통한 나눔이 있었습

니다.

그것은 아주 좋은 나눔이었습니다. 나눔을 통해 서로를 알게 될 뿐만 아니라 하나의 공동체로서의 깊은 일치감을 느끼게 되는 은총의 시간이었습니다. 거의 모두 대전 우리 성서 모임에서 오셨지만, 졸업생도 있고 서로 같은 기수, 학년이 다르면 서로 잘 모르기도 했었지요.

나눔 안에 풍성한 은총을 체험했습니다. 저는 주로 소화제(유머)를 나누었지요. 하하. 그런 의미에서 소화제 하나. "너 자신을 알라."를 러시아 말로 하면, 니꼴라이 알라까이입니다. 다음은 수녀님들도 모르는 야사입니다. 제가 알레포로 가는 중에 가이드 수진 씨에게 수차가 유명한 하마라는 작은 도시에 잠깐 들릴 수 있는지를 물었지요.

가이드는 고맙게도 조금 늦어져도 신부님이 원하면 그곳에 가 보도록 저에게 살짝 알려주었지요. 제가 일정에 없던 시리아의 명물 수차를 순례 일행에게 보여 주고 싶었는데, 그것은 순전히 저의 욕심이었나 봅니다. 아니면 순례에 충실하라는 하느님의 뜻이었거나, 다음에 다시 시리아를 가라는 섭리인지도 모릅니다.

그만 문제가 발생했습니다. 알레포로 가는 중에 에어컨이 고장이 난 것입니다. 버스가 중국제였습니다. 처음부터 중국제라서 불안하더니 드디어 말썽이 난 것입니다. 그래도 얼마나 다행입니까? 에어컨이 아니라 엔진이 고장 났으면, 버스를 바꾸어야 하니까 더 기다려야 하지 않겠습니까?

휴게소에서 기사님이 고치려고 1시간 반이 넘게 무진 애를 썼지만, 끝내 못 고치고 위험천만하게 차 문을 열고 1시간 가까이 알레포까지 달려갔다는 것 아닙니까? 다음날 아침에야 알레포 성채를 둘러보고 시리아 순례를 마치고 터키 국경으로 향했습니다.

허형, 시리아 순례를 마치면서, 제가 순례 노트에 그날 저에게 순례의 성찰로 가장 큰 의미와 교훈이 무엇이었는지를 돌아보며 낙서하듯이 적어 놓은 글 그대로 나누며 그날을 떠올려 봅니다. 팔미라의 유적은 복원해 놓으니까 그럴듯하게 보이지만, 다시 한번 큰 지진이 오면 땅에 누워 돌조각으로 뒹글게 될 것을 생각합니다.

영원한 것, 사라지지 않는 것은 다만 영적인 것. 보물을 하늘에 쌓으라는 말씀을 다시 새겨듣게 됩니다. 그런 의미에서 시인 조병화 선생님의 '작은 들꽃'에서 배웁니다. 사막에도 피어나는 들꽃은 거기에도 하느님이 손수 일하고 계심을 보여 주는 표징으로 느껴졌습니다.

저는 카이사리아 필리피를 떠올립니다. 그곳에서 뒹구는 돌조각을 보시면 예수님께서 제자들에게 "너희는 나를 누구라고 생각하느냐?"라고 물으셨음을 생각합니다. 마음 깊은 곳에 예수님이 계시지 않으면 다만 우리는 사막의 뒹구는 돌조각임을 깊이 생각합니다.물으셨음을 생각합니다.

8

다시 바오로의 활동지 터키로

시리아의 안티오키아

허형,

아침 8시 반에 정시 출발할 수 있었습니다. 전날 대장 스텔라 수녀님께서 너무 신경을 쓰셔서 코피가 났다는 말을 들은 순례자들이 모두 5분 전에 버스에 탔답니다. 코피가 무섭긴 무서워요. 하하. 어릴 적 친구들이 싸울 때 코피 나면 무조건 지잖아요. 이제 시리아를 떠나 다시 터키로 들어갑니다.

아침에 어제 버스 에어컨 고장으로 들리지 못한 알레포 성채를 잠깐 들렸습니다. 이 성채는 12세기 때 지어진 아랍 요새라고 합니다. 십자군 전쟁 때 이 지역을 방어한 시리아 무스렘의 요새였다고 합니다. 성을 둘러싸고 밖으로 운하를 파서 적이 넘어오지 못하도록 한 성채였습니다.

허형, 주변에는 지금 카페가 평화로운 모습이었습니다. 국경은 알레포에서 멀지 않은 곳인데 국경을 넘는 것은 정말 머나먼 길이었습니다. 저는 시리아와 터키는 같은 아랍권이라서 쉽게 통과할 것이라고 생각했는데, 그게 아니었습니다. 너무 쉽게 넘어오면 그 나라가 그 나라 같아 순례한 곳이 어느 나라인지도 잘 모르잖아요.

시리아의 인상을 철저하게 심어주려는 의도인지 버스에서 엄청 기다리다가 내리고 걷고 그랬습니다. 멀리서 보니, 버스의 짐도 다 뒤지고 야단도 아니었습니다. 저는 너무 지루해서 힘들어하는 순례자들에게 기다리는 버스 안에서 여러 소화제를 들려주었지요.

제가 빨리 친해지기 위해 어제 조금 야(?)한 소화제 하나 했더니 조대윤 회장님도 자진해서 앞으로 나와서 진짜 X 등급인 '진달래', '택시' 등의 소화제를 들려주었지요. 하하. 드디어 국경을 넘어 나흘 만에 다시 터키. 가이드 요한 씨를 다시 만났지요.

요한 씨는 4시간 넘게 기다렸다고 하더군요. 요한 씨 말을 들으니 조금 이해가 되더군요. 시리아가 터키의 지배를 받았던 역사적 아픔 때문에 이웃 국가이고 같은 이슬람 국가이지만, 서로 사이가 좋지 않다고 하네요. 시리아의 안타오키아라고 불리는 지역은 지금은 터키 땅에 속합니다.

요한나 수녀님께서 여태 모르고 시리아의 안티오키아라고 가르쳤다고 하시면서 그래서 성지 순례는 꼭 와 보아야 한다고 하셨지요. 사실 수녀님이 잘못 가르치신 것이 아니지요. 현대 역사 안에서 터키에 속하게 되었지만, 성경의 지명이 그러니까 시리아의 안티오키아라고 불러 마땅하고 옳은 일이지요.

제가 조금 성급하기는 했지만, 워낙 오이지이니 본성을 버리기는 힘드나 봅니다. 오이지는 오만하고 이기적이고 지랄 같다는 뜻입니다. 요한 씨가 루카에 대해 인상적인 좋은 설명을 해 주었어요. 루카가 알렉산드리아에 가서 의사로서의 교육을 받은 것은 이미 알고 있었는데, 그 배경은 저도 모르고 있었지요.

루카의 아버지가 상당한 지위의 사람의 노예였는데, 워낙 충실하여 그 주인이 노예였던 루카 아버지에게 소원을 들어주겠다고 하여, 그가 청하기를 자기 아들에게 공부를 시켜달라고 했답니다. 그래서 그 청을 들어주어 루카가 의사 공부를 할 수 있었다고 합니다. 루카 복음서의 특징을 이해하는데, 도움이 되는 설명이었습니다.

허형, 루카 복음서의 가장 큰 특징은 약자, 이방인, 소외계층, 특히 여성에 대한 깊은 배려입니다. 성령의 복음서라고도 불릴 만큼 루카는 성령께 열려 있는 분이었지요. 당시 의사가 되기 위해서 문학은 기본이었지요. 문학, 문체를 공부했던 루카가 쓴 루카 복음서와 사도행전의 원문은 아름다운 문체로도 유명합니다.

국경에서의 지연으로 꽤 늦은 점심을 먹었습니다. 예루살렘의 최후 만찬 이층 방을 연상하는 이층 방 식당에서의 점심도 푸짐하고 맛있었습니다. 특히 스프가 맛있었습니다. 저는 워낙 스프를 좋아하지만, 옆에 앉았던 분은 스프가 너무 많은 것을 보고 처음에 덜었다가 나중에 더 달라고 하여 먹었을 정도로 맛있었습니다.

점심 후에 간 곳이 '성 베드로 석굴 성당'입니다. 단순히 성당으로서보다는 기도처로서의 의미를 지닌 곳이었습니다. 성당에서 미사를 드리기 전에 먼저 석굴 성당에서 걸어서 더 올라가는 산 중턱의 기도처로 갔습니다. 사실 함께 기도를 드린 장소는 큰 성모님 모습의 바위가 있는 곳이지만, 산 곳곳에 구멍을 파서 만든 기도처가 있었습니다.

바위를 깎아 큰 성모님 상으로 만든 곳 바로 옆에 성인 상도 보였는데 사도 요한일 것이라고 추정한다고 합니다. 어머니를 모신 분이니까 그렇겠지요. 성모상과 성인의 상 모두 단순하면서도 상당히 인상적인 느낌을 받았습니다. 다시 석굴 성당으로 내려와서 미사를 드렸습니다. 베드로 석굴 성당이라고 불리는 곳도 산에 있는 여러 기도처 중에서 특히 비밀 집회나 미사를 집전했던 넓은 곳이지요.

미사를 드리는 내내 편안하고 안온했습니다. 베드로 석굴 성당 바로 아래까지 버스를 타고 올라왔기 때문에 우리가 크게 실감하지 못했지만, 그곳도 상당히 높은 곳에 있는 초대교회 당시에는 피신처였음을 알 수 있었습니다. 교회 전승에 따르면, 이 자연 석굴은 안티오키아 최초의 그리스도인 비밀 집회 장소였습니다.

사도 베드로가 로마로 선교를 떠나기 전에 몇 년 머물던 곳이라고 합니다. 그래서 이름이 성 베드로 석굴 성당이라고 합니다. 제가 자료를 찾아보니까 베드로 42~48년경에 머물렀다고 되어있는데, 착오라고 생각합니다. 로마로 선교를 떠나기 전이면 50년대 중후반이라고 보아야 하지요. 갈라디아서 2장에 보면 바오로가 베드로를 나무라는 장면이 나오지요. 바로 그 대목의 현장이 이 석굴 성당이라고 추정됩니다.

허형, 분명 성전으로 전해져 오는 이야기 이외에 이렇게 성경에 근거해서도 이 석굴이 베드로와 연관이 있는 것은 틀림없을 것입니다. 그렇다고 하더라도 석굴의 이름이 성 베드로 석굴 성당인 것은, 적절한 명칭이 아닐 수 있다는 생각을 지울 수가 없었습니다. 왜냐하면, '시리아의 안티오키아'라면 당연히 바르나바와 바오로, 그리고 안티오키아의 성 이냐시오를 떠올리게 되지요.

시리아의 안티오키아는 처음 '그리스도인'이라는 이름으로 불리게 된 교회입니다. 바르나바가 예루살렘의 원로들에 의해 파견을 받아 세운 공동체이고, 바르나바와 바오로 선교의 중심지이지요. 사실 일반적으로 바오로의 선교여행으로 불리는 제1차 선교여행은 바르나바가 수장이었기 때문에 저는 바르나바의 선교여행이라고 해야 올바르다고 생각합니다.

바르나바라는 인물이 초대교회에서 얼마나 거목이었고, 중요한지에 대해 우리가 간과하는 경향이 있지요. 바르나바는 교회 안에서도 제대로 평가받지 못한다는 느낌을 지울 수 없습니다. 당연히 바르나바가 공동체의 수장으로 이곳에서 모임을 하고, 오늘날 형태의 미사는 아니라고 하더라도 함께 미사를 드렸을 테니까, 저는 '성 바르나바 석굴 기념성당'이라고 부르고 싶은 것입니다.

사람들은 높은 사람, 이름 있는 사람들을 좋아하니까 바르나바는 잊혀지고 더 높고 유명한 베드로의 이름을 따게 된 것 같아, 왠지 바르나바에게 미안한 느낌이 드는 것입니다. 그래도 이름이 중요한 것은 아니니까요. 하여튼 그곳은 초대교회의 비밀 집회 정소였고, 함께 기도를 드리던 곳이라는 사실이 중요하지요.

지금은 밖으로 장식이 있는 성당의 모습을 갖추고 있지만, 초대교회 당시에는 자연 숲에 숨겨진 동굴이었으며 박해시대에도 숨어서 기도드리던 장소라는 사실이 가슴 뭉클하게 다가왔습니다. 석굴 성당 제대가 놓여 있는 곳 옆에 안으로 이어지는 동굴이 있다고 합니다.

허형, 길이가 무려 4Km나 된다고 하네요. 여러 갈래로 파 놓은 기도처이고 피난처이면서 동시에 도피처이기도 했던 것이지요. 제가 복습시키면서 성 베드로 석굴 성당이 있는 산 이름을 물었더니 기억하는 분이 없었는데, 너무 어려운 시험 문제를 냈던 것이었나 봅니다.

실피우스산이라고 합니다. 슬피우는 산이라고 하면 외우기 쉬운데. 하하. 고개를 들어 위를 보면 깍아 지른 듯한 산, 순교자 안티오키아의 성 이냐시오를 생각하면 슬피 울게 되는 실리우스 산도 지나가는 나그네의 가슴에, 눈물샘 하나를 만들어놓았습니다.

안티오키아 성 이냐시오

허형,

시리아의 안티오키아라는 도시는 초대교회에서 중요한 위치를 차지하고 있는 도시이지요. 바오로 선교여행의 중심지. 시발점이며 종착지입니다. 안티오키아 교회는 예수님을 믿는 사람들의 공동체를 처음으로 '그리스도인'이라고 불렸던 교회이기도 하고, 루카와 첫 교부의 한 사람인 성 안티오키아의 이냐시오의 고향이지요.

안티오키아는 희랍말로 '전사', '군인'을 뜻하는 말이며 마케도니아 알렉산더 대왕의 4 장군의 한 사람이었던 셀레우코스는 제국 분할 후 이 지역의 왕이 되는데, 자기 아버지의 이름을 따서 안티오키아라고 지었다고 합니다. 버스로 숙박지인 아다나로 오면서 다시 가이드 요한 씨에게 터키 전반의 역사에 관해 들었습니다.

공동 번역에서 헷족이라고 표기하던 종족을 새 성경에서 히타이트족이라고 정정 표기하고 있지요. 그 히타이트족이 지금의 터키 지역에서 처음으로 강대한 왕국을 형성합니다. 우리 역사서에 처음으로 철기문화를 사용한 민족으로 알려있지요. 히타이트의 도시에서 저희는 감상에 빠져 들었습니다.

어느 정도 강대한 왕국이었는지를 기원전 13세기 경 당시 가장 강대하고 문화가 발달했던 이집트와 전쟁을 벌이고 평화협정을 맺은 것을 보면 짐작할 수 있다고 합니다. 우리에게 잘 알려진 '람세스'라는 소설에 보면 람세스 2세의 의해 이집트가 승리한 것으로 기록하고 있지만, 사가들은 히타이트족이 더 우세했을 것이라고 본다고 합니다.

역사는 자기네 입장에서 유리하게 서술하게 마련이지요. 그런데 기원전 12세기에 갑자기 멸망하고 사라지게 됩니다. 거기에 대한 여러 설이 있다고 하네요. 그리고나서 알렉산더 대왕에 대해 장황한 설명을 했는데, 후에 그리스에서 알렉산더 대왕의 동상 사진을 찍었습니다. 나중에 따로 알렉산더 대왕에 대해 해설을 드리기로 하고, 오늘은 안티오키아에 대해서 나누지요.

허형, 저는 베드로 석굴 성당을 순례한 날 밤에 와서 성찰하면서 초대교회 신자들이 실피우스 산에서 여러 곳에 굴을 파서 기도처를 만들고 거기 숨어서 기도했다는 사실에 마음이 머물게 되었습니다. 결국, 신앙을 간직하고 후대에 전수할 수 있는 힘은 다름 아닌 기도의 힘이라는 사실을 다시 새삼스레 느낄 수 있었습니다.

안티오키아 공동체의 사람들이 생명의 위험을 무릅쓰고 함께 모여 기도하면서 신앙을 나눔으로써 서로 얼마나 깊은 일치를 이루었을까를 생각하니 가슴이 뜨거워지는 것을 느꼈습니다. 오늘날도 공동체가 일치를 이룰 수 있는 유일한 길은 기도와 순명일 것입니다. 안티오키아는 깊은 신학과 영성을 발전시킨 곳으로도 유명합니다.

안티오키아의 성 이냐시오는 단순히 순교하신 교부로서의 성인일 뿐만 아니라 안티오키아에 그의 신학과 영성을 따르는 학파를 형성하는 초석을 놓으셨다는 의미에서도 중요한 분입니다. 2~7세기, 이집트 알렉산드리아 신학파와 쌍벽을 이루는 안티오키아 신학파를 형성하게 되고, 그 후 테오필로스, 마르첼루스, 플라비아누스, 요한 크리소스토모스(요한 금구) 등 최고의 교부들을 탄생시키게 되지요.

저는 10일 새벽에 일찍 일어나서 성 안티오키아의 이냐시오 호칭기도를 만들어 보았습니다. 순례자들 중에서 성 안티오키아의 이냐시오에 대해 잘 모르시는 분들을 위해 이 기도문을 만들어 보았습니다. 성 이냐시오 하면 대개 이냐시오 로욜라를 떠올리실 것입니다. 성 이냐시오 로욜라의 이름은 원래 이니고이지요.

파리대학 시절 신학을 공부하면서 성 안티오키아의 이냐시오에게 반해서 자기도 이냐시오처럼 되고자 하는 마음으로 아예 자기의 이름을 이냐시오로 부르게 된 분이지요. 저희 사부님이신 성 이냐시오 로욜라께서 반하신 안티오키아의 성 이냐시오. 정말 반할 만한 분이지요?

초대교회의 순교자 성 안티오키아의 이냐시오와 16세기의 예수회를 창설하신 성 이냐시오 로욜라를 혼동하시는 분은 안 계시지요? 성 이냐시오 로욜라가 너무 유명해져서 성 안티오키아의 이냐시오는 그늘에 가려진 느낌이 듭니다. 허형, 그래서 이 기회에 안티오키아의 성 이냐시오의 기도문을 만들어 사람들에게 그가 누구인지 알려 주고 싶고, 그의 전구를 빌고 싶었습니다.

기도문이 너무 길어지는 것 같아서 이렇게 I과 II 둘로 나누어 만들었습니다. 안티오키아의 성 이냐시오는 당연히 순교자이니까 호칭기도 I에서 시작은 순교자로 호칭을 드리지만, 순교에 관한 내용은 따로 II에서 비교적 상세히 다룬 것입니다. 제가 베드로 석굴 성당에서 미사를 드리면서 안티오키아의 성 이냐시오에 대해 강론을 하였지요.

밤에 호텔로 돌아와서 성찰 시간에 순례자들이 과연 제 강론을 얼마나 이해했을지를 돌아보다가 문득 기도문을 만들 생각을 한 것이지요. 이 기도를 통해 순례자들에게 성 안티오키아의 이냐시오가 어떤 분이신지를 각인시켜 주고 싶었습니다.

성 안티오키아의 이냐시오의 호칭기도 I

＋ 주님, 저희에게 자비를 베푸소서.

예수 그리스도님, 저희에게 자비를 베푸소서.

우리 모범이신 성 안티오키아의 이냐시오여, 저희에게 자비를 베푸소서.

＊ 그리스도를 섬기고 전하다가 맹수형을 받아 순교하신 성 이냐시오여, 저희에게 자비를 베푸소서.

＊ 로마로 압송되면서도 도시마다 몰래 찾아온 교우들에게 가르침을 베푸신 성 이냐시오여, 저희에게 자비를 베푸소서.

＊ 에페소, 마그네시아, 트랄레이, 로마, 스미르나, 필라델피아 교회에 편지를 보내신 성 이냐시오여, 저희에게 자비를 베푸소서.

＊ 교회 공동체에 보낸 편지에서 그리스도 안에서 서로 일치하고 장상

들에게 순명하라고 가르치신 성 이냐시오여, 저희에게 자비를 베푸소서.

* 그릇된 이단에 빠지지 않도록 조심할 것을 가르치신 성 이냐시오여, 저희에게 자비를 베푸소서.

* 폴리카르푸스 주교에게 사목자로서 지녀야 할 덕목과 마음가짐을 가르치신 성 이냐시오여, 저희에게 자비를 베푸소서.

* 순교를 통해 고통을 겪고 있는 교회에 희망과 용기를 불어넣어 주신 성 이냐시오여, 저희에게 자비를 베푸소서.

* 교회 안에 처음으로 교계 제도를 확립하신 성 이냐시오여, 저희에게 자비를 베푸소서.

* 주교 없이 교회라고 할 수 없다고 말씀하신 성 이냐시오여, 저희에게 자비를 베푸소서.

* 교회를 주교 중심체제가 되도록 이끄신 성 이냐시오여, 저희에게 자비를 베푸소서.

* 주교는 교회로부터 육화된 사람이라고 말씀하신 성 이냐시오여, 저희에게 자비를 베푸소서.

* 사도 베드로와 사도 바오로의 가르침을 받아 세워진 로마 교회의 권위를 인정하신 성 이냐시오여, 저희에게 자비를 베푸소서.

* 탁월한 신학자이신 성 이냐시오여, 저희에게 자비를 베푸소서.

* 모든 신학의 중심에 그리스도론을 두신 성 이냐시오여, 저희에게 자비를 베푸소서.

* 그리스도의 인성을 분명하게 가르치신 성 이냐시오여, 저희에게 자비를 베푸소서.

* 성체성사의 신비를 분명하게 가르치신 성 이냐시오여, 저희에게 자

비를 베푸소서.

　* 성체야말로 우리의 죄를 사하기 위해 수난하신 그리스도의 살이라고 가르치신 성 이냐시오여, 저희에게 자비를 베푸소서.

　* 그리스도께서 살과 피로 우리에게 오신 참 하느님이시라고 가르치신 성 이냐시오여, 저희에게 자비를 베푸소서.

　* 그리스도인들의 일치를 성체성사 안에서 이루도록 가르치신 성 이냐시오여, 저희에게 자비를 베푸소서.

성 안티오키아의 이냐시오의 호칭기도 II

　+ 주님, 저희에게 자비를 베푸소서.

　예수 그리스도님, 저희에게 자비를 베푸소서.

　우리 모범이신 성 안티오키아의 이냐시오여, 저희에게 자비를 베푸소서.

　* 순교를 통해 하느님 아버지께 영광을 드리신 성 이냐시오여, 저희에게 자비를 베푸소서.

　* 순교를 통해 하느님 안에 새로 태어나는 부활의 기쁨을 얻게 된다고 확신하신 성 이냐시오여, 저희에게 자비를 베푸소서.

　* 순교를 영원한 생명을 위한 '태어남'이라고 말씀하신 성 이냐시오여, 저희에게 자비를 베푸소서.

　* 순교할 날을 애타게 기다리신 성 이냐시오여, 저희에게 자비를 베푸소서.

* 순교를 통해 고통을 겪고 있는 교회에 희망과 용기를 불어넣어 주신 성 이냐시오여, 저희에게 자비를 베푸소서.

* 당신이 순교를 통해 그리스도께 사는 길을 방해하지 말라고 교우들에게 당부하신 성 이냐시오여, 저희에게 자비를 베푸소서.

* 당신의 순교를 갈망하고 그리스도께 가는 길인 순교를 위해 하느님께 기도해 달라고 교우들에게 청하신 성 이냐시오여, 저희에게 자비를 베푸소서.

* 그리스도 안에 완전한 자가 되기를 갈망하신 성 이냐시오여, 저희에게 자비를 베푸소서.

* 그리스도 안에 완전한 자가 되지 못함을 고백하며 겸손하게 자신을 낮추신 성 이냐시오여, 저희에게 자비를 베푸소서.

* 예수님께 갈 수 있다면 어떤 박해도 기꺼이 받기를 원하신 성 이냐시오여, 저희에게 자비를 베푸소서.

* 이 세상의 온갖 영화가 당신에게 아무 소용이 없다고 말씀하신 성 이냐시오여, 저희에게 자비를 베푸소서.

* 당신이 찾는 것은 오직 부활하신 그리스도라고 말씀하신 성 이냐시오여, 저희에게 자비를 베푸소서.

* 당신을 하느님의 밀이라고 표현하신 성 이냐시오여, 저희에게 자비를 베푸소서.

* 당신이 밀로서 맹수에 이빨에 갈려 그리스도의 깨끗한 빵이 되고자 갈망하신 성 이냐시오여, 저희에게 자비를 베푸소서.

* 당신의 순교로 진정 하느님께 바치는 희생 제물이 되기를 바라신 성 이냐시오여, 저희에게 자비를 베푸소서.

안티오키아의 성 이냐시오여!

저희 순례자들을 위해 빌어주소서!

저희가 성령으로 가득하여 사랑의 빵이 되기를 갈망하신 당신이 세우신 순교의 정신을 깨닫게 도와주소서!

저희도 그 정신으로 사랑과 희생과 나눔의 삶을 살 수 있도록 저희를 위해 빌어 주소서!

기도합시다! 지극히 전능하시고 영원하신 하느님 아버지, 안티오키아의 성 이냐시오의 전구로 저희 안에 사랑이 샘솟게 하시고 더욱 일치를 이루고 서로를 격려하게 하시고 믿음을 깊여가게 하소서. 우리 주 그리스도의 이름으로 비나이다!

허형, 안티오키아의 성 이냐시오의 "밀로서 맹수에 이빨에 갈려 그리스도의 깨끗한 빵이 되고자 갈망하셨다."라는 말은 유명하지요. 그 말에 영감을 받은 사람들 가운데 제가 좋아하는 칼릴 지브란이 있습니다. 칼릴 지브란은 제가 '사랑이 그대를 향해'로 옮긴 'On Love'라는 시에서 "그대는 비로소 하느님이 베푸는 향연에서 쓰게 될 성스러운 빵이 되리라."라고 노래했습니다.

타루수스

허형,

오랜만에 아침 7시 늦은 기상이었지요. 9시에 사도 바오로의 고향 타루수스를 향해 출발했습니다. 타르수스가 사도 바오로의 고향이라는 사실은 사도행전에 여러 번 나옵니다.(사도 9, 11; 21, 39; 22, 3) 사도 바오로는 예루살렘에서 로마군에게 체포되었을 때, "나는 유대 사람으로, 킬리키아의 저 유명한 도시 타르수스의 시민"이라고 말합니다. 그는 로마 시민권을 가지고 있다는 사실도 밝힙니다.

타르수스가 왜 그렇게 유명했을까요? 바오로가 왜 굳이 '유명'이라는 말을 썼을까요? 역사적으로 보면, 앗시리아, 히타이트, 프리키아, 페르시아 문명의 무대이고, 일반적으로 알려진 타르수스는 당시 교통의 요충지이었습니다. 다마스쿠스에서 안티오키아를 거쳐 오늘날 터키에 속하는 지역인 아나톨리나를 통해 유럽으로 가는 관문의 역할을 합니다.

허형, 육로로도 중요한 도시이자 해상으로도 중요한 항구 도시이기도 합니다. 그렇다고 해서 그런 이유로 사도 바오로가 '유명'이라는 말을 썼을까요? 아마 그렇지 않을 것입니다. 어쩌면 유명인의 이야기가 회자되고 있기 때문이 아닐까?라고 생각됩니다. 역사적으로 볼 때, 특히 두 사람의 유명한 인물의 배경이 되는 곳입니다.

첫째, 알렉산더 대왕입니다. 타르수스는 유명한 알렉산더 대왕의 활동 무대였지요. 알렉산더 대왕은 기원전 333년 페르시아 원정을 떠나면서 이곳을 거점으로 삼았고, 하나의 사건이 있었지요. 타우루스 산맥에서 흘러내린 강물이 엄청 차가운 줄 모르고 치드누스 강에 뛰어들었다가 심장마비를 일으켜 죽을 뻔했던 사건이지요.

둘째, 미모의 대명사 클레오파트라가 자결한 곳으로 알려진 곳이지요. 기원전 31년경 클레오파트라는 악티움 해전에서 군대를 이끌고 치드누스 강으로 배를 타고 와 누구를 지원했습니까? 안티니우스이었지요. 결과는 패전하게 되고, 그곳에서 자결합니다. 클레오파트라는 흥미를 불러일으키는 인물이기 때문에, 제가 조금 상세히 설명드립니다.

우리에게 알려진 클레오파트라는 공식 명칭은 클레오파트라 7세이지요. 그녀는 당시 폼페이우스와 권력투쟁을 벌이다가 이집트에 온 카이사르와 협상하고 그의 도움으로 정치적 반대자들을 물리친 후 다시 파라오 자리에 복귀합니다. 기원전 47년 로마 정치의 헤게모니를 잡는 전쟁에서 승리를 거둔 카이사르는 그 후 약 2주일 동안 클레오파트라와 지낸 뒤 이집트를 떠납니다.

이때 클레오파트라는 임신을 하고 아들을 낳게 되지요. 아들의 이름은 카이사르의 이름을 따서 카이사리온인데, 그가 정말 카이사르의 아들이었는지는 지금까지도 밝혀지지 않았다고 합니다. 우리가 알다시피 기원전 44년에 카이사르가 암살을 당하지요. 유명한 대사를 기억하시지요?
"부르터스, 너마저……."

클레오파트라는 카메레온 같은 여인이었습니다. 그녀는 카이사르가 암살당한 후, 얼마 되지 않아 마르쿠스 안토니우스와 만나 연인이 되고 결국 결혼에 성공하지요. 그러나 인생은 알 수 없는 일입니다. 그것이 그녀를 파멸로 이끌 줄이야! 결혼 후 그녀는 남편 안토니우스의 권력투쟁을 경제적으로 도운 대가로 페니키아, 유다 등의 쓸모 있는 땅을 받아 영토를 확장하지만, 그것이 비극의 시작이었습니다.

허형, 그녀는 악티움 해전을 치르게 되지요. 바로 그 해전에서 패하고 자결하게 된 것입니다. 자살은 일반적으로 뱀에 물려 자살한 것으로 알려져 있으나 독가스를 사용했다는 설도 있다고 하며 자살이 아니라는 설도 있습니다. 정적인 옥타비아누스에 의해 타살된 것으로 보는 설이지요. 오늘날 타르수스가 유명한 이유는 오직 하나입니다. 바로 사도 바오로 때문이지요.

그의 고향이며 그가 회심을 깊이는 고독과 시련의 시간을 보낸 곳이기도 합니다. 사울은 거의 매일 하루 일과가 끝나는 시간이면 치드누스 강가를 거닐며 해가 지는 석양, 강가에 비친 낙조를 바라보며 많은 상념에 잠기곤 했을 것입니다. 고깃배를 쫓는 갈매기를 바라보며 고향을 떠나 선교여행을 꿈꾸기도 했을 것입니다.

7~8년이라는 긴 시간 동안 주님이 다시 불러주실 때까지, 그곳에서 진정한 사도가 되는 준비 기간을 가진 것입니다. 주님과의 만남으로 회심을 체험했지만 진정한 회심은 단순히 유대교에서 그리스도교로 종교를 바꾸는 것도 사고방식을 바꾸는 것도 아닌, 하느님께서 모든 일을 주관

하신다는 것을 인정하는 것입니다.

자신을 온전히 하느님께 맡겨 드리고 따르는 것임을 그곳 고향에서 고독과 시련의 시간을 통해 배우게 되었을 것입니다. 오늘날 우리를 포함하여 많은 사람이 타르수스를 찾는 것은 바오로의 체취를 느끼고 싶어서이지요. 아무도 알렉산더 대왕이나 클레오파트라의 자취를 찾는 사람은 없습니다. .

허형, 세월이 흐르면서 바오로 당시까진 유명한 에피소드이었을 알렉산더 대왕이나 클레오파트라의 자취는 이야기 속에 남아 있을 뿐, 오래전에 역사 속에 사라져버렸습니다. 이제는 오직 사도 바오로의 숨결만이 지금도 생생하게 우리 가슴에 느껴지고 우리의 맥박을 뛰게 합니다.

바오로는 오늘도 우리에게 무언의 말을 건네고 있었습니다. 그것이 그날 제가 미사에서 강론 대신 '그대는 내게 말했습니다.'라는 졸시를 읽어드린 이유였지요. 우리가 먼저 찾아간 곳은 바오로의 생가터라고 불리는 곳입니다. 진짜 생가터는 확인할 길이 없겠고요.

가이드의 안내에 따르면, 타르수스 시청에서 순례자들을 끌어모으기 위해서 어느 부잣집 우물터를 발굴하여 그곳을 바오로의 생가터라고 한다고 하네요. 글쎄요. 저는 정말 바오로의 생가터일 가능성이 있다고 생각했습니다. 그렇게 보존된 데는 다 이유가 있지 않을까요?

사도 바오로 이후에 타르수스가 유명한 이유가 바로 바오로 때문이라는 점을 생각하면 그곳이 진짜 생가터일 수 있는 가능성이 있습니다. 생가터에 우물이 덩그라이 놓여 있습니다. 그곳이 진짜 생가터인지 아닌지보다는 그 우물을 바라보며 바오로의 체취를 느낄 수 있는 상상력이 더 중요하지 않을까요?

바오로의 문

허형,

타르수스는 바오로의 고향이며 회심을 깊이며 7~8년 사도로서의 면모를 갖추기 위한 시련과 고독의 시간을 보낸 곳으로서의 의미뿐만 아니라 그의 제2차와 제3차 선교여행의 경로이기도 합니다. 바르나바와 결별한 바오로는 실라스를 데리고 제2차 선교여행을 떠나지요.

바르나바가 마르코를 데리고 키프로스로 가자 바오로는 육로를 택해 시리아 지방과 킬리키아를 거쳐 제2차 선교여행 때 주님의 말씀을 전한 고을로 갈 계획을 세운 것입니다. 그렇게 하자면 험준한 타우루스 넘어야 하는데, 길은 두 길밖에 없습니다. 하나는 타르수스를 지나는 치드누스강을 따라 협곡을 거쳐 가는 길입니다.

다른 하나는 타르수스를 지나 실리프케 항구에서 칼라카드누스강(지금은 꾁수강으로 불림)을 따라가다가 산으로 접어드는 길입니다. 어느 길을 택하든 타르수스는 지나가기 마련인 경로입니다. 예언자는 고향에서 존경받지 못한다는 말이 있지만, 선교하러 가면서 고향 타르수스에서는 나 몰라라 그냥 지나갈 수는 없었겠지요.

이제는 유배와 있던 몇 년 전과는 다른 처지이기도 하고요. 분명 바오로는 그곳에서도 선교하였겠지만, 고향 사람들이 귀를 기울여 들었을 것 같지는 않습니다. 그곳에서 선교했다거나 공동체를 세웠다는 기록이 없는 것으로 가늠할 때, 별 성과는 없었던 것으로 보입니다. 저희는 지나가는 버스에서 타르수스 시내 중심에 있는 울루 모스크를 건네다 보았습니다.

허형, 클레오파트라가 그곳에 입성하는 것을 기념하여 세운 문이었다고 하네요. 그 후에 바오로가 유명한 인물이 되니까 '바오로의 문'이라고 이름이 바뀐 것입니다. 하하. 아마 바오로가 그 문을 지나갔겠지요. 저는 바오로의 변모에 대해 생각하면서 그런 영예와는 정반대의 사람이라는 상념에 잠시 혼란을 느꼈지요.

바오로 변모의 핵심은 '겸손'이지요. 원래는 자부심이 대단한 사람이었지요. 필리피 3장에 보면 자기가 얼마나 자랑스러운 가문의 사람인지를 열거하는 것을 보면, 그가 지닌 자부심을 느낄 수 있습니다. 당대 최고의 석학이었던 가므리엘 선생의 수제자이었으니, 사실 자랑할 만도 하지요.

바오로가 '유명'한 도시 타르수스라고 했는데, 그곳에서 더 유명한 도시, 아니 굳이 유명한 도시라고 말할 필요조차 없는 더 유명한 도시, 예루살렘으로 유학을 보낸 것을 보면 그의 부모들도 조기 유학 보내는 한국 부모 못지않게 꽤 극성파이었던 것으로 짐작할 수 있습니다. 그러나 그 모든 것이 그리스도를 아는 지식 앞에 한낱 쓰레기라고 말합니다.

또한, 바오로는 자기의 선교의 삶을 요약하는 '밀레토스 연설'에서 오직 겸손으로 주님을 섬겼다고 말합니다. 그는 주님 안에서 진정 겸손한 사람으로 변모해간 것입니다. 저희는 지금은 박물관으로 불리고 허락을 얻고 미사를 드릴 수 있는 타르수스의 성 바오로 기념성당으로 가서 미사를 봉헌했습니다.

크지 않고 외면은 사진에서 보다시피 보잘것없지만, 내면은 아주 아름다운 성당이고, 특히 네 귀퉁이에 복음 사가들이 있고, 가운데 예수님의 모습이 있는 천장화가 인상적이었습니다. 로마 교황청에서 터키 정부에 청해서 바오로 해 일 년 동안은 성당으로 자유로이 사용하도록 정부가 허락을 해 주었다고 하네요.

지금은 다시 박물관으로 환원되었고요. 그래도 성당은 성당. 어찌 박물관으로 부르랴! 그 성당은 두 수녀님이 관리하고 계시면서 순례자들이 오면 미사를 드릴 수 있도록 주선하고, 당신들도 그때에야 미사를 드릴 기회를 갖게 되는 것이지요. 사도 바오로에 대한 사랑을 지니고 그의 신앙을 알리고자 그곳을 지키는 모습을 보면서 감사와 존경의 마음이 들었습니다.

허형, 전혀 알아듣지 못하는 한국어 미사에서도 너무나 진지하게 미사 드리는 모습을 보면서 다시 한번 미사가 전 세계의 보편 미사라는 사실이 감동으로 다가왔습니다. 수녀님들이 수녀원 건물로 저희들을 초대하여 차와 과일을 대접하여 주셨습니다. 수녀님들의 모습에서 그곳을 지키는 그 자체, 어쩌면 사랑과 평화를 지닌 수녀님들의 존재 자체가 선교라는 생각을 했습니다.

치드누스 강의 노래

허형,

저는 타르수스에 오면 지금은 수유 강이라고 불리는 옛 치드누스 강가를 거닐고 싶었습니다. 그러나 저희가 치드누스 강을 바라본 것은 버스가 강 위의 다리를 지나는 순간뿐이었습니다. 한강을 지나지 않고 서울 도심으로 들어올 수 없듯이 치드누스 강을 지나야만 타르수스로 들어올 수 있습니다.

다리를 건너며 바라본 치드누스 강은 실은 강이라고 하기에 민망할 정도로 작았습니다. 마치 요르단강을 처음 본 사람들이 저절로 에게! 라는 소리가 나오듯이. 요르단강보다는 크지만, 제가 고등학교 다닌 청주의 무심천보다 작은 강이었습니다. 그래도 강가에는 갈대인지, 파피루스인지, 억새인지 강풀이 바람에 무심히 흔들리고 있었습니다.

이미 말씀드린 대로 사울은 어린 시절 고향 타르수스를 떠나 예루살렘에 가서 당대 석학 가므리엘 선생에게 교육을 받았습니다. 다시 고향으로 돌아온 것은 그의 회심 이후 3년 지난 다음 예루살렘에 가서 베드로와 야고버를 만나고 담대히 선교하다가 마찰을 일으켜 거의 쫓겨 나다시피 온 것입니다.

허형, 타르수스로 돌아와서 바르나바가 시리아의 안티오키아로 그를 부를 때까지 사울은 거의 7~8년을 고독과 시련 속에서 보낸 것입니다. 천막 짜는 일을 하며, 매일 성경을 읽고 묵상하며 시간을 보내던 이때 그는 치드누스 강가를 매일 거닐었을 것입니다. 그것이 제가 치드누스 강가를 거닐고 싶은 이유였습니다.

강바람을 타고 들려오는 그의 소리, 그의 맥박, 그의 가슴의 이야기를 듣고 싶은 것이지요.

순례 중에 쓴 졸시 하나 나눕니다.

치드누스 강, 그대에게 청하노니!
무심히 흐르는 강 치드누스여, 수유여!
그대가 품에 안았던 알렉산더의 기백은 어디 있는가!
그대의 물로 얼굴을 씻었던
클레오파트라의 수려한 미모는 어디 있는가!

그대는 아직 알렉산더의 위엄을 기억하는가?
그대는 클레오파트라의 미모를 그리워하는가?
그대는 다만 강가를 거닐던 한 사나이를 사모하리라.

226

말없이 그대 강가를 따라 걷던 고독했던 사람
사울의 넋만이 여울지는 그대 물살을
저녁 햇살로 비추고 있지 않은가?

여울지며 흐르는 그대 물살 바라보며
사울의 고뇌와 고독의 우수를 느끼나니
그대, 치드누스여, 수유여!
그대 물살과 강풀을 바라보는 순례자들에게
그대가 만났던 사울의 향기를 나누어 주게나!

깊은 영혼의 우물, 데린쿠유

허형,

타르수스의 성 바오로 성당 순례 후에 점심을 먹고 카파토키아 지역을 향해 길을 떠났습니다. 사도 바오로의 제2차 선교여행의 경로는 아니지만, 저희도 사도 바오로처럼 타우루스 산맥을 넘어야 했습니다. 물론 저희는 버스로 넘으니 너무나 편하게 산의 경치를 즐기는 것이고, 사도 바오로는 갖은 고생을 하며 산적과 짐승들을 피하며 죽을 위험을 감수하면서 산을 넘어야 했겠지요.

타우루스산맥 곳곳에 높은 봉우리들이 보였습니다. 우리나라 산들과는 다른 모습이지만 산의 풍광은 어느 곳이나 아름다웠습니다. 가이드 요한 씨 말에 따르면 우리나라 한라산은 이곳에서는 야산이라고 합니다. 이곳에서 산 축에 끼려면 적어도 3000m는 넘어야 한다고 하네요.

오늘날 카파도캬라고 불리는 아나톨리아 고원 한가운데 자리하고 있는 카파토키아 지역까지는 버스로 4시간이 넘기 때문에 두 번의 휴게소에 들렀습니다. 처음 들른 휴게소에는 사립학교가 있었습니다. 비싼 공납금을 낸 만큼 학문에 힘을 썼지요. 두 번째 들른 휴게소에는 공립학교가 있었습니다.

그곳은 간판에 WC(워싱톤 칼리지)라고 되어있었습니다. 공납금을 내지 않은 관계로 학문에는 힘쓰지 않고 그냥 살짝 다녀왔지요. 카파토키아 지역의 첫 순례지는 데린쿠유였습니다. '데린'은 '깊은'이라는 뜻이고 '쿠유'는 우물이라는 뜻이라고 하더군요. 깊은 우물이라는 뜻의 데린큐우입니다. 바로 지하에 건설된 도시입니다.

데린쿠유의 모습을 보여 주는 안내 그림은 마치 개미집의 단면도를 보는 것 같았습니다. 현재까지 지하 8층 정도, 85m까지 발굴이 되었다고 하네요. 개미굴처럼 지하 곳곳으로 파 내려간 대규모 지하도시, 데린쿠유. 내부 통로와 환기구가 지하층으로 연결돼 있고, 적의 침입에 대비해 둥근 바퀴 모양의 돌덩이를 통로마다 설치해 놓았습니다.

허형, 비상시 통로를 막았고 독특한 기호로 길을 표시해 외부에서 침입한 자는 길을 잃도록 미로처럼 여러 갈래의 통로를 뚫어 놓았습니다. 박해를 피해 지하로 숨어든 사람들이 많아지자 땅 밑을 종횡으로 파 내려가면서 개미집처럼 점점 넓혀간 것이지요. 그 안에는 주거지뿐만 아니라 학교, 강당, 식당, 교회 등도 있었습니다.

로마에 있는 가타콤바와 비슷한 지하묘지인 납골당까지 있었고, 신학교까지 있었다는 것을 상상해 보십시오. 저에게 가장 인상적인 곳이 신학교였습니다. 신학 이전에 학문을 연마했다는 것은 지금 고통스러운 삶을 살지만, 후대의 희망의 빛을 보고 있었다는 것이지요. 제가 신학교로 불리는 넓은 홀에서는 가르치는 자세를 잡았지요. 신학을 가르치던 서강

대학교를 잠시 떠올리기도 했지요.

지하도시 입구에서 가까운 1층과 2층에는 소나 양, 기타 가축이 기거하던 마구간이 있어 당시의 내음새가 느껴지는 것 같았습니다. 환기구를 만든 그들의 지혜는 놀라웠습니다. 한편 짐승들과 어우러져 살았던 그들의 삶을 생각하면, 현대의 우리보다 삶의 더 깊은 의미를 깨닫고 있었다는 생각을 했습니다.

허형, 무엇보다 그것으로 미사를 드리는 성찬식의 모습을 떠올리며, 그들이 지닌 지혜는 단순히 인간의 지혜이기 이전의 하느님의 놀라운 섭리라는 생각에 머물렀습니다. 더 아래층으로 내려가면, 거주지와 십자가 모양의 교회도 있고, 죄를 지으면 가서 회개하는 시간을 보내야 하는 감옥도 있답니다.

데린쿠유는 그리스도인들이 박해를 피해 지하에 도시를 만들고 살았던 장소 중의 하나일 뿐입니다. 이런 지하도시가 이 지역에 36개 정도가 있었다고 하니, 참으로 놀랍습니다. 데린쿠유는 다른 지하도시로 연결되어 있었다고 하네요. 예를 들어, 다른 지하도시인 카이마클리까지는 9Km의 통로는 세 사람이 나란히 걸어갈 만큼 큰 길이 있는데, 안타깝게 이 통로는 환기구가 무너져 더 이상 출입 불가라고 하네요.

그들이 무엇을 위해 지하에 도시를 만들고 살았던 것입니까? 물론 신앙을 지키기 위해서입니다. 도대체 그 신앙이 무엇입니까? 참 많은 것을 생각하게 해 주는 순례지였습니다. 저희는 겨우 30여 분을 다녔는데도 산소 부족으로 숨이 헉헉거려서 빨리 나오고 싶었습니다.

허형, 그들이 지하에 있다가 지상으로 나오면 너무 빛이 강해서 대부분이 눈이 멀게 되었었다고 합니다. 게다가 지하에서 구부리면서 사니까

자연히 곱추가 되었다고 합니다. 장님과 곱추가 되면서까지 지킨 신앙에 대해 숙연한 마음이 들면서 오늘날 우리에게 과연 신앙은 무엇인가를 성찰하지 않을 수 없었습니다.

영혼의 우물, 데린쿠유

피정 자료 정리하고도 시간이 남아 순례 중에 시작 노트를 졸시로 만들어 보았습니다.

깊은 우물이라는 뜻 지닌 지하도시 데린쿠유
박해 피해 숨어든 사람들 영혼의 우물이나니
장님과 곱추 되어도 그들 영혼은 향기로웠네.

데린쿠유의 불빛 희미한 미로 따라 걸으며
내 마음 깊은 곳에 슬픔 고여 우물이 생기고
데린쿠유에 살던 그리스도인들 믿음의 삶이
내 마음의 우물에 푸른 향기 은은히 채우네.

내 믿음이 약해지고 영혼의 갈증을 느낄 때

데린쿠유가 내 마음에 만든 우물을 찾아와서
거기 쉬며 물을 떠 마셔 목을 축여야 하리.

데린쿠유의 깊은 미로가 만든 영혼의 우물
나, 이제 데린쿠유의 그 향기로운 물을
영혼이 목마른 사람들에게 나누어야 하리.

데린쿠유는 영혼의 갈증 푸는 우물이어니
그 깊은 우물의 향기로운 물 마실 수 있다면
태양인 그리스도에 눈멀고 곱추 되도 좋으리.

카파토키아

허형.

맑고 화창한 날씨였습니다. 아침 공기가 신선하고 상큼했습니다. 버스를 타고 짧게 아침 기도를 하고, 가이드 요한 씨에게 간단히 카파토키아의 역사를 들었습니다. 지금은 카파도캬라고 불리는 이곳은 선사시대부터 사람들이 살기 시작했다고 합니다. 카파도키아에는 이미 기원전 15세기에 히타이트족이 나라를 세웠습니다.

그 후 프리지아를 거쳐 기원전 6세기에는 페르시아의 지배를 받아 조로아스터교가 널리 퍼졌다고 하네요. 기원후 17년에는 로마의 속주가 되면서 카파도키아는 매우 중요한 전략적 요충지의 역할을 하게 되었습니다. 로마는 점령지를 진격하고, 반란 진압을 위해 도로를 먼저 깔았다고 하네요.

그 도로는 단순히 군사로일 뿐만 아니라 교역로가 되었지요. 후에 실크로드 등 중요한 무역로가 동서남북 사방에서 이곳을 지나가게 된 것이지요. 이와 같은 도로의 연결망과 지형의 특수성 때문에 여러 가지 혜택과 더불어 역사와 문화와 종교의 다양성을 지니게 됩니다.

카파도키아는 '친절하고 사랑스러운 땅'이란 뜻이라고 합니다. 그 사랑스러운 땅을 한눈에 보이는 곳을 향했습니다. 우리가 흔히 쓰는 '파노라마'라고 불리는 곳인데, 가이드 요한 씨 설명에 의해 '파노라마'의 의미를 알게 되었습니다. '전체적인'이라는 뜻의 '판'과 영상을 뜻하는 '오라마'가 합쳐져서 '파노라마'가 된다고 하네요.

전체가 펼쳐져 있는 풍경을 말하는데, 사진에서는 옆으로 길게 찍는 사진을 뜻하지요. 파노라마로 눈 앞에 펼쳐진 카파도키아의 모습은 아주 여러 다른 모습의 바위들의 무도회입니다. 자연의 놀라운 신비에 의해 이상한 요정의 나라가 형성된 것입니다. 오랜 세월에 걸친 풍화 작용에 지진이 활발하게 일어났고 화산 폭발까지 겹치면서 자연만이 만들 수 있는 아름다운 작품들이 생겨난 것이지요.

적갈색, 흰색, 주황색의 지층이 겹겹이 쌓여 있습니다. 이것을 조금 과학적인 접근 방식으로 표현하면 수 억 년 전에 일어난 화산 폭발로 화산재와 용암이 수백 미터 높이로 쌓이고 굳어져 응회암과 용암층을 만들었기 때문이라고 합니다. 영화 스타워즈의 촬영지로 쓰였을 만큼 신비한 모습을 지닌 곳입니다.

허형, 버섯 모양의 우뚝 솟은 기암괴석들은 흔히 '요정의 굴뚝'이라고 불리지요. 만화영화에 나오는 개구쟁이 스머프들을 아시지요? 실제 만화영화 스머프 마을이 바로 이곳 카파도키아를 본뜬 것이라고 합니다. 금방이라도 스머프들이 우리 눈앞에 나타나서 재롱을 떨 것 같은 착각에 빠집니다. 그러나 우리 순례자들에게 이곳이 중요한 것은 스타워즈나 개구쟁이 스머프 때문이 아니라 바로 이곳이 그리스교의 아픈 역사의 현장이기 때문이지요.

카파도키아 지역은 네브셰히르와 위르굽을 잇는 도로를 경계로 남쪽과 북쪽으로 나뉜다고 합니다. 어제 본 지하도시 데린쿠유가 있는 곳이 남쪽이고, 오늘 보게 될 버섯바위 등의 독특한 지형과 괴레메 수도원, 우치히사르, 장군의 계곡, 비둘기 계곡, 도예의 아바노스 같은 볼거리들이 몰려있는 지역은 북쪽이지요. 수도원과 성당으로 이루어진 야외박물관이 있는 괴레메 일대입니다.

카파도키아에서도 손꼽히는 절경으로 유네스코에 의해 세계자연과 문화유산으로 지정된 곳입니다. 이곳이 데린쿠유 못지않게 중요한 순례지인 것은 바로 그리스도교 역사에서 보면 동방 교회에 처음으로 수도원 마을들이 세워졌고, 그 수도원의 여러 성당이 남아 있고, 그 안에 아름다운 프레스코화들이 보존되어 있기 때문이지요.

허형, 초대교회 시대에 로마 황제의 박해를 피해 로마, 안티오키아, 예루살렘 등의 여러 도시를 떠나 많은 그리스도교인이 피난처를 찾아 이곳으로 왔습니다. 이들이 처음에 온 곳이 바로 이미 살펴본 데린쿠유 지역이었지요. 그들은 원래 천연동굴이었던 그곳을 넓히고 서로 연결하여 지하도시를 건설한 것입니다.

박해가 끝난 다음에는 지상에 성당과 수도원을 세운 것입니다. 카파도키아에는 지하도시 이외에도 천 개가 넘는 교회(성당이라고 할 수 있지만, 일반적으로 교회라고 말하기 때문에 상황에 따라 혼용해서 쓰기로 하지요)가 있는 것으로 알려져 있습니다. 오늘날 남아 있는 대표적인 교회들이 괴뢰메에 있는 5개의 성당입니다.

허형, 각각 성당마다 특징을 지니고 있고, 미적 감각이 느껴지는 예술성을 지니고 있어 절로 감탄사를 연발하게 됩니다. 성당을 장식하고 있는 십자형 구조, 돔 천정, 세밀한 프레스코화 등은 또 하나의 비잔틴 예술의 보고라고 할 수 있습니다. 수도원 건물과 성당들은 모두 기형 괴석의 안을 파내서 만든 것입니다.

괴뢰메의 다섯 성당

허형,

괴뢰메의 수도원 터는 아주 넓고, 낮은 계곡에는 하늘을 찌를 듯 키가 엄청 큰 나무들이 무성하고 언덕과 산 쪽으로는 기암들과 들꽃이 어우러지는 아름다운 자연환경을 지니고 있습니다. 수도원이 집성촌을 이루면서 공동생활 안에서 함께 기도할 뿐만 아니라, 성서를 연구하고 진지하게 토론하면서 신학을 발전시킬 아주 좋은 환경이었던 것으로 보입니다.

하여 수많은 수도원이 모여 집성촌을 이루었던 것이지요. 괴뢰메 입구에 있는 큰 바위에 여기저기 방들이 보이는 곳은 여자 수도원이었다고 합니다. 남자 수도자들인 수사님들은 대개 독방을 사용하고, 여자 수도자들이 한 방에 둘이나 여럿이 사용했다고 하네요. 성당이 무척 많지만 비교적 대표적인 다섯 성당을 순례했습니다.

허형, 첫 성당이 바실리우스 성당입니다. 성 바실리우스는 처음 이곳에 와서 수도원을 창설한 사람이라고 할 수 있습니다. 그가 329~379A.D

의 인물이니까, 대략 360A.D.경에 수도원들이 생겨난 것이지요. 이 성당이 성 바실리우스의 이름을 갖게 된 것은 성 바실리우스의 모습이 있는 프레스코화가 비교적 선명하게 남아 있기 때문입니다. 프레스코화의 보존을 위해 사진 촬영은 금지되어 있습니다.

다섯 성당에 남아 있는 프레스코화는 모두 10세기 이후의 것입니다. 8~9세기는 성화 파괴시대라고 불립니다. 10세기의 성화이기 때문에 아주 정교하지는 않지만, 아름다웠습니다. 아직 당시에는 기술적으로는 오늘날의 프레스코화를 그리는 기법과는 달랐다고 합니다.

넓게 바르고 회반죽이 마르기 전에 빨리 그려야 하기에 아주 정교하지는 않은 것이라고 합니다. 현대에는 기술의 발달로 아주 조금씩 회반죽을 쳐서 정교하게 그릴 수 있다고 합니다. 대체적으로 그런 설명을 들었지만, 제 눈에는 정교하고 아름답게 보입니다.

두 번째 성당의 이름이 공식적으로는 엘말러 킬리세인데 일명 '사과 성당'이라고 불립니다. 그 성당 앞에 큰 사과나무가 있어 그런 이름이 붙여졌다고 하는데, 아쉽게도 사과나무는 없습니다. 이 성당의 성화는 12세기경의 프레스코화로 바실리우스 성당의 성화보다 훨씬 더 선명하게 남아 있습니다. 인상적인 성화는 성 조지가 사탄을 상징하는 용과 싸우는 장면을 그린 성화입니다.

성 조지의 공식적인 가톨릭 이름은 성 게오르기우스입니다. 성 게오르기우스는 순교자로 서양에서는 아주 유명한 성인입니다. 보통 영어 표기로 성 조지라고 불리지요. 게오르기우스는 농부를 뜻하는 그리스어에서 파생한 라틴어라고 합니다. 성화에서는 일반적으로 칼이나 창으로 용을 찌르는 백마를 탄 기사의 모습으로 그려져 있습니다.

4세기 초에 참수된 게오르기우스에 대한 역사적 사실은 그의 무덤이 있는 이스라엘의 리다에서 발굴한 해석에 바탕을 두고 있다고 합니다. 아름다운 전설에 따라, 유명해진 성인이지요. 그 전설에 따르면, 무서운 용 한 마리가 리비아의 작은 나라 시레나 근처 호수에 나타나 살게 되었답니다. 용은 시레나를 장악하고 매일 인간 제물을 요구하며 그것이 없으면 독기를 사방에 내뿜어댔답니다.

시레나의 왕은 하는 수 없이 매일 젊은이들을 산 제물로 용에게 바쳤답니다. 그러나 시레나는 아주 작은 나라였기 때문에 젊은이들의 수도 금세 줄어들어 드디어 왕의 외동딸을 용에게 바쳐야 할 지경에 이르렀지요. 공주는 용의 제물이 되기 위해 눈물을 머금고 호수로 향했습니다.

용이 공주를 집어삼키기 직전, 카파도키아에서 온 젊은 기사 게오르기우스가 용에 관한 소식을 듣고, 급히 말을 타고 달려와 긴 창으로 일격에 용을 찔러 제압했답니다. 게오르기우스는 공주의 허리띠로 용을 묶어 도시로 데리고 왔답니다. 게오르기우스는 도시 사람들을 안심시키면서, 자신이 그리스도의 이름으로 사탄인 용을 무찌른 것이니 그리스도교를 믿으라고 선교했다고 합니다. 그래서 많은 사람이 그리스도교를 믿게 되었다고 합니다.

그는 후에 로마 황제 디오클레티아누스의 박해 때에 체포되었습니다. 황제는 끓는 물 속에 넣기도 하고, 뾰족한 쇠바늘이 잔뜩 박힌 바퀴로 깔아뭉개는 등의 갖은 방법으로 고문을 하면서 배교를 강요했지만, 꿋꿋이 이겨내었다고 합니다. 그는 결국, 참수형을 당하였습니다. 저는 제가 번역한 칼릴 지브란의 '용을 죽이던 그날'을 떠올렸지요. 그 번역을 일부 나눕니다.

용을 죽이던 그날

그에게 이끌린 까닭은 단지 나의 외로움 때문이었을까요?
아니면 그에게서 풍겨오는 향기 때문이었을까요?
아름다움을 갈구한 것은 단지 내 눈의 탐미이었을까요?
아니면 내 눈이 진정 그의 아름다움을 꿰뚫어 본 까닭이었을까요?
나는 알지 못한답니다.

그리고 그가 나를 바라보았을 때
전에 아무도 바라본 적이 없는 그런 눈으로
그의 검은 두 눈으로 나를 바라보았을 때
나는 갑자기 벌거벗은 것처럼 느꼈답니다.
내 가슴은 부끄러움으로 차올랐지요.

새벽을 여는 듯한 그의 눈이 내 눈을 바라보았을 때
내 어둔 밤의 별들은 사라지고 나는 마리아가 되었답니다.
이제까지 알고 있던 세상에서 이전의 나는 사라지고
새 땅에서 자신을 찾은 여인이랍니다.

"그대에게는 많은 연인이 있지만, 진정 나 홀로 그대를 사랑한다오.
다른 이들은 그대를 가까이 두고 단지 자신들을 사랑하지만,
나는 그대 안에서 그대를 사랑하오.
나 홀로 그대 안에 있는 보이지 않는 것들을 사랑한다오."

나는 어찌 그렇게 되었는지 알지 못한답니다.

그러나 노을에 물든 그의 눈이 내 안에 살고 있던 용을 죽였던 바로 그날

나는 비로소 한 여인이 되었지요.

나는 이제 마리아, 막달라 여자 마리아라고 불리는 여인이 되었답니다.

세 번째 성당은 성녀 바르바라 성당입니다. 바르바라는 전에 발바라라고 불리는 이름의 성녀이지요. 발음을 잘해야지, 잘못하면, 발로 밟으라는 줄 알고 함부로 대할 수 있습니다. 하하. 발바라 본명 가지신 분들 조심하세요! 하하. 이 성녀도 서양에서는 아주 인기가 있는 성녀입니다.

전승에 의하면, 바르바라는 니코메디아 태생으로 그리스도교를 반대하는 사람의 딸로서 뛰어난 미모를 지녔는데 그 딸이 좋지 못한 사람, 특히 그리스도교 신자와도 교제하지 못하도록 견고한 탑을 마련하고 훌륭한 거실을 그 안에 차려 거처하게 했답니다. 그런데 아버지가 여행으로 오랫동안 부재중인 틈을 타서 바르바라는 어느 그리스도교 신자를 사귀게 되어, 그에게서 교리에 대한 설명을 들었답니다.

그녀는 교리를 공부해 세례를 받은 후, 큰 기쁨과 마음의 평화를 얻었답니다. 여행에서 돌아온 아버지는 그녀가 그리스도교 신자가 된 것을 알자 자기 딸인 그녀를 죽이려고 했지만, 아버지의 분노를 피하여 기적적으로 도망치는데 성공하였습니다. 그러나 곧 다시 붙잡힌 그녀가 이번에는 재판관 앞에 끌려가서 고문을 당하였고, 끝내 죽임을 당하였습니다.

성 바르바라 성당에는 성녀 바르바라의 모습이 크게 부각되어 있어 당시 사람들이 성녀 바르바라를 얼마나 좋아했는지를 알 수 있었습니다. 이곳에는 성화 파괴시대의 재난을 피해 많은 성화가 상징으로 그려져 있

었습니다. 예를 들어, 성 베드로의 모습은 닭의 모습으로 만든 것이지요. 닭의 울음소리를 듣고 회개한 베드로. 닭으로 그려진 불쌍한 베드로!

네 번째 성당은 공식적인 이름은 열라늘러 킬리세인데 일명 '뱀이 있는 성당'이라고 불립니다. 어느 성당에나 성화는 모두 성경이나 성전, 그리고 교리의 내용을 담고 있습니다. 당시 성경은 너무 귀하고 아무나 읽을 수 없었기 때문에 성경과 교리를 가르치는 수단으로 성화를 그린 것이지요.

대부분 성당의 천정과 벽에 예수 그리스도의 탄생, 공생활에서 보여주는 기적들, 최후 만찬, 십자가의 죽음과 부활 등이 그려져 있는 것이지요. 그런데 특별하게 색다른 성화의 모습에서 성당의 이름이 붙여진 것입니다. '뱀이 있는 성당'은 제가 말씀드리지 않아도 뱀이 에와를 유혹하는 장면이 그려져 있는 것을 짐작할 수 있겠지요.

허형, 성당으로 불리지 않지만, 저에게 인상적인 동굴은 크즐라르마나스트러라는 여자 수도원, 쉽게 말해 수녀원이었습니다. 사실 그곳에도 수도원이었으니까 성당도 있습니다. 성당은 이 층에 있었습니다. 곳곳에 당시 수도 삶의 모습이 담겨 있어 아주 중요한 곳으로 느껴졌습니다.

마지막으로 다섯 번째 성당은 차르클러 킬리세로 일명 '샌달 성당'이라고 불리는 곳입니다. 이 동굴 성당이 있는 수도원에 사시는 어느 수사님이 예수님이 오시는 꿈을 꾸었답니다. 그런데 너무나 생생하여 그것이 꿈이었는지 실제이었는지를 가늠하기 어려웠는데, 그 수사님 방 뒤에 샌달 자국이 선명하게 나 있는 것을 보고 그것이 꿈이 아니라 진짜 당신께 오신 실제였다는 것을 알게 되었다고 합니다.

다섯 성당은 그곳에서 특별히 그렇게 부르는 것이 아니라 저희가 순례한 성당이 대표적인 다섯 곳이라는 의미입니다. 깊이 안쪽으로 위치했기 때문에 성화들이 비교적 잘 보존된 토카트르 성당과 그외 엘 나자르 성당, 토칼러 킬리세 성당 등은 순례하지 못해서 아쉬움을 남겼지만, 시간 관계로 모든 곳을 다 순례할 수는 없었고, 다음을 기약하게 되었지요.

이곳 괴뢰메는 근세에 이르기까지도 수도원으로 사용되면서 많은 수도자가 기거했다고 합니다. 물론 동방 정교회 수도원이지요. 그러다가 1923년 터키와 그리스 간의 조약에 따라 그리스 정교회 수도자들이 모두 그리스로 이주하게 되었다고 합니다.

교부 삼총사

허형,

카파도키아는 이미 360년경부터 교회사에서 중요한 위치를 차지하는 훌륭한 세 교부가 동시에 활동한 곳으로도 유명한 곳입니다. 가이드 요한 씨는 이들이 카파도키아 삼총사로 불린다고 하더군요. 성 대 바실리우스와 그 동생 니싸의 성 그레고리우스와 성 대 바실리우스의 절친한 친구이기도 했던 나지안즈의 그레고리우스가 바로 그들입니다.

요한 씨는 삼총사에 대해서도 간단히 설명해 주었는데, 제가 조금 보태어 세 교부에 대해 나누고자 합니다. 성 바실리우스는 살아 있을 때, 이미 클 '대'를 붙일 만큼 유명하였고 존경을 받은 분입니다. 대 바실리우스 성인은 삼위일체 신앙의 수호자로 널리 알려진 교부의 한 사람입니다.

그는 "성서야말로 수도자들을 포함해 모든 신자를 위한 유일한 규칙이다."라고 말하기도 했기 때문에 '성서 중심주의'가 대 바실리우스 사상의 가장 큰 특징으로 알려져 있습니다. 하지만 그는 후에 '바실리우스 규칙서'라고 불리게 된 일련의 수행에 관한 저술을 남겨서 교회 역사에서 가장 먼저 수도 규칙서를 써서 수도 생활에서의 근간을 마련한 인물이기도 합니다.

바실리우스는 330년경 귀족 가문의 장남으로 태어났습니다. 그는 고향 체사레아에서 동문수학하던 나지안즈의 그레고리우스를 만나 깊은 우정을 맺게 되고, 그 우정은 평생 이어지게 됩니다. 그는 후에 콘스탄티노플과 아테네에 유학했고, 당대 최고의 교육을 받았습니다.

허형, 그 후 고향인 체사레아에 돌아와 수사학 교사가 되고 뛰어난 학문적 자질로 명성을 얻게 됩니다. 그는 누이동생인 마크리나의 영향으로 세례를 받고, 수행자가 되기로 결심합니다. 이집트와 팔레스티나와 메소포타미아의 사막을 전전하며 수도승들에게서 가르침을 받다가, 다시 고향인 카파도키아 지역으로 돌아와서 수도 생활을 합니다.

그는 수도 삶을 살았고 주교로 불림을 받았지만, 세례받은 모든 그리스도인, 성직자, 수도자, 평신도를 막론하고 모두가 다 거룩하고 충만한 그리스도인의 삶으로 부르심을 받았기 때문에 하느님 앞에 동등하다고 보았습니다. 이 점이 그의 신학 사상에서 가장 마음에 드는 대목입니다.

그는 독신이라는 요소를 제외하고는 수도자라고 해서 다른 평신도들과 원천적으로 그 신분이 구분되지 않는다고 보았지요. 그는 성인 가족의 맏이이기도 합니다. 그 동생인 성녀 마크리나는 수녀원장이었고, 나중에 성녀가 되고요. 두 남동생도 주교가 되는데, 그중의 한 분이 니싸의 그레고리오입니다.

삼총사의 두 번째 인물은 나지안즈의 성 그레고리우스입니다. 탁월한 언변을 지녔던 나지안즈의 성 그레고리우스는 시인이기도 합니다. 그의 기도문이 제가 번역한 [당신의 눈길을 가르쳐 주소서]에 있지요. 제가 첫 기도문으로 택한 '하루를 당신께 바치며.'입니다. 제가 순례 중에 둘째 날 이 기도문을 읽어주었었지요.

요한 씨에 의해 제가 새롭게 알게 된 것은 로마 황제 테오도시우스와 동문수학한 친구로서 깊은 친분 관계에 있었다고 합니다. 그는 나즈안즈의 주교이었는데, 황제에 의해 380년에 콘스탄티노플 대주교로 발탁이 되고, 381년 제1차 콘스탄티노플 공의회 의장이 되었다고 합니다.

니케아 공의회 규정에 따르면 '주교좌 이동 금지' 조항이 있었답니다. 그를 시기하는 주교들이 조항을 내세워 문제를 삼자, 그는 고별연설을 하고 나즈안즈로 돌아갔다고 합니다. 이 고별연설이 유명하다고 하네요. 그는 1월 1일 대축일 지내는 '천주의 어머니 마리아 대축일'을 실제로 만드신 분입니다.

'천주의 어머니 마리아 대축일'의 의미 마리아는 예수님의 어머니일 뿐만 아니라 하느님의 어머니, Theotokos의 신학을 확립한 인물로 유명합니다. 예수님께서 온전한 인간이셨을 뿐만 아니라 온전한 하느님이셨으니까, 예수님의 어머니는 하느님의 어머니이기도 하다는 당연한 논리적 귀결인 것이지요.

허형, 세 번째 인물은 니싸의 성 그레고리우스입니다. 사실 교회사나 교부학에서 가장 유명한 인물이지요. 성 대 바실리우스와 성녀 마크리나의 동생입니다. 그는 신비주의적 성향을 지닌 많은 저서를 남겼고, 탁월한 문장을 지닌 대문장가이기도 합니다. 삼위일체론의 확립에 확실한 기여를 한 분이기도 하지요.

괴뢰메 항아리 케밥

허형,

저희는 괴로메 수도원을 순례한 후에 미사를 드리러 동굴 경당으로 갔습니다. 정식 경당이라기보다는 어느 수사님이 동굴에 경당을 만들었고, 그곳에 가는 길을 닦아서 순례자들이 미사를 드릴 수 있도록 마련해 놓은 곳이었습니다. 그곳에 미사를 드릴 마땅한 장소가 없는데, 미사를 드릴 수 있다니 얼마나 고마운 일인지요!

미사를 통해 영적인 양식을 먹고 배부르면 좋으련만! 그렇지 못하고 배에서 쪼르륵 소리가 나니. 하하. 잘 알려진 것처럼 터키의 대표적인 음식은 케밥입니다. 케밥은 중앙아시아 초원지대와 아라비아 사막을 누비던 유목민들이 쉽고 간단하게 육류를 요리해 먹던 것이 발전한 것이라고 하네요.

지금은 터키 그러면 케밥이 떠오를 정도로 터키의 대표적인 음식이 되었습니다. 주로 양고기를 사용하지만, 쇠고기와 닭고기를 쓰기도 합니다. 터키는 어느 식당에 가도 다양한 종류의 케밥 중의 한 가지와 에크맥이라고 불리는 고소한 맛의 빵과 야채나 스프가 나옵니다.

케밥의 종류는 지방마다 매우 다양하다고 합니다. 대표적인 것으로 고기를 겹겹이 쌓아 올려 빙빙 돌려 불에 굽는 되네르 케밥, 진흙 통구이인 쿠유 케밥, 쇠꼬챙이에 끼워 구운 시시 케밥, 도네르 케밥에 요구르트와 토마토 소스를 첨가한 이슈켄데르 케밥 등이 있습니다.

우리나라 사람들은 케밥 하면 흔히 꼬치를 생각하는데, 원래의 케밥은 그런 꼬치 형태가 아니라 빙빙 돌려가면서 굽는 고기를 긴 칼로 잘게 썰어서 토마토, 양배추, 마늘 등의 야채와 함께 소스를 뿌려서 먹는 것입니다. 다양한 종류의 케밥이 생겨났고, 꼬치 형태의 시시 케밥이 한국 사람들에게 가장 많이 알려진 케밥의 한 종류라고 합니다.

허형, 괴뢰메에서는 특이한 케밥이 있어요. 일명 괴뢰메 항아리 케밥이라고 하는 것인데 고급스럽고 맛도 아주 좋아서 한국 사람들이 가장 좋아한다고 하네요. 이 지역은 도자기 굽는 것이 어느 집에서나 그냥 일상화되어 있다고 합니다. 도자기로 구운 항아리 안에 양이나 닭, 또는 소고기를 살짝 구워 넣어 각종 야채로 만든 양념을 버무려 넣어 만듭니다.

지금은 물론 더 이상 동굴을 팔 수 없도록 법으로 보호 지역이 되었지요. 주방장의 항아리 케밥에 대한 설명을 들었습니다. 그 식당 접시는 정말 예쁜 도자기 접시였고, 고급스럽고 운치도 있었습니다. 케밥 맛도 지금까지 먹은 케밥 중에서는 최고로 맛있었습니다. 항아리 속에서 오래 구었으니까 당연히 맛이 깊은 느낌이었고, 오래된 포도주와 어울릴 것이라는 생각을 했지요.

카파도키아의 춤사위

허형,

　카파도키아는 아주 넓은 지역으로 저희가 순례한 곳은 극히 일부입니다. 제대로 보려면 며칠 머물러야 하는 곳이지요. 제가 처음 순례로서가 아니라 문화역사 탐방으로 왔을 때는 온전히 이틀을 할애했었지요. 그때 괴뢰메 수도원 못지 않게 인상적이던 곳이 젤베 야외박물관이었습니다. 당시 멋진 터기인 가이드가 그곳의 주거 생활에 대해 열변을 토하던 기억이 새롭습니다.

　젤베 야외박물관은 탐험하는 기분으로 스릴도 느끼는 곳이기도 하지요. 그곳에도 성당들이 있습니다. 포도송이 벽화가 있는 포도 성당과 물고기 그림이 선명하게 남아 있는 물고기 성당 등이 있지요. 지난 글에 '사과 성당이 그 성당 앞에 사과나무가 있었다고 하여 그렇게 이름 붙여졌다고 했는데, 가이드 요한 씨 설명이었습니다.

　조금 이상하게 느껴져 찾아보니까 프레스코화 그림 속에 가브리엘 천사가 사과를 들고 있는 모습이 인상적이기 때문에 그렇게 붙여진 이름이라고 하네요. 이 설명이 맞을 것 같습니다. 정정합니다. 독특한 자연환경을 지닌 카파도키아를 바라보며 어찌 시 한 수를 읊지 않을 수 없으리오!

카파도키아의 춤사위

기기묘묘한 응회암의 현란한 춤사위
수피들 세마 춤에 취해 알라를 느끼듯
햇살 반주에 따라 다른 색깔로 변하는
바위들 춤사위에 하느님 손길 느끼네.

카파도키아 춤사위에 취해 머문 이들은
스타워지 외계인도 스머프도 아니라네.
박해를 피해 안식처 찾은 그리스도인들
고독과 기도로 하느님 사랑 꽃 피웠네.

괴뢰메 수도원 집성촌 주춧돌 놓아
동방 수도자들 사부된 성 바실리우스,
여성 수도 삶 이끌었던 성녀 마크리나,
계관시인 나즈안즈의 성 그레고리우스,
하느님께 오르내리는 층계를 보여 준
신비신학자 니싸의 성 그레고리오.

그들 영성의 향기 신비한 강이 되어
바위 춤사위 따라 물안개 피어오르니
짙은 물안개 속 거닐며 오로마를 보네.
오로마 속에서 나도 더덩실 춤추네.

이
코
니
온

허형,

날씨는 맑고 쾌적했습니다. 다시 사도 바오로의 발자취를 따라서 여정을 계속했습니다. 카파도키아에서 지금의 콘야, 사도 바오로 시대의 이코니온까지는 버스로 3시간이 조금 더 걸립니다. 카파도키아 지역을 벗어나서 얼마 되지 않아 넓은 평야가 나타납니다. 버스로 가는 방향에서 왼쪽, 말하자면 남쪽으로는 안티타우루스 산맥이 멀리 살짝 봉우리들을 보입니다.

조금 가까이 다가서며 웅장한 자태를 드러내 보여 주기도 하고 큰 호수가 나타나기도 합니다. 풍경은 평온하기 그지없는 평야를 바라보며 저는 바오로 일행이 잠시 오로마처럼 나타났다가 사라지는 것을 느꼈습니다. 편안하게 버스로 가는 것이 역시 바오로에게 미안했나 봅니다.

버스에서 요한 씨가 콘야에 대해 설명하면서 콘야는 이슬람교가 아주 강한 곳이라는 이야기를 했고, 메브라나 종파에 대해서도 간단하게 이야기했지요. 메브라나는 이슬람교 중에서 신비주의 종파라고 했지만, 사실 종파라기보다는 독특한 수도회를 만든 것이라고 할 수 있지요. 메브라나는 이슬람에서 가장 위대한 수피의 한 사람이었습니다.

우리는 이슬람교에 대한 잘못된 편견을 갖고 있지 않나 싶습니다. 우리는 '한 손에 코란, 한 손에 칼'이라는 표어가 바로 이슬람교이라는 잘못된 교육을 받았기 때문일 것입니다. 본래의 이슬람교는 하느님에 대한 순수한 사랑과 인간에 대한 넓은 포용을 지닌 종교였습니다.

시대의 흐름에 따라 이슬람교의 순수성과 포용적인 모습이 변질된 것은 안타까운 일입니다. 이미 11세기부터 이슬람 내부의 분파적 모습에 안타까움을 느낀 많은 무슬림은 마치 초대교회의 사막의 은수자들처럼 칩거 생활을 하면서 본래의 정신을 되찾고자 하였습니다.

허형, 우리는 그들을 '수피(Sufi)'라고 부르지요. 그들은 명상과 기도를 통해 다양한 방식으로 본래 이슬람의 정신에 다가가려 했습니다. 그러다가 13세기에 위대한 수피가 등장합니다. 바로 메브라나 잘랄레딘 루미입니다. 그는 1206년 지금의 아프가니스탄의 발흐 지역에서 태어났습니다. 후에 아버지를 따라 셀주크조의 수도였던 지금의 콘야로 이주해 왔습니다.

13세기 지금의 터키는 셀주크조는 십자군 전쟁에 이어 몽골군의 침략으로 다시 한번 전 영토는 약탈과 살육이라는 끔찍한 회오리바람이 휘몰아치는 상황이었다고 합니다. 더군다나 제국 내에서는 왕자들 간의 권력투쟁과 주변 부족들의 반란으로 극심한 내분에 휩싸이고 있었답니다.

이러한 혼란과 암흑의 시대에 고통받는 민중들을 위한 영적인 돌파구를 마련해 준 사람이 바로 메브라나 루미였습니다. 당시 아랍어로 쓰인 하느님의 말씀인 코란은 일반 민중들에게는 너무나 어려운 언어로 쉽게 범접하기 힘들었습니다. 메브라나 루미는 코란에 대한 깊은 이해 없이도 누구나 단순한 영적인 수련을 통해 신의 영역에 들 수 있는 새로운 길을 찾았습니다.

바로 세마라는 독특한 회전 춤을 통해 하느님을 만나는 길을 제시하였습니다. 단순히 경건한 마음으로 춤을 출 때, 거기서 알라신의 의지를 경험하고 궁극적으로는 신과 일체감을 이루면서 이슬람의 오묘한 진리를 체득하게 된다는 믿음이었습니다. 우리나라 원효의 사상을 생각하면 이해가 쉽겠지요.

단순히 부처님의 이름을 부르는 나미아미타불로 부처님께 귀의하듯이 세마춤으로 알라신께로 나아가는 것입니다. 그는 참으로 하느님과 인류에 열려 있는 사람이었고, 신비로운 사람이었습니다. 그의 사상은 민중들에게 대단한 반향을 불러일으켰으며, 당시 민중들에게 커다란 영적 영향력을 끼쳤습니다.

그는 무슬림 아닌, 그들이 볼 때, 이교도나 무신론자들에게까지도 온전히 열려 있는 사람이었습니다. 그는 모든 인류 공동체가 이해와 화해를 통해 함께 사는 진정한 지혜를 제시하고자 하였습니다. 그가 말했다고 합니다. "지구상에 얼마나 많은 사람이 있느냐? 그들이 신에게 다가가는 길도 그만큼 많을 수밖에 없지 않으냐?"

그가 남긴 유명한 7가지의 교훈은 다음과 같습니다.

남에게 친절하고 도움 주기를 흐르는 물처럼 하라.
연민과 사랑을 태양처럼 하라.
남의 허물을 덮는 것을 밤처럼 하라.

분노와 원망을 죽음처럼 하라.

자신을 낮추고 겸허하기를 땅처럼 하라.

너그러움과 용서를 바다처럼 하라.

있는 대로 보고, 보는 대로 행하라.

제가 1996년 콘야에 갔을 때, 밤에 세마춤을 추는 곳을 갔고, 깊은
인상을 받아 '메브라나 찬미가'라는 졸시를 썼었지요.

메브라나 찬미가

나 그대를 찬미하노라, 메브라나

그대 안에 하느님이 계시나니

찬미하노라, 나 그대를

그대 안에 사람들이 있나니

찬미하노라, 나 그대를

그대의 춤사위 안에

하느님과 인간의 만남이 이루어지나니

찬미하노라, 나 그대를

그대는 다만 은총의 통로

그대가 지니는 것은 아무것도 없기에

찬미하노라, 나 그대를

그대 흐르는 음악 선율에
죽음은 새로운 선율로 이어지나니
죽음도 하느님의 은총이어라

너풀거리는 옷자락 속에
우주는 돌고 도나니
죽음을 생명으로 바꾸시는 분은
하느님이어라

그대의 춤은 기도이어라
서로가 나누는 인사, 거기
당신 하느님이 계시어라

스승과 제자의 입맞춤, 거기
당신 하느님이 계시어라
옮기는 걸음걸음, 거기
당신 하느님의 음성이 담기었어라

그대를 따르는 소년의 춤사위 안에
그대, 하느님과 인간을 하나로 이어주나니
찬미하노라, 메브라나 그대를

피시디아의 안티오키아

　　바오로 일행은 파포스에서 배를 타고 팜필리아의 베르게로 가고, 요한은 그들과 헤어져 예루살렘으로 돌아갔다. 그들은 페르게에서 더 나아가 피시디아의 안티오키아에 이르러, 안식일에 회당에 들어가 앉았다.

　　그러자 바오로가 일어나 조용히 하라고 손짓한 다음 이렇게 말하였다. "이스라엘인 여러분, 그리고 하느님을 경외하는 여러분, 내 말을 들어 보십시오."

　　다른 민족 사람들은 이 말을 듣고 기뻐하며 주님의 말씀을 찬양하였다. 그리고 영원한 생명을 얻도록 정해진 사람들은 모두 믿게 되었다. 그리하여 주님의 말씀이 그 지방에 두루 퍼졌다. 그러나 유다인들은 하느님을 섬기는 귀부인들과 그 도시의 유지들을 선동하여, 바오로와 바르나바를 박해하게 만들고 그 지방에서 그들을 내쫓았다.(사도. 13, 48-52)

　　허형,

이 성경 구절은 사도 바오로가 이스라엘 역사를 상기시키는데, 그 사이에 그리스도를 전하는 긴 설교가 있습니다. 일반적으로 바오로의 제1 선교여행이라고 부르지만, 이 선교여행에서의 수장은 바르나바였습니다. 저는 바르나바의 선교여행이라고 해야 옳다고 생각합니다마는 그리 중요한 것은 아닙니다. 다만 우리가 바오로의 발자취를 따르고 있으니까, 바오로를 중심으로 보는 것이지요.

위의 성경 구절을 통해 알 수 있듯이 피시디아의 안티오키아는 제1차 선교여행에서 아주 중요한 선교지였습니다. 루카는 비교적 간략하게 사도들의 행적을 다루는 사도행전에서 피시디아 안티오키아의 바오로 설교를 길게 다루고 있습니다. 루카에게는 이 지역이 아주 중요하게 느껴진 것으로 보입니다.

바오로는 두 안식일에 걸쳐 유대인들에게 선교했고, 호응이 아주 좋았습니다. 첫 회당에서의 설교에 감명을 받은 사람들이 다음 안식일에도 말씀을 해 달라고 청하고 그다음 안식일에는 도시 사람들이 거의 다 모여들었다고 하니, 대단한 일이었습니다. 당시, 도시 인구가 얼마나 되었을까요?

대부분의 도시에 원형극장이 있었고, 극장의 크기가 인구를 가늠하는 기준이 된다고 합니다. 대략 인구의 십 분의 일이 원형극장의 수용 인원이라고 합니다. 피시디아의 안티오키아에 있는 원형극장의 크기는 수용 인원이 대략 5000명이었다고 한 것으로 기억합니다. 그러니까 인구 대략 5만입니다.

많은 군중이 모인 것을 보고 유대인들은 시기하고 도시의 유지들을 선동하여 바르나바와 바오로를 내쫓았습니다. 그래서 위의 성경 구절에서 보는 것처럼 이코니온으로 간 것이지요. 피시디아의 안티오키아에서도 바오로의 흔적을 찾아보기가 쉽지 않습니다.

다만 바람결에 흔들리는 들풀과 들꽃, 그리고 뒹구는 돌 조각에서 바오로의 향기를 맡을 수 밖에 없습니다. 저희는 바오로가 설교했을 당시 회당을 중심으로 한 로마의 유적, 그나마 지금은 돌조각으로 남아 있는 곳에서 바람결에 들려오는 바오로의 설교를 듣는 것으로 만족해야 했습니다.

허형, 주교 옵티모스라는 이름이 새겨진 모자이크 문양이 남아 있을 뿐입니다. 바오로의 이름으로 지어진 큰 성당을 짓기 전에 작은 성당이 있었고, 거기가 바로 유대교 회당 터였던 것으로 보인다고 합니다. 지금은 주변은 모두 엉겅퀴와 다른 들꽃들이 바람에 흔들리고 있었습니다.

고대 도시 에페소

허형,

작열하는 태양 아래에서 고대 도시, 에페소로 갑니다. 에페소는 로마의 유적이 로마보다 더 잘 보존되어 있다는 장소로 카파도키아와 파묵칼레와 더불어 터키의 3대 관광지이기도 합니다. 물론 저희 순례자들에게는 사도 바오로의 활동 장소이면서, 동시에 요한 묵시록의 7대 교회의 하나로 아주 중요한 곳이지요.

우선 교회사에서도 아주 중요한 곳이기 때문에, 우리가 그곳을 순례하지요. 고대 에페소 유적은 남쪽과 북쪽의 두 개의 출입문이 있는데 일반적으로 남쪽으로 입장해서 북쪽으로 나오지만, 제가 1996년 처음 이곳을 순례할 때는 북쪽 문으로 먼저 입장했었지요.

남쪽 입구로 들어가는 주자창 바로 앞에 개신교에서 만든 안내문이 하나 있습니다. '누가의 묘'라는 안내판입니다. 말하자면, 그곳이 복음사가 루가의 무덤이라는 것이지요. 그 안내판의 내용은 가톨릭의 문구로 바꾸어 보면 대략 이렇습니다.

"본 건물은 이오니아식 건축 양식을 따라 사방 16개의 기둥을 세워 16m의 길이로 건축되었다. 로마 시대의 신전을 동쪽을 제대 방향으로 하여 성당으로 사용하였다. 1860년경 영국 고고학자 티. 제이. 우드가 오데이온을 발굴하던 중에 이곳에서 성당 건물의 일부와 십자가와 황소 모양이 그려진 비석을 보고 복음 사가 루가의 무덤이었음을 판명하였다."

허형, 바레우스 목욕장 터 맞은편 작은 아고라 터의 나무 그늘 아래 모여 에페소에 대한 대략적인 역사 설명을 들었습니다. 원래 아고라라는 말은 '시장에 나오다, (물건을) 사다.'라는 의미였는데, 명사화되어 시장, 또는 광장이라는 말로 쓰였다고 하며, 이곳에서 일반 서민들의 집회가 열리기도 하고, 때로 재판 등이 이루어지기도 했다고 합니다.

반면에 귀족이나 관료들의 회의와 리셉션 장소는 폴리타네이온이라고 불리는 곳에서 이루어졌다고 합니다. 그날 요한 씨가 들려준 에페소의 간략한 역사를 정리하면, 이렇습니다. 에페소는 기원전 1200~1000년 사이에 처음 세워졌다고 알려져 있답니다. 전설에 의하면 아테네 왕자 안드로클로스가 이끄는 그리스의 이주민들이 지금의 터키 땅인 아나톨리아에 처음 정착하게 되었다고 합니다.

안드로클로스는 현인들에게 그들의 새 도시를 어디에 세우는 것이 좋을지를 물었다고 합니다. 현인들이 예언하기를 야생 멧돼지 한 마리와 물고기 한 마리가 만나는 곳에 그들이 새 도시를 세우게 될 것이라고 했답니다. 어느 날 안드로클로스가 바닷가에서 물고기를 굽기 위해 불을 지피자, 잘 타지 않는 나무 때문에 연기가 자욱하게 되었습니다.

그 연기에 숲에서 사나운 멧돼지 한 마리가 뛰쳐나왔다고 합니다. 현인이 예언의 말을 기억한 안드로클로스는 도망치는 멧돼지를 쫓아 죽이고, 바로 그 자리에 도시를 세우게 되었다고 합니다. 처음에는 지금의 에페소와는 조금 떨어진 다른 장소이었는데, 후에 지금의 불불산과 피나이르산 사이로 옮겨지게 되었다고 합니다.

최근의 연구 조사와 발굴 작업을 통하여, 에페소와 현재 성이 있는 아야술룩 언덕 주변의 고분 지역이 청동기 시대와 히타이트 시대의 거주지였음이 밝혀졌으며, 히타이트 시대에 이 도시는 '아파사스'로 불렸다고 합니다. 기원전 6세기경 에페소는 리디아왕국의 군주 크로이소스의 지배를 잠시 받긴 하였습니다.

현재 저희가 순례하고 있는 위치의 고대 도시 에페소는 BC 300년경 알렉산더 대왕 휘하의 장군인 리시마코스에 의해 건립되었다고 합니다. 리시마쿠스는 피온산과 코레쏘스산 중간에 새로운 도시를 건설하고 이곳을 높이 10미터, 총 길이 9km의 성벽으로 요새화시켰다고 합니다.

그 이후 로마 시대에 최고의 황금기를 누린 에페소는 소아시아 주의 수도이자 최대의 항구 도시로서 당시에도 20만 명이 거주하는 큰 도시였습니다. 그런데 기원전 88년, 에페소인들은 폰터스와 연합하여 로마인들에게 대항하였답니다. 그러나 로마의 세력 팽창이 엄청날 것을 알아차린 에페소인들은 곧 로마 편으로 돌아섰답니다.

이로써 에페소는 로마의 동맹국이 되었을 뿐 아니라 로마 제국 아시아 속주의 수도로 부상하였습니다. 더구나 이곳은 거대 항구가 있는 아시아 무역항로의 종착지이기도 하였습니다. 그러나 이와 같은 번영도 서기 17년에 일어났던 대지진으로 한순간에 무너져 폐허로 변하였답니다.

작은 아고라 앞에는 토관들이 쌓여 있었습니다. 그러니까 무려 2200

년 전에 사용했던 상수도관이라고 합니다. 토간 옆에 있는 물고기 형상의 익투스와 피자 문양에 관해 설명을 들었습니다. 익투스라는 표시는 박해시대에 서로 같은 그리스도교인이라는 것을 알리기 위해 만든 그리스도교의 암호였습니다.

허형, 물고기 그림과 함께 IxθΓΣ이란 단어를 썼습니다. 익투스는 물고기라는 뜻이며, 동시에 각 글자를 풀어쓰면 "예수 그리스도는 하느님의 아들이며 구세주이십니다."라는 뜻입니다. 익투스 옆에 더 선명하게 보이는 피자 모양의 문양도 그리스도교를 나타내는 표시였다고 합니다.

I : Iesus (예수스 : 예수), X : Christus(크리스투스 : 그리스도), θ : Theos(테오스 : 하느님), U : Huios(휘오스 : 아들), Σ : Sojomete(소조메테 : 구원자).

9

투우의 나라, 스페인

가우디와 성가정 성당

허형,

안토니 가우디(Antoni Gaudi). 스페인이 낳은 천재 건축가, 독창적인 건축 기법으로 많은 건축가와 예술가들에게 영감을 불어넣고 있는 현대건축의 거장, 현대건축의 새 지평을 연 현대건축의 아버지, 20세기를 산 가장 탁월한 건축가, 자연을 추구한 건축가 등의 그에게 부여하는 여러 찬사가 있지만, 딱히 그를 설명할 수 있는 낱말은 거의 없다고 해도 과언이 아니리라 생각합니다.

바르셀로나는 '가우디의 도시'라고 부를 정도로 그의 예술혼이 깃든 건축물들이 많을 뿐만 아니라, 그를 빼고 바르셀로나를 이야기하는 것은 안꼬 없는 찐빵이 됩니다. 가우디는 1852년 바르셀로나에서 남서쪽으로 멀지 않은 타라고나 근처의 한 작은 마을에서 태어났습니다.

가우디는 일찍이 건축가가 되는 꿈을 지니고 17세 때 바르셀로나 대학교의 건축과에 들어가게 됩니다. 그는 독특한 건축물을 설계하거나 아이디어를 제시해 교수들을 놀라게 했습니다. 가우디가 바르셀로나 대학교의 건축과를 졸업할 당시 학장이 그에게 학위를 수여하면서 다음과 같이 말했다고 합니다.

"우리는 학위 증서를 바보이거나 천재에게 주었다. 시간이 그의 실체를 알게 해줄 것이다." 그 말을 들은 가우디는 친구에게 말했다고 합니다. "학장님은 지금 내가 건축가라고 말하는 거야."

허형, 가우디는 대학을 마친 후 바로 건축가가 된 것은 아니었습니다. 그는 돈을 벌기 위해 철 세공업에 종사하기도 했습니다. 그러다 당시 스페인의 경제적 성장과 함께 직물로 대성공을 거둔 실업가였던 구엘이라는 후원자가 우연히 파리 박람회에 갔다가 가우디가 실험 삼아 제출한 작품을 보게 되고, 그의 천재성을 알아보게 됩니다.

구엘은 자기의 집과 공원 등을 가우디에게 의뢰하게 되면서 가우디의 독창적인 건축이 꽃을 피우기 시작했습니다. 저는 가우디의 건축이 100년 전이 아닌, 오늘날 시도되었다고 하더라도 가히 놀라운 상상력과 독창적인 발상과 사고의 자유로움, 자연과의 조화 등에 대해 찬탄을 금할 수 없을 텐데, 100년도 더 전에 이미 그런 경이로운 작품들을 만들 생각을 했다는 것이 참으로 놀랍습니다.

그의 천재성을 알아본 사람들, 특히 그를 후원해 준 사람들에게 찬사를 보내고 싶습니다. 유네스코(UNESCO)는 1984년에서 2005년에 걸쳐 그의 작품 7개를 세계문화유산으로 지정했다고 합니다. 한 사람의 작품이 7개나 세계문화유산으로 지정되었다는 것은 참 경이로운 일이 아닐 수 없습니다.

비록 바르셀로나에 세계문화유산으로 지정된 작품 이외에도 많은 작품이 있다고 하더라도 그의 필생의 역작이며 현대 건축사에 빛나는 '사그라다 파밀리아'(성 가족 성당)를 뺀다면 그 누구도 바르셀로나를 예술의 도시라고 부를 수 없을 것입니다. 가우디 필생의 역작인 사그라다 파밀리아 성 가족 성당를 바라보는 순례자들의 입에서 탄성이 쏟아져 나왔습니다.

성당 윗부분은 마치 옥수수 모양의 첨탑들이 삐죽삐죽 솟아 있어, 동화의 나라에 온 착각을 불러일으킵니다. 저도 성당 내부를 보는 것은 이번이 처음이었습니다. 전에 혼자 왔을 때는 이곳을 입장하기 위해서는 매표소 앞에서 시작해 성당을 한 바퀴 돌 정도로 길게 줄을 서서 기다려야 입장할 수 있는 표를 살 수 있어, 아예 포기했었습니다.

허형, 이번에 너무 쉽게 안으로 들어가는 것이 왠지 모르게 미안한 마음까지 들었습니다. 사그라다 파밀리아 성 가족 성당은 처음부터 가우디의 작품은 아니었습니다. 첫 설계와 착공은 당대 최고의 건축학 교수이며 교구 건축가였던 프란시스코 데 파올라 델 비야르에 의해 이루어졌습니다.

그는 성당을 짓는 책임을 맡은 협회와 의견이 맞지 않아 착공 1년 만에 사임하게 되었고, 그 후임으로 가우디가 선정되었습니다. 가우디 나이 약관 31세였던 1883년이었습니다. 가우디는 성당 전체의 설계를 바꾸고 자신의 독창성을 불어넣으면서 74세에 사망할 때까지 40여 년간 거의 이 성당을 짓는 일에만 몰두했습니다.

성 가정에 봉헌되었기 때문에 스페인 말로 사그라다 파밀리아, 바로 성 가족 성당이라고 부르는 이 성당은 기본 구조는 다른 전통적인 성당처럼 십자가 모양으로 설계되었습니다. 그러나 이 성당은 독특하게 예수님의 탄생과 수난, 영광을 형상화한 3개의 파사드(문)로 구성되어 있습니다.

　가우디는 생전에 우선 동쪽에 있는 '탄생의 파사드'에 혼신을 쏟아부었고, 동쪽 문이 완성될 무렵 사망하게 되었으니, 그는 사실 겨우 동쪽 문인 '탄생의 파사드'가 완공된 것밖에 보지 못했습니다. 1926년 가우디 사망 이후 스페인 내전과 세계 대전 등으로 공사가 제대로 이뤄지지 않다가 1950년대 들어 재개돼 아직까지 진행 중인데, 다만 스페인에서는 그의 사후 100년이 2026년 완공을 위해 매진하고 있다고 합니다.

가우디와 건축

허형,

가이드 수산나 씨가 가우디를 아주 잘 정리해 주었습니다.

첫째, 천주교 신자, 둘째, 건축가, 셋째, 자연, 넷째, 카스텔라인이라고 했습니다. 그렇습니다. 가우디를 이해하기 위해서는 그가 그리스도교인으로서 하느님과의 관계를 보지 않으면 핵심을 놓치게 됩니다. 그의 작품은 모두 하느님에 대한 깊은 이해, 하느님에 대한 찬미, 하느님께서 자연을 어떻게 지으셨는가에 대한 깊은 사색을 바탕으로 하고 있기 때문입니다.

둘째, 그가 건축가라는 것은 두말한 필요가 없고요.

셋째, 자연은 그의 작품의 기조입니다. 단순히 자연과의 조화를 이룰 뿐만 아니라, 그는 건축을 자연의 일부라고 보았습니다.

넷째, 그는 스페인 사람이라기보다는 카스텔라 지방 사람으로서의 자부심을 지니고 있었고, 그 지방의 특색을 그의 건축에 절묘하게 결합하고 있기 때문입니다. 예를 들어, 성가정 성당의 뾰족탑은 가스텔라 지방에 있는 몬세라트산의 어떤 봉우리의 모습에서 영감을 얻었고, 자연을 성전으로 삼기를 원하시는 하느님의 마음을 읽었다고 할 수 있습니다.

가이드 수산나 씨의 설명에 따르면, 가우디의 특색은 기능과 아름다움의 조화라고 했습니다. 그러나 아름다움보다 더 중요한 것은 기능으로 보았습니다. 제가 이해할 때, 기능보다 더 중요한 것은 자연과의 조화와 어울림 내지는 자연을 살리는 일이었습니다.

예를 들어, 다리 가운데를 몇백 년 된 나무를 자르지 않고, 그 나무를 이용하여 만들었습니다. 그가 말했다고 합니다. "인공조형물은 몇 년이면 만들 수 있지만, 나무는 자라는 데 몇백 년이 걸렸으니, 당연, 나무를 살리는 것이 우선이다." 사그라다 파밀리아 성가정 성당 한 모퉁이에 가우디의 삶과 예술세계를 정리해 전시하였습니다.

설명의 핵심은 제가 이미 언급한 가우디가 건축기법의 영감을 자연에서 얻었고, 하느님에 대한 깊은 묵상을 토대로 하고 있다는 내용이었습니다. 가우디가 쓴 글이 있습니다. "나는 포도나 올리브밭에 둘러싸여 지내고 닭 울음소리를 들으며 기뻐하고, 새들의 노래와 곤충들이 붕붕거리는 소리를 듣고, 멀리 산을 바라보면서 가장 순수하고 기쁨에 넘치는 우리의 영원한 여왕인 자연의 이미지를 보았습니다."

가우디는 자연은 항상 열려 있으면서도 그 속의 비밀을 탐구하도록 독려하는 가장 위대한 교과서라고 자연을 말했다고 합니다. 가우디는 어린 시절 어머니와 함께 숲속을 산책하면서 보고 느낀 것이 그의 아주 독창적이고 자연주의적이며 유기적인 건축 스타일을 창조하는 데 결정적인 영향을 미친 것으로 보인다고 해설해 놓았습니다.

허형, 가우디 성당 순례에서 저희는 먼저 동쪽 문 탄생의 파사드에 가서 설명을 들었습니다. 탄생의 파사드는 예수님의 탄생과 이어지는 사건들 안에서 모든 창조의 기쁨을 표현하고 있습니다. 세 개의 문 중에서 가장 화려하고 아름답습니다. 이미 언급한 대로 가우디는 자기의 혼신을 이 문을 전체로서의 성당의 규모를 증거할 수 있도록 꾸미기를 원했습니다.

그의 생전에 이 문을 거의 완성하고 타계하게 됩니다. 동쪽 파사드에 이어 성당 내부 실내로 들어갔습니다. 내부는 들어서자마자 커다란 숲속 정원에 와 있는 느낌을 느낄 수 있었습니다. 기둥들이 모두 나무의 모습입니다. 1년 52주를 표상하는 52그루의 나무들로 이루어져 있습니다.

가이드 수산나 씨가 순례자들에게 어떤 느낌이 드느냐고 물었고, 대부분이 숲속에 온 느낌이라고 했는데, 한 사람이 나비가 날고 있는 것 같다고 하여 웃었습니다. 예수님 상 중심으로 좌우의 나무는 교회의 두 기둥이 베드로와 바오로이고, 그 앞에 4복음 사가의 나무들이 있고, 그 밖에 성경의 중요한 인물들이 나무의 모습으로 형상화되어 있습니다.

모두 7가지 종류의 나무로 만들었다고 합니다. 실내 중앙에 서면 공간 전체가 숲의 느낌이 더 크게 느껴집니다. 영어로 된 안내서에 "우리가 숲속에 들어왔을 때 우리가 느끼는 친근함이 성당 내부를 이루는 기초가 될 것이다."라는 가우디의 말 안에 이 공간의 특징을 담고 있다고 쓰여 있었습니다.

제가 느끼는 그 친근함은 단순히 공간이 숲의 느낌일 뿐만 아니라 오히려 하느님과의 깊은 일치에서 오는 안온함이었습니다. 천장의 빛이 45m 높이의 중앙에서 들어오도록 설계되어 있었는데, 그것은 분명 톨레도 대성당의 채광창에서 힌트를 얻은 것으로 보입니다.

위에서 비치는 빛은 성 삼위, 특히 성령의 내려오심을 나타내며 초록과 황금빛이 빛나는 모습입니다. 중앙 제대 주변의 공간은 기도하는 장소입니다. 넓은 공간을 기도하는 공간으로 만든 것이 마음에 들었습니다. 침묵과 고요 안에서 오래 머물고 싶었지만 그럴 수 없어 안타까운 마음이었습니다.

정면 입구 북쪽 문은 영광의 파사드입니다. 아직 완성되지 않고 진행 중입니다. 문이 상징하고 있는 내용은 우리 인간의 기원과 종착역에 대한 묵상입니다. 고갱의 작품, '어디서 와서 어디로 가는가?'가 연상이 되었습니다. 중앙 문에 5m의 청동으로 만들어진 부조가 있는데, 카탈리아어로 '주님의 기도'가 쓰여 있습니다.

허형, 50개의 여러 다른 나라 말로 "오늘날 우리에게 일용할 양식을 주소서."가 쓰여 있는데, 우리 모국어, 한국어로도 쓰여 있어 반가웠습니다. 그다음에 서쪽 문으로 나가 수난의 피사드를 바라보았습니다. 예수님의 수난과 부활, 파스카를 상징하지만 주로 수난의 분위기가 기조를 이루고 있는 문입니다.

동쪽 문과는 전혀 다른 느낌의 문입니다. 요셉 마리아 수비라크스의 작품이라고 합니다. 여러 인상적인 작품들이 있는데, 특히 수건을 드리는 베로니카의 모습도 묵상 거리를 던져 줍니다. 초점은 온전히 그분께로 가 있고, 자기의 모습은 없습니다. 베드로의 모습도 인상적이고, 그 옆의 닭의 모습이 그의 고뇌의 의미를 비추어 줍니다.

빌라도도 바로 앞을 보고 있는 모습과 뒤돌아서서 손을 씻는 모습을 통해 두 얼굴을 지닌 사나이라는 것을 느끼게 해 줍니다. 저희는 지하 성

당에서 미사를 드렸습니다. 그 지하 성당 제대 오른쪽에 가우디의 무덤이 있습니다. 저는 나무에 관한 이야기, 광합성과 자연이 이루는 신비, 그것이 결국 하느님의 경탄할 손길이라는 이야기와 더불어 나무, 잎사귀 등의 시를 읽어주었습니다.

가우디와 그의 신앙

허형,

가우디와 성가정 성당에 대해 가이드 수산나 씨가 우리에게 전해 준 내용은 대략 앞의 순례기에서 전한 그런 것이었습니다. 제가 감히 그곳 가이드를 넘어설 수는 없어서 이쯤에서 끝내려고 했는데, 아무래도 미진한 무언가가 저의 등을 떠미네요. 사실 중요한 것을 빼고 끝낼 수는 없지요.

제가 가이드의 이름에 대해 차츰 설명하겠다고 했는데, 처음에 제가 잘못 들었는지, 아녜스라고 했다가 수산나라고 한 것은 아직 예비 신자로서 본명을 아녜스로 할 것인지, 수산나로 할 것인지를 확정을 하지 못했기 때문이었습니다. 수산나 씨가 이제 신자가 되면 제가 이제부터 설명하는 부분, 신앙인으로서의 가우디에 대한 아주 중요한 내용을 첨가할 것입니다.

수산나 씨가 곧 신자가 되기를 바라는 마음으로 저희가 떠날 때, 이미 축하의 선물로 장미꽃 바구니를 선물했으니, 곧 영세를 받겠지요. 그러면 가우디에 대한 2% 부족한 부분이 채워질 것입니다. 왜 그곳의 방문을 제가 순례라고 말할 수 있을까요? 아직 완성되지 않은, 짓고 있는 성당이라는 것을 다 알고 있는데 왜 제가 그곳의 방문을 순례라는 표현을 썼을까요?

그냥 무심히 썼다고 형은 생각하실 수 있겠지만, 아니랍니다. 성가정 성당은 아직 완성되지 않았음에도 불구하고, 2010년 11월 7일에 봉헌식을 갖고 교황 베네딕토 16세에 의해 바실리카(대성전)로 선포되었습니다. 그 의미는 이제 이곳이 거룩한 성전으로서 예배를 드릴 수 있는 장소라는 뜻이지요.

단순히 짓고 있는 건축물이 아니라 성전이기 때문에 그곳의 방문을 순례라고 표현한 것입니다. 이미 1982년 가을에 교황 요한 바오로 2세께서도 이곳을 방문하셨고, 이 성당 앞에 서서 감탄하시며 말씀하셨습니다.

"이 성당은 아직 완성되지 않았지만 아주 굳건한 기초를 놓았습니다. 그리고 바로 성당이 살아 있는 돌로 만들어질 수 있다는 사고의 지평을 넓혀 주었습니다. 그 살아 있는 돌은 우리 그리스도인들의 가족이며 거기서 믿음과 사랑이 태어나고 끊임없이 성장하는 것입니다."

조금 역사를 거슬러 올라가면 1915년 스페인 교황 대사 몬시뇰 라고네시가 상그라다 파밀리아를 방문했을 때, 가우디가 그를 대동하고 자기가 이 성당을 지으면서 어떤 생각, 어떤 아이디어를 지니고 있는지를 직접 설명했습니다. 그 설명을 듣고, 라고네시가 이렇게 말했답니다.

"마이스트로, 그대는 건축의 단테입니다. 그대의 놀라운 작업은 돌에 새겨진 그리스도의 시입니다."

가이드 수산나 씨가 가우디를 하느님의 건축가라는 표현을 했는데,

제가 영어로 된 책을 찾아보니, '하느님의 종'이라는 칭호였습니다. '하느님의 종'이라는 칭호는 모세가 받았던 아주 영예로운 칭호입니다. 가우디는 가히 '하느님의 종'이라는 칭호를 받을 자격이 있는 사람입니다.

허형, 가우디는 하느님과 인간에 대한 사랑을 깊이 묵상한 사람입니다. 자연을 추구한 것은 다만 하느님 사랑에 대한 한 부분이라고 말할 수 있습니다. 그의 사후 66주년을 맞았던 1992년 6월 20일부터 스페인에서는 그의 시복 운동을 벌이게 되었습니다. 그가 성당을 지은 건축가이기 때문에 시복 운동을 벌이는 것은 당연 아니지요.

그는 진정 하느님의 종으로서 참으로 경건한 삶을 살았습니다. 그는 단순히 위대한 건축가가 아닙니다. 바로 하느님의 종입니다. 그의 철학은 건축가, 아니 예술가로서 위대한 예술의 탄생을 위해서는 희생과 기도를 바탕에 두고 있어야 한다는 것입니다. 그는 말했습니다. "하느님과 자연에 대해 겸허한 마음으로 기도하지 않고 작품을 만들 수는 없다."

그는 아주 검소하고 절제된 삶을 살았습니다. 극기까지 했던 것으로 드러났습니다. 제가 영어로 된 책을 보니까 마치 '은수자처럼(a hermit)'이라는 표현을 썼더군요. 그는 유명인사였지만, 건축 관계자 이외에는 거의 사람들을 만나지 않았습니다. 그가 유일하게 거의 매일 만난 사람이 있었습니다. 그가 누구겠습니까? 바로 그의 영적 지도자였던 성 필립 네리 성당의 본당 신부님이었습니다.

그의 매일의 일과는 거의 동일했습니다. 동이 트기 전에 일어나서 주교좌 성당까지 걸어가서 새벽 미사를 참례하고 다시 걸어서 상그라다 파밀리아 성가정 성당 작업장까지 와서 간단히 아침을 먹고 작업에 몰두하다가 5시 30분에 퇴근을 하고, 성 필립 네리 성당까지 걸어가서 거기서 묵상 기도를 한 시간 정도 하였습니다.

그 후 영적 지도 신부님과 만나서 이야기를 나누었다고 합니다. 1926년 6월 7일은 월요일이었고, 그는 그날은 평소와 조금 달리 상그리다 파밀리아에서 주교좌 성당으로 걸어갔습니다. 바이젠 거리의 그렌 비아로 길을 건너다가 전차에 치어 의식을 잃고 성 십자가(홀리 크로스) 병원으로 옮겨집니다.

거기 있던 많은 사람, 경찰관조차도 아주 허름한 작업복 차림의 그를 그 유명한 가우디로 알아보지 못하고 행려 환자로 생각하여 성 십자가(홀리 크로스) 병원의 '가난한 행려 환자 병동'으로 옮긴 겁니다. 그런데 그것이 바로 그의 소원대로 된 겁니다. 그는 생전에 말했다고 합니다. "나는 가난한 사람으로 가난한 이들을 위한 병동에서 죽고 싶다."

그가 왜 그런 말을 했겠습니까? 그는 죽을 때, 오직 하느님의 사랑만을 받으면서 죽고 싶다고 한 것입니다. 그다음 날 그는 의식이 회복되었고, 사람들이 수소문한 끝에 가우디가 성 십자가(홀리 크로스) 병원에 입원했다는 알게 되었습니다. 그가 행려 환자 병동에 있는 것을 알게 되었고, 지인들이 와서 좋은 병실로 옮기려고 했지만, 가우디는 그냥 있게 해 달라고 청하여 그의 원대로 가난한 사람으로서 생을 마감하게 됩니다.

허형, 그는 의식을 찾게 되자, 바로 병자성사를 청하여 성사를 받고, 아주 편안한 마음으로 이틀 더 머물다가 6월 10일 타계하게 됩니다. 그는 마지막 이렇게 말하고 하느님 품으로 갔습니다. "아멘, 나의 하느님, 나의 하느님!" 그는 진정 하느님의 사람, 하느님의 종이었고, 작품을 통해 하느님을 드러내려고 한 건축가입니다. 저도 그가 시복되고, 시성되기를 간절히 바랍니다.

몬세랏 수도원

허형,

　바로셀로나에서 약 1시간 정도 버스를 타고 가서 드디어 몬세랏(몬세라트로도 표기하지만, 그곳 발음은 몬세랏이 더 가깝습니다.) 수도원에 도착하였습니다. 처음에는 바로 미사부터 하도록 예정되어 있었지만, 일정이 바뀌어 먼저 블랙 마돈나, 검은 성모님께 인사를 드리는 순서가 되어, 오히려 잘 되었습니다. 그 후에 하면 줄을 서서 30분 이상 기다려야 하는데, 그냥 바로 먼저 만나 뵈올 수가 있었습니다.

　먼저 몬세랏 수도원에 대해 간단히 나눕니다. 제가 몬세랏 수도원에 대해 조사하기 위해 브리태니커 백과사전을 찾아보았습니다. 다음과 같이 되어 있었습니다.

　스페인 카탈루냐 지방 바르셀로나 주 북서부에 있는 산. 바르셀로나 시 북서쪽의 요브레가트 강 바로 서쪽에 있다. 로마인에게 몬스세라투스('톱니 모양의 산'), 카탈루냐인에게 몬트사그라트('신성한 산')라는 이름으로 알려져 있었고 독특한 외형, 베네딕투스 수도회의 산타 마리아 데 몬세라트 수도원, 오래된 성모자(聖母子) 목조상(像)으로 유명하다.

붉은색을 띤 사암(砂岩)과 역암(礫岩) 산봉우리들이 침식작용 때문에 들쭉날쭉하고 거친 모습으로 거대한 산기슭 위에 솟아 있다. 깊이 패인 협곡들 가운데 가장 넓은 말로 계곡의 가장자리 지점(고도 730m)에 수도원이 있다. 유적들은 선사시대에 사람이 거주했음을 보여 준다.

아주 잘 요약한 좋은 설명이지만, 정확하지 않은 것도 있습니다. 성모님께서 그 산 가까이 왔던 아이들에 의해 발견되기를 원하셔서 빛을 비추어 주셨다고 합니다. 아이들을 인도해 주신 것이지요. 동굴 가까이 간 아이들이 겁이 나서 선뜻 들어가려고 하지 않자, 아주 안온한 빛이 이끌어주었습니다.

그 빛에 의해 안으로 들어간 아이들은 성모자상을 발견하게 되고, 놀라서 집으로 돌아와서 부모들에게 이야기했지만, 어른들은 처음에 믿지 않았습니다. 그러나 다음 날 호기심에 올라간 본 어른들은 성모자상을 발견하고, 그곳 주교님에게 알렸다고 합니다.

주교님은 직접 올라가서 성모자상을 보고, 주교관으로 옮겨오려고 했지만, 꼼짝도 하지 않았다고 합니다. 성모님께서 그곳을 떠나시기를 원하시지 않는다고 생각한 주교님은 그곳에 모시게 되고, 거기에 베네딕코 수도원이 세워지게 되고, 성지로 알려지게 된 것이지요.

허형, 수도원은 성모 마리아를 기념하기 위해 1025년에 세워졌지만, 1811년 나폴레옹 군대에 의해 파괴되었고 1858년 다시 지어졌다고 합니다. 지금은 약 80~100여 명의 수사님들이 이곳에 거주하고 있다고 합니다. 제가 찾은 자료는 80여 명이고, 가이드 수산나 씨는 대략 100여 명이라고 하였습니다.

많은 순례자가 성모 마리아가 아기 예수를 안고 있는 모습의 검은 마리아(La Moreneta)상을 보기 위해 이곳을 찾고 있습니다. 그런데 순례자의 수는 정확히 통계가 잡히지 않습니다. 그 이유는 순례자들뿐만 아니라 관광객들이 오기 때문입니다. 산세가 아름답고, 수도원의 풍치도 빼어나기 때문에 바르셀로나에서 가까운 관광지가 되어, 기차, 케이블카 등이 운영되고 있습니다.

검은 마리아(La Moreneta)상은 성 루카에 의해 만들어졌다는 전설이 있었지만, 동위원소 측정 결과 12세기 로마네스크 양식의 조각상으로 1881년 교황 레오 13세에 의해 카탈루냐의 수호 성물로 지정되어 있습니다. 이 성모상은 수도원에서 30분 걸리는 산타코바 동굴에서 발견되었는데 신자들이 비친 등불에 오랜 세월 동안 그을려 검어졌다고 합니다.

검은 성모상이 모셔져 있는 가장 유명한 곳은 어디입니까? 당연, 폴란드 체스토바의 야스나 고라 수도원이지요. 그리고 이곳 스페인 카탈루냐 지방의 몬세라트 수도원과 프랑스 리옹의 노틀담 대사원에도 있고, 스위스 슈비츠주 아인지델른의 성 베네딕토 수도원에도 있습니다.

몬세라트 수도원의 성모상은 아인지델른 수도원의 검은 성모상보다 늦은 13세기에 조성됐고, 노틀담 대사원의 성모상은 19세기 이 대사원이 건립될 때 모셔졌습니다. 저에게 특별히 이곳 몬세랏 성지가 중요한 이유가 무엇일까요? 저의 사부이신 성 이냐시오 때문입니다. 그의 자서전에 보면 이렇게 되어있습니다.

"1522년 3월 주님 탄생 예고 축일 전날 밤, 그는 밤중에 몰래 가난한 사람을 찾아가 입고 있는 옷을 모두 벗어주고 그토록 입고 싶었던 그 순례자의 의복을 입었다. 그리고 나서 성모의 제단에 나아가 경건하게 무릎을 꿇었다. 순례 지팡이를 손에 든 채 무릎을 꿇었다 일어섰다 하면서 그는 온밤을 지새웠다."(이냐시오 자서전 no. 18)

1522년 3월 24일 밤부터 주님 탄생 예고 축일인 25일 사이의 일이었습니다. 그날이 특별히 중요한 까닭은 육화 신비의 의미가 담긴 날이기 때문입니다. 육화의 신비는 하느님께서 인간이 되시고 하느님의 말씀이 육이 되시어 우리 가운데 머무르시는 신비이며, "저는 주님의 종입니다. 말씀하신 대로 저에게 이루어지기를 바랍니다."라고 응답한 마리아의 협력이 담긴 그리스도의 신비입니다.

허형, 순례자, 이니고는 이 신비에 담긴 의미를 이해했습니다. "하느님의 모습을 지니셨지만, 하느님과 같음을 당연한 것으로 여기지 않으시고 오히려 당신 자신을 비우시어 종의 모습을 취하시고 사람들과 같이 되신" 그리스도를 모든 점에서 닮기를 원했고, 그리스도처럼 자기 자신을 비우기를 원했습니다.

그는 한 가난한 사람에게서 그리스도를 보았습니다. 성 프란치스코가 했던 것처럼 그가 가진 모든 것, 심지어는 자신의 의복까지도 내어주었고 그 가난한 사람이 입고 있던 자루 옷을 걸쳐 입었습니다. 가난한 그리스도를 따르고 섬기기 위해서 가난한 사람과 같이 가난하게 되는 것. 이것은 심오한 직관이었습니다.

이곳에서 그는 오래되고 낡은 옷을 입었지만, 이냐시오는 새로운 사람이 되었습니다. 성 이냐시오의 시성식에서, 몬세랏 수도원의 한 수도자

는 "순례자가 그리스도와의 사랑에 미쳐 있었다."라고 말했다고 합니다.
저희는 성모자상이 모셔져 있는 바로 뒤에 자리하고 있는 소성당에서 미
사를 드렸습니다. 성모님의 뒷모습이 보이는 곳이지요.

만레사

허형,

이곳 몬세랏은 베네딕토 수도원입니다. 저는 늘 성 이냐시오에게 가장 영향을 끼친 성인은 아시씨의 프란치스코라고 생각했습니다. 밤하늘의 별을 보며 눈물짓는 성 이냐시오의 감성은 분명 프란치스코의 영향이었습니다. 그런데 사부이신 성 이냐시오에 대해 조금씩 알아가는 과정에서, 그분이 프란치스코 성인보다도 오히려 베네딕도 성인을 무척 좋아했다는 사실을 알게 되었습니다.

베네딕도 성인뿐만 아니라 베네딕토 수도회를 좋아하였습니다. 그가 수도회를 창설하지 않았다면 베네딕토 회원이 되었을지도 모르지요. 그는 몬세랏 베네딕토 수도원과 베네딕토 수도원의 총본산이 몬떼 까시노 수도원에서 지낸 일도 있습니다. 베네딕도 수도회에 머무는 동안 그는 아주 큰 은총을 체험했고, 특히 몬떼 까시노에서 본 환시는 평생 잊지 못했다고 기록하고 있습니다.

허형, 성 이냐시오에게 있어서 몬세랏에서의 체험도 몬떼 까시노에서 본 환시 못지않게 영향을 주었습니다. 몬세랏에서 멀지 않은 곳, 특히 만레사 근처의 카르도네르 강가를 거닐다가 체험한 환시는 아주 강렬한 것이었고, 그가 [영신 수련]을 쓰게 되는 결정적인 역할을 하게 되었습니다.

저는 몬세랏을 두루 다니면서 사부이신 성 이냐시오의 발자취를 느껴보려고 했습니다. 산으로 오르는 언덕에 십자가의 길이 있었습니다. 물론 성 이냐시오가 이곳을 방문했을 때, 이곳에 십자가의 길이 있었는지는 알지 못하고, 있었다고 하더라도 지금의 작품은 아니었겠지요. 그래도 성인이 이곳에서 십자가의 길 기도를 하며 올랐는지도 모른다는 생각을 했습니다.

세
고
비
아

허형,

순례자 중의 어느 분이 스페인의 가을 하늘을 보는 것만으로도 너무 좋았다는 말을 했을 만큼 구름 한 점 없이 맑고 드높은 가을 하늘은 짙 푸르렀습니다. 저희는 바르셀로나에서 비행기로 마드리드로 와서 점심만 먹고 바로 세고비아로 향했습니다. 마드리드는 마지막 날 순례 일정이 잡혀 있었으니까요.

공항에서 반가운 사람을 다시 만났습니다. 2년 전 순례 때 가이드였던 파블로 씨였습니다. 당시 스페인과 포르투갈의 가이드는 이곳에서 2005년에 영세했다는 바오로처럼 키가 작지만, 열정과 자부심, 해박한 지식을 지닌 스페인을 사랑한다는 사나이, 파블로 씨였습니다. 파블로는 바오로의 이곳 스페인식 이름입니다.

파블로 씨가 저와 저희 순례 일행을 반갑게 맞아주었고, 2년 전 저를 만난 이후 변화된 이야기도 나누었지요. 당시 저에게 세 번이나 혼났다고 표현했지만, 제가 사람을 혼낼 사람이 아니잖아요. 다만 어떤 내용에 대한 제 의견을 말해 주었던 것이지요. 그것이 그에게 크게 도움이 되었고, 그 이후 많이 변했고 조금은 더 성숙해졌다고 겸손하게 나누었습니다.

세고비아 시내는 단지 화장실을 가기 위해 잠깐 들렀습니다. 시간이 없어 세고비아 대성당을 들리지 못하지만, 아주 아름다운 성당입니다. 저는 순례자들이 볼일을 보는 사이, 대성당이 잘 보이는 위치를 찾아 꽤 멀리까지 달려가서 대성당을 카메라에 담았습니다.

세고비아 시내를 떠나, 이내 아름다운 세고비아 알카사르가 보이는 곳, 바로 그 아래 세고비아 갈멜 수도원이 있는 곳으로 들어설 때는 저녁 햇살이 비치고 있었습니다. 세고비아는 가톨릭 역사 안에서 아시씨의 성 프란치스코와 더불어 가장 하느님께 가까이 다가간 사람, '십자가의 성 요한'이 직접 세우고, 나중에 원장을 했던 갈멜 수도원이 있고, 그 옆에 성 요한 성당이 있습니다.

2년 전 저희는 수도원 안에는 들어가 보지 못하고 다만 성인의 유해가 안치된 성당을 순례하였습니다. 성당 뒤편 언덕에 성 요한이 머물며 기도했던 조그만 암자가 숨어 있다는 말을 들은 저는 가서 보고 싶었지만, 그렇게 할 수 없어 다만 건너다보았던 기억이 생생한데, 파블로 씨가 기쁜 소식을 저에게 전해주었습니다.

원장 신부님이 수도원을 통과하여 그 암자가 있던 곳으로 가는 것을 허락하셨다는 겁니다. 일반 순례자들에게는 거의 허락을 하지 않는데, 자기가 특별히 성 요한을 사랑하고, 그곳을 보고 싶어 하는 예수회 신부님이 오셨다고 부탁을 드렸더니, 들어주셨다고 했습니다.

허형, 2년 전 순례기에 올렸던 내용입니다. 십자가의 성 요한! 그는 온

갖 박해에도 굴하지 않고 수도원의 쇄신, 개혁을 위해 투신하신 분입니다. 그가 그렇게 할 수 있었던 것은 기도 안에서 늘 주님을 만날 수 있었기 때문입니다. 어느 날 그가 자기의 작은 방에서 기도할 때, 문득 창밖에 예수님의 모습이 보였다고 합니다.

십자가에 달린 모습 그대로의 예수님이었습니다. 그래서 그는 십자가에 달리신 예수님의 모습을 그리게 되었지요. 그리고 햇살 속에서 음성이 들렸답니다. "너의 인생의 황혼녘에 사랑으로써 너를 심판하리라." 갈멜 수도원 성당 제대화는 상징을 담고 있습니다.

바로 십자가의 성 요한이 쓴 4권의 책을 나타냅니다. 맨 위는 '갈멜의 산길'이고, 왼쪽은 '어둔 밤'이고, 오른쪽은 '성령의 타오르는 불길'이며, 아래는 '호수에 파문이 이는 모습'으로 그의 시를 나타냅니다. 2년 전에는 제가 순례 중에 버스에서 십자가의 성 요한의 일생에 대해 긴 강의를 해 주었습니다. 제가 강의를 하다가 제가 그만 눈물이 나와 울먹거려서 창피했었는데, 파블로 씨가 그것을 기억하고 있더군요. 하하.

허형, 이번에는 그 내용을 다 나눌 시간이 없었고, 순례기에 썼던 그의 생애 마지막 부분에 대해서만 나누었습니다. 요한 수사는 1588년 세고비아 수도원의 원장으로 임명됩니다. 그는 참사회 고해신부의 역할과 더불어 세고비아에 있는 맨발 카르멜 수녀들의 고백성사도 맡게 됩니다. 이때가 짧지만 요한 수사가 비교적 고통 없이 아주 행복하게 보낸 시간이었지요.

요한 수사는 여러 가지 일로 바쁘게 지내면서도 가난과 고독의 정신을 살고자 했고, 원장이지만 세고비아 수도원에서 가장 초라하고 어두컴컴한 방을 택했습니다. 두 장의 널판지로 침대를 만들고, 또 다른 널판지는 벽에 붙여서 책상으로 사용했다고 합니다. 그는 자주 단식했고, 기도에 많은 시간을 할애하고, 특히 다른 수사들이 잠든 깊은 밤에 홀로 깨어 기도하곤 했습니다.

허형, 1591년 요한 수사는 원장직과 더불어 여러 직무에서 벗어나 안달루치아에서 고요하게 기도 생활을 할 수 있게 됩니다. 이 시기에 그는 영혼의 노래 개정판을 쓰고 사랑의 산 불꽃을 엮어냅니다. 그런데 1591년 9월 무렵부터 요한 수사의 건강이 악화합니다.

오른쪽 다리에 염증이 생겨 고통스러울 뿐만 아니라 신열이 심해졌습니다. 수도회는 그에게 우베다와 바에자, 두 수도원 중에서 한 곳을 택하여 요양하게 해 주었습니다. 동료 수사들이 좋은 의약품을 구할 수 있는 바에자로 갈 것을 권유하였지만, 요한 수사는 환경이 열악한 우베다를 택했습니다.

파브로 씨와 스페인

허형,

마드리드에서 점심만 먹고 떠났다고 했는데, 한식이었습니다. 가야금이라는 식당인데, 주인이 좋은 사람이라고 하네요. 청년 대회 때, 한국에서 온 청년들에게 거저 밥을 해다 날랐다고 합니다. 그 후 축복을 받았는지, 번창하여 바르셀로나, 부르고스, 레온 등지에 분점을 내게 되었답니다.

파브로 씨가 마드리드에서 세고비아로 가면서 스페인에 대한 간단한 안내를 시작했습니다. 먼저 스페인이 어떤 나라인지를 물었지요? 1. 축구의 나라, 2. 투우의 나라, 3. 문화, 예술의 나라. 4. 관광의 나라라고 합니다. 저에게 어떤 나라냐고 물으신다면, 저는 이렇게 대답하오리이다. 1. 영성의 나라. 2. 신비신학의 나라. 3. 인간과 문화 예술을 존중하는 나라라고.

2년 전, 파블로 씨가 스페인을 대표하는 특징이 무엇이냐는 질문을 던졌었지요. 사람들이, 정열, 투우, 문화, 예술, 축구 등이 나왔는데, 제가 '엘 그레코'라고 대답했습니다. 그랬더니 파블로 씨가 아무 걱정, 근심이 없다가, 조금씩 긴장이 되기 시작했습니다. 바르셀로나에서 수산나 씨가 물었다면, 당연 '가우디'라고 했겠지만, 톨레도로 가면서 물었으니 제가 '엘 그레코'라고 한 것이지요.

순례 지도 신부가 아는 척하면 가이드가 힘들어집니다. 제가 그런 이야기를 했더니, 순례자 중의 한 분이 "저희도 힘들어요."라고 하여 제가 웃었습니다. 그래도 어떻게 합니까? 순례자들을 위해서는 아는 척을 해야 가이드가 정신을 바짝 차리고, 순례자도 힘들어야 순례에 남는 게 있거든요.

허형, 2년 전, 두 번째 날, 제가 복습으로 전날 파블로 씨가 했던 말에서 중요한 것은 거의 빼지 않고 다시 정리해서 나누었더니, 파블로 씨가 말했었지요. "나는 이제 죽었구나."라고 생각했다고. 하하. 다시 세고비아, 성 요한으로 돌아옵니다. 우베다의 원장 프란치스꼬 크리스소스또모는 요한 수사가 장상으로 있던 수도원에서 평 수사로 있을 때, 요한 수사한테 징계를 받은 일이 있었습니다.

이제 자기가 장상이 된 그는 요한 수사에게 보복할 기회로 삼았습니다. 어쩌면 수도원도 세상과 그리 똑같은지요? 아니, 그 원장은 세상 사람들보다도 더 치졸하고 악랄합니다. 원장은 요한 수사가 마지막으로 거처하게 될 방을 아주 낮은 출입문을 통해서 들어가야 하는 가장 작은 방을 주었습니다. 방은 겨우 딱딱한 나무 침대 하나 들여놓을 정도로 작았습니다.

원장의 명령으로 요한 수사는 공동체의 모든 일과에 예외 없이 참석

해야 했습니다. 어느 날 요한 수사는 통증이 심해 도저히 식당에까지 갈 수가 없었습니다. 할 수 없이 침대에 누워있었는데 원장은 그를 억지로 데려오게 하고 자기 명령에 순명하지 않았다고 마구 꾸짖었다고 하니, 예나 지금이나 수도원 원장이 무슨 권력인 줄 아는 어처구니없는 사람들이 있나 봅니다.

그의 병은 더욱 악화하였습니다. 작은 부스럼으로 시작된 종기가 아주 큰 단독에 걸리게 된 것입니다. 의사가 와서 종기가 난 부분을 긁어내고 잘라낸 다음 썩은 살을 도려내야 했습니다. 마취제를 사용할 수도 없는 처지여서 살을 베어낼 때 그 아픔이야 말할 수 없이 컸겠지만, 요한 수사는 마치 관운장처럼 아무런 소리도 내지 않았습니다.

점점 그의 병세는 더욱 악화하였고, 그의 몸은 실제로 썩어들어가고 있었습니다. 상처에서 고름이 쉴 사이 없이 흘러나왔기 때문에 날마다 여러 번 붕대를 갈아 주어야 했습니다. 썩은 살을 잘라내는 수술을 여러 번 하게 되었지만 별 차도가 없었고, 점점 죽음에 가까이 다가갔습니다.

그런 상황에서도 원장은 요한 수사에게 필요한 약도 주지 않도록 하고, 요한 수사를 돌보아주기 위해 같은 방에서 함께 잠을 자는 간호 담당 수사 동정 마리아의 베르나도 수사에게 더 이상 요한 수사를 간호하지 말라는 지시까지 내렸습니다. 베르나도 수사가 관구장 예수의 안토니오 수사에게 편지를 써서 이 사실을 다 보고하였습니다.

허형, 1591년 11월 하순에 우베다 수도원에 도착한 관구장 안토니오 수사는 원장을 꾸짖고, 요한 수사에게 필요한 모든 도움을 제공하라는 명을 하게 되지요. 그러나 요한 수사의 병은 치유할 수 없는 상황으로 악화하였습니다. 어느 날 수사들이 요한 수사를 옮겨 눕히려고 하자, 그는 자기 혼자서 움직이겠다고 하였습니다.

그의 등에 커다란 종양이 나 있어서 수사들이 그를 들려고 하면 심한 고통을 주었던 것입니다. 이것을 안 수사들은 그의 머리 위 천장에다 밧줄을 달아 놓고 그가 그 밧줄을 붙잡아 끌어당기면서 가끔 자기 몸의 위치를 바꿀 수 있도록 해 주었습니다. 그는 바로 임종하기 전에 자신을 당겨 올리면서 이런 말을 하였답니다. "하느님 감사합니다. 저는 참 가볍네요!"

그는 극심한 고통 중에도 유머를 잃지 않았던 것입니다. 그것이 성인들이 지닌 특징의 하나입니다. 1591년 12월 13일 금요일, 요한 수사는 직감적으로 자기의 죽음이 다가왔다는 것을 알았습니다. 그는 원장을 불러 오게 하여 자기가 그 동안 원장과 수사들에게 갖가지 폐를 끼친 데 대하여, 용서를 청하였습니다.

허형, 용서를 청해야 할 사람은 원장인데 오히려 요한 수사가 원장에게 용서를 청합니다. 원장이 그래도 최소한의 양심은 지니고 있었는지, 아니면 그제야 제정신을 차렸는지 수도원이 가난한 탓으로 그에게 좀 더 잘해 주지 못했다고 사과를 하였답니다. 요한 수사가 죽은 후에 원장은 자기의 잘못을 깊이 뉘우치고 회심하여 나중에는 거룩한 수도 삶을 살게 되었다고 하니, 그나마 위로가 됩니다.

오후 다섯 시경 요한 수사는 몇 시가 되었는지 묻고 나서 병자성사 받기를 원하였습니다. 밤 11시 30분이 되었을 때 그는 다시 한번 시간을 묻고 나서 "떠날 때가 다가왔어요. 내 형제들을 불러주십시오." 하고 일렀습니다. 조과경을 알리는 종소리가 들려왔습니다.

"무슨 종이지요?" 하고 요한 수사가 물었습니다. "조과경에 형제들을 부르는 종소리입니다." 하고 그들이 대답하자, 요한 수사는 "하느님께 영광! 나는 천국에서 조과경을 읊을 것입니다."라고 말하고는 마치 형제들 각 사람에게 개별적인 유언을 남겨 주기라도 하듯 한 사람 한 사람 유심히 바라보았습니다. 그리고 마지막으로 십자가에 입을 맞추었습니다. 그리고 예수님처럼 이렇게 마지막 말을 남겼습니다. "주님, 제 영혼을 당신 손에 맡기나이다."

1591년 12월 14일, 자정이 막 지난 무렵 그는 숨을 거두었습니다. 그의 생애, 그의 어두운 밤, 그의 고통은 이제 끝났습니다. 그러나 그는 죽은 것이 아닙니다. 그는 살아 있습니다. 그가 그 순간 천국에 들어갔다는 의미에서뿐만 아니라, 그가 사랑했던 사람들의 기억 안에서, 그리고 그의 아름다운 책을 읽는 우리 곁에 그는 살아 있습니다.

허형, 그는 세고비아에서 우리 순례자들을 맞아주었습니다. 그의 유해가 모셔져 있는 소성당에서 미사를 드리면서 저는 그의 속삭임을 들었습니다. 몸집이 작은 사람, 요한은 참으로 영혼이 큰 사람이었고, 사랑이 넘치는 사람이었습니다. 그 사랑으로 저희 순례자들에게 무언의 말을 건네주었습니다.

미사 후에 수도원 경내를 통과하여 성 요한이 기도했다는 암자가 있던 장소, 언덕으로 올라갔습니다. 물론 지금 그 암자가 그대로 있는 것은 아니고, 그 자리에 작은 경당이 하나 마련되어 있었습니다. 거기서 알카사르와 세고비아 대성당 등이 잘 보였습니다. 너무나 아름다웠고 저는 성 요한이 이런 아름다운 풍경을 보며 하느님을 관상했겠구나라고 생각했습니다.

아빌라

허형,

아빌라는 형도 잘 알다시피 '맨발의 가르멜회' 창시자인 성녀 데레사,
스페인에서는 '예수의 데레사'로 불리고 그것이 공식 명칭이지만 우리에
게는 '아빌라의 성녀 대 데레사'로 알려진 데레사의 고향이며 그녀가 처음
입회한 수녀원, 생가 성당 등이 있는 성지입니다.

이미 전에 순례기도 올렸고, 축일에 강론으로도 올려서 중복되지만
복습하는 의미도 있고, 간단히 데레사에 관해 소개합니다. 데레사는 일
곱 살 때부터 네 살 위인 오빠 로드리고와 함께 성인전을 즐겨 읽었다고
합니다. 순교자들의 장렬한 죽음을 보고 감동하여 교회를 위해 생명을
바치겠다는 마음으로, 오빠와 함께 몰래 집을 나간 일도 있었습니다.

12세 때 어머니를 여읜 데레사는 성모상 앞에 꿇어 눈물을 흘리며 돌
아가신 어머니 대신 성모님이 자신의 어머니가 되어 달라고 기도했습니
다. 이후 19세에는 성 히에로니무스가 성녀 바울라와 성녀 에우스토치

움에게 보낸 서간을 읽고 마침내 수녀가 될 것을 결심하고 아빌라에 있는 가르멜 수녀원에 입회했습니다.

그녀는 처음에 환자들을 돌보는 일을 맡아 모든 정성을 다해 소임에 임했습니다. 이 일을 통해 데레사는 말할 수 없는 감미로운 위로를 맛보았으며, 나중에는 자신도 돌보는 환자의 병에 걸렸으면 하고 원하게 될 정도였습니다. 하느님께서 그녀의 기도를 들어주셨는지, 정말 데레사는 병석에 눕게 됐고 이후 몸이 늘 허약했습니다. 그녀의 고통은 육체적 고통만이 아니었습니다.

허형, 데레사는 "하느님 제가 인간을 더 깊이 이해하고 싶습니다."라고 갈구했습니다. 그래서 "저도 이 병에 걸려보고 싶습니다."라고 했던 것입니다. 데레사가 보기에 환자들의 눈빛과 마음은 하느님께 대한 간절한 일치의 갈망을 담고 있었습니다.

또 하느님으로부터 치유의 은총이 내리기를 간절히 바라고 있었습니다. 하지만 자신은 그 환자들과 같은 뜨겁게 달궈진 마음을 갖기가 힘들었습니다. 그래서 자신도 병에 걸려서 하느님 당신이 얼마나 귀한 분이신지를 알고 싶었던 것입니다. 더 나아가 어떻게 그 환자들처럼 하느님과 일치할 수 있는지 체험하고 싶었던 것입니다.

갈망은 은총을 불러옵니다. 은총의 결과가 갈망이기도 하지만, 그 갈망의 은총을 받아들이면 갈망은 더 큰 합치의 은총으로 이어지기 마련입니다. 이제 데레사에게는 그 은총의 첫 단초가 주어집니다. 데레사의 영적 인생에 있어서 중요한 두 가지 회심의 기점이 발생하는 것입니다. 영어로 말하면 소위 Turning Point '터닝 포인트'입니다.

첫 번째 터닝 포인트는 성당에서 이뤄집니다. 데레사는 기도 중이었습니다. 그때 데레사는 매질 당하시는 예수님의 상본을 보고 강한 충격을 받습니다. 자신이 어려운 환자들을 돌보는 등 지금까지 해온 몇 가지 사랑 행위들은 그 매질 당하시는 예수님의 모습을 바라보는 순간, 아무것도 아니라는 사실을 깨달았습니다.

데레사 자신이 이웃에게 베푼 사랑은 인류의 죄를 위해 인간에게 매질 당하는 그 사랑에 비하면 티끌보다도 작은 것이었습니다. 그 위대한 사랑 앞에서 데레사는 눈물을 펑펑 쏟습니다. 그리고 그 예수님의 마음에 동참하기 위해 더 깊은 기도 생활로 들어가게 됩니다.

두 번째 터닝 포인트는 책을 통해 왔습니다. 데레사는 아우구스티노 성인의 고백록을 읽었습니다. 그리고 아우구스티노의 참회를 보면서 진정한 감동을 받았으며, 이를 자신의 참회를 촉구하는 메시지로 받아들였습니다. 이러한 체험은 데레사의 내면을 더욱 더 깊은 형성의 신비의 내면으로 들어가게 했습니다.

허형, 이 두 가지 포인트는 바로 데레사 말년에 저술로 드러나는, 신비 신학의 태동 기점이 됩니다.

아빌라 — 강생 갈멜 수녀원

허형,

2년 전에는 저희가 강생 갈멜 수녀원을 먼저 순례하고, 아빌라 성으로 들어가서 성안에 있는 예수의 성녀 데레사의 생가 성당을 순례했는데, 이번에는 순서가 바뀌었지요. 2년 전에는 아빌라의 시청이 있는 광장의 한 식당에서 점심을 했었습니다. 10월 말이었고, 사람들로 북적거렸는데, 이번에는 11월 초, 주민들을 위한 재래시장이 서고 있었지만, 순례자들이 적어 아주 한산한 편이었습니다.

저희는 아빌라 성을 제대로 돌아볼 시간적 여유가 없이 급히 강생 갈멜 수녀원으로 향했습니다. 다시 이어서 성녀에 대해 나눕니다. 성녀가 고해 사제의 명령에 의해 기록된 자서전에는 다음과 같은 말이 있습니다. "그때까지 생활은 나 자신의 것이었으나, 그 후부터의 생활은 내 안에 계시는 예수의 생활이었다."

'나 자신 안의 예수님의 생활' 이것이 바로 유명한 데레사 신비 생활의 첫 출발점이라고 할 수 있습니다. 그녀는 신학 공부를 많이 해서 학식이 깊은 것은 아니었지만 '영혼의 성'을 비롯한 그녀의 저서들은 지금까지 신비신학의 기초로서 가톨릭 영성의 위대한 주춧돌이 되고 있습니다. 이는 하느님께서 심오한 신비계의 진리를 계시하시고 가르쳐 주시는 대로, 그녀가 기록했기 때문에 가능한 것입니다.

말하자면 데레사 안에 계신 주님이 스스로 적으신 책이라고 할 수 있기 때문입니다. 데레사는 안으로는 마음을 신비계로 몰입함과 동시에 밖으로는 가르멜회 개혁을 위해 노력했습니다. 그 이유로 데레사는 많은 곤경을 겪기도 했지만, 하느님의 뜻은 인간이 억지로 막는다고 해서 막아지는 일이 아닙니다.

허형, 마침내 테레사의 개혁 노력은 빛을 보기 시작했으며 각처에 있는 여자 수도원은 물론 남자 수도원에까지 큰 자극을 주게 됩니다.

알바 데 또르메스

허형,

저희는 2년 전과 마찬가지로 성녀 대 데레사의 고향 아빌라를 뒤로하고 데레사 수녀님께서 생을 마감하신 곳인 알바 데 또르메스로 향했습니다. 가이드 파블로 씨가 '화려하지 않은 아름다움'이라고 표현한 늦가을 들판을 지나 낮은 구릉을 넘어 시골길을 달리며 차창 밖의 풍경을 바라보았습니다.

저는 '영혼의 성'에 대한 강의를 해 주었고요. 알바 데 토로메스는 봄, 여름에는 꽃들이 무척 아름다운 곳이라고 합니다. 2년 전, 저녁 햇살에 비친 강의 모습이 인상적이었는데, 이번에는 구름이 많이 끼어있어 또 다른 느낌을 주었습니다. 대 데레사 성녀는 자서전에서 "들을 바라보며 물과 꽃을 바라보는 것이 나에게 도움이 되었습니다. 그것들 안에서 나는 창조주를 되새겼습니다."

말하자면 "그것들은 책과 같이 나를 일깨워 주고, 마음을 가라앉혀

주었습니다."라고 쓰셨습니다. 알바 데 또르메스, 지금은 마을 이름이 된 이곳은 알바 공작 가문의 영지였습니다. 또르메스 강이 흐르는 이곳 지명은 알바 공작과 연관이 있습니다. 알바 공작은 스페인에서 아주 신심이 깊은 사람이기도 하고 당시 권세를 지니고 있었던 사람으로 알려져 있습니다.

데레사 수녀님은 1582년 여름, 당신이 마지막으로 세운 부르고스의 수도원을 떠나 메디나 델 캄포와 바야돌릿을 거쳐 고향인 아빌라로 향하던 중이었는데 알바 공작 부인이 갑자기 데레사 수녀님을 만나자는 전갈을 보내지요. 그 전갈을 받은 데레사 수녀님이 이곳에 도착한 것은 저희 순례자들이 이곳에 다다른 때와 비슷한 어느 가을 늦은 오후, 저녁 햇살이 또르메스 강을 비추던 때라고 합니다.

이곳에 도착한 데레사 수녀님은 이내 병석에 눕게 됩니다. 원래 심장 질환을 앓고 있던 데레사 수녀님은 계속한 여정에 그만 중병이 들고, 이제 이곳 알바 데 또르메스에서 하느님을 향한 마지막 여정을 준비하게 됩니다. 저희가 버스에서 내리자 바로 그곳에 요한 바오로 2세의 동상이 눈에 띄어 반가웠습니다.

허형, 이곳 알바 데 또르메스는 교황 요한 바오로 2세께서 스페인을 방문하시면서 가장 많이 우셨다고 하는 곳입니다. 시인이신 최민순 신부님은 이곳을 방문한 후에 이런 글을 쓰셨지요.

"아아, 눈을 감으면 시방도 내 마음속에 고요와 맑음이 흘러드는 양 평화롭고 잔잔한 강이 굽이치는 그 고장, 거기 썩지 않은 당신의 유해와 심장을 모신 안눈씨아씨온 수도원은 조촐하기만 하였습니다."

데레사 수녀님이 개혁 운동을 시작한 것이 47세였으니, 20년 동안 거

의 스페인 전역을 다니면서 개혁 운동을 통한 새로운 수도원을 설립하는
일에 열정을 쏟아부었던 것입니다. 당신이 7번째 수도원을 세웠던 이곳
알바 데 토르메스는 특별한 애정을 느끼는 곳이었고, 비록 고향 아빌라
아니지만 삶을 마감하기에 오히려 더 적절한 장소였기에 하느님께서 안배
하신 것이라는 느낌이 듭니다.

데레사 수녀님의 향기

허형,

알바 데 또르메스. 지금은 마을 이름이 된 이곳은 알바 공작의 영지였습니다. 이곳에 수도원을 세우게 된 경위는 대략 이렇습니다. 아이 없는 부부였던 프란시스코 퀴에즈와 데레사 라이즈라는 귀족이 이곳에 살고 있었습니다. 그들은 아이를 갖고자 간절히 기도하던 중 꿈에 예수님이 나타나 아이 말고 다른 것, 더 귀한 것을 구하라고 말씀하셨다고 합니다.

그것이 무엇인지에 대해 곰곰이 생각하던 중에 다시 두 번째 꿈에 지금의 수도원이 있는 장소에 X모양의 십자가를 지닌 안드레아 성인이 나타나 다시 들려주었답니다. "너의 혈육의 아들이 아닌 다른 아들을 구하라." 그들은 그것이 그곳에 수도원을 세우는 것이라고 깨닫게 되고, 데레사 수녀님께 그곳에 수도원을 세워 줄 것을 청했다고 합니다.

데레사 수녀님은 고향에서 임종을 맞을 수 없는 아쉬움이 컸다고 하지만 이곳 알바 데 토르메스에는 당신이 세운 맨발의 가르멜회 수녀들과

여동생인 후아나 데 아우마다가 시집와서 살고 있었기에 머나먼 여정을 떠나기에 그리 외롭지 않은 곳이었으리라 생각됩니다.

허형, 수도원 성당 안으로 들어서면 왼쪽에 데레사 수녀님의 향기를 느낄 수 있는 조그마한 방이 있습니다. 이 방에 바로 옆에 작은 박물관이 꾸며져 있고, 그곳에 썩지 않은 심장과 팔이 모셔져 있습니다. 바로 이곳에서 10월 3일 병자성사를 받으며 데레사 수녀님은 말했습니다.

"주님, 마침내 그토록 소망하던 시간이 다가왔습니다. 이제 주님을 뵐 수 있게 되었습니다." 그리고 10월 4일 밤 9시, 침상에서 하늘을 우러러보면 십자가를 보듬어 안고 그 유명한 마지막 말을 남기고 하느님을 뵈오러 가는 여정을 떠납니다. "주님, 저는 교회의 딸입니다."

데레사 수녀님이 주님을 향한 여정을 떠난 날이 10월 4일인데, 왜 축일이 10월 15일인가? 궁금해하는 분들이 계실 것 같아, 제가 버스에서 설명을 해 드렸지요. 데레사 수녀님이 세상을 떠난, 바로 그날은 율리우스력에서 그레고리력으로 바뀌게 되는 첫날이었습니다.

대 데레사 성녀의 축일이 10월 15일인 까닭은 율리우스력과 그레고리오력의 편차에 따라 10월 4일의 다음 날이 바로 15일로 넘어갔기 때문입니다. 그래서 천상 낙원에 들어가신 날은 15일로 된 것이지요. 이곳의 민간전승에 따르면, 데레사 수녀님이 주님을 향한 길을 떠난 바로 그 시각 토르메스강의 물결이 마치 그녀의 마지막 심장박동처럼 숨 가쁘게 일렁거렸으며, 임종 후에는 온 마을에 향기로운 꽃향기가 진동했다고 합니다.

저는 성녀의 썩지 않는 유해는 한편으로는 감동을 주지만, 다른 한편으로는 안타까운 마음도 지울 수 없습니다. 데레사 수녀님이 돌아가신 뒤 고향인 아빌라와 임종을 맞은 알바 데 토르메스 사이에 서로 유해를 모시겠다는 다툼이 끊이지 않았다고 합니다.

그런 과정에서 수녀님의 시신이 모셔져 있는 관을 열게 되었는데, 시신이 전혀 부패하지 않았다고 합니다. 기적이었지요. 그런데 일부에서는 이 기적이 교회의 자작극이라는 소문도 돌았나 봅니다. 결국, 성녀의 유해에 아무런 방부처리를 하지 않았다는 것을 보여 주려고 시신에 칼을 들이대고 마는 어리석은 짓을 하게 됩니다.

허형, 성인이나 성녀가 되면 감당해야 하는 몫인지 모르지만, 데레사 수녀님의 유해는 성인품에 오르기도 전에 여러 부분으로 절단되는 비극을 겪게 됩니다. 성녀의 유해는 아빌라로 몰래 빼돌려지는 수난을 당하게 되지요. 알바 공작이 로마에까지 탄원하여 결국 유해의 일부를 제외한 대부분이 알바 데 토르메스로 돌아오게 됩니다.

이런 수난의 과정에서 성녀의 오른발과 턱의 일부는 로마에, 왼쪽 손은 리스본에, 왼쪽 눈과 오른손은 론다에, 그리고 손가락과 살 조각들은 아빌라를 비롯한 스페인 여러 곳으로 흩어졌다고 합니다. 심장과 오른 팔뼈가 작은 박물관에 있고, 나머지 유해가 성모 영보 수도원 성당 안의 중앙 제대에 모셔져 있습니다.

허형, 성모 영보 수도원 오른쪽에 맨발의 가르멜 남자 수도회에서 운영하는 '십자가의 성 요한 성당'이 있습니다. 1695년에 완공된 이 성당은 십자가의 성 요한에게 봉헌된 첫 성전이기도 합니다. 성당 정면의 십자가의 성 요한 모습이 인상적입니다.

영혼의 성

허형,

강생 수녀원에서 '영혼의 성' 궁방 표시를 본 순례자들이 '영혼의 성'에 대해 관심이 커졌습니다. 저희 가이드 파블로 씨가 놀라며 이렇게 '영혼의 성'에 대해 큰 관심을 지닌 그룹은 처음이라고 했지요. 파블로 씨가 '영혼의 성'에 대한 설명은 슬쩍 저에게 넘기더군요. 하긴 현지 가이드가 설명할 내용은 아니지요.

제가 아빌라를 떠나 알바 데 토르메스로 가는 버스 안에서 '영혼의 성'에 대해 강의를 했지요. 허형, 강의 내용을 순례기 일부로 나눕니다. 아빌라의 성녀 대 데레사는 1577년, 62세의 나이에 5월부터 11월 말까지 6개월에 걸쳐 마치 신들린 듯이 때로 깊은 탈혼 상태에 빠지면서 영혼의 내적인 상태, 하느님께 나아가는 여정을 기술한 유명한 저서 [영혼의 성]를 썼다고 합니다.

[영혼의 성]은 모든 대가의 글이 그렇듯이 깊고 오묘한 의미를 지닌

상징으로 가득 차 있습니다. 그렇기에 쉽게 이해할 수 있는 책이 아닙니다. 그러나 한편 아주 논리적이고 체계적인 구조를 지니고 있기에 상징성에 대해 열린 마음으로 다가갈 수 있다면 그렇게 어려운 책이라고 할 수도 없습니다.

어느 신학자가 이렇게 평합니다. "[영혼의 성]은 아빌라의 성녀 대 데레사가 쓴 모든 책 중에 가장 조직적이고, 가장 완전하고, 가장 영성적이고 가장 신비한 책이다. 이 책에서 성녀는 영성 생활의 완전한 과정에 대한 조직적인 분석을 제공해 주고 있다."

이 책을 제대로 이해하기 위해서는 무엇보다 상상력이 필요합니다. 머릿속에서 동심원과 일반적으로 궁방이라고 표현하는 영적인 단계에 대해 나름대로 상상의 그림을 그리면서 성녀가 제시하는 영적 세계로 다가가면, 아주 재미있습니다. 영혼의 성에는 모두 일곱 개의 궁방이 있습니다.

가장 깊은 궁방은 영혼의 내밀한 곳에 자리하고 있고, 바로 거기에 영광의 왕이신 분, 주님께서 찬란히 빛나는 광채 가운데 머물고 계십니다. 데레사는 '현시'의 빛으로 우리를 각 궁방으로 차례로 들어가도록 이끌어 줍니다. 데레사는 현시를 체험한 것이지요. 현시를 통해 하느님께서 성 모양으로 된 아름다운 수정궁을 그녀에게 보여 주신 것입니다.

허형, 저는 예수회원으로 이냐시오의 영성에 대해서는 어느 정도 자신 있게 이야기할 수 있지만, 갈멜 회원은 아니기에 대 데레사의 영성에 관해 이야기하는 것은 조심스럽습니다. 하여 여기서는 제 독자적인 연구가 아니라, 다른 분의 설명을 바탕으로 제 나름대로 이해를 나누는 것입니다.

데레사의 체험은 하느님 신비 체험이라고 할 수 있는데, 하느님 신비를 어설프게 설명하다 보면 자칫 단순화시키는 오류에 **빠질** 수 있다고 합니다. 더구나 상당히 신비스러운 내용을 담고 있는 데레사의 [영혼의 성]은 너무 쉽게 설명하다 보면, 자칫 본래의 깊은 뜻을 다 전할 수는 없습니다.

언어가 가진 한계 안에서 성녀 데레사의 신비 체험을 가능한 한 쉽게 설명해 보고자 합니다. 우리는 영혼의 성안으로 들어가야 하는데 성 밖에서 살며 혼란과 번뇌 속에서 삽니다. 세상과 우리의 상황을 제대로 이해하거나 해석하지 못할 뿐만 아니라 하느님에 대해서도 알지도 이해하지 못하고 그냥 그렇게 세상을 살아갑니다.

그렇게 하루하루 세상을 살면서도 어느 때에는 영적 깨달음에 대한 갈망이 일어나지요. 우리는 성안, 바로 영혼의 성안으로 들어가고 싶어하는 것입니다. 쉽게 말하면, 영적인 쉼에 대한 갈망, 영혼의 쉼터를 그리워합니다. 하느님의 품 안에서 쉬고 싶은 것이지요. 이 영혼의 성에는 7개의 방이 있습니다. 소위 말하는 제1 궁방에서 제7 궁방까지의 방이 그것입니다.

제1 궁방, 즉 첫 번째 방을 봅시다. 그 방안에는 독충과 벌레들이 득실거립니다. 독충과 벌레가 지닌 상징성을 잘 보십시오. 기도하려는데 모기가 나타나서 윙윙거리면 기도가 되겠습니까? 성체 조배 하려는데 파리가 팔 위에 앉았다면 조배가 되겠습니까? 이렇게 우리는 기도를 하고 하느님을 찾겠다는 마음을 먹었다 하더라도 우리 안에 독충과 벌레가 가득찬 마음으로는 올바른 기도에 정진할 수 없습니다.

여기서 독충과 벌레는 무엇을 상징하겠습니까? 과거의 삶에서 습관화된 많은 것들을 의미합니다. 육신과 정신적인 무의식이 우리 안에 가득 차 있어서 우리가 기도하기가 쉽지 않은 것입니다. 이런 경우 우리에게는 영적 지도가 필요합니다. 모기와 파리를 쫓는 방법을 알려줄 스승이 필요합니다.

수영을 배우는 것을 예로 들어볼 수 있습니다. 수영을 잘하지 못하는 사람은 쉽게 물에 들어가지 못합니다. 하지만 훌륭한 수영 강사로부터 수영 기법을 배우면 자신감 있게 물속에 뛰어들 수 있습니다. 데레사의 기도 9단계에서 이 상태가 바로 구성 기도 1단계입니다.

허형, 이 단계에서 영적 지도자의 지도 방법은 간단합니다. 유치원 아이들이나 초등학교에 처음 입학한 아이들을 가르치는 것을 생각하면 쉽게 이해할 수 있겠습니다. 이 단계에선 수학과 물리학을 가르칠 수 없습니다. 그냥 동화책을 읽어주고, 감성과 지성을 훈련하면 됩니다.

성당에 처음 온 예비 신자에게는 신학적인 논쟁이 필요 없습니다. 처음에는 그냥 주요 기도문을 외우게 하고, 묵주기도 방법을 알려주고, 성경을 읽게 하는 것으로 충분합니다. 성경의 깊은 뜻이 무엇인지, 영성의 깊은 의미가 무엇인지 말해 주어도 잘 알아듣지 못합니다.

이제 제2 궁방으로 넘어가 보겠습니다. 이 방에는 큰 독충이나 큰 벌레는 없습니다. 하지만 작은 독충과 작은 벌레들이 아직 남아 있습니다. 눈에 쉽게 띄는 큰 벌레들은 잡은 것이지요. 쉽게 말해, 초보적인 단계의 기도라고 하더라도 나름대로 기도했고, 그 기도 덕분에 큰 벌레는 없어졌습니다. 그러나 아직 작은 벌레들은 남아 있는 것입니다.

허형, 상징적인 의미가 무엇이겠습니까? 영적으로 말하자면 갈등의 시기입니다. 기도하다 보면 무릎이 아플 수도 있고, 하느님께서 자신의 기도를 들어 주는 것 같지도 않아, 기도하는 것 등의 모든 영적인 활동이 별로 소용이 없고 무의미하게 느껴질 수도 있습니다. 괜히 기도한다고 하여, 사서 고생한다는 생각이 들 수도 있습니다.

쉽게 이런 생각이 드는 단계입니다. "그냥 머리 아프게 살지 말고 옛날로 돌아가서 편하게 살자." 제2 궁방은 우리가 영적인 것에 대해 듣기는 했지만, 그것이 무엇인지 말할 수 없고, 조금 알기 시작은 했지만, 아직 아는 것을 삶에서 행동으로 옮길 수 없는 단계의 방입니다.

다음은 제3 궁방입니다. 이 방으로 들어가면 작은 벌레도 이제 어느 정도 없앴습니다. 쉽게 말하면, 기도하기 위한 마음의 고요가 어느 정도 이루어진 상태입니다. 대죄는 거의 모두 사라지고 아주 작은 소죄만이 남겨지게 되었다고 표현하기도 합니다. 그런데 과거에는 대죄에 가려 보이지 않던 소죄도 이제는 크게 느껴지게 됩니다.

소죄마저 온전히 없애려고 애씁니다. 그러다 보니 희생을 바치고 싶은 바람이 생기고, 이를 위해 봉사하고 싶은 내면의 갈망도 일어나게 됩니다. 그런데 아이러니하게 동시에 권태기도 바로 이때 찾아옵니다. 왜 그럴까요? 어느 정도 정신적으로 활동적인 노력은 했는데, 상대적으로 영적인 성장 노력은 부족했습니다. 그래서 영적 진보가 이뤄지지 않다 보니 조금씩 지치게 되는 것입니다.

허형, 쉽게 말해 나름대로 열심히 기도하고 신앙생활을 해도 현실적인 이득도 별로 없어 보이고, 영적 성장을 위한 노력 자체가 무의미해 보일 수도 있습니다. 이 글에서 쉽게 제3 궁방까지 간단하게 몇 줄로 말씀드리지만, 실제로 영성 생활 안에서 수행하다 보면 제3 궁방까지 들어가는데 상당한 시간이 걸리는 것을 염두에 두어야 합니다.

어떤 사람은 1년이 걸릴 수도 있고, 어떤 사람은 3~5년이 걸릴 수도,

어떤 사람은 7~10년이 걸릴 수도 있습니다. 많은 신자가 이 단계에서 더 이상의 영적 성장을 포기하게 됩니다. 열심히 본당 사목회나 그 밖의 성당 내의 각종 단체에서 봉사하다가, 지치게 되면 더 이상 앞으로 치고 나가지 못하고 주저앉게 됩니다.

여기에서 제일 필요로 하는 덕이 무엇일까요? 바로 겸손과 순명의 덕입니다. 그 두 가지 덕을 지니지 못하면 더 높은 가치를 보지 못하기 때문에 영혼이 메마르게 되기 쉽습니다. 영혼이 메마르게 되면서 제4 궁방으로 넘어가지 못하게 됩니다. 조금만 더 노력하면 되는데, 그것을 넘기가 쉽지 않습니다.

예서 멈출 수는 없지 않습니까? 어느 분의 수필이었지요? "고지가 저기인데 예서 멈출 수는 없다." 고지에 다다르기 위한 그 고비만 잘 넘기면 이제 제4 궁방이 여러분 앞에 기다리고 있습니다. 그렇다면 제4 궁방은 어떤 모습일까요? 허형, 궁금하시지요?

형이 신앙생활에서 올바른 판단 위해서는 다른 사람의 도움이 필요합니다. 영적 지도자 역할이 아주 중요하다는 것을 깨닫게 됩니다. 하느님께 향한 우리 마음의 문을 활짝 열고 온전히 하느님 뜻을 식별하고 그분의 뜻에 순명해야 합니다. 그러기 위해서 영적 지도자의 도움이 필요합니다.

본당 사목회를 비롯해 여러 단체에서 봉사하는 신앙인들은 참으로 열성적으로 일합니다. 어떤 사람을 보면 탄복할 정도입니다. 이들은 대부분 하느님의 뜨거운 사랑을 체험한 이들입니다. 하지만 이 단계에 그냥 머무른다면 참으로 안타까운 일입니다. 주어진 교회 직책은 그런대로 수행할지 모르지만, 영적으로는 장님이나 다름없는 삶을 살 수 있습니다.

성녀 데레사가 말한 제3 궁방을 넘어, 제4 궁방으로 들어가야 합니다. 제4 궁방에 이르러야 비로소 초자연적 기도가 가능해집니다. 제3 궁방까지 지성과 이성과 기억, 인간적 의지를 지니고 기도를 해왔다면, 이제부터는 초자연적인 기도가 가능해집니다. 여기서 초자연적 기도란 하느님께서 직접 주시는 은총의 신비를 바탕으로 하는 기도입니다.

지금까지는 우리 자신의 노력으로 영성 생활이나 기도를 해 왔지만, 이젠 그 한계를 넘어설 때가 된 것입니다. 지금까지의 노력이 능동적이었다면 이제부터는 수동적 차원의 신비를 깨닫게 되는 것입니다. 제3 궁방까지는 우리 자신이 노력해서 물을 길어 먹는 것입니다. 지금까지는 직접 물통을 들고 수고스럽게 수 킬로미터 떨어진 우물까지 가서 물을 길어서 먹었습니다.

제4 궁방에서는 집까지 연결된 수돗물에 입만 대면 됩니다. 미국 위신칸신 주 밀워키의 마켓 대학교의 예수회 공동체에는 꼭지만 틀면 맥주가 나옵니다. 맥주회사에서 예수회 신부들이 무한정으로 맥주를 마실 수 있도록 공장에서부터 공동체까지, 호스를 연결해 준 것이지요. 맥주를 사러 가게에 갈 필요가 없습니다. 부럽지요? 형도 아들, 예수회로 보내세요.

조금 다른 비유로 들자면, 지금까지는 어머니의 젖과 비슷한 분유를 먹었다면, 이제는 직접 어머니의 가슴에 입을 대고 젖을 빨아 먹는 것입니다. 하지만 아직까지는 수돗물이나 맥주나 어머니의 젖이 그리 시원하게 나오지 않는 단계입니다. 그래서 일부는 직접 물을 길어도 마시고, 분유도 함께 먹어야 합니다.

이제 신비로운 방, 제5 궁방으로 갑니다. 진정한 하느님과의 일치는 제5 궁방에서 이루어집니다. 이 단계에 대해 데레사 성녀는 아주 적절하면서도 탁월한 비유를 들었습니다. 하느님과 맞선을 보는 단계라는 것입니다. 형을 하느님과의 맞선 자리에 초대합니다. 그동안 전화 통화만 하고, 서로 이메일만 주고받았습니다.

이제 그 사랑하는 사람의 얼굴을 직접 보는 단계입니다. 그분을 직접 보게 되면 그분의 아름다움과 넘치는 매력이 반하지 않을 수 없습니다. 지금까지 그분에 대해 사랑을 느꼈습니다. 그러나 이제 직접 얼굴을 보면서 그 사랑은 한층 더 불타오르게 됩니다. 불교적 표현을 빌리자면 이 단계는 '일시적' 해탈의 단계로 볼 수 있습니다.

맞선은 직접 만나는 것입니다. 정식미팅이지요. 일반적으로 미팅을 할 때 우리는 처음에는 다만 조금 형식적이고 정신적인 차원에서 합니다. 어디 사느냐고 묻고, 어느 학교를 나왔느냐 묻고, 아버지는 무엇을 하는지, 가족관계는 어떻게 되는지 파악합니다. 이렇게 정신적이고 이성적인 대화가 끝나고 서로 마음이 끌리면 그다음에는 정감이 담긴 대화를 시작하게 됩니다.

그렇게 정감으로 끌리고 나면 우리는 의지적으로 앞에 있는 미팅 대상자를 진정으로 '선택'하게 됩니다. 우리는 사회를 살아가면서 이런저런 많은 사람을 만납니다. 하지만 어떤 사람에게 훅이 꽂히면 오직 그 사람에게 마음을 빼앗기게 됩니다. 그러면 다른 이런저런 사람들과 만나는 시간을 줄이고 거의 훅이 꽂힌 그 사람과만 자주 만나게 됩니다. 온전히 그 사람, 님을 위해 모든 것을 내어놓게 됩니다.

지금까지 제1~4 궁방까지는 이메일을 주고받고 가끔 전화 통화를 하는 정도의 단계였습니다. 그 과정을 통해 상대방과 진심으로 이런저런 이야기를 나누었고, 때로는 선물도 주었습니다. 그런데 그 의미를 제대로 알아듣지 못하고 일반적으로 그 의미에 대해 서로 따질 때가 많습니다.

이제 비로소 얼굴을 맞대고 정식으로 맞선을 보니, 그동안 상대방이 이야기했던 것을 잘 알아들을 수 있습니다. 그것을 확실하게 알게 된 것입니다. 마음을 모두 열고 받아들이게 됩니다. 그런데 여기서 또 중요한 문제가 있습니다. 맞선을 볼 때 일반적으로 우리는 부모님과 함께 나갑니다.

허형, 앞에 있는 상대가 마음에 든다고 해도, 객관적인 분별에는 도움이 필요합니다. 그 분별을 도와주는 분이 부모님입니다. 여기서 부모님이 누구를 상징하겠습니까? 바로 영적 지도자입니다. 제5 궁방에서는 초자연적 기도 단계에 들어가기 때문에 신적 신비께서 주시는 여러 은총에 대해 잘 분별해야 합니다.

왜냐하면, 인간은 본질적으로 나약함을 지니고 있고, 그 결과 잘못된 오류에 빠질 수 있기 때문입니다. 자칫 거짓된 환상을 보고 진정한 체험으로 착각할 수 있습니다. 어떤 이들은 환시와 환청을 하느님의 계시라고 착각하는 경우가 있습니다. 맞선에 나선 여성은 나이가 어리기에 자칫 잘못된 판단을 할 수 있습니다.

부모님이 옆에 있어서 "네가 선택한 그 사람, 네가 흴이 꽂힌 그 사람이 정말 올바른 사람이라고 생각한다."라고 분별을 도와주어야만 딸은 올바른 판단을 내릴 수 있습니다. 사기 결혼하는 사람은 나이 어린 젊은 여성을 쉽게 속일 수 있습니다. 쉽게 말해, 악마에게는 영적인 초심자들은 밥입니다. 그렇지만 오랜 삶의 지혜를 가지고 있는 부모님까지 속이긴 힘듭니다.

부모님은 얼굴만 보고서도 "저 사람은 아니다."라고 말해 줄 수 있는 삶의 경험이 있습니다. 물론 부모님의 판단이 모두 옳은 것은 아니지만 그 지도를 받을 때 올바른 결혼을 할 확률은 더 높아집니다. 자! 이제 맞선이 훌륭히 끝나면 무엇을 하게 됩니까? 진짜 연애를 하고, 이어서 약혼을 합니다. 약혼 뒤에는 결혼합니다.

허 형, 제5 궁방에서 하느님과의 맞선 후, 진정한 사랑을 느끼게 되면 의외의 현상이 찾아옵니다. 바로 고통입니다. 당신 얼굴을 뵈옵는 그 환희의 신비 뒤에 고통의 신비가 따라옵니다. 그 고통의 신비를 뛰어넘어야, 십자가에서 죽은 후 부활이라는 영광의 신비, 빛의 신비가 가능해집니다. 그러면 제1~4 궁방까지는 고통이 없었다는 말로 들으시면, 곡해입니다. 잘 새겨들으셔야 합니다.

물론 제5 궁방 이전에도 고통이 있었습니다. 희생과 봉사의 고통이 있었습니다. 하지만 제5 궁방에서의 고통은 그 차원이 다릅니다. 여기서의 고통은 하느님께서 느끼시는 고통에 동참하는 것입니다. 그 고통을 고스란히 우리가 느낍니다. 이 단계에서 만나는 또 다른 변화는 정신적 차원, 지성적 차원이 약해지고 영적인 차원이 강해진다는 점입니다.

그러다 보니 행복 선언의 신비를 진정으로 알게 되는 경지에 다다르게 됩니다. 이제 과거의 독충과 벌레들이 빠져나가고 당신께서 주시는 것, 영적인 것으로 가득 차 있습니다. 그렇게 되니까 정신적, 지성적으로는 이해하지만, 마음으로, 영적으로 깊이 받아들이지 못했던, 예컨대, "행복하여라! 마음이 가난한 사람들!"이라는 말씀을 '오오!' 하고 무릎을 치며 받아들이는 것입니다.

예수님께서 가르치는 바를 그 밑바닥까지 온전히 알게 되는 것입니다. 사실 제3 궁방까지는 언제든지 다시 원래 있었던 성 밖으로 나갈 수 있는 상태이고, 제4 궁방까지도 그런 여지가 상당이 있는 상태입니다. 하지만 제5 궁방에 들어오면 이제 안심을 할 수 있습니다. 한때 신앙에 심취했다는 사람도 제3 궁방 수준에 머물고 나아가지 못하면 언제든지 다시 냉담할 수 있습니다.

제5 궁방 정도에 이르면 이제 진정한 평신도 사도직을 수행할 수 있는 든든한 영혼을 갖추게 됩니다. 이 단계에서 우리는 하느님께서 이끌어 주신다는 것이 과연 무엇을 의미하는지에 대해 아주 내밀한 인격적인 체험을 하게 됩니다. 그다음, 제6 궁방으로 들어서게 되면 특이한 현상이 일어납니다.

바로 우리 자신은 점점 약해지고 하느님이 강해지는 현상입니다. 모든 주도권은 이제 하느님께 넘어갑니다. 우리는 더 이상 말할 것도, 해야 할 일도 별로 없습니다. 당신께서 주시는 것이, 얼마나 좋고 신비스로운 경지인지를 우리는 다만 가만히 응시하고 만끽할 뿐입니다.

세상, 아니 우주를 움직이시는 하느님의 신비 앞에서 우리는 그저 놀라며 깊은 침묵으로 들어가게 되는 것입니다. 이 제6 궁방의 신비를 체험하면 우리는 내적으로 아주 강해집니다. 당신이 이끄시는 힘이 얼마나 강한지, 이 세상 사람들이 모두 합쳐도 당신의 힘에는 바닷가의 모래알 하나에도 미치지 못합니다.

그러다 보니 우리 주위 사람들의 모함과 공격에 대해 전혀 마음을 쓰지 않게 됩니다. 하늘에서부터 오는 진정한 행복에 푹 빠져 있기에 모든 당신 가르침에 순응하고 순명하게 됩니다. 그러다 보니 예수님의 가르침인 "원수를 사랑하라."라는 말도 진정으로 실천할 수 있게 됩니다.

허형, 우리가 모함 때문에 목숨을 잃게 되는 상황이 오더라도 전혀 흔들림이 없게 됩니다. 순교자들이 목숨까지도 쉽게 내놓을 수 있는 것도 이런 체험 때문입니다. 이 제6 궁방에서 느끼는 행복은 우리가 살아가면서 느끼는 일반적인 행복감과는 비교가 되지 않습니다.

이제 하느님이 눈앞에 늘 아른거립니다. 결혼 초창기 혹은 사랑하는 사람이 생겼을 때를 생각해 보면 이해가 쉽습니다. 사랑하는 사람은 그 사람이 옆에 없어도 늘 보이는 것 같습니다. 사랑하는 사람이 군대에 가면, 여인의 마음은 애인과 군대에서 함께 훈련을 받는다고 합니다. 정말 그렇습니까? 저는 군대 있을 때, 애인이 없어 잘 모릅니다.

사랑하는 남편이 직장에 가면 아내의 마음은 늘 남편과 함께 있다고 합니다. 진정 사랑하면 그런 경지가 되겠지요. 그와 같이 이제는 눈을 감아도 그냥 그분, 하느님이 보이고, 그분이 계속 옆에서 말씀해 주십니다. 그러면서 동시에 한 가지 놀라운 체험을 합니다. 이곳에서 설명하기가 조금 조심스럽긴 하지만, 바로 죽음에 대한 원의입니다.

죽음을 원하게 됩니다. 하느님을 빨리 만나고 싶기 때문입니다. 형은 절대 그 경지에 들어가지 마십시오. 지복 직관, 그분과 함께 있고 싶은 열망으로 가득 차게 됩니다. 이제 영혼의 성의 깊은 궁방, 제7 궁방입니다. 영혼의 성의 마지막 단계, 제7 궁방에 들어가면 하느님을 빨리 만나고 싶어서 죽고 싶다는 원의 같은 제6 궁방에서의 체험도 없어집니다. 그럴 필요가 없는 것이지요.

이제는 오히려 죽고 싶지 않고 더 열심히 살고 싶어집니다. 하느님과 완전히 합치된 상태이기 때문입니다. 단지 영혼으로, 마음으로만 하느님을 느끼는 것이 아니라 몸과 지성으로도 온전히 하느님을 느낍니다. 하느님과 깊은 일치를 이룬 상태입니다. 우리 눈과 귀가 바로 영적인 눈, 영혼의 귀가 됩니다. 영적인 눈으로 세상을 보고, 영적인 귀로 세상의 언어를 듣고, 영적인 몸으로 음식을 섭취합니다.

우리 자신, 나 자신을 완전히 잊어버리고 하느님 안에서 온전히 잠기게 됩니다. 성 바오로가 말한 "이제 내가 사는 것이 아니라 그리스도께서 바로 내 안에 사십니다."라는 경지이지요. 이런 경지는 우리의 노력으로 되는 것이 아니라 온전히 그분이 주시는 은총이라는 사실을 잊지 마시기 바랍니다.

허형, 사실 이미 언급했지만 제5단계부터는 온전히 그분의 은총, 선물이기 때문에 다만 우리가 할 수 있는 것은 감사뿐입니다. 어떻게 제5 궁방, 제6 궁방을 넘어 제7 궁방까지 다다를 수 있을까요? 우리가 할 수 있는 일은 아무것도 없습니다. 다만 열망을 지닐 수는 있겠지만, 저는 그런 열망도 주님만이 주실 수 있는 것이 아닌가 생각합니다. 그러니까 우리가 무엇을 해야 하는 것이 아닙니다. 모든 것이 은총입니다.

고요와 은둔의 나라, 호주

허형,

호주 시드니, 저는 말로 듣고 사진으로는 보았지만, 시드니가 이렇게 아름다운 도시인지 몰랐습니다. 대림 특강 해주러 왔지만, 저는 주는 것보다 덤으로 많은 것을 받고 가게 될 예감을 지니며 저는 무척 행복합니다. 첫날, 아침에 비행기에서 내려 피곤하지만, 그냥 잠을 자면 밤에 제대로 못 자게 될 터이고 시차가 오래 가리라 생각되어 시내 구경을 하고, 저녁 미사에 함께 하기로 했습니다.

시드니 오페라 하우스, 하버 브릿지 등의 모습은 나중에 보여 드리기로 하고, 우선 우리나라 명동 성당처럼 시드니 시내 중심에 자리하고 있는 이곳 시드니 교구 주교좌 성당인 '세인트 메리'(성 마리아) 대성당의 모습과 거기에 3년 전 첫 성인 반열에 오르신 메리 맥킬롭 수녀의 동상 모습 등을 올립니다.

허형, 당시 시드니 대교구 조지 펠 추기경은 로마로 출발하기에 앞서

'세인트 메리' 대성당에서 동상 제막식을 가졌답니다. 교황 베네딕토 16세는 지난 2010년 17일 로마 바티칸 성 베드로 광장에서 열린 시성식에서 호주 출신의 메리 맥킬롭 수녀(Mary MacKillop, 1842~1909)를 성인 반열에 올렸습니다. 그 당시 기사 한 토막입니다.

시성 청원자인 마리아 케이시 총원장 수녀는 맥킬롭 성인이 "이민자로 산다는 것이 무엇인지 잘 알았다. 오스트레일리아에는 외로움, 고립, 슬픔 속에서 지내고 있는 이민자들이 많다. 그녀는 또한 집 없는 설움이 무엇인지도 잘 알았다.

또한, 언론 매체가 그녀를 주시하는 상황의 난감함을 잘 알았다. 이렇듯 그녀는 살면서 많은 어려움을 겪었지만, 하느님께 대한 사랑으로 아주 행복한 삶을 살았다.

따라서 우리 수녀회가 오늘을 사는 현대인들에게 할 수 있는 말은, 맥킬롭 성인이 '당신'의 문제를 잘 이해한다는 것이다."라고 말했답니다. 8000여명의 신자들이 지켜보는 가운데 거행된 시성식에서 교황 베네딕토 16세는 맥킬롭 수녀의 열정과 인내로 세계의 젊은이들이 축복을 받았다고 말씀하셨습니다.

교황 베네딕토 16세께서는 시성식에서 "환경이 열악한 오스트레일리아 시골에서 젊은 처녀의 몸으로 가난한 어린이들의 교육에 헌신함으로써, 그녀가 세운 오스트레일리아 최초의 수녀회(성심의 성 요셉 수녀회)에 지원자들을 불러들였다."라고 말씀하셨답니다.

당시 시성식에 앞서 시드니와 멜버른을 비롯해 맥킬롭 수녀가 활동했

던 호주의 여러 지역에서는 시성을 축하하는 기념행사가 열렸답니다. 당시 줄리아 길러드 호주연방 총리는 "종교의 자유를 보장하고 타인의 믿음을 존중하는 나라인 호주에 사는 모든 호주 국민에게 기념할 만한 날"이라며 "메리 맥킬롭 수녀는 호주인의 핵심 가치와 최고의 정신을 구현한 선구자였다."라고 말했답니다.

메리 맥킬롭 수녀님을 형에게 간단히 소개합니다. 1842년 호주 멜버른 근교 피츠로이에서 태어난 맥킬롭 수녀는 25살에 학교를 세우며 교육에 남다른 애정을 쏟았습니다. 또한, 호주의 첫 종교단체인 성심의 성 요셉 수녀회를 창설하고 오지에 학교와 고아원, 병원 등을 세워 부모를 잃은 어린이들과 어려운 이웃을 돕는 데 앞장섰습니다.

현재 성 요셉 수녀회 소속 수녀 약 850명이 7개 나라에서 활동하고 있다고 합니다. 맥킬롭 수녀는 전임 교황 요한 바오로 2세가 호주를 방문한 지난 1995년 시복됐으며, 2008년 시드니 세계청소년대회의 수호자로 선포되기도 했었습니다. 보통 성인, 성녀로 시성되기 위해서는 엄격한 조사를 하게 되지요. 바티칸으로부터 그녀의 이름으로 행해진 기적으로 인정받은 일들이 두 번 있었답니다.

한 번은 말기 백혈병 환자가 그녀에게 기도해 나았고 두 번째는, 수술이 불가능하다고 판정받은 암 환자가 그녀에게 기도해서 나았다고 합니다. 시드니 대성당 안으로 들어가니, 마침 미사 중이었습니다. 강론 마무리 부분이었습니다. 노사제의 강론이었는데, 아주 쉬운 영어로 하셔서 저도 알아들었습니다. 간단히 나누면 이렇습니다.

우리는 이 대림 시기에 예수님의 오심을 기다립니다. 예수님의 오심은 첫 번째 오심, 두 번째 오심과 세 번째 오심이 있습니다.

첫 번째 오심은 모두 다 잘 알다시피, 2000년 전 세상에 구원자로 오심이었습니다. 성탄입니다. 두 번째 오심은 사도신경에서 고백하는 것처럼 다시 오심입니다. 세 번째 오심은 바로, 우리 마음에 오심입니다. 이 세 번째 오심이 가장 중요합니다. 우리 마음에 오시는 주님을 맞아드리십시오.

저는 조금 더 일찍 도착하여 그 강론을 다 듣지 못한 것이 아쉬웠지만, 그 짧은 강론만으로도 너무 기뻤습니다. 이번 주 주일 미사 강론에 충분한 도움이 되었으니까요. 저는 강론을 도용하는 것을 좋아합니다. 지난번 순례에서 파티마 대성당에서 강론할 때도 그날 새벽에 미리 나갔다가 발현 장소 성당에서 어느 신부님이 영어로 하는 강론을 듣고 그대로 나누었습니다.

허형, 저는 시드니 대성당 방문 후에 수녀님이 사셨던 수녀원 성당을 순례했습니다. 그곳에 수녀님의 유해가 모셔져 있어, 그곳에서 잠시 기도드렸습니다. 너무나 타이밍을 잘 맞추어 갔었습니다. 기도를 마치고 나자, 바로 어느 수녀님이 오셔서 문을 닫아야 한다고 하셨지요. 조금 늦었으면, 순례를 못 할 뻔했지요. 그 수녀님에게 예수회 신부라고 하니, 무척 반가워하셨지요.

11

길고 흰 구름의 나라, 뉴질랜드

피아노와 피하 해변

허형,

한 해가 저무는 시간입니다. 길고 긴 구름의 나라, 뉴질랜드에서 송년 인사드리며, 이곳 풍경 나누고자 합니다. 오래전 영화, '피아노'를 기억하시지요? 제인 캠피온 감독의 오스트레일리아 영화입니다. 제인 캠피언이라는 여성 감독의 작품으로 여성 특유의 섬세한 연출이 돋보이는 수작입니다.

그 해 칸 영화제에선 패왕별희와 함께 공동 수상을 한 작품이라고 하니, 작품성도 인정을 받은 영화라고 할 수 있겠네요. 제가 그 피아노의 배경이 된 피하 해변에 낚시갔다가 고기는 한 마리도 못 잡고 대신 사진 작품 몇 마리를 건져 올렸습니다. 오래전에 본 영화, '피아노'를 회상하며, 그 줄거리를 들려 드립니다.

허형, 제가 영화 내용을 다 기억하는 것은 아니고요. 자료를 찾아 줄거리를 파악하고 제 나름대로 다시 정리한 것입니다. 영화의 배경은 19세기 말입니다. 당시 뉴질랜드는 영국의 식민지이며, 미개척지이었나 봅니다. 여주인공 아다는 6살 때 무슨 이유에선지 말하기를 그만두고 침묵이라는 베일 속으로 숨어버린 인물입니다.

그녀는 15세 때 가정교사의 아이를 낳은 미혼모이기도 하지요. 어린 시절부터 스스로 침묵을 선택하여 말을 하지 못하는 아다는 피아노와 딸 플로라를 통해 세상과 의사소통합니다. 침묵 속에 사는 아다는 뉴질랜드에서 땅을 사 모으는 신흥 땅 부자의 남자에게 시집을 오게 됩니다. 아직 20대 초중반의 아다는 9살짜리 딸 플로라를 데리고, 얼굴도 모르는 남자와 결혼하기 위해 뉴질랜드로 오게 되는 것이지요.

그녀를 데리러 온 남편 스튜어트는 피아노를 가지고 정글을 건너갈 수 없다는 이유로 아다에게는 생명과 같이 소중한 물건인 피아노를 해변에 내버려 둔 채 집으로 향하지요. 해변에 버려진 피아노가 아주 인상적인 모습으로 기억의 언저리를 파도의 건반으로 제 가슴을 두드리네요.

허형, 아다는 해변에 버려진 피아노를 옮기기 위해 얼굴에는 문신했고, 글조차 읽을 줄 모르는 남편의 친구이며 이곳 원주민인 베인즈의 도움을 받게 되지요. 그런데 이곳 뉴질랜드의 원주민 마오리족 남자인 베인즈는 그 피아노를 정글 안에 가져다 놓고 아다에게 갈등을 느끼게 하는 제안을 합니다.

그것은 그녀가 피아노를 치는 것을 허락하는 대신 그녀를 어루만지는 등의 자신이 원하는 어떤 행동이든 할 수 있도록 허락한다는 것이었습니다. 오히려 아다는 남편보다는 글도 읽을 줄 모르는 원주민에게 정신적, 육체적 사랑을 느낍니다. 그리고 이로써 아다와 베인즈 그리고 스튜어트의 관계는 파국으로 치닫게 됩니다.

아다의 남편 스튜어트는 질투와 분노에 휩싸여 아다의 손가락을 잘라버리지요. 외면으로 보이는 영화의 구성은 진부한 삼각관계 이야기입니다. 하지만, 여성 감독 제인 캠피온은 '피아노'라는 영화를 통해 빅토리아 시대의 영국 식민지였던 뉴질랜드를 배경으로 시대와 공간이 여성에게 주는 억압, 특히 성적인 억압을 다루고 있습니다.

주인공 아다는 이름도 성도 모르는 새 남편과 아버지의 교환수단이 된 것이지요. 그리고 자기의 표현수단인 피아노는 자신의 허락도 없이 남편과 낯선 남자 사이에 거래됩니다. 그녀의 목소리는 입술을 통하지 않고 손가락의 움직임에 따라 열정적인 피아노 소리로, 딸에게 보내는 신호로, 종이 위에 연필로 쓰는 글로, 연인의 몸을 쓰다듬는 손길로 표현됩니다.

그런데 그런 자기표현이 남편에게는 충분히 위협적입니다. 남편이 그녀의 손가락을 잘라버리는 것은 그 위협에 대한 나름대로 방어 수단인 셈이지요. 영화 '피아노'는 남성에 대한 여성의 가치가 무엇인지, 무엇이 여성의 감정을 자극하며, 공감을 얻을 수 있는지를 생각하게 하는 영화입니다.

허형, 제가 낚시간 곳, 피하 비치는 오클랜드 서쪽 해안가에 있는 아름다운 해변인데, 그 비치 근처에 여러 다른 비치들이 있고, 그 비치들을 배경으로 영화 '피아노'를 찍었다고 하니, '피아노'의 적확한 영화 촬영지인지는 잘 모릅니다. 그리 중요한 것 같지는 않고요. 다만 제가 그 비치에서 영화 '피아노'를 떠올리며 사진을 낚아 올렸다는 것이 소중한 수확이지요.

피하 해변

허형,

피하 해변은 낚시하는 사람들에게 되도록 '피하라'는 곳으로 알려진 아주 파도가 심하게 치는 곳이라고 합니다. 이곳 갯바위 낚시는 대개 한국 사람들이 주로 하지요. 요즈음은 중국 사람이나 이곳 뉴질랜드 키위들도 가끔 온다고 하지만, 한국 사람들만큼 극성은 없다고 하네요.

아니나 다를까 우리보다 일찍 온 여덟 사람이 모두 한국 사람이었습니다. 그렇게 꼭두새벽에 낚시 오는 사람은 한국 사람뿐이 없으니까요. 피하에서 낚시하다가 상당히 많은 사람이 죽었는데, 모두 한국 사람이었답니다. 안타까운 일이지요. 그래서 한국 사람들 사이에 피하는 '피하라'고 하는데도, 굳이 피하로 갑니다.

'사자 바위'는 정말 사자처럼 생겼지요. 그 사자의 포효 소리에 파도가 놀라서 출렁거리는 것처럼 들렸습니다. 영화 '피아노'에서 그 바위 위에 올려다 놓은 장면이 있지요. 저는 올라가 보지는 못하고 다만 멀리서 보면서 카메라에 담는 것으로 만족했습니다. 가까이 가면 신비감이 사라질 테니까요.

피하 해변에서 아주 특별한 젊은이들을 만났습니다. 자연 안에서 첫 인간 아담이 되어 뛰노는 젊은이들이었습니다. 나체 족이라고 부를 수 있겠지만, 바다에서 나체로 뛰노는 그들이 저에게는 순수 그 자체로 보였습니다. 그들의 나체로 보면서 조금도 외설이 느껴지지 않았습니다,

그들은 저를 보고 반갑다고 인사를 하고, 다가와서 손을 마주치고 맥주를 나누어 마셨습니다. 방에서 컴퓨터 앞에 앉아 있거나 책상에서 취업 공부만 하는 한국의 젊은이들과 비교가 되면서 그들이 부러웠습니다. 그들은 자연과 더불어 또 하나의 자연이었고, 인간도 원래는 자연의 부분이었음을 생각하게 해 주었습니다.

허형, 사실 그들의 자연 그대로의 모습을 여러 장 담았는데, 몰카가 아니라 그들이 자연스럽게 포즈를 취해준 것이랍니다. 피하. 피하에서는 낚시를 '피하라'는 피하에 군이 낚시를 핑계로 하러 저를 데려다간 제부에게 감사하지 않을 수 없습니다. 단순히 몇 장의 사진을 건져 올렸기 때문만은 아닙니다.

벌거벗은 자연인을 만났기 때문만도 아닙니다. 마르틴 부버의 '나와 너'라는 책이 있지요. '나와 너'에 대해 잠시 명상의 시간을 가질 수 있었기 때문입니다. '나'와 '너', '우리'와 '남들', '우리나라'와 '다른 나라'. 우리는 얼마나 구분하고, 경계를 짓고, '같음' 보다는 '다름'을 많이 생각하고, 그것을 더 강조했었는지에 대해 생각했습니다.

뉴질랜드에 분명히 한국에서는 볼 수 없는 '다른' 것들이 있습니다. 그러나 같은 것들이 훨씬 더 많았습니다. 들에 핀 꽃들을 보면서 놀랄 만

큼 한국에서 '한국의 야생화'라고 제가 알고 있던 꽃들이 저를 반겨주는 것을 보며, 반가우면서도 왠지 미안한 마음이 들었습니다. 제가 잘못 알고 있었던 것에 대한 미안한 마음이었을 것입니다. 가까운 들판, 호수, 늪지대 등을 걸었습니다.

사랑초, 씀바귀, 민들레, 자주 괭이, 나팔꽃, 꿩의 다리, 엉겅퀴, 초롱꽃, 금불 등이 들판을 수놓고 있었습니다. 연못에는 '연꽃'도 있고, 늪에는 한국의 우포에서 만났던 야생화나 들풀들이 있었습니다. 피하에서 무엇보다 갈대와 하늘을 배경으로 춤추며 슬피 우는 '으악새'(억새)가 반가웠습니다.

허형, 하느님이 지으신 자연, 그 아름다움에 대해 생각했습니다. 밀려 왔다가 떠밀려 나가는 물결, 그것이 조류의 영향인지 바람의 영향인지 저는 모릅니다. 다만 그 모습 안에 신비의 손, 자연의 위대한 조화와 질서가 있음을 다시 생각합니다. 파도가 밀려가는 모래사장에 비친 햇살은, 어떤 화가도 그릴 수 없는 신비의 그림을 그립니다.

제 그림자를 바라보면서도 제 안에 있는 또 다른 저와 만나 많은 이야기를 나누었습니다. 햇살을 만나 긴 그림자와 해후를 이룰 수 있듯이 누군가가 저를 비추어 줄 때, 제 안의 다른 저의 모습을 만날 수 있음에 대해서도 생각했습니다. 혼자 걸어도, 혼자 앉아 있어도 혼자가 아님에 대해서도 생각했습니다.

허형, 혼자 앉아 있는 갈매기도 혼자는 아니었습니다. 생각 안에서 누군가와 함께 있는 것입니다. 우리는 그렇게 혼자가 아닙니다.

가넷의 꿈

허형,

오늘은 새가 되어 멀리 날아가고 싶었습니다. 우리 고전의 시나 심지어는 현대 유행가 가사에도 멀리 계시는 님을 그리는 마음을 나타낼 때, 새가 되어 님께 날아가고 싶다는 식의 표현이 적지 않지요. 저도 새가 되어, 님께 날아가고 싶다는 생각을 했습니다. 제가 이런 말을 하면, 저에게 님이 누구냐고 물어볼 사람이 많겠지요?

제게 물으시면 당연히 아프지요. 형도 저에게 님입니다. 이제 형에게 저는 날아가고 싶습니다. 새해를 맞은 지도 벌써 일주일이 지나, 2주째. 제가 형에게 돌아갈 날도 어느새, 다가왔습니다. 유머의 고전에 해당하는 말이 "이 세상에서 가장 빠른 새는?"이고, 그 답은 '눈 깜빡할 새'이었지요.

그런데 요즘 더 빠른 새가 나왔다고 하지요. 그 새가 바로 '어느새'랍니다. 어느새, 2012년이 되었고, 저는 이제 할아버지라고 부를 나이가 되었습니다. 실제 할아버지가 된 친구들이 많이 있고요. 제가 사진을 처음 찍기 시작할 때부터 새는 제 사진 대상의 단골손님이었습니다.

허형, 특별히 새처럼 날고 싶다는 꿈을 따로 꾸지는 않았지만 제 무의식 안에 새처럼 자유롭게 비상하고 싶은 열망이 숨어져 있는지도 모릅니다. 하지만 새처럼 날아서 멀리 가고 싶은 바람은 저 혼자만의 동경은 아니겠지요. 인간 모두의 바람이겠지요? 오래전, 리차드 버크의 [갈매기의 꿈]을 읽고 매료되어서 그런지, 제 사진에 특히 갈매기를 담은 사진이 많습니다.

제 시집, [그대 안에 사랑이 머물고]의 앞뒤 표지를 갈매기 사진으로 도안하기도 했습니다. 이곳 뉴질랜드에서 아주 빠르다는 새를 만났습니다. '가넷'이라는 새입니다. 일반적으로 가장 빠른 새는 '군함조'라고 부른 새로, 순간적으로 낼 수 있는 속도가 400km가 넘는다고 합니다. 그다음에 '칼새'라는 새가 시속 200km를 낸다고 합니다.

그다음으로 빠른 새가 바로 제가 만난 '가넷'이라는 새입니다. 가넷은 그리 크지 않은 새이지만, 날개를 펼치면 2m 가까이 되는 긴 날개를 지닌 새입니다. 가넷이 날고 있는 비행하는 모습은 그리 빠를 것 같지 않은 우아한 모습입니다. 가넷이 물고기를 잡기 위해 물속으로 하강할 때는 최고 시속 150km를 낸다고 하며 거의 10m의 수심까지 다이빙하여 바닷속으로 들어가 물고기를 잡는다고 합니다.

피하 비치에서 멀지 않은 옆 동네이지만 찾아가기 위해서는 멀리 돌아가야 했습니다. 가넷의 서식지 무리와이 비치는 피하 비치와는 또 다른 매력으로 제 마음을 사로잡았습니다. 사실 이곳에서 계속 날씨가 좋지 않았습니다. 동생이 15년 넘게 살면서 이렇게 비가 많이 오고 추운 여

름은 처음이라고 합니다.

허형, 제가 아주 타이밍을 잘 맞추어, 오클랜드를 찾았습니다. 그 까닭은 제가 가장 보고 싶은 장면을 마주치게 되었으니까요. 제가 수백 쌍의, 아니 바로 거의 천 쌍의 가넷를 만난 것입니다. 바로 이 시기, 이곳 여름이 가넷이 둥지를 트는 때라고 합니다. 아, 가넷이 나는 모습은 환상이었습니다.

저는 리차드 버크가 가넷을 만났더라면, '갈매기의 꿈'이 아니라 '가넷의 꿈'이라는 제목의 소설을 썼을 것이라고 생각했습니다. 가넷은 서로 진하게 사랑을 나누는 새이기도 합니다. 서로 사랑하여, 짝이 되면, 알을 낳게 되지요. 가넷은 암컷이 알을 하나 낳으면, 그 알이 부화할 때까지 부부가 돌아가며 둥지를 지킨다고 합니다.

보통 새들이 그렇지만 가넷 새끼도 몸에 털이라곤 하나도 없이 부화하게 됩니다. 생후 1주일 정도면 아주 부드러운 솜털로 덮이게 된다고 합니다. 보통 바람이 센 절벽에 부화하고 새끼를 기릅니다. 부모는 그 새끼가 깃털이 나게 되면, 절벽을 박차고 나갈 날갯짓을 가르치기 시작한답니다. 어린 가넷이 드디어 비상하는 법을 터득하게 되면 그 어린 새는 서식지를 떠나 멀리 바다 건너 호주로 향해 날아가서 삽니다.

허형, 다시 고향인 이곳 뉴질랜드로 돌아와 짝을 만나고 다시 다음 세대를 위한 보금자리를 꾸밉니다. 서식지로부터 바라보는 전경이 정말 장관이었고, 저에게 참으로 특별한 느낌을 느끼게 하여 주었습니다. 가넷 새들을 오래 바라보면서 깊은 명상에 잠기게 되었습니다. 무엇보다 그들이 다른 사람이나 새들의 눈을 전혀 의식하지 않고 사랑을 나누는 모습이 깊은 인상으로 저에게 남아 있습니다.

아, 무리와이 비치, 검은 모래사장이 끝없이 펼쳐지는 곳. 가넷의 비상하던 곳. 아니, 가넷이 서로 사랑을 나누던 곳. 나, 그대를 영원히 잊을 수 없으리. 나 그대를 영원히 사랑하리. 가넷, 나의 사랑이여! 나에게 자유의 의미를 되새겨 준 영원한 나의 친구여!

자연 보호 우선의 나라, 그리고 구름

허형,

뉴질랜드는 그 원래의 이름이 '길고 흰 구름의 땅'이라는 뜻이라고 했지요. 정말 구름이 아름다웠습니다. 모양도 긴 구름이 있는가 하면, 뭉게구름이나 새털구름 같은 다양한 모습이 있었고, 색깔도 꼭 흰색은 아닌, 날씨에 따라 참 여러 색을 지닌 다채로운 구름이었습니다. 저는 오랜만에 뉴질랜드에서 하늘을 바라보는 시간을 많이 가졌습니다.

제가 간단히 뉴질랜드에 대한 역사, 지리 선생님이 되어 보겠습니다. 지금의 뉴질랜드를 처음 찾은 사람은 영국인이 아닌, 네덜란드 사람이었습니다. 아벌 타스만이라는 사람이었지요. 그가 자기가 발견한 땅을 자기 고향 제일란트의 이름을 따서 '노바젤란디아'라고 명명하였답니다.

뉴질랜드는 이 말의 영어식 번역이라고 할 수 있습니다. 타스만 이후 뉴질랜드를 찾은 사람이 바로 영국의 탐험가 제임스 쿡 선장이었습니다. 쿡 선장은 1769~1777년에 걸쳐 여러 차례 이 지역을 답사하였다고 합니다. 그리고 30~40년이 지난 1814년 런던에서 성공회 선교사가 와서 이 지역에 그리스도교를 세우기 시작했지요.

쉽게 말해, 뉴질랜드는 미국처럼 이민자들의 나라라고 할 수 있습니다. 1852년에 뉴질랜드 헌법에 따라 뉴질랜드 정부가 들어서게 되었습니다. 그래서 여러 나라의 이민자들을 받고 다문화 정책을 한다고 할 수 있습니다. 다문화 정책에 대한 안내문인데, 한복 입은 한국 여성의 사진이 있어, 반가웠습니다.

포스터에 있는 글을 의역하면, 대략 이렇습니다. "우리는 이제 단지 다문화를 받아들이는 데 그치지 않습니다. 이곳에 여러 다른 민족적인 배경을 지닌 사람들이 살고 있습니다. 이것이 바로 우리가 하나의 나라로서 나아가야 할 방향입니다."영국은 뉴질랜드를 식민지로 삼으려고 하였지요.

그러자 당연히 원주민인 마오리족과 분쟁이 생겼다고 합니다. 그래서 1843~1870년 사이에 두 차례에 걸쳐 마오리 전쟁이 일어났습니다. 그래도 당시 뉴질랜드에 온 영국인들은 비교적 신사들이었고, 마오리족의 반영 감정 완화를 위해 힘썼다고 합니다. 국가 정책에 마오리족 대표를 참가시키는 등 영국인과 동등하게 대우하였다고 합니다.

1870년부터는 분쟁이 끝나고 마오리족의 영국화가 시작된 것이지요. 그래도 마오리족과의 공존 관계 설정을 통해 갈등을 해결하고자 한 노력은 다른 식민지에서는 좀처럼 찾아볼 수 없는 해법이어서 높이 평가되고 있다고 합니다. 미국에서처럼 무력으로 원주민인 인디언들을 제압해서 땅을 뺏은 것은 아니었으니까요.

제가 제부에게 들은 말인데, 영국이 주로 범죄자들을 멀리 호주와 뉴질랜드에 귀양보냈다고 합니다. 그런데 호주에는 일반 범죄자들을 보낸데 반해, 뉴질랜드에는 주로 정치범들이 왔기 때문에 비교적 신사적이었다는 말입니다. 1907년 영국의 자치국이 되었다가 1947년 독립한 나라이지만, 아직도 영국의 영향을 그대로 받는 나라이지요.

우리는 뉴질랜드라고 하면, 그냥 호주 옆에 붙어 있는 나라라고 생각하는데, 실은 호주로부터 1,600㎞나 떨어져 있고 시차도 4시간이나 나는 나라이지요. 뉴질랜드는 쿡 해협으로 격리된 북섬과 남섬, 두 섬과 작은 섬들로 이루어지는 나라라고 했는데, 우리나라처럼 산이 많은 산의 나라이기도 합니다. 해발 200m 이하의 땅은 온 나라의 6분의 1 정도라고 합니다.

허형, 제가 머물던 오크랜드는 북섬에 있지요. 진짜 자연이 아름다운 곳은 남섬이라고 하는데, 워낙 멀고 제가 혼자 운전해서 갈 자신도 없고, 여러 가지로 여건이 되지 못했습니다. 전 국토의 3분의 1이 엄격한 자연 보호 구역으로 관리되고 있다고 합니다.

여왕의 도시, 퀸스타운

허형,

드디어 남섬 여행입니다. 크라이스트처치에서 500km를 달려간 곳은 퀸스타운이었습니다. 퀸스타운은 말 그대로 옮기면 여왕의 마을이 되겠지요. 여왕은 영국의 빅토리아 여왕을 지칭한다고 합니다. 영국인들은 이곳이 너무나 아름답고 살기 좋기에 영국의 번영기를 이룬 여왕 빅토리아가 살아도 손색이 없다고 합니다.

하여, 퀸스타운으로 이름 붙였다고 합니다. S자형의 아름다운 와카티푸 호수의 중심에 자리 잡은 이곳은 세계적으로 손꼽히는 관광 도시 중의 하나라고 합니다. 퀸스타운은 고산 지대라서 아주 청정한 공기를 마실 수 있고, 호수와 산이 어우러져서 기가 막힌 절경을 연출하고 있습니다.

길이가 77km에 이르는 와카티푸 호수는 그 주위를 빙 둘러싸고 있는 높은 산과 호수 변의 그림 같은 마을의 풍경과 절묘한 조화를 이루고 있습니다. 구름이 낮게 깔려 아름다운 리마커불산은 모습을 감추고 있었습니다. 퀸스타운은 남섬에서는 드물게 원래 마오리족이 살던 곳이었다고 합니다.

적도 부근에서 약 12세기경에 뉴질랜드로 이주한 마오리족은 비교적 훨씬 더 따뜻한 북섬에 주로 살게 되었는데, 일부가 그들이 금보다 더 귀하게 여기는 푸른 돌, 우리의 옥과는 조금 다르지만 그래도 옥이라고 할 수 있는 영어로 jade(제이드)라고 불리는 돌을 찾아 남섬으로 와서 살았다고 합니다.

허형, 저에게는 호수의 색이 옥색이라 도시 전체가 옥으로 느껴졌습니다. 그런데 1850년대에 이곳으로 이주하기 시작한 영국인들에 의해서 이곳 퀸스타운이 새롭게 개척되었다고 합니다. 바로 이 부근에서 금광을 발견하게 되고 사람들이 몰려오면서 도시가 형성된 것이지요.

현대 과학으로 설명되지 않는 이 호수에는 옛날부터 마오리족 연인의 사랑이 얽힌 전설 하나가 전해온다고 합니다. 옛날에 리마커블산에 괴물 하나 살았답니다. 해마다 마오리 처녀를 괴물에게 바쳐야 했는데, 어느 해에 다른 처녀는 하나도 없고 다만 추장의 귀여운 딸만이 있어, 추장은 자기 딸을 바치기로 했답니다.

그런데 그 딸인 처녀에게는 죽도록 사랑하는 총각이 있었고, 그 총각은 그 처녀 없이는 자기가 사는 것이 사는 것이 아니라 같이 죽겠다고 생각하여 자결하려다 생각을 고쳐먹고, 이왕 죽을 거라면 가서 그 괴물과 싸우다가 죽겠다고 하고 찾아갔답니다.

마침 괴물은 잠들어 있었고, 그 총각은 잠든 괴물 가슴에 날카로운 칼을 꽂았답니다. 그 괴물은 그만 호수에 굴러떨어졌답니다. 그렇지만 완전히 죽지 않고 심장은 아직도 뛰고 있어 그 괴물이 약 15분 간격으로 숨을 헐떡이고 있기에 약 15분마다 수위가 8cm 남짓 증감하는 현상이 일어나고 있다고 한답니다.

허형, 가이드는 현대 과학이 못 푸는 숙제를 마오리족은 풀었다고 썰렁한 유머를 했지요. 오전 내내 낮게 덮여 있던 구름이 점심 먹고 떠날 무렵 서서히 걷히면서 리마커불산이 윤곽을 드러내기 시작하자, 감탄사가 절로 나왔습니다. 아, 멋진 풍경이었습니다.

밀포드 사운드

허형,

세계자연 유산인 피오르드 국립공원은 세계 4대 국립공원의 하나라고 합니다. 그 크기가 12,500만㎢라니 잘 감이 안 잡히지만, 그 규모가 엄청난 것은 틀림없습니다. 그 공원 안에 있는 피오르드의 하나가 밀포드 사운드입니다. 그곳은 우선 지형이 아주 가파르고 험하며, 해안선은 울퉁불퉁한 절벽으로 이루어져 있습니다.

우리나라 같으면 편리를 위해서 터널이나 다리를 개통하겠지만, 자연과 환경 보호에 아주 철저한 뉴질랜드는 고집불통으로 퀸스타운에서 직선 길을 내면 60km면 갈 곳을 길을 내지 않고, 멀리 300km를 돌아가게 만듭니다. 피오르드 공원이라는 팻말이 나오면 나타나는 테 아나우 호수는 뉴질랜드에서 두 번째로 큰 호수로 면적이 340여㎢라고 합니다.

마오리어로 '소용돌이치는 물 동굴'이라는 뜻이라고 합니다. 이곳에는 동굴이 많다고 하며 호수는 60여㎞, 남북으로 길게 뻗어 있습니다. 왼편으로 머치슨 산맥이 있는데 희귀종인 토종 타카헤 새의 보호 구역이라고 하네요. 테 아나우 호수에는 또 하나의 전설이 있다고 합니다.

허형, 다시 전설 따라 3000리입니다. 이곳 원주민 부족에는 부족장과 더불어 제사장이 있었는데 그는 놀랍게도 몇 백 년을 지나도 늙지 않아, 계속 부인이 죽으면 다른 부인을 얻곤 했는데, 다섯 번째 부인은 아주 아름다웠답니다. 그 부인과 첫날 밤 그는 그만 미모에 홀려 부인에게 자기가 늙지 않는 비밀을 가르쳐 주어, 그녀도 늙지 않게 하고 싶은 욕심이 들었답니다. 그 비밀은 바로 신비의 샘에 있었고, 그 샘물의 물을 마시면 늙지 않게 되는 비밀이 숨겨 있었던 것이지요. 그 신비의 샘의 위치를 제사장만 알고 있었던 것이고요. 그런데 제사장은 아침에 일어나서 지난밤에 그 비밀을 부인에게 알려 준 것을 크게 후회합니다. 하룻밤을 겪어 보니 그 부인은 정숙한 여자가 아니었습니다. 그녀는 음탕한 기운을 내뿜고 있다는 것을 알게 된 것이지요. 그 제사장은 다음 날 이웃 마을의 분쟁을 해결해 주기 위해 떠나면서, 부인에게 그 신비의 샘에 대한 절대 비밀을 지켜달라고 간곡히 부탁했습니다. 하지만, 그 부인은 바로 자기 정부에게 가서 그 비밀을 말하고 그 정부는 부족장에게 가서 그 비밀을 말합니다.

그 부족장이 마을 사람들을 다 데리고 그 신비의 샘으로 몰려갑니다. 모두 늙지 않고 싶은 인간의 욕망이지요. 한편 이웃 마을에 갔던 제사장이 자기 마을에 돌아오는데 보니 커다란 물기둥이 솟고 있었고, 그는 그곳에 바로 신비의 샘이 있던 곳임을 알고 가슴을 치며 멀리 떠납니다.

마을 사람들이 몰려가자 그 신비의 샘은 물기둥을 내뿜고 사람들은 모두 물에 빠져 죽게 됩니다. 그리고 그 신비의 샘에서 흘러나온 물이 호수를 이루어 테 아나우 호수가 되었다고 합니다. 그래서 이 호수를 정부를 두었던 제사장의 다섯째 부인의 부정(不貞)을 뜻하여 테 아나우라 불렀고, 이런 이유로 마오리족의 신혼부부는 이 호수에 손을 담그지 않았다고 하는 전설 따라 3000리이었습니다.

밀포드 사운드는 여러 피오르드의 하나라고 했지요. 피오르드는 일반적으로 좁고 양쪽이 절벽이 있는 얼음이 조각한 계곡인데, 빙하가 떠내려간 후에 바닷물로 채워진 것입니다. 사운드는 반면 해수면 상승이나 땅의 침하 작용에 따라서 바닷물로 채워진 강 계곡을 의미합니다. 그런데 처음 이름을 붙인 사람이 잘못 알고 '사운드'라고 붙였다고 하네요.

뉴질랜드를 처음 발견했던 제임스 쿡 선장은 1770년 해안선을 탐험하러 밀포드 사운드 입구에 이르렀지만, 입구가 아주 험한 바위로 덮혀 있어 입구가 있을 것 같지 않아서 밀포드 사운드에 들어가지는 않았다고 합니다. 처음에 밀포드 사운드를 발견한 유럽인은 1793년 이후로 해안선을 따라서 운항하던 물개잡이들이었을 거라고 여겨집니다.

그중에 아주 잘 알려진 물개잡이로 존 그로노 선장이 있는데, 웨일즈의 밀포드 항구 근처에서 태어난 그는 자신의 고향 이름을 따서 이곳을 밀포드 사운드라고 부르게 되었답니다. 원래의 피오르드는 리아스식 해안(rias coast)과 대칭되는 단어로 빙하들이 해안으로 쏠려오면서 만든 커다란 U자 모양의 계곡에 바닷물이 채워져 만든 해안입니다.

허형, 우리가 지리 시간에 배운 단어이지요. 노르웨이, 핀란드 등 북부 유럽에서도 발견된 이 해안은 양쪽에는 높은 절벽이 나란히 솟아 있으며 직선상으로 길게 뻗어 있는 것이 특징이지요. 가장 유명한 피오르드는 노르웨이의 송네협만(Sogne Fjord)으로 길이 204㎞, 최대 수심이 1308m에 이르며, 주변의 산 높이가 1,500~2,000m 정도이므로 전체 계곡의 깊이는 무려 3,000m가 넘는다고 합니다.

아름다움은 이곳이 최고라고 하는데, 노르웨이에서는 다르게 말하겠지요? 하하. 반면 리아스식 해안(rias coast)은 하천에 의해 침식작용이 활발하게 일어나 골짜기가 해수면이 상승하여 물에 잠겨서 생긴 해안으로 우리나라의 해안은 다 리아스식 해안이라고 할 수 있답니다. 밀포드 사운드를 가려면 지나가야 하는 터널이 있습니다. 바로 호머 터널입니다.

그 터널은 길이 1,270m로 1935년 공사에 들어가 1954년 개통된 터널로 기계의 힘을 빌리지 않고 순수 인간의 손으로 뚫은 터널이라고 하는데, 글쎄요. 하여튼 호머 터널을 통과하면, 그 유명한 밀포드 사운드에 이르게 됩니다. 그 호머 터널을 지나면서 가이드의 목소리 톤이 달라집니다.

허형, 이제부터 인간의 세계가 아닌 신의 세계에 들어오게 되니 마음도 경건하게 지니라고 목소리를 높입니다. 그러면 다른 자연은 모두 신의 작품이 아닌 인간의 작품이란 말인가요? 이곳만 신의 작품이 아니겠지만 분명 이곳의 풍광은 가이드가 자부심으로 목소리를 높이고 소리칠 만큼, 아니 누구라도 경이를 느끼게 할 만큼 환상적입니다. 바다에서 솟아오른 10여 개의 거대한 봉우리들에서 오는 비를 받아 흘러내리는 크고 작은 폭포들은 장관을 이루고 있어 아름답다기보다는 신비롭고 마치 여러 악기들이 자연의 음률을 연주하는 듯한 느낌을 받습니다. 다만 비가 오는 날씨라서 사진은 도저히 그 신비로운 모습을 담을 수 없는 것이 안타까웠습니다.

비의 강도에 따라 순간적으로 만들어내는 폭포가 모습을 달리한다고 합니다. 비가 억수로 쏟아지면 더 크고 긴 폭포가 장관을 이룬다고 하는데, 그날 비는 그저 그런 우산을 펴나 하나 말아야 하나 망설이게 하는 그런 비였습니다. 밀포드 사운드는 1년 중 250일 정도 비가 오는 날씨이며, 강우량은 세계 최고로 7000mm가 넘는다고 하네요.

마운틴 쿡

허형,

다른 세상을 체험한다는 것은 단순히 경험의 폭을 넓히는 것에 그치지 않고, 깨달음의 지형을 여는 일이기도 하다는 생각을 했습니다. 제가 그곳에 가 보기 전의 뉴질랜드라는 나라는 남쪽 나라에 있으니까 무척 따뜻하고 당연히 눈은 없을 것이고, 푸르른 들판이 펼쳐져 있으리라고 생각했으니까요.

밤하늘에서 북두칠성을 찾는 무식을 드러냈습니다. 그곳은 남반구이니까 북두칠성이 아닌 남 십자성을 찾아야지요. 그리고 저는 남반구는 남쪽으로 갈수록 더 춥다는 생각을 전혀 하지 못한 것이지요. 뉴질랜드 남섬은 칠레 남단 다음으로 남극과 가까운 곳이며 겨울에는 폭설이 내리기도 하고 늘 눈이 쌓여 있는 만년설이 있는 산이 수도 헤아릴 수 없이 많습니다.

남섬은 남극과 가까워 남극을 목적지로 한 배들의 기항지이기도 하답니다. 뉴질랜드 남섬은 아웃도어 레포츠의 천국이라 불리기도 합니다. 환경 보전을 위해서 공장은 짓지 않지만, 아름다운 자연을 즐길 수 있는 여러 가지 방법을 계발했다고 할 수 있습니다. 사실 자연을 제대로 즐기려면 여유를 가지고 음미하며 여러 레포츠도 경험하면 좋겠지만, 저는 아쉬움을 접어야 했습니다.

허형, 가이드가 빙하와 빙산의 차이를 묻더군요. 빙산은 바다에 뜬 얼음이고 빙하는 육지의 거대한 얼음이 녹아 흘러내리는 하천이랍니다. 남섬에는 빙하가 많은데, 특히 마운트 쿡 국립공원은 뉴질랜드 최고봉인 마운틴 쿡을 비롯한 수많은 만년설의 산과 빙하가 어우러져 '남반구의 알프스'라고 불립니다.

아주 많은 관광객이 이곳을 찾는다고 하는데, 저희가 마운틴 쿡이 바라다보이는 아래 전망대에 갔을 때는 별로 사람이 많지 않았습니다. 저희는 빠른 걸음으로 겨우 40분 정도의 아주 짧은 코스의 트레킹으로 전망대를 향해 걷게 되었는데, 곧 해가 질지도 모른다는 생각에, 저는 숨을 헐떡거리며 달려갔습니다.

햇살이 비친 설산의 봉우리는 오렌지빛으로 변하기도 하고, 구름과 어우러진 산봉우리는 기가 막힌 장면을 연출하고 있었습니다. 길에서 돌아서서 마운틴 쿡 정상이 바라다보이는 곳에 서서는 그냥 감탄사가 절로 나왔습니다. 마운틴 쿡은 뉴질랜드에서 제임스 쿡 선장의 이름을 따서 마운틴 쿡으로 불립니다.

마오리족이 부르는 이 산의 이름은 '아오라키'이며 이는 전설 속의 조상신을 뜻한다고 합니다. 마운틴 쿡보다는 아오라키라는 이름으로 불리는 것이 그 신비로움에 더 어울릴 것 같다는 생각을 했습니다. 이 산, 아오라키는 에베레스트와 등반조건이 비슷해서 에베레스트를 등산하기에 앞서 예행연습을 하는 산으로도 유명하답니다.

대략 1200년 전인 8세기경에 남태평양의 하와이 또는 타이티 근처에 있었던 것으로 추정되는 하월키라는 섬에서 살고 있던 폴리네시안 항해자인 쿠페라는 청년이 와카(카누의 일종인 작은 배)를 타고 새로운 땅을 찾아 나선 끝에, 그는 남섬에 상륙하면서 아테오로라라고 표현한 것이 마오리족에게는 그들의 나라 이름이 되었다고 합니다.

그는 이곳을 둘러 본 후에 자기 고향으로 돌아가 비록 멀리 떨어져 있으나 긴 흰 구름으로 덮여 있고 습도가 높아 부드러운 토양을 가진 땅을 발견했다고 말했답니다. 그리고 그는 그 증거물로 마오리족들이 신성하게 여기는 비취옥과 걸어 다니는 공룡 새인 모아새의 알을 고향 사람들에게 보여 주었다고 합니다.

당시 인구가 늘어 경작지가 부족해서 고민했던 그들이 드디어 살고 있던 작은 섬을 버리고 이주하여 정착하게 되면서 뉴질랜드의 원주민인 마오리족의 역사가 시작되었다고 합니다. 뉴질랜드는 유럽인들의 시각으로 New sea land를 붙여 발음하면서 뉴질랜드가 되었다는 설과 네델란드의 질란드 해안과 닮았다고 해서 Newzealand가 되었다는 설이 있습니다.

이제 마오리의 이름을 되찾아 '아테오로라'라고 부르면 너무 이름이 부르기 어려운가요?

다시 만난 가넷과 갈매기

허형,

제가 일 년 5개월 전 뉴질랜드에서 새해 인사와 더불어 가넷이라는 새를 소개했던 것을 기억하시지요? 당시 가넷이라는 새, 그리고 그 새가 하늘을 나는 우아한 모습은 저에게 너무나 깊은 인상으로 남아 있어 다시 만나고 싶었습니다. 그런데 가넷은 철새로 여름에 그곳 무리와이 비치에 와서 지내다가 날이 추워지면 호주로 떠난다고 들었습니다.

당연히 깊어가는 가을이라 그 새를 볼 수 없으리라 생각했습니다. 그런데 누군가가 아직 떠나지 않은 가넷이 몇 마리는 있을지도 모른다고 하는 말을 듣고 귀가 번쩍 띄어 다시 무리와이 비치를 찾았습니다. 사실 제가 처음 왔던 그때에도 그곳 날씨가 좋지 않았습니다.

당시 이촌 사촌 동생이 16년 넘게 살면서 이렇게 비가 많이 오고 추운 여름은 처음이라고 했었는데, 이번에는 지난여름에는 60년 만의 가뭄이라고 비 한 방울 안 왔다고 하더니 제가 비를 몰고 갔는지, 제가 머무는 한 달 내내 거의 매일 비가 내리는 가을이었습니다.

그날도 온종일 비가 내렸었지요. 그래도 혹여 무리와이 비치 가까이 가면 비가 그칠지도 모른다는 희망을 지니고, 그곳을 찾아갔습니다. 비가 이렇게 오는데도 가겠느냐는 사람들에게 제가 마술로 비가 그치게 하겠다는 농담을 하면서 그곳에 갔었지요.

불과 1km를 남겨 놓고 비가 더 많이 쏟아지자 같이 갔던 분들이 "신부님의 매직이 안 통하는데요."라고 했었답니다. 하지만 그곳에 도착하자 놀라운 마술이 펼쳐지고 있었습니다. 비가 그쳤을 뿐만 아니라 저녁 햇살이 바다를 비추는 모습이 너무나 환상적이었습니다.

매직이 아니라 너무나 놀라운 선물이었습니다. 가넷을 보러 왔지만, 가넷뿐만 아니라 바다, 그리고 바다와 어우러진 저녁 햇살, 구름, 파도, 갈매기의 몸짓 등이 모두 하느님의 숨결이었고, 그분의 현존이었습니다. 그곳에 사는 분들도 이렇게 환상적인 무리와이 비치의 모습은 처음이라고 하더군요.

무리와이 비치는 라이언 락, 사자 바위가 있는 피하 비치에서 멀지 않은 같은 서해이기 때문에 파도가 치고, 물결이 세서 서핑하는 사람들이 많이 찾는 곳이기도 합니다. 지난번에도 피하 비치와는 또 다른 매력으로 제 마음을 사로잡았는데, 이번에는 그 놀라운 광경을 묘사할 수 없는 그야말로 마술이 펼쳐지고 있었습니다.

허형, 저는 그 마술의 황홀감에 도취하여 정신없이 바다로 빠져들어 그만 파도에 휩싸일 뻔했습니다. 역시 가넷이 지난번처럼 수천 마리가 모여 있는 모습은 볼 수 없었지만, 그날 가넷을 다시 볼 수 있는 기쁨과 감사함을 컸습니다. 제가 이곳 뉴질랜드 천주교회에 두 번이나 초대받아 와서 두 달 머문 것은 큰 은총이었습니다.

12

숲속의 나라, 노르웨이

바이킹 박물관과 비겔란 조각 공원

허형,

　저희는 가장 먼저 바이킹 박물관을 찾았습니다. 노르웨이인들이 자기들이 은근히 바이킹족임을 드러내는 것을 느낄 수 있었습니다. 바이킹은 노르드어 비킹그에서 유래한 표현으로서, 혈통적으로는 게르만족 노르드인이고, 언어적으로는 노르드어를 구사합니다. 바이킹이 활동한 시기를 바이킹 시대라고 합니다.

　스칸디나비아의 고향 땅으로부터 항행하여 8세기 말에서 11세기 말까지의 북유럽과 중유럽을 약탈 및 교역하며 활보한 바닷사람들을 일컫습니다. 바이킹이 활동한 시기를 바이킹 시대라고 합니다. 노르드인들의 군사적 상업적 성장과 인구 팽창은 중세 스칸디나비아뿐 아니라 브리튼 제도, 아일랜드, 프랑스, 키예프 루스, 시칠리아 등 광범한 지역에 중요한 요소로 영향을 미쳤습니다.

　롱쉽으로 대표되는 진보한 항해 기술로 인하여, 본거지인 스칸디나비아에서 멀리 떨어진 지중해 연안, 북아프리카, 중동, 중앙아시아까지 바이킹의 활동이 미친 적도 있었습니다. 바이킹의 어원은 확실치 않습니다. 오늘날 바이킹을 용감하고 호전적인 해양 전사로 생각하는 것은 당시의 정치적 이유와 관련이 깊습니다.

허형, 노르웨이 출신인 바이킹은 9~11세기에 유럽의 광범위한 지역을 습격하고 약탈 행동을 일삼아 식민지로 만들었습니다. 865년 잉글랜드를 본격적으로 침략하기 시작했고, 윌리엄 1세 재위 중 크누드 2세가 몇 차례 침공을 시도하다가 실패한 것을 끝으로 사라졌습니다.

북유럽 서해에는 바이킹의 손길이 미치지 않은 곳이 거의 없었습니다. 바이킹은 아일랜드를 자신들의 주도 아래 통합시키려 했으나, 1014년 무참한 패배를 당해 실패했습니다. 대략 800년부터 1050년까지 시기를 바이킹 시대라고 부릅니다. 이 시대에 바이킹들은 대부분 노르웨이 사람들이었고 바다를 휩쓸었지요.

하여튼 노르웨이 사람들이 유럽 해안을 공포에 떨게 하여 약탈을 하고 그들에게 겁을 주었지요. 이들 바이킹의 풍부한 유산을 체험해볼 수 있는 장소는 20세기로 넘어갈 무렵 오슬로 피오르 부근에서 발견된 3척의 배로 여기에 성당 모습의 바이킹 박물관이 지어졌습니다.

오슬로 대학교의 문화역사 박물관의 일부로, 오슬로의 피오르에서 발견된 오세베르그호, 고크스타호, 투네호 등 3척의 바이킹 선을 보존, 전시하고 있습니다. 아름다운 조각으로 장식된 오세베르그호는 오사 여왕의 관으로 9세기에 배 밑바닥을 제외한 다른 부분은 대부분 부패된 채 발견되었습니다.

원거리 항해용으로 이용된 것으로 보입니다. 바이킹 박물관에 있는 바이킹 배는 지금까지 기록된 바이킹 배 중 가장 큰데, 옛날 옛적 노르웨이의 해상 역사를 짐작하게 합니다. 배와 함께 발견된 예술품과 공예품들은 바이킹들의 문화생활을 가늠하게 해 줍니다. 그다음으로 비겔란 조각 공원을 찾아가서 1시간 30분 둘러보았습니다.

허형, 조각가 구스타브 비겔란(Gustav Vigeland)의 이름을 따 '비겔란 공원'이라 불리지만 프로그네르 공원(Frogner Park)의 일부입니다. 20세기 초 오슬로시는 비겔란에게 공원 설계와 조각 작품을 의뢰했고, 비겔란은 청동, 화강암, 주철을 사용해 작품을 완성해 나갔습니다. 그러나 그는 공원이 완성되기 전에 세상을 뜨고 말았지요. 그 후 그의 제자와 오슬로 시민들이 합심해 지금의 공원을 완성하였습니다.

공원에는 조각가 비겔란의 작품이 전시되어 있습니다. 당연히 그중 하이라이트는 세계에서 가장 큰 화강암 조각품인 '모놀리텐(Monolittan)'입니다. 멀리서 보면 그저 기둥처럼 보이지만 실제로는 121명의 남녀가 괴로움으로 몸부림치고 있는 모습입니다. 조각 속 사람들은 실제 사람 크기로 만들었다고 합니다. 7월 오후, 노르웨이의 투명한 하늘 아래 야외에 펼쳐진 조각 군상은 인간의 희로애락을 침묵으로 노래하고 있었습니다. 청명한 하늘, 바람 속 모놀리텐은 무척 아름다웠습니다.

게이랑에르 피오르드

허형,

저희는 점심 식사 후 기수를 북으로 향하고 마냥 달려 올라갔습니다. 동계올림픽이 열렸던 릴레함메르를 거쳐 돔버스를 향해 달려갔습니다. 노르웨이의 한적한 버스의 어느 산정호수를 마주한 호텔에 머물렀지요. 아름다웠습니다. 호수 밖의 정원을 거닐다가 호수까지 내려간 사람들도 있었지요. 저녁 식사 후 긴 해를 보내며 이야기꽃을 피웠습니다.

일찍 서둘러 미사를 마치고 산정호수를 떠나 게이랑에르(Geiranger) 피요르드를 향해 떠났지요. 네 시간의 긴 길이 어찌 아름답던지요! 마지막 1시간 반 동안은 곡예 운전을 하였지요. 정말 감탄사가 절로 나오는 운전 솜씨였습니다. 요정의 길을 통과하였지요. 요정의 길은 8년간의 공사 끝에 1936년 완성되었다고 합니다.

꼭대기에서 가파른 산맥을 11번 돌아 내려가야 하고, 정상에서 내려다보는 경관은 환상적입니다. 요정의 길은 대개 6월부터 8월까지 산봉우리까지 등산이 가능하다고 합니다. 그러나, 날씨에 따라서 폐쇄되기도 합니다. 이곳에서는 깎아지른 요정의 벽과 요정의 폭포 등을 바라볼 수 있었습니다.

허형, 저는 앞자리에 앉아 온 신경을 써서 다만 무사하기만을 기도할 뿐이었지요. 우리가 12반 30분 배가 예약되어 있어 겨우 8~9분 전에 도착하였지요. 노르웨이 여행의 하이라이트인 피오르드 관광은 피오르드의 폭이 좁은 곳을 보는 것이 좋습니다. 폭이 좁을수록 계곡이 깊고 수직으로 솟아오른 절벽과 위에서 쏟아져 내리는 폭포가 웅장하기 때문입니다.

노르웨이의 많은 피오르드 중에 여행객들이 많이 찾는 곳은 송네, 게이랑에르 외에 하당게르, 뤼세 등 4대 피오르드입니다. 세계에서 가장 길고 깊은 송네 피오르드는 길이 204m, 최대 수심 1308m로 자연의 놀라운 능력을 경험할 수 있습니다. 베르겐 북쪽에 있는 게이랑에르 피오르드는 경치가 가장 아름답기로 유명합니다.

동화 속에나 나올 법한 아기자기한 마을을 둘러본 뒤 험준한 협곡과 많은 폭포가 어우러진 피오르드를 감상하는 것이 그만입니다. 게이랑에르 피오르드 관광은 게이랑에르 마을에서부터 헬레쉴트까지 20km 구간의 아름다운 경치를 약 1시간에 걸쳐 유람선이나 페리를 타고 지나며 감상하는 것이 핵심입니다.

북해에 접하고 있는 노르웨이의 해안선에는 수백 개의 피오르드가 있고 그 거리를 합하면 1,750km나 된다고 합니다. 지금부터 100만 년 전 북유럽은 두께 천 미터가 넘는 빙하로 덮여 있었는데, 그 빙하의 두께가 점차 늘어나면서 무게를 견디지 못하고 계곡 아래로 흘러내렸습니다.

그때 거대한 빙하는 계곡 사이의 하천 바닥을 파 내려가면서 계곡을 마치 칼로 절단한 것처럼 수직으로 깎아내렸고 그곳에 바닷물이 들어와 피오르드가 형성된 것입니다. 저희는 12시 30분에 출발하는 카 페리에 버스와 함께 승선하였습니다. 페리에는 각국에서 온 관광객들이 탑승하고 있었는데 별로 붐비지 않아 여유롭게 둘러보았습니다.

신비에 싸인 듯한 협곡을 향해 돌아 들어가자 양편의 까마득한 절벽 위에서 쏟아져 내리는 크고 작은 폭포들이 마치 하얀 실타래를 풀어 놓은 듯합니다. 그중에서도 좌우에 각각 눈길을 사로잡는 커다란 폭포가 있습니다. 먼저 왼편에 나타나는 한줄기 굵고 긴 물줄기로 된 폭포는 총각 폭포라고 합니다.

잠시 후 우측의 암벽 위에서 일곱 갈래로 퍼붓듯 쏟아지는 7자매 폭포가 서로 마주 서 있습니다. 이 폭포들은 노르웨이의 피오르드 중에서 가장 웅장한 폭포라고 합니다. 이곳은 바다로부터 멀리 떨어진 피오르드의 시작점인데도 호수의 깊이가 800~1,000m나 됩니다.

1960년까지만 해도 절벽을 이루고 있는 양편의 산에서 사람들이 가축을 기르거나 농사를 지으며 살고 있었다고 하는데, 옛날 어린아이들은 떨어지지 않도록 줄로 몸을 묶어 놓고 키웠다고 합니다. 유람선이 지나는 각 구간에 대한 설명은 영어 중국어 한국어의 3개 국어로 방송되고 있었습니다.

아름다운 경치에 빠져있는 사이에 1시간이 지나고 배는 헬레쉴트란 마을에 도착하면서 게이랑에르 피오르드 관광을 모두 끝내고 하선하였습니다. 헬레쉴트(Hellesylt)는 게이랑에르 피오르드 관광 페리선을 타고 내리는 작은 마을입니다. 수직 암벽들과 폭포들이 어우러져 절경을 이루고 있습니다.

허형, 게이랑에르 피오르드는 폭이 좁아 양편의 협곡을 이룬 산들을 가까이에서 볼 수 있어 더욱 아름답습니다. 전설에 의하면 한 총각이 오른편 언덕에 사는 7자매에게 일일이 구혼을 했는데, 그들은 술을 너무 좋아해서 술을 마시느라 청혼을 받아들이지 못하였습니다.

그러자 총각은 폭포가 되었다는 전설이 있습니다. 이 폭포는 7자매 폭포. 총각폭포의 이야기를 나중에 듣고 7자매도 폭포가 되었다고 합니다. 무지개가 떠 있는 7자매 폭포를 보기도 한답니다. 협곡 안으로 계속 들어가니 바다라고 할 수 없을 만큼 너무 잔잔합니다. 게이랑에르 피오르드는 이렇게 '헬레쉴트' 마을이 마주하며 끝이 났습니다.

브릭스달 빙하

허형,

우리는 늦은 점심을 먹고 브릭스달을 향해 내달렸습니다. 계속 궂은 비는 추름추름 내리고 있었습니다. 헬레쉴트에서의 늦은 그러나 빠른 점심을 마치고 랑게달렌 언덕길을 달려 그로다스에 이르니 넓은 호르닝달 빙하호수가 마치 피오르드를 보는 것 같았습니다. 노르웨이는 피오르드뿐만 아니라 빙하 호수가 곳곳에 널리 퍼져 있습니다.

빙하호수와 피오르드를 구분하는 방법은 단순합니다. 빙하호에는 호반에 이끼와 같은 민물 수초가 자라고 피오르드에는 바닷물 해초가 자라는 것을 볼 수 있습니다. 물맛을 보고는 얼른 구분하기 어렵다고 합니다. 노르웨이의 도로는 호수나 협만을 구불구불 돌아가는 길이 수없이 이어집니다.

우리나라와 같이 산을 헐어 내거나 가로지르는 다리를 놓지 않고 골짜기를 돌아가고 물이 있으면 물가를 돌아가도록 하여 자연 상태를 훼손

하지 않도록 하여, 무척 인상적이었습니다. 브릭스달로 가는 60번 도로는 빙하호와 피오르드를 돌고 도는 수변도로가 아름답습니다.

호르닌달 빙하호수를 돌아 나오니, 노르 피오르드의 넓은 협만이 나타납니다. 노르 피오르드는 송네 피오르드와 게이랑게르 피오르드 사이에 위치하는 노르웨이에서 3번째로 규모가 큰 피오르드로 인근에 유명한 '브릭스달' 빙하 등 거대한 빙하지대가 접해 있어 많은 관광객이 찾아오는 곳입니다

허형, 사람들은 버스 안에서 잠들어 있었습니다. 해안선 도로를 따라 달리노라면, 짙은 블루 사파이어색 바다가 손에 잡힐 듯이 뒤따라옵니다. 건너편 산 아래 자리 잡은 조그마한 마을의 예쁜 집들이 그림처럼 지나가고, 피오르드가 처음 시작하는 곳은 마치 조용한 호수와 같습니다.

초록빛 초지 위에 빨간 집, 하얀 집이 몇 채가 그림처럼 서 있는 뒤쪽으로는 수채화 물감처럼 부드러운 색깔을 띤 먼 산이 습기를 머금고 있습니다. 해안선 도로를 열심히 달려와서 호수같이 잔잔한 피오르드 끝자락을 휘돌아 해안선 도로로 다시 따라가노라면 아까 보이던 예쁜 집들이 어느새 다시 눈앞에 보입니다.

아름다운 피오르드 해안선도로와 빙하에서 흘러내린 맑고 푸른 물이 모여 만들어진 거울 같은 오르데 호반을 달려 브릭스달에 다달았습니다. 멀리 보이는 흰색 빙하는 산 계곡을 덮고 있었습니다. 멜케볼산 정상의 만년설에서는 수백 미터의 긴 물줄기를 드리며 폭포가 쏟아져 내리고 있었습니다.

쏟아지는 물소리가 빙하의 골짜기를 더욱 서늘하게 하였습니다. 비가 내리고 있었습니다. 서늘한 기운이 감돌아, 스산하게 느껴졌습니다. 브릭

스달 빙하는 지금부터 100만 년 전 빙하기와 간빙기에 만들어진 요스테 달스 대빙원에서 흘러내리는 수 킬로의 얼음덩이로 북유럽에서 가장 규모가 큰 빙하입니다.

한 사람이 비가 와서 다행이라고 했습니다. 먼지를 안 일으키니까요. 빙하로 오르는 구불구불한 언덕길에 폭포수가 쏟아지고 있었습니다. 산길 도로변에는 빙하에서 녹아내린 옥색의 빙하수가 엄청나게 큰 계곡폭포를 이루어 물보라를 일으키면서 무섭게 쏟아져 내리고 있었습니다.

허형, 대략 15분을 가고 다시 15분을 걸어서 브릭스달 푸른 빙하 앞에 도착하였습니다. 처음 빙하를 보는 순간 그 엄청난 시간의 역사를 뚫고 내 눈앞에 버티고 있는 빙하에 완전히 녹아내렸습니다. 브릭스달 빙하는 상당히 큰 빙하로서 바라볼 수 있는 부분은 빙하의 한 끝부분이라고 합니다.

요스테달스 대빙원의 만년설이 빙하가 되어 흘러내리고 계곡을 타고 흘러내리는 빙하의 얼음덩이들이 물이 되어 흐르니 제 마음을 촉촉이 적셔주었습니다.

송네 피오르드

허형,

저희는 아침 미사를 마치고 길을 서둘렀습니다. 미사 강론은 대략 이런 내용이었지요. 미카 예언자는 누구입니까? '미카'는 '미카야후'의 축소형으로 '누가 야훼와 견줄 수 있으랴?'(7, 18 참조)라는 의미를 지닙니다. 참 중요합니다. 아무리 아름다운 풍광을 보더라도 야훼 하느님과 견줄만한 것은 없습니다.

노르웨이도 하느님 손안에 있습니다. 미카 예언자가 활동하던 시대에 중요한 두 사건이 일어났습니다. 기원전 722/721년 북부 이스라엘 왕국이 아시리아 제국에 의해 함락되는데, 이 재난을 직접 체험한 미카 예언자는 1, 6-7에서 이 사실을 선포합니다.

또 다른 커다란 역사적인 사건은 기원전 701년에 아시리아 임금 산혜립이 예루살렘을 공격해 남부 유다왕국의 일부가 아시리아에게 병합되고, 미카 예언자의 고향인 모레셋이 아시리아 군대에 포함됩니다. 이스라엘 민족을 향한 불행이 예루살렘으로 다가오는 것을 본 미카 예언자는 남부 유다왕국의 멸망이 피할 수 없는 것으로 여깁니다. 미카서의 주요 메시지는 이렇습니다.

첫째는 하느님을 향한 이스라엘의 참다운 예배입니다. 아모스와 호세아, 그리고 이사야 예언서의 영향을 받은 미카 예언서는 야훼 하느님께 대한 이스라엘 백성의 순수한 예배를 강조하며, 그들의 죄에 대한 하느님의 심판과 미래에 있을 그들을 향한 하느님의 용서와 자비를 선포합니다.

미카 예언자는 하느님께서 정의와 사랑과 겸손을 원한다고 선포함으로써(6, 8) 8세기에 활동했던 다른 세 예언자, 즉 아모스의 '정의와 공정'과 호세아의 '사랑'(헤세드), 그리고 이사야 예언자의 '거룩하신 하느님께 대한 믿음과 신뢰(겸손)'의 모든 점을 아우르고 있습니다.

호세아 예언자가 선포한 "정녕 내가 바라는 것은 희생 제물이 아니라 신의다"(호세 6, 6)는 말씀처럼, 미카 예언자는 하느님의 선택받은 백성인 이스라엘이 하느님께 드려야 할 예배는 외적이고 형식적인 예배가 아니라, 마음으로부터 실천되는 '공정과 신의'를 통한 야훼 하느님께 대한 참된 예배가 되어야 함을 선포합니다.

두 번째로 메시아사상입니다. 복음 사가들은 미카 예언자가 선포한 메시아(5, 1-5)가 베들레헴에서 태어나신 예수님의 메시아 되심을 증명해 줄 뿐만 아니라(마태 2, 6 참조), 그가 선포한 하느님의 심판과 구원의 약속이 예수님을 통해 성취되었습니다.

허형, 오늘 복음에서는 이사야 예언서를 통해 이루어지는 말씀이 그대로 예수님에게서 드러난다고 선포합니다. "그는 다투지도 않고 소리치지도 않으리니, 거리에서 아무도 그의 소리를 듣지 못하리라. 민족들이 그의 이름에 희망을 걸리라." 우리 모두도 마찬가지입니다. 우리는 모두 그의 이름, 바로 예수 그리스도에 희망을 걸고 있습니다.

짧은 시간 배를 타고 송네 피오르드를 건넜습니다. 송네 피오르드는 노르웨이 송 노 피오라네 주에 있는 노르웨이에서 가장 큰 피오르드입니다. 길이는 205km로 전 세계에서도 두 번째로 긴 피오르드입니다. 노르웨이의 과거 행정 구역인 노르웨이어로 송에서 딴 것입니다.

송네 피오르드의 최대 수심은 1307m로 피오르드 가운데 가장 깊습니다. 하구 부근의 수심은 약 100m입니다. 주류의 평균 폭은 약 4.5Km이고 피오르드를 둘러싸는 절벽의 높이는 평균 약 1000m 이상입니다. 송네 피오르드의 가장 상류 지역에 스크욜덴이 있습니다.

또 다른 상류는 유럽 대륙에서 가장 큰 빙하인 요스테달스브렌과 연결됩니다. 송네 피오르드의 지류는 복잡한 지형을 이루며 송노 피오라네 주의 여러 지역에 가지처럼 뻗어 있습니다. 송네 피오르의 중심 지역인 네뢰이 피오르드는 UNESCO의 세계유산으로 선정되어 있습니다.

송네 피오르드에는 건너편으로 전기를 공급하기 위해 4597m의 전선이 피오르드를 가로지르고 있습니다. 노르웨이의 3대 피오르드 중 하나이자 세계에서 가장 긴 피오르드로 꼽히는 '피오르드의 왕' 송네 피오르드는 관광 기간이 제한된 게이랑에르 피오르드와는 달리 1년 내내 볼 수 있으며 오슬로나 베르겐으로부터 기차나 다른 대중 교통수단으로도 갈 수 있습니다.

노르웨이의 다른 피오르드와 비교했을 때 폭은 아주 좁고 빙하의 압력으로 U자형으로 깎여진 송네 피오르드는 길이는 약 204km이고 깊이는 무려 1,308m입니다! 저희는 송네 피오르드를 보기 위해 구드방겐에 가서 플롬 루트를 운항하는 페리를 타는 것으로 일정을 잡았습니다.

플롬 항구, 아름다운 곳입니다. 매년 여름 대형 크루즈 포함 130척이 넘는 배들이 들어오는 노르웨이의 대표적인 항구입니다. 구드방겐에서 플롬 항구까지는 약 2시간 정도 소요되는 페리입니다. 노르웨이에서 가장 큰 페리 회사라고 합니다. 멋진 배였습니다.

페리 안에서 구경하는 송네 피오르드의 모습은 말로 다 할 수 없을 만큼 아름다웠습니다. 수많은 절벽은 장엄한 절경을 뽐내고 있습니다. 푸른빛의 물과 초록빛의 절벽을 보고 있노라면, 세상 어디에도 없는 무릉도원에 와 있는 느낌을 받습니다. 피오르드의 물 색깔은 에메랄드색을 띤답니다.

그 이유는 거대한 빙하에서 녹아내린 물이 흘러서 피오르드로 흐르기 때문이지요. 따라서 피오르드의 물은 100% 바닷물이 아니라 민물이 섞여 있다고 합니다. 송네 피오르드에서도 여름철에는 빙하가 녹아 절벽에서 흘러내리는 폭포를 볼 수도 있습니다. 플롬까지 도착하는데 시간은 약 2시간 소요되기 때문에 피오르드 절경에 감탄하기에 바쁩니다!

창밖 너머로 보이는 자연경관은 이루 말할 수 없이 좋습니다. 플롬 열차 내부에 설치된 스크린에는 한글 안내서비스도 하고 있습니다! 노르웨이에 한국어라니요! 매년 한국인 관광객 수가 늘어감에 따라 한국 관광객들을 위한 작은 배려이겠습니다. 기차를 타고 노르웨이 대자연을 눈에 한 장면씩 담다 보면, 차창 밖으로 보이는 풍경들이 어쩌면 황홀하게 느껴지는지도 모르겠습니다.

허형, 예쁜 꽃들과 함께 알록달록 물든 산을 보면 눈이 맑아지는 느낌입니다. 약 한 시간을 달려 이르는 곳은 미르달 역에서 약 3마일 떨어져 있는 쵸스 폭포입니다. 시원한 물줄기가 천둥소리를 내면서 떨어지는 높이 93m의 쵸스 폭포에서 약 10분간 정차하여 사진 찍는 시간을 갖습니다. 제한된 시간 내에 폭포 감상하느라 정신이 없습니다.

여름이라 저희는 전설의 요정, 훌드라를 볼 수 있었습니다. 빨간 드레스를 입고 쵸스 폭포 앞에서 노래를 부르고 춤까지 추지요. 정말 폭포에서 사는 요정 같아 보입니다. 요정 역할은 하는 여자들은 노르웨이의 발레학교 학생들이라고 합니다. 다시 플롬 라인에 오를 시간이라고 알려줍니다.

허형, 그러면 열차는 또 달려서 미르달 역에 도착하게 됩니다. 그곳에서 불과 몇 분 후에 다시 기차를 타고 두 시간 넘게 가고 하룻밤을 묵게 될 야이로에 도착했습니다. 오는 중간중간 정차역이 많았는데, 해발 1220m인 곳도 있었습니다.

다시 오슬로로

허형,

저희는 야이로에서 저녁 식사 후 호텔에 들어갔지요. 건너편 산에 스키장이 보입니다. 겨울철엔 스키어들이 많이 찾는가 봅니다. 아름다운 산장이었습니다. 아침에 일어나니 알려주는 미사 장소는 도서관이었지요. 호텔의 도서관이 아주 예뻤지요. 저희는 그곳에서 미사를 하고 오슬로를 향해 떠났지요.

버스에서 가이드가 여러 이야기를 들려주었지요. 그중에서 하나만 나눕니다. 노르웨이에는 특별한 캐릭터가 있지요. 이 캐릭터들이 바로 노르웨이의 수호신격인 트롤 요정들입니다. 노르웨이의 어디에나 있습니다. 보면 볼수록 친근감이 가고 좋은 인상을 지니게 하지요. 일반 요정의 이미지랑은 조금 다르답니다.

빙하가 녹으면서 얼음이 밀려 내려올 때, 사람들은 남쪽으로 삶의 터전을 옮겨 오게 되었습니다. 그리고 터전을 잡고는 자신들이 걸어온 길

을 노르웨이라고 부르고 자기들을 북쪽의 사람(Nordmenn)이라고 불렀답니다. 그들은 이곳에 살면서, 특이하게 생긴 인간이 아닌 인간을 만나게 됩니다.

트롤이라고 부르지요. 수백의 트롤 중에서, 어느 트롤은 난장이, 어느 트롤은 머리가 두세 개, 또는 눈이 이마 한가운데에 있는 트롤도 있습니다. 햇빛을 견디지 못하는 그들은 오직 밤이나 희미한 빛에서만 볼 수 있습니다. 해뜨기 전까지 산속에 숨지 못한 트롤은 모두 돌덩어리로 변해 버렸답니다.

허형, 생김새가 사람과 비슷하게 생겼지만, 손가락 발가락이 네 개씩밖에 없었고 코는 무척이나 길고 이상하게 생겼습니다. 털이 난 트롤은 꼬리도 있답니다. 무섭게 생긴 트롤도 있지만, 그들은 모두 순진하고 착했습니다. 많은 초자연적인 능력을 지닌 이들은 자신이 원하는 대로 무엇이든 바꿀 수 있는 능력도 있답니다.

자기가 예쁜 처녀로 둔갑하여 농부를 유혹하여 산으로 끌고 간답니다. 그러면 그 농부들은 그 후에 다시는 볼 수가 없게 되지요. 트롤과는 절대 충돌을 피해야 하고, 그들과는 항상 절친하게 지내야 합니다. 만일 농부가 트롤에게 선물하는 것을 잊는다면, 그가 지닌 가축들은 모두 저주를 받아 죽게 될 것입니다.

성탄절 때는 트롤을 달래기 위해 대접에 죽을 철철 넘게 담아 문밖에 두면 그들이 깨끗이 먹고 간다고 합니다. 노르웨이에 오면 트롤과 사이좋게 지내야 합니다. 혹시 혼자 숲속을 거닐 때도 여러분 혼자가 아니라는 사실을 상기하면 좋습니다. 트롤은 항상 우리 곁에 있으니까요.

중간에 화장실을 갈 겸 쉬었지요. 갖가지 아름다운 꽃들이 피어 있었습니다. 그라시아 씨의 남편, 아우구스티노 씨가 꽃들을 꺾더니 예쁜 꽃 다발을 만드는 거예요. 저는 즉시 알았지요. 아, 가이드에게 주려고 꽃다 발을 만드는구나. 가이드가 꽃을 받고 아주 좋아했지요.

허형, 몇 년 만에 꽃을 받았다고 했지요. 꽃을 받는 것은 누구나 좋 은가 봅니다. 꽃을 보고 꽃다발을 만들어 줄 생각을 하다니! 과연 사랑 받는 사람은 정말 다른가 봅니다. 오슬로와 와서 점심을 먹었지요. 그 후 오슬로 시내 관광을 하고 자유 시간을 가졌지요. 야외 카페에서 아이스 크림을 먹고 느긋하게 포도주를 한 잔 마셨습니다.

13

호반의 나라, 스웨덴

오슬로에서 칼스타드로

허형,

저희는 오슬로를 떠나 칼스타드를 향해 달리고 있었지요. 약 320km 이지요. 버스 안에서 제가 가이드 역할을 했지요. 공부에 복습과 예습이 있지요. 예습으로 렘브란트에 대해 열강을 했지만, 모두 열심히 자느라고 제 강의는 퇴색되었지요. 렘브란트에 대해 제가 10쪽이나 준비해 왔습니다마는 강의보다 잠이 더 중요한가 봅니다.

칼스타드는 스웨덴 호반의 도시로, 베름란드주의 주도입니다. 베네른 호 북안과 클라레 블렌 삼각주 지대와 접하고 있습니다. 1645년에 대성당이 세워졌고 1779년 주도가 되었습니다. 1905년 스웨덴과 노르웨이의 통합문제를 결말짓는 협상이 열렸지요. 1865년 화재로 거의 전소되고 난 후, 넓은 대로와 큰 공원을 갖춘 근대적 도시로 재건되었습니다.

클라르 강에 놓인 동교에는 서로 다른 아름다운 13개의 아치가 있습니다. 저희는 가 보지는 못했지만, 박물관에는 베름란드에서 수집된 미술품과 유물들이 소장되어 있다고 합니다. 1970년 예테보리대학과 자매 결연 맺은 카를스타드 대학이 설립되었습니다.

허형, 각각의 아치가 아름다웠습니다. 다리를 꽃으로 수놓았더군요. 4시간 30분을 이동하여 드디어 세계에서 가장 아름답다는 스톡홀름에 도착하였습니다. 점심 식사 후 바로 미사를 하러 갔더니 아주 아름다운 성당이었습니다. 저는 준비한 강론을 했습니다. 복음은 '씨 뿌리는 사람의 비유'였습니다.

스톡홀름

허형,

중간에 빠진 부분을 보충하여 쓰니, 양지하시기 바랍니다. 저희는 다시 숲과 대평원, 호수를 지나 스톡홀름을 향해 달립니다. 중간에 커다란 펄프 공장을 만났는데 생산량이 대단하다고 합니다. 비가 내립니다. 숲은 깊게 내려앉았고 어두운 풍광들이 지나쳐 모두 잠으로 빠져듭니다.

어느새 스톡홀름 가까이 왔나 봅니다. 기마대 행진이 아름다운 왕궁 다리와 어울려 화려하고 멋있습니다. 역시 스톡홀름입니다. 스톡홀름은 세계에서 가장 아름다운 도시로 물 위에 있기에 '물 위의 아름다움'이란 이름이 늘 따라다닙니다. 발틱해와 마라렌 호수가 만나는 곳에 14개의 섬으로 이루어져 있으며 매혹적인 역사와 자연이 조화를 이룬 곳입니다.

도시 주변은 역사와 성, 아름다운 마을로 가득하며 시청사와 바사호 박물관, 감라스탄이 자리 잡고 있습니다. 타워 전망대는 방송 중계 탑으로 건립되었지만, 지금은 상층부에 레스토랑을 운영하며 스톡홀름을 사방에서 볼 수 있는 곳으로 유명합니다. 저희는 미사를 마치고 언덕으로 올라왔지요.

스톡홀름을 내려다볼 수 있는 곳이었습니다. 아래 내려다보이는 경치를 배경으로 사진을 찍었지요. 그리고 궁전을 방문했습니다. 아주 넓은 정원의 모습에 감탄했지요. 백조가 한가롭게 떠다니는 호수를 보고 숲에 둘러싸인 바로코 양식의 아름다운 건물인 드로트닝홀름 궁전을 관람했습니다.

허형, 정원 한 모퉁이에 있는 로코코 양식의 중국식 정자는 건물 내부를 중국 도자기와 시계, 옻칠한 장식 등으로 장식하였습니다. 정원은 잘 다듬은 정원수와 분수 그리고 청동 조각상 등을 배치하여 프랑스식으로 꾸몄으며 주위에는 지형을 자연스럽게 이용한 영국식 정원이 펼쳐져 있습니다.

1754년 궁전 근처에 세운 드로트닝홀름 궁정극장은 화재로 불탔으나, 1766년 재건하였습니다. 이곳에서는 여러 오페라 작품을 상연하거나 화려한 연회가 베풀어졌으며 오늘날에도 공연장으로 사용하고 있습니다. 1989년 유네스코에서 세계문화유산으로 지정하였고, 1991년 지정범위를 확대하였다고 합니다.

침몰한 바사 호와 그 유적

허형,

저희는 내일 타고 갈 유람선 실자라인이 내려다보이는 호텔에서 하룻밤을 묵었습니다. 아주 좋은 호텔이었습니다. 15층 제 방에서 유람선 실자라인을 바라다보며 흐뭇해했습니다. 멀리서 아스라이 13층짜리 실자라인이 들어오는 것을 눈으로 볼 수 있었습니다. 밤에는 아름다운 보름달이 비치고 있었습니다.

이른 아침 밖으로 나가 바닷가를 거닐며 산책을 하였습니다. 아침 식사 후 다시 어제 갔던 가톨릭 성당을 가서 미사를 드렸습니다. 수녀님이 반가이 맞아주었습니다. 가톨릭 성당은 스톡홀름에서 2개 중의 한 곳이라고 합니다. 저희는 유르고덴 섬의 바사 호 박물관을 찾았습니다.

바사 호는 스웨덴에서 가장 오래된 전함으로 1625년 건조되어 1628년 8월 10일 처녀 항해할 때 침몰한 배입니다. 당시 스웨덴은 북유럽 발트해 주변 제국 건설에 분주하여 막강한 해군력을 만들기 위해 건립한 전함

인데 바사호는 길이 69m, 높이 48.8m, 탑승 가능 인원 450명, 탑재 대포 64문의 거대한 배로 제작되었습니다.

국내외 귀빈들이 지켜보는 가운데 진수식을 거행하였는데 포문 사이로 물이 스며들고, 축포를 쏘며 배의 무게 중심이 흐트러져 침몰했습니다. 배에 승선했던 150명 중 50명이 익사했습니다. 침몰한 바사 호는 1958년 해양 고고학자 안데스 프란첸에 의해 발견되어, 333년만인 1961년 인양되었습니다.

허형, 스웨덴 여행에서 아주 중요한 곳 중의 하나인 바사호 박물관은 바사왕가의 구스타브 2세가 재위하였던 1625년에 건조되어 1628년 8월 10일 처녀항해 때 침몰한 전함 바사 호가 전시된 곳입니다. 스웨덴 역사의 치부일 수도 있었던 대사건을 현대에 그대로 재현해 놓음으로써 지금은 한해에 약 85만 명의 관광객이 찾아든다고 하니, 대단합니다.

박물관 전체가 이 거대한 전함 한 척과 보조 전시자료로 되어있는 이곳의 전시물들은 스웨덴의 국보급 문화재이기 때문에 어둡게 되어있으며 매우 어두운 상태에서 관람할 수밖에 없습니다. 박물관 안에는 전함의 본체는 물론 선체의 인양에서부터 복원에 이르는 과정을 보여 주는 다큐멘터리 영화도 볼 수 있습니다.

당시 배 안에서의 생활과 역사적 배경 등을 자세히 알 수 있도록 상세한 자료를 준비해두고 있습니다. 정해진 코스에 따라 전함과 일정한 거리를 유지한 채 그 주위를 돌면서 측면과 위에서도 자세하게 전함의 갑판을 내려다볼 수 있도록 관람로를 설치해 놓았습니다.

허형, 저희는 관람로를 따라 둘러보았지요. 이 배를 건조하고 수모를 겪어야 했던 스웨덴 왕 구스타브 2세인 바사는 당시 영토를 확장하고 스웨덴을 덴마크의 속국으로부터 독립시켰으며 예술 진흥을 꾀해 바이킹 족이라는 야만인 이미지를 벗겨놓은 걸출한 왕이었다고 합니다.

당시 스웨덴은 북유럽 발트해 주변 제국 건설에 분주해 막강한 해군력을 절실히 필요로 했기 때문에 전함 건설에 총력을 기울였다고 하며 바사 호는 그 당시 건설된 전함 중의 하나였다고 합니다. 전함 바사 호는 당시 스웨덴의 국력을 과시하기 위해 만들어진 호화 전함으로 3년여에 걸쳐 건조되었습니다.

그의 왕권과 영광을 드러내기 위한 64문의 대포와 700여개의 조각과 장식품으로 치장된 막강의 전쟁 무기이자, 떠다니는 미술 작품 전시관을 방불케 하는 거대한 전함이었다고 합니다. 그런데 호화찬란하게 진수식을 마치고 출항한 직후 스톡홀름 부두에서 불과 1km 정도 항해하고 침몰했습니다. 이 배의 사고 요인은 다양합니다.

애당초 군함의 특성을 무시한 채 과욕을 부린 왕의 지시로 인한 과다한 대포의 탑재입니다. 선박의 균형을 고려하지 않은 외관 위주의 설계에 있었다고도 합니다. 일부에서는 하부의 무게보다 상부의 무게가 더 많은 구조로 인한 취약성 때문이었다고 합니다. 침몰 당시 이 배에 승선했던 50명의 군사들도 함께 수장됐었다고 합니다. 당시 사고의 책임을 규명하는 재판이 열리기는 했었습니다.

국왕과 해군의 실권자였던 클라스 플레싱 해군 중장이 관련됐지만 다만 권력 앞에 법은 무력하기만 합니다. 힘없는 자들만이 희생을 감수해야만 하는 부조리한 세상이 오늘도 계속되고 있습니다. 세월호의 아픔을 생각했습니다. 당시 왕의 권위를 상징하는 정교한 조각들과 장식물로 치장된 배, 바사 호는 1962년부터 임시 박물관에 있었습니다.

1988년에 새로운 박물관으로 이전하여 1990년 이곳 바사 박물관이 개관하였다고 합니다. 권력자들의 오만과 과시욕의 제물이 되어 스웨덴의 치욕의 대명사처럼 되었던 바사 호와 양식 있는 어느 학자의 꾸준한 노력과, 아픈 과거까지도 기꺼이 수용하고 받아들이려는 스웨덴 정부와 그들의 지혜에 감탄하게 됩니다.

이 배는 1950년부터 18년에 걸친 신중한 인양작업으로 수중을 통해 조심스럽게 운반되었다고 합니다. 바사호에는 25,000점의 유물이 소장되어 있었다고 하는데 세계최초의 2층 포문 전함인 이 배는 17세기의 군함치고는 규모가 아주 컸습니다. 마스트까지의 높이가 50m에 이릅니다. 330년이라는 장구한 세월에도 비교적 원형을 그대로 보존할 수 있었던 요인을 분석합니다.

첫째, 바사 호가 막 건조된 신조선이었다는 점입니다.

둘째, 부드러운 진흙 뻘에 묻혀 그것이 방부제 구실을 했다는 점입니다.

셋째, 침몰지역이 발틱해와 말라렌 호수가 만나는 곳으로 바닷물의 염도가 낮아 목재를 부식시키는 바다 해충들의 번식이 별로 없었다는 점 등입니다.

배의 전모를 한눈에 조감할 수 있게 제작되어 별도 전시 중인 미니추어 원형의 바사 호 전시장 옆에는 당시의 상황을 일목요연하게 이해할 수 있도록 하는 실물 크기의 각종 전시물이 있습니다.

14

북방의 백색 나라, 핀란드

실야라인과 헬싱키

허형,

저희는 오후 시내 관광을 마치고 서둘러 실자라인으로 향했습니다. 북유럽 인기 여행지 스웨덴 스톡홀름과 핀란드 헬싱키 두 도시를 여행할 수 있는 실자라인 크루즈를 타고 유람을 할 수 있는 배입니다. 스톡홀름과 헬싱키를 오가는 실자라인 크루즈는 각 도시에서 저녁 무렵 출발해 핀란드 올란드를 경유하고 다음 날 아침 목적지 헬싱키에 도착합니다.

실자라인 크루즈에서는 맛있는 저녁 식사가 기다리고 있었습니다. 정해진 자리에 앉아 식사하는데, 포도주와 맥주가 무료입니다. 참 이상하지요. 무료라고 하니까 별로 인기가 없습니다. 별로 마시지 않습니다. 그리고 배를 한 바퀴 돌 수 있는 산책로를 따라 북유럽의 조용하고 평화로운 풍경, 여러 아름다운 섬을 즐길 수 있었습니다.

실자라인은 원래 현지 발음은 실야라인입니다. 실자라인은 총길이가 203m, 너비는 31.5m이고, 2,980대의 침대를 갖춰 2,853명의 승객을 태울 수 있으며 자가용 400대, 버스 60대를 실을 수 있다고 되어있습니다. 13층에는 바다를 바라보며 사우나를 즐길 수 있는 유명한 핀란드식 사우나 시설이 있으며 넓은 갑판이 있습니다.

갑판에서 바라보는 풍경이 아름답습니다. 섬의 집들이 모두 작품 같습니다. 아름다운 풍경에 흠뻑 취해 움직일 수가 없는데 배는 미끄러지듯 천천히 달립니다. 많은 작은 배와 보트들이 서둘러 돌아옵니다. 하늘이 아름다웠지요. 갑판에 몇 명이 모여 노래를 부르고 있었습니다.

누구라고 밝힐 수는 없는데 저도 끼여 할 줄 모르는 노래를 했는데, 도저히 소리가 안 나와 혼냈습니다. 새벽에 밖을 나왔습니다. 다행이 아무도 없었어요. 멀리 까맣게 육지가 보이고 망망대해입니다. 지난 며칠을 돌아보며 앞으로 나아갈 길을 생각했습니다. 아직 렘브란트의 그림을 볼 생각을 하며 마치 여정이 그분의 손길처럼 느껴졌습니다. 그 풍경이 아름다웠습니다.

허형, 저희는 헬싱키에 도착했습니다. 헬싱키는 핀란드의 수도입니다. 그곳에서 가이드를 만나 버스에서 헬싱키에 대해 들었습니다. 헬싱키는 발트해 동부의 핀란드 만에 면한 핀란드 남부의 우시마 지역에 속하며, 에스포, 반타, 카우니아이넨과 함께 핀란드의 수도권을 형성합니다.

헬싱키로부터의 거리는 동쪽 상트페테르부르크까지는 300km, 남쪽 탈린까지 85km입니다. 또한, 서쪽으로 400km의 거리에 있는 발트해 건너 스웨덴의 수도 스톡홀름까지 이들 도시와 헬싱키는 역사적으로 밀접한 관계에 있었습니다. 헬싱키는 100만 명 이상이 사는 도시권으로서는 최북단에 있는 도시권입니다.

유럽연합 회원국의 수도 중 가장 최북단에 있는 도시이며, 핀란드의

정치와 교육, 금융, 문화, 조사 센터 등 다양한 분야의 중심 도시입니다.
헬싱키의 최고기온 기록은 2010년 7월 28일의 34.1℃에서 최저 기온은
1987년 1월 10일 −34.3℃였습니다. 여름 기온이 25℃를 초과하는 경우는
드뭅니다. 한국의 서울에 비교하면 좋은 기후입니다.

　　허형, 핀란드의 국민 서사시인 칼레발라의 강한 영향으로 디자인된,
로맨틱 내셔널리즘 건축물의 영향을 받은 아르 누보로, 어쩌면 더 유명
했을 것입니다. 헬싱키의 신고전주의 건축은 카타자녹카와 울란린나 등
의 큰 주거지역의 특징이기도 합니다. 핀란드 신고전주의 건축의 거장인
엘리엘 사리넨의 대표작으로는 헬싱키 중앙역이 있습니다.

　　헬싱키 대성당은 핀란드의 수도인 센트럴 헬싱키에 있는 대성당입니
다. 이 대성당은 핀란드 루터교회 헬싱키 교구에 속해 있습니다. 1917년

핀란드 독립 전까지는 성 니콜라우스 성당이라고 불렸습니다. 신고전주의 건축 양식으로 만들어진 대표적인 성당이기도 합니다.

헬싱키의 중심부에 있는 이 교회는 핀란드에서 유명한 관광 명소입니다. 매년 350,000명 정도의 사람들이 대성당을 방문하고 그 가운데에는 예배에 참석하는 사람들도 있습니다. 저희는 헬싱키의 원로원 광장에서 자유 시간을 주었지요. 항구 시장에 가서 과일도 사서 먹고 오랜만에 한가한 시간을 보냈습니다.

헬싱키 대성당이 루터교의 총 본산이라면, 우스펜스키 성당은 러시아 정교회입니다. 러시아 알렉산더 대왕의 지시로 성모승천 대축일을 기해 1868년 건축되었으며, 건축자재는 물론 실내장식도 모두 러시아에서 가져왔습니다. 건물은 붉은 벽돌로 지었고, 지붕 첨탑 부분은 금으로 되어 있다고 합니다.

이 성당이 지금은 극소수인 러시아 정교회 성당으로 이용되고 있습니다. 성당 밖으로 나오자 항구와 헬싱키 전경이 아름답게 펼쳐졌습니다. 저희는 점심을 먹고 미사를 드렸지요. 미사는 헬싱키의 어느 가톨릭 성당에서 드렸습니다. 미사 후에 시벨리우스 공원을 찾았습니다.

시벨리우스의 사후 10주년을 기념하여 1967년에 조성했는데, 조형물 2개가 있습니다. 하나는 시벨리우스 두상인데, 애완견에 기대거나 인형을 베고 있는 느낌인데 눈을 부릅뜨고 있어 자연의 역경을 이겨낸 핀란드 사람들의 강인함을 보는 것 같습니다. 또 하나는 24톤의 강철로 만들었는데, 파이프 오르간을 형상화한 것 같으면서도 이곳에 풍부한 자작나무 숲과 그곳에 쌓였던 눈이 여름을 맞아 녹다 얼며 줄줄 흘러내린 것 같기도 합니다.

다음으로 간 곳은 암석 교회인 템펠리 아우키온으로 1969년 바위산을 파내어 만들었다고 합니다. 교회 내부는 절단된 암석의 느낌을 그대로 살렸습니다. 또한, 떼어 낸 돌을 다시 벽으로 쌓았고, 천장은 음향효과를 높이기 위해 3만 미터 구리 동아줄을 짚방석처럼 감아 올려놓았습니다.

　　허형, 자연 채광을 위해 천정과 외벽 사이 원형으로 창을 만들어 건반과 같은 오묘한 맛을 느끼도록 설계되었습니다. 그리고 파이프 오르간은 암벽에 배치해 조명효과와 음향효과로 음악회와 결혼식도 자주 열린다고 합니다. 비싸겠지요. 루터파 대성당과 러시아 정교회 대성당 그리고 암석 교회로, 비로소 순례한 느낌입니다.

15

잠자는 사자의 나라, 러시아

상트페테르부르크로 향하며

허형,

저희는 오슬로에서 상트페테르부르크로 가는 열차를 타고 떠났습니다. 서서히 밖의 풍경이 바뀌는 것으로 보아 차츰 러시아에 들어온 것을 알게 되었지요. 끝없이 펼쳐지는 자작나무 숲으로 이어져 있었습니다. 러시아의 공안이 패스 포드를 점검하는 데 괜스레 겁이 났습니다. 시간도 꽤 많이 걸리고요.

이곳이 러시아구나 생각하며 상트페테르부르크역에서 내려 가이드를 만나 호텔로 갔습니다. 호텔은 무척 크고 괜찮았어요. 패스 포드를 전부 맡기고 나서 호텔에 투숙했지요. 호텔은 중국인 관광객으로 북적였습니다. 우리 중의 반이 중국인들이 차지하고 복잡한 식당에서 아침을 했지요. 잘 몰라서요. 우리만의 식당이 있는 것을 몰랐습니다.

가이드는 여러 설명을 했지요. 가이드가 슬슬 욕을 섞어 말을 했지요. 예를 들어, 저보고 해욱이스키라고. 뭐뭐스키. 대략 설명하자면, 상트페테르부르크는 러시아의 북서쪽에 있는 연방시고 어떻고 하는 것이었습니다. 네바강 하구에 있으며, 그 델타지대의 형성된 자연 섬과 운하로 인해 생긴 수많은 섬 위에 세워진 도시입니다. 발트해의 핀란드만에 접해 있습니다.

허형, 1918년 수도는 다시 모스크바로 옮겨졌습니다. 2010년 기준으로 5백만 명이 살고 있으며, 러시아에서는 수도 모스크바 다음으로, 유럽에서는 네 번째로 인구가 많은 도시입니다. 모스크바에 이은 러시아의 공업 도시로 복잡한 정밀기계의 제조가 특색입니다.

다수의 학술 연구기관, 미술관, 박물관 등이 있어 학술·문화의 중심지이기도 합니다. 도심은 유네스코의 세계문화유산으로 등록되어 있습니다. 레닌그라드주와는 분리된 연방시를 이루고 있으나, 레닌그라드주의 행정 중심 도시로 되어있습니다. 1611년 한번 스웨덴이 이 지역을 차지한 적이 있었으나, 표트르 1세가 북방전쟁에서 이 지역을 탈환하였습니다.

허형, 기억하실 거예요. 피의 일요일 혁명이라고. 또 세계 2차 대전 당시 1941년 8월부터 29개월 동안 독일군에 포위당한 상태로 40만 명이 굶어 죽으면서 지켜낸 도시라고 하여 영웅 도시라고 불리기도 합니다. 등등 수많은 설명을 들으며 우리는 상념에 잠기었습니다.

아, 내가 드디어 상트페테르부르크에 와 있구나. 생각했습니다. 네프스키 대로에 있는 수도원 주변에는 아치 형태의 문이 있는데 이 입구의 왼쪽에 있는 묘지가 라자레프 묘지입니다. 유명한 문학가와 차이콥스키, 무소르크스키 등 유명한 작곡가의 묘가 있습니다.

볼셰비키 통치 기간 중 '단결된 평화시위'와 군사행진을 위해 사용된 장소도 바로 이곳입니다. 민주화된 오늘날에도 갖가지 종류의 정치적 집회 및 문화 공연이 이곳에서 행해지고 있습니다. 화려했던 18, 19세기 제정 러시아의 수도이자 사회주의 혁명의 발상지인 성 페테르부르크는 역사의 영욕이 그대로 숨 쉬는 만큼 여행자에게 기쁨과 만족을 주는 도시입니다.

특히 이사크 성당, 에르미타쥬 박물관, 네바강 등이 백야에 희미하게 비치는 여름 정취는 아름답기 그지없습니다. 서울이라면 밤이겠지만 이곳은 백야 햇살로 눈부셨고, 거리엔 그 햇빛을 즐기는 사람들로 붐볐습니다. 러시아 제2의 도시 '성 페테르부르크'입니다.

허형, 이곳은 항상 러시아 역사의 중심에 서 있던 탓에 흔히 모스크바와 비교되는 지역입니다. 하지만 모스크바와는 다른 독특한 매력과 분위기를 지닌 탓에 대부분은 이곳을 더 마음에 담는다고 합니다. 특히 잔잔히 흐르는 네바강과 18, 19세기 바로크 양식의 화려한 건축물이 백야 햇빛에 반짝거리는 정취는 오랫동안 가슴 깊숙이 남아 있을 정도입니다.

성 페테르부르크는 인구 4백70만 명의 대도시로 북위 60도 상에 위치하고 있습니다. 핀란드만을 향해 흐르는 네바강의 델타지역에 형성된, 약 1백여 개의 섬을 365개 다리로 연결해 '북쪽의 베니스'로 통하는 물의 도시인 이곳은 겨울도 아름답지만, 이국적이고 독특한 여름 풍경이 저절로 탄식을 자아낼 정도입니다.

성 페테르부르크의 본격적인 여름은 6월 하순 '백야제'와 함께 시작됩니다. 백야엔 보통 밤 11시경 해가 지지만 밖에서 책을 읽을 만큼 밝습니다. 저희는 이미 7월 하순이라 10시 전에 해가 집니다. 화려했던 러시아 제정과 혁명의 흔적들이 숨 쉬는 곳 페테르부르크라는 지금의 이름이 붙여진 것은 이 도시의 건설자인 표트르 대제에 의해서입니다.

18세기 초 러시아를 근대화하려는 의도에서 이 도시를 세운 표트르 대제는 러시아 정교의 성인인 성 베드로의 이름을 따 '성 페테르부르크' 라 지었습니다. 그러나 이 이름은 1차 대전 중 적성국인 독일식이라는 이 유로 '페트로그라드'로 개칭됐고, 다시 혁명이 끝나고 레닌이 죽은 뒤인 1924년에 '레닌그라드(레닌의 동네라는 뜻이지요.)'라는 새 이름을 갖습니다.

　또 1백 21.8m나 되는 높은 첨탑이 있는 아름다운 성당에도 유명한 전 설이 전해 내려옵니다. 1830년 첨탑 끝에 있는 십자가를 든 천사상이 기 울어 아래로 떨어졌답니다. 그때 목수인 테르시킨이 무료로 수리를 자청 하고 나섰는데, 그는 발판이나 사다리를 사용하지 않고, 그물 하나로 탑 꼭대기를 완벽하게 수리했습니다.

　이에 나라에선 그의 요청에 따라 평생 공짜로 술을 먹을 수 있도록 목에 증표를 하사했고, 그 후부터 그는 술을 먹은 후엔 돈을 내는 대신 항상 목을 손가락으로 두드렸다고 합니다. 그때부터 러시아 사람들 사이 에선 한잔하자는 표시로 목을 두드린다고 합니다.

　허형, 어제는 호텔이 네바강에 가까운 곳에 있거나 도심에 있더라면 야경이라도 보자며 몇 군데 돌아봤겠지만, 호텔 주변은 볼거리도 없는 듯했고 거리도 어두워 일찍 잠자리에 들었습니다. 상트페테르부르크에서 의 골목길을 벗어나려는데 군용 트럭이 길을 가로막습니다. 드디어 여름 궁전의 모습이 눈앞에 다가왔습니다.

　여름 궁전은 규모는 물론이고 건물과 조형물 산책로 등 대부분이 프 랑스 베르사이유 궁전과 비슷합니다. 이는 유럽을 방문했을 때 베르사이 유 궁전을 둘러본 표트르 대제가 러시아 왕가의 위용을 과시할 목적으 로 베르사이유 궁전보다 더 넓은 궁전을 건설하고 싶어 했기 때문이라고

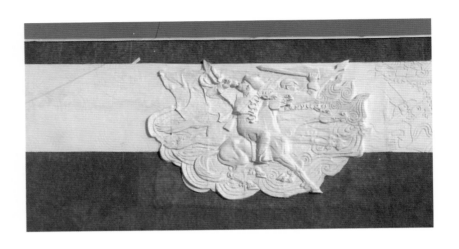

합니다.

조각상과 분수들이 각기 다른 모양으로 설치되어 있다고 하는데 대분수 제일 아랫부분의 연못 한가운데에 삼손 분수가 설치되어 있습니다. 표트르 대제가 삼손 조각상의 설치를 결정한 것은 스웨덴과의 폴타바 전투에서 승리한 날이 성 삼소니아의 기념일이었기 때문이라고 합니다.

이곳저곳이 온통 관광객들로 둘러싸여 있습니다. 드디어 러시아 국가가 울려 퍼지고 대기하고 있던 관리자가 분수에 연결된 밸브를 열자 서서히 물줄기가 치솟아 오릅니다. 삼손 분수의 물줄기가 하늘 높이 치솟아 오르자 계단 상층에 있는 분수들도 일제히 물줄기를 뿜어냅니다.

에르미타쥬 미술관

허형,

저희는 그만 가이드의 감언이설에 넘어가서 8명만 숙소에 쉬고 나머지는 무슨 쇼를 보러 갔습니다. 누군가가 쇼가 별로라서 가이드에게 속았다고 말했지요. 한 분이 "이런데 나오면 다 그런 거예요."라고 말했답니다. 그렇지요. 덕분에 저와 7명이 일찍 호텔에 들어와 쉴 수 있었습니다. 마지막 여행을 점검할 수 있는 시간을 가진다는 것이 아주 좋았습니다.

아침에 같은 성당에서 미사를 드리고, 몇 군데를 다녔지요. 우선 소개할 곳은 이삭 성당과 표트르 대제의 청동 기마상입니다. 표트르 대제의 청동 기마상 남쪽에 있는 이삭 성당은 100t이 넘는 금으로 장식되고, 유럽 각지와 국내에서 생산된 112가지 돌로 내부와 외부의 기둥 등으로 꾸며져 있습니다.

　알렉산드로 1세 때인 1918년부터 1958년, 그의 조카 알렉산드로 2세 때까지 3대에 걸쳐 무려 40년간 10만 명이 넘는 주민들이 동원되어 만들어졌습니다. 상트페테르부르크가 습지대였기 때문에 기초만 다지는데도 상당한 시간이 걸렸습니다. 당시의 22인의 예술가가 참여하고, 물자를 운반하기 위하여 최초로 네바강에는 바지선이 띄어집니다.

　동서 길이 111.2m, 남북 폭 97.6m, 높이 101.5m, 수용 인원 1만 4천 명의 규모를 자랑하고 내부는 성서의 장면이나 성서 속의 성인들을 150명 이상이나 묘사해놓고 있습니다. 모자이크화도 62점이나 되며 우랄산맥에서 생산된다는 초록색의 공작석으로 만든 모자이크 조각 기둥 등은 바티칸성당과 비교하여 내부의 화려함은 보는 이들을 놀라게 합니다.

허형, 점심 식사 후 저희는 대망의 국립 에르미타쥬 미술관을 방문했습니다. 상트페테르부르크는 크게 여름 궁전과 겨울 궁전으로 나누어집니다. 겨울 궁전은 상트페테르부르크에 있는 많은 건축물 중 가장 화려하고 아름다운 것은 바실리에프스키 섬에 세워진 겨울 궁전입니다.

1711년, 겨울 궁전이 처음 지어졌을 때 지금의 모습과 좀 달라, 검소하고 실용적인 네덜란드의 건축물과 생활 모습에 큰 감동을 받은 표트르 대제는 철저하게 실용주의를 추구했기 때문에, 처음 지어진 궁전은 조금 평범해 보였습니다. 겨울 궁전을 오늘날의 모습으로 바꾼 것은 표트르 대제의 딸인 여제 엘리자베타입니다.

겨울 궁전은 현재 국립 에르미타쥬 미술관으로 사용되고 있는 중으로, 소장된 작품이 자그마치 270만 점이 넘습니다. 수 세기에 걸쳐 러시아 왕가에서 수집한 그림과 조각, 보석 등이 전시되고 있습니다. 바티칸, 루브르, 대영 박물관과 어깨를 나란히 할 정도로 수준 높은 작품이 가득합니다.

허형, 대표적인 작품으로 '피터 대제 홀'과 '제우스의 딸'과 같은 지혜의 여신 등이 있습니다. 미네르바와 같이 서 있는 '뾰뜨르와 미네르바' 등의 그림이 있고, 그 위로 쌍두 독수리, 피터 대제의 왕관이 있으며, 그림 아래 왕좌 등판에는 국가문장이 수놓아져 있습니다.

그 중 당연, 빼놓을 수 없는 작품이 렘브란트의 '돌아온 탕자'입니다. 렘브란트의 '돌아온 탕자'는 이 세상에서 가장 아름답고 위대한 성화 중의 하나로 불리는 부모의 무한한 사랑과 그리스교의 용서가 담긴 그림입니다. 빛의 화가 렘브란트는 아버지의 한 손은 여성, 다른 한 손은 남성의 손으로 부모의 사랑을 표현합니다.

아버지와 아들의 옷에 동일한 색상을 사용하여 유대감을 묘사하고 있습니다. 오른쪽에 서 있는 큰아들의 묘한 비웃음은 당시 종교계의 세속적 타락을 의미한다고 합니다. 자세히 보면 눈먼 아버지와 돌아온 아들의 뺨에 눈물 자국도 보입니다. 저는 돌아다니는 것도 힘들고 하여 아예 처음부터 렘브란트의 '돌아온 탕자'를 거의 한 시간 반 동안을 렘브란트의 '돌아온 탕자'를 바라보았습니다.

정말 경탄을 하며 그림에 몰두했었습니다. 그리고 '브누아의 성모'은 레오나르도 다빈치 소유자의 이름을 붙어 있습니다. '브누아의 성모'로 불리는 이 그림은 현존하는 레오나르드 다빈치의 많지 않은 작품 중 확실한 진품이라고 알려져 있습니다.

허형, '젖먹이는 성모'는 레오나르도 다빈치의 작품입니다. 1813년 리타공이 구입하여 '리타의 성모'라는 이름으로 불리게 되었으며 아기 예수님의 왼손에 가진 작은 새는 '영원'을 상징합니다.

러시아의 문화적인 면

허형,

저희는 마지막 미사를 드리고 나서 그동안의 나름대로 일정에 대해 감사를 드렸습니다. 노르웨이부터 이곳 모스크바까지 이끌어 주신 긴 여정에 대해 깊이 감사를 드렸습니다. 저희 26명이 전부 무사하게 순례의 여정에 함께 해 주신 것에 대해, 무엇보다 전부 아프지 않고 인도해 주셨음에 대해 감사했습니다.

1990년 대 사망한 러시아 젊은이들의 우상, 빅토르 최를 기념하는 낙서 벽도 구아르바쁘 거리의 한켠을 차지하고 있습니다. 빅토르 최는 페레스트로이카 정책의 실행으로 소련 사회에 개혁과 개방 분위기가 급격히 전개되자, 서방의 록 음악을 소개하여 유행시켰던 고려인 가수입니다. 이곳에서는 자랑스런 한국인이었습니다.

소련 록 음악의 선구자로 알려져 있습니다. 그는 아버지는 고려인이고, 어머니는 우크라이나인입니다. 1962년 6월 21일에 카자흐공화국의 크질오르다에서 태어나서, 5년 뒤에 레닌그라드로 이주하였습니다. 학창 시절부터 예술에 많은 관심을 가졌는데, 그림과 조각에 대한 공부를 꾸준히 하면서 노래 부르는 것을 즐겼습니다.

1987년에 고르바초프의 페레스트로카 정책이 시행되면서, 소련 사회에는 큰 변화가 일어났습니다. 개방정책으로 인해 서구와 교류가 더 쉬워졌고, 당국의 간섭도 확연히 누그러졌지요. 이때 빅토르 최의 록 음악 활동은 절정에 이르러, 1988년부터 덴마크, 프랑스, 미국을 방문하여 공연하였고, 1990년에는 일본도 방문하였습니다.

1990년에는 모스크바 공연을 시작으로 여름 내내 전국을 돌며 공연을 하고서 라트비아 라가로 옮겨 별장에서 새로운 곡을 만들다가 세상을 떠났습니다. 저희는 거리의 아름다운 카페식당에서 점심을 먹은 후 크렘린으로 왔습니다. 모스크바라는 도시 이름은 모스크바강에서 따왔습니다.

허형, 모스크바는 유리 돌고루키가 동맹자인 노브고로트 세베르스키 공을 위해 대연회를 열었다고 1147년 연대기에 처음으로 기록되었습니다. 17세기에 대폭적으로 진행된 건축 활동에 힘입어 크렘린은 형태가 변했는데, 바로 오늘날 우리가 보아 금방 눈에 익은 그 모습을 띠게 됩니다. 18세기와 19세기에 궁전들을 재건하는 대대적인 작업이 행하여졌습니다.

모스크바 크렘린은 중세 유럽 축성 예술의 제일가는 본보기 중 하나입니다. 이 건축물들은 1485~1495년에 이태리 건축예술가들과 건축기사들에 의해 세워졌습니다. 성채의 윤곽은 삼각형의 모양을 띠게 되었습니다. 성벽 총 길이는 2,235m입니다. 이 성벽을 따라서 18개의 군사용 탑이 있습니다.

17세기부터 이 광장은 '끄라스나야'라는 명칭으로 불리게 됩니다. 이 명칭은 모든 아름다운 것을 의미하던 슬라브어 단어에서 비롯된 것인데, 이 단어는 현대 러시아에서 붉은 것을 의미하기 때문에 이 광장의 이름이 '붉은 광장'이라고 번역됩니다.

허형, 바실리는 세간에서 존경받던 예언자였습니다. 1588년 그는 성(聖)바실리로 불리고 이 정교회 대성당의 북서쪽 모퉁이 근처에 있습니다. 그때부터 성 바실리 성당이라고 부르기 시작했습니다. 크렘린은 모스크바 시의 발상지이자 요새로서, 시의 중심이자 러시아 역사의 구심점이었습니다.

푸쉬킨은 모스크바 출생으로 러시아 리얼리즘 문학의 확립자입니다. 명문 귀족의 장남으로 외조부는 표트르 대제(大帝)를 섬긴 아비시니아 흑인 귀족이었습니다. 그곳의 자유주의적 기풍, 나폴레옹 전쟁의 국민적 고양, 미래의 데카브리스트들과의 교유 등은 그의 사상형성에 커다란 기반이 되었습니다.

1820년 최초의 서사시 '루슬란과 류드밀라'을 완성하였는데, 그것은 보수적인 것의 대표적인 것이 되었습니다. 자유를 사랑하는 내용의 시가 화근이 되어 남부 러시아로 유배되고, 키시뇨프 오데사에서 살았습니다. 러시아의 역사적 운명과 민중의 생활 등에 대하여 깊은 통찰의 기회를 주었다고 할 수 있습니다.

허형, 1825년 12월 데카브리스트 괴멸 후, 그들과 친교가 있던 그는 이듬해 수도로 소환되었습니다. 친구를 잃었던 수도에서의 고독에도 좌절하지 않고, 1828년 역사시 '폴타바'를 완성하였습니다. 1837년 1월 27일 그는 아내 나탈랴를 짝사랑하는 프랑스 망명 귀족 단테스와의 결투로

부상하여 2일 후 38세의 나이에 죽었습니다.

이 결투는 명백히 그의 진보적 사상을 미워하는 궁정세력이 짜놓은 함정이었다고 합니다. 푸시킨의 작품은 모두 농노제하의 러시아 현실을 정확히 그려내는 것을 지향하였으며, 깊은 사상과 높은 교양으로 일관되어, 후의 러시아 문학의 모든 작가와 유파는 모두 '푸시킨에서 비롯되었다'라고 해도 과언이 아닙니다.

바이칼 명상여행

허형,

사실 떠나기 전에 감기에 허리도 아프고 치통까지 겹쳐 바이칼 명상여행을 포기해야 하나 잠깐 망설이기도 했지만, 오히려 여러 가지 악조건에서 겨울의 심장이라는 바이칼 호수에서 시베리아의 추위에 도전하고 싶었습니다. 여행 내내 기침하고 치통에 시달렸지만, 행복했고 돌아온 지금도 그곳을 생각하며 행복합니다.

바이칼 호수의 알혼섬의 부르한 바위 앞에서 아름다운 석양을 바라보며 명상을 마치고 기가 막힌 일몰과 주변의 경관을 카메라에 담으려 했더니 너무 추워서 작동이 되지 않더군요. 렌즈가 아닌 마음에 담으라는 메시지로 알아듣고 오래 머물렀습니다.

제가 우선 그곳에서 '바이칼 명상여행' 7행시를 쓰라는 과제에 응답했던 내용을 올립니다.

바이칼 호수 심연 얼음 위에 앉아

이토록 먼 길 무엇 하러 왜 왔는가?

칼로 찌르듯 가슴 저미는 화두 받아

명상 통해 얼음 녹이고 영혼의 두레박 던지니

상념 사라지고 맑은 물 두레박에 가득하네

여기 그대에게 영혼의 생수 주노니

행복하여라 바이칼 호수 정기 받은 그대여

허형, 저는 지금 러시아 시베리아 동남쪽에 자리한 바이칼 호수에 와 있습니다. '고도원의 아침편지' 팀, '바이칼 명상여행'에 편승하여 사람들 가운데 고독을 누리고 싶어 여행을 떠나왔습니다. 지금은 아무도 깨지 않은 새벽 4시입니다. 창문 밖을 내다봅니다. 설원의 반사로 어둡게 느껴지지 않는 새벽입니다.

저는 지금 옛날 군대에서 빼치카라고 불리던 난로 옆에 앉아 이 글을 씁니다. 이곳은 바이칼 호수에서도 가장 성스러운 곳으로 여기는 알혼섬의 브르한 바위가 가까이 있는 마을, 어느 통나무집입니다. 니키타라고 불리는 백만불 짜리 미소를 지닌 시골 아저씨의 집인데, 그 사람을 보면서 푸근한 미소를 지닌 형을 떠올렸습니다.

거실에 놓여 있는 난로 앞에 앉으니 그 불이 따뜻하게 제 볼을 달구어 주면서 문득 형에게 편지를 쓰고 싶어진 것입니다. 바이칼 명상여행에 다녀갔던 신영길이라는 사람이 이런 글을 썼지요.

"거기 통나무집 거실 한 가운데 난로가 있었다. 장작을 먹는 놋쇠 난로인데 잘 마른 장작더미가 탄창 안의 총알들처럼 가지런하게 쌓여 있고 난로 안으로부터 나무 타는 소리 툭툭 새어 나와 이글거리는 불꽃이 낼름 혓바닥 내밀 듯하였다. 장작난로 앞에만 서면 코를 킁킁거리며 손 비비고 다리 벌려 온몸 구석구석까지 불 맛 보이게 된다."

신영길 씨의 묘사를 통해 통나무집의 난로의 모습이 그려지리라 생각합니다. 가만히 타는 장작을 바라다보면 장작은 재잘재잘 끝없이 제게 말을 건넵니다. 자기 몸을 태우면서 제게 따뜻함을 주는 장작에게 고맙다고 말해 주니, 붉은 볼에 불을 밝혀 환하게 웃습니다.

어제 오후에 우하직이라는 러시아식 승합차를 타고 바이칼 얼음 호수를 건너 이곳 알혼섬에 와서 브르한 바위 앞에서 첫 명상을 하였지요. 일몰이 얼음 호수, 바위, 주변의 나무들과 어울려 기가 막힌 장관을 이루고 있었습니다. 명상을 시작하기 전에 몇 커트를 찍었지요.

최고의 순간을 포착하려는 순간 밧데리가 다 되었다는 사인이 나오더군요. 사실은 너무 추워서 밧데리가 작동을 하지 않은 것인데, 미처 생각하지 못하고 저의 치매 증상과 게으름을 탓했지요. 그러나 그 순간 이 장면은 렌즈가 아닌 제 마음에 담아야 한다고 스스로 달랬습니다. 명상하면서 지는 해를 오래 바라보았습니다. 짧은 시상이 떠올랐습니다.

바이칼 호수 얼음 위로 길게 내민 해의 손
참선자들 토해내는 침묵의 절규 어루만지네
선조들 얼이 깃든 부르한 바위 어깨의
넉넉한 품도 우리 아픈 가슴 다독거리네

명상 안에 잠겨 호수가 건네는 밀어 듣네

고뇌 있을지라도 삶이 축복이라고 들려주네

저 긴 해의 손 깊은 호수 어둠 속에 잠길 때

언젠가 그분 계신 곳으로 돌아가야 함을 생각하네

　허형, 난롯불이 형의 마음만큼이나 따뜻하게 저의 온몸과 마음을 달구어 저도 난로가 된 느낌입니다. 다른 사람들에게 따뜻함을 주는 난로가 되려면, 장작처럼 자기 몸을 태워야 하겠지요. 오늘은 여기까지 쓰고 다음에 바이칼 호수와 알혼섬에 대해 들려드리겠습니다.

바이칼 호수, 시베리아의 진주

허형,

이곳 바이칼 호수에서 두 번째 편지를 띄웁니다. 함께 소주 한 잔 기울이며 듣던 형의 너털웃음이 그립습니다. 저는 자작나무 숲 통나무집에서 형을 그리며 이 글을 씁니다. 별들의 축제를 훔쳐보려고 살짝 방을 빠져나왔습니다. 북두칠성이 아주 가까이에서 그 긴 주걱을 제게 건네며 팥죽 한 그릇 먹으라고 권하네요.

팥죽 대신 싱그러운 자작나무의 향기를 흠뻑 마십니다. 오늘은 이곳 바이칼 호수에 대해 언어들은 소박한 지식을 나눕니다. 바이칼 호수는 흔히 겨울의 심장, 또는 '시베리아의 진주'로 불리는 신비의 바다입니다. 염분이 없는 담수를 담고 있으니 분명 호수이지만, 이곳 사람들은 바다라고 부르기 때문에 저도 굳이 바다라고 불러 봅니다.

낮에 바라다보던 호수는 두께 1m의 얼음이 얼어있었습니다. 그런데도 어느 곳에는 수심 100m까지 보일 만큼 투명하다고 합니다. 저는 얼음의 아름다운 층들이 만든 추상화만 보았지요. 바이칼은 세계에서 가장 오래전에 형성된 가장 깊고, 차고, 깨끗하고 맑은 호수라고 합니다.

수정처럼 투명한 물속에는 원래 바다였을 때의 동물이 생존해 남은 세계 유일의 담수 물개와 철갑상어, 그리고 속이 다 보이는 투명한 물고기 골로미얀카 등을 포함한 지구상 어느 곳에서도 볼 수 없는 1500여 종류의 다양하고 고유한 생물이 살고 있어 살아 숨 쉬는 자연사 박물관이라고 불려도 손색이 없는 곳입니다.

소설가 김종록 님은 '바이칼'에서 이렇게 말했고, 고도원 님이 그것을 아침편지에 소개했었지요.

"바이칼은 그 어떤 연구진의 세세한 수치 제시로도 올곧게 파악될 수 없는 비밀을 간직하고 있다. 모든 오래된 호수들이 빙하기를 거치면서 퇴적물이 쌓여 사라지는데 오직 이 바이칼만은 노화되지 않고 처음과 같은 싱싱한 젊음을 유지하면서 오늘날까지 생명을 노래하고 있음이다. 안으로는 태고의 원시성을 그대로 지니면서 겉은 생기가 용출하는 건강한 생리를 보여 준다. 알 수 없는 비밀이다."

바이칼 호수는 이런 비밀스러운 생태학적 의미 외에도 문화 역사적으로 의의를 지니는 곳이지요. 바이칼 호수는 우리 민족의 시원으로 주목받는 곳인 까닭입니다. 아시아 대륙의 초원(steppe)지대를 생활무대로 삼던 민족들의 인종적 갈래는 몽골로이드 황인종이며 반만년 전에 한반도에 정착한 우리 선조들도 바로 같은 혈통의 북방 몽골로이드로 보고 있기 때문입니다.

김종록 님은 "이 물은 이미 물이 아니다. 우주의 진액이며 우리네 조상님들이 대대로 물려온 정화수다."라고 말하기도 했지요. 최근의 연구

결과가 아니라, 벌써 오래전에 육당 최남선 선생과 봉우 권태훈 선생 등 선학들이 바이칼 호수를 우리 민족 문화의 발상지로서 보았고, 그렇기에 춘원은 그의 소설 '유정'에서 '영원한 회귀'의 배경으로 삼았지요.

춘원과 바이칼에 대해서는 다음 기회에 나누기로 하지요. 우리 선조들의 활동 무대이며 근거지로 추정되는 지역들은 러시아 연해주에서 만주벌판에 이르고 우리 문화의 뿌리와 우리 겨레 얼의 진원지, 다시 말해, 우리 민족의 기원이 이곳 바이칼 호수라는 설이 최근에 와서 더 설득력을 얻고 있습니다.

간단히 정리해서 말씀드리면, 우리 민족의 기원과 형성에 대한 확실한 정설이 없습니다마는 일부 학계에서 대략 오늘날의 한국인은 몽골로이드 황인종들의 여러 갈래가 약 반만년 구석기시대에 따뜻한 기후를 찾아 바이칼 호수를 떠나 만주벌판을 거쳐 한반도에 정착한 것으로 보고 있다고 합니다.

한편, 몽골리아는 소비에트 연방의 해체로 자치권을 얻으면서 칭기즈 칸이라는 인물을 새롭게 조명하고 있습니다. 칭기즈 칸은 1167년 바이칼 호수 남부 해안가 근처에서 태어났다고 합니다. 그는 생전에 자주 자기의 고향, 바이칼 호수에 들려 기도와 명상, 휴식을 취하였고, 바이칼 호수를 무척 사랑했다고 합니다.

지금도 바이칼 호수 주변에 사는 민족은 몽골리아의 한 종족인 브리야트인입니다. 제가 첫 번째 편지에서 말씀드린 백만 불짜리 미소를 지닌 통나무집 주인아저씨, 니키다 씨도 브리야트 인으로 인상이 우리나라 사람과 아주 비슷합니다. 이곳 민족 설화 하나를 들려 드립니다.

이곳 바이칼 호수 근처에 사는 하이도리라는 이름의 나무꾼이 호수에 내려앉는 백조를 발견했답니다. 그런데 이 백조들이 호수에 내려앉자마자 아름다운 아가씨로 변하더니 모두 옷을 벗고 호수에서 목욕하는 것이었습니다. 하이도리는 그 가운데 한 아가씨의 옷을 감추었답니다.

목욕을 마친 아가씨들은 다시 백조로 변하고 모두 하늘로 날아올랐지만, 옷을 잃어버린 한 아가씨만은 땅에 남았습니다. 결국, 하이도리와 결혼을 합니다. 이들 둘 사이에서 열한 명의 아이들이 태어나고, 이들은 브리야트 인들의 선조가 됩니다.

허형, 어디선가 많이 듣던 이야기 아닙니까? 그렇다면 우리가 알고 있는 '선녀와 나무꾼' 이야기와 얼마나 비슷하고, 또 어떤 연관이 있는지 물음을 던지게 됩니다. 우리, 이야기를 계속 들어보기로 할까요? 두 사람은 오랫동안 행복한 삶을 살았습니다. 그런데 아름다운 아내는 어느 날 하이도리에게 백조의 옷을 한 번만 입게 해달라고 조릅니다.

이제 나이도 들었고 아이가 열한 명인데 무엇이 걱정인가?라고 생각한 하이도리는 아내에게 옷을 내어줍니다. 옷을 입은 아내는 백조로 변했고 연기가 빠져나가는 유르트의 천장 구멍을 통해 하늘로 날아가 버렸다고 합니다. 아무도 이 이야기가 우리의 전래동화 '선녀와 나무꾼'과 다른 이야기라고 할 수 없겠지요.

이름은 낯설지만, 니키다 씨를 전혀 외국인으로 느끼지 못하게 하는 친근함과 형을 닮은 미소를 저는 도저히 어떻게 설명해야 할지 모릅니다. 밤이 깊어갑니다. 오늘은 이만 줄입니다. 편히 주무십시오.

바이칼 호수, 앙가라강

허형,

바이칼 호수에서 유일하게 흘러나오는 앙가라강이 시작되는 곳에서 잠깐 찬물에 손을 담그며 형을 생각했습니다. 형과 함께 월악산 계곡에서 발을 담그고 찬물에 오래 견디기 내기를 했던 기억을 떠올렸지요. 가까운 시일 내 형과 함께 다시 월악산을 오르고 싶습니다.

저는 이곳 앙가라강에 손을 담그기 위해서 잠시 일탈을 했지요. 일행이 바이칼 호수 박물관에서 머무는 틈새를 이용하여 살짝 강가에 내려온 것입니다. 이곳 앙가라강은 '영원한 불꽃'이라고도 불린답니다. 바이칼 호수는 1m가 넘게 꽁꽁 얼어있었습니다.

그 위에서 자동차들이 곡예를 하며 달리는데 거기서 시작되는 앙가라강은 엄청난 속도의 물살로 흐르며 운무와 같은 아지랑이를 뿜어냅니다. 이 강은 바이칼 호수에서 흘러나온 후 예니세이스크 근처에서 예니세이강과 합류하기까지 중앙 시베리아 평원을 가로질러 1,779㎞를 흐르다가 북극해로 들어가는 강이라고 합니다.

제가 지난번 편지에 김종록 님의 말을 인용했지요. 바이칼은 노화하지 않고 처음과 같은 젊음을 유지하면서 오늘날까지 생명을 노래하고 있고, 건강한 생리를 보여 준다고 하면서 마지막 말이 "알 수 없는 비밀이다."라고 썼던 말을 기억하실 것입니다. 저는 이 비밀은 아주 단순하다고 생각합니다. 바이칼의 비밀은 바로 이 앙가라강에 있음에 틀림이 없습니다.

바이칼 호수에는 336개의 강이 흘러들고 호수에서 바깥으로 흘러나가는 강은 이 앙가라강 하나뿐이라고 합니다. 흘러나가는 강은 하나뿐이지만 그 강이 엄청나게 크고 수심이 깊습니다. 마치 바이칼 호수가 바로 이 강으로 자기 존재를 쏟아 내어놓는 느낌을 줍니다. 그것이 바로 비밀입니다.

허형, 사해를 생각해 보십시오. 사해는 호면이 해면보다 400m가량 낮아 지구에서 가장 낮은 수역(水域)을 형성하고 있습니다. 북쪽으로부터 티베리아 호수에서 흘러나온 요르단강이 흘러들어옵니다. 그밖에도 수많은 와디들이 흘러들어옵니다. 해면이 낮기 때문에 흘러나가는 강이 하나도 없습니다.

사해는 받기만 하고, 내어주지 못하는 비극을 안고 사는 호수입니다. 강에서 흘러든 담수는 호면에 잠시 머물다가 이내 죽음의 바다에 함몰됩니다. 사해에는 고농도의 염분 때문에 세균을 제외하고는 어떤 생물도 살지 못합니다. 홍수가 일어났을 때 요르단강이나 작은 하천을 통해 유입된 물고기들도 이곳에서는 금방 죽고 만다고 합니다.

받기만 하고 주지 않을 때, 고인 물은 썩기 마련입니다. 거기 생명이 살 수 없습니다. 저는 바이칼 호수가 젊음을 유지하면서 생명을 노래할 수 있는 것은 앙가라강으로 자기의 온 존재를 내어주기 때문이라고 생각합니다. 고도원 님이 김종록 님의 위의 말을 인용하고 "사람도 바이칼 같다면 얼마나 좋을까요. …… 죽는 날까지 맑은 영혼으로 사는 사람 속에 당신과 내가 있다면 참 좋겠습니다."라고 썼습니다.

사람도 받기만 하고 주지 못하면 젊음을 유지하면서 생명을 노래할 수 없지요. 형과 나, 아니 우리가 모두 맑은 영혼으로 사는 유일한 비결이 있다면, 바이칼이 앙가라에게 온 존재를 내어주듯, 우리의 존재를 남에게 내어주고 흐르게 하는 것이리라 생각합니다.

허형, 오늘도 이곳 아름답지만 슬픈 전설 하나 들려 드립니다. 아버지 바이칼은 아들 336명과 아름다운 외동딸 앙가라가 있었답니다. 바로 바이칼 호수에는 336개의 강이 흘러들고 호수에서 바깥으로 흘러나가는 강은 앙가라강 하나뿐이라는 사실을 상기하면 되겠지요. 아버지 바이칼은 사랑하는 아름다운 딸 앙가라를 이르쿠트라는 청년에게 시집보내려 마음먹고 있었답니다.

이미 앙가라는 예니세이(앙가라 강과 만나는 강)를 사랑하고 있었지요. 앙가라는 어느 날 아버지 바이칼을 깊이 잠들게 하고 예니세이에게 도망쳤습니다. 그런데 잠에서 깨어난 바이칼은 도망가는 딸을 뒤쫓다가 바위를 던졌습니다. 앙가라는 바위에 목을 맞아 죽게 됩니다. 그녀는 사랑했던 예니세이를 그리며 뜨거운 눈물을 흘렸다고 합니다.

그 눈물이 바로 앙가라강이 되어 365일 예니세이를 향해 흐른다고 합니다. 그러니 그 뜨거운 눈물이 강에 아지랑이를 피우나 봅니다.

바이칼과 춘원

허형,

바이칼에서 돌아와서 춘원의 소설 「유정」을 다시 읽고 있습니다. 형도 알다시피 「유정」은 춘원의 대표작이라고 할 수 있지요. 일반적으로는 「무정」이 대표작으로 더 잘 알려진 작품입니다마는 정작 춘원 자신은 자기의 작품 중에서 후세에 남을 만한 것이 있다면 「유정」이라고 말했지요.

그는 「유정」에서 인정의 아름다움을 그리려고 했고, 자신의 내면적 진실을 표출했다고 고백하고 있습니다. 그는 1937년 1월 「삼천리」라는 잡지와의 인터뷰에서 이렇게 말하고 있습니다.

"외람된 말이지만 만일 내 작품 중에서 후세에 남을 만한 게 있다면 「유정」이고, 더욱 외람된 말이지만 외국어로 번역될 것이 있다면 「유정」이라고 생각해요. 더구나 「유정」에서 시베리아의 자연묘사를 한 것에 이르러서는 나는 상당히 힘을 기울였소이다."

춘원의 상당히 힘을 기울였다는 시베리아 묘사 한 대목을 옮겨봅니다.

가도 가도 벌판. 서리 맞은 마른 풀 바다. 실개천 하나 없는 메마른 사막. 어디를 보아도 산 하나 없으니 하늘과 땅이 착 달라붙은 듯한 천지. 구름 한 점 없건만 그 태양까지도 마치 이루 다 비추지 못하여 지평선, 호를 그린 듯한 지평선 위에는 항상 황혼이 떠도는 듯한 세계. 이 속으로 내가 몸을 담은 열차는 서쪽으로 해가 가는 걸음을 따라 달리고 있소. 열차가 달리는 바퀴 소리도 반향 할 곳이 없어 힘없는 한숨같이 스러지고 마오.

동행했던 분 중의 한 분이 제게 물었지요. "신부님, 춘원 이광수가 과연 시베리아 열차를 타고 바이칼 호수에 와 보고 난 후에 소설 「유정」을 썼을까요?" 제가 빙그레 웃으며 답했지요. "물론 그랬겠지요."

허형, 우리가 탔던 시베리아 횡단 열차도 춘원의 묘사처럼 지는 해가 기차 왼쪽으로 나타났다 사라졌다 하면서 해 걸음을 조금 비껴가면서, 어둠 속을 향해 달려가고 있었지요. 다만 춘원의 묘사와 다른 것은 가끔 낮은 구릉들이 나타나고 서리 맞은 마른 풀의 바다가 아니라 가도 가도 설원이었지요.

우리는 겨울의 시베리아를 가고 있었고 유정의 배경을 보면 춘원은 초가을에 바이칼에 도착했으니까요. 저에게 계속 의문이 들었던 것은 춘원이 스스로 자기의 대표작이라고 말하는 「유정」에서 왜 주인공 최석과 정임의 죽음의 장소로 바이칼 호수를 택했느냐는 것입니다. 제가 존경하는 모 신부님은 이런 말씀을 했지요.

"죽음은 단순히 삶의 연장이 아니다. 삶의 한 부분이다. 죽음 없이 한 사람의 삶이 완성될 수 없다. 예수님도 죽음을 겪고 난 이후에야 비로소 인간을 온전히 이해했다고 생각한다."

종교적인 의미를 부여하지 않는다고 하더라도 죽음은 '태어난 곳으로의 돌아감'이고 인간의 영적인 근원으로의 회귀가 아니겠습니까? 그렇다면 춘원이 최석과 정임의 죽음의 장소로 바이칼 호수를 택한 것은 단순히 개인적인 성향을 넘어서는 민족사적인 의미가 있는 것이 아닐까요?

춘원도 바이칼 호수를 우리 민족의 시원지로 보고 민족의 갈등과 번민을 표상하고 있는 최석과 정임을 바이칼 호수 옆 타이거 삼림에 묻게 함으로써 그들이 민족의 정신적인 고향으로 돌아가서 순수한 사랑을 이루게 한 것일지도 모릅니다. 계속 의문이 꼬리를 물게 됩니다.

그렇다고 하더라도 춘원은 왜 주인공 최석과 정임이 죽음을 택하는 방식으로 소설을 끝맺음할까요? 세인의 존경을 받던 교육자인 최석과 정임의 사랑은 작가 춘원 자신의 내면 안에서 받아들일 수 없는 탈 윤리이었을까요? 아니면, 시대 상황 안에서 민족의 절박한 위기를 죽음으로까지 묘사한 것이었을까요?

그를 스승으로 존경하고 따르던 스무 살 연하의 모윤숙과 연문도 돌고 있었으니까요. 그렇다고 하더라도 저는 춘원이 자기변명으로서 이 소설을 썼다고는 생각하지 않습니다. 더구나 춘원이 그런 사랑이 죽음을 택해야 할 만큼 비윤리적으로 보았다고는 생각하지 않습니다.

허 형, 오늘은 여기까지 쓰고 동행했던 오창극 목사님이 쓰신 시집에 실린 시 하나 보냅니다.

살아 있는 것은 모두 흔들린다

단 한 번이라도

뜨거운 사랑을 해 본 사람이면

그 흔들림이 무엇인가를 안다

그 어지러움이 무엇인가를 안다

그대가 머물다 간 자리에

바람이 불어와도

넘어지고 쓰러지는 것에

덤덤해지고 무뎌진다

살아 있는 모든 것은 다 흔들린다

우리 모두 흔들리고 놀라며 사는 중생들이지요. 저는 이 시를 읽고 제가 좋아하는 황동규 님의 '수련'이라는 시를 떠올렸습니다. 예수님께서 물 위를 걸으신 기적을 두고 쓴 '수련'에서 황동규 님은 "이적 앞의 놀람, 살아 있음의 속뜻이 아니겠는가?"라고 씁니다.

그렇습니다. 삶의 순간순간이 이적이고 그 이적 앞에 놀라고 흔들리는 것이 우리가 살아 있다는 증거가 아니겠습니까? 때로 흔들리며 때로 놀라시면서, 내면의 평온은 지니시기 바랍니다.

춘원의 '유정'

허형,

지난 편지에서 「유정」의 줄거리도 다시 들려주지 않고 마치 형이 「유정」의 스토리를 다 알고 있어야 하는 것처럼, 다짜고짜 그런 글을 써서 미안한 마음이 컸습니다. 형도 저와 마찬가지로 학생 때나 읽은 작품일 터인데 말입니다. 하여 우선 「유정」의 줄거리를 간단히 들려드립니다.

춘원은 「유정」을 주인공 최석이 자기의 믿는 벗, N형한테 자신의 속내를 털어놓는 편지 형식으로 전개합니다. 최석은 친구 남상호가 죽자 북경서 중국인 부인과 딸 정임을 데려다 자신의 집 근처에 집을 얻어 살게 하였지요. 그런데 최석이 기미년에 옥에 들어가 살다가 삼 년 후에 집에 돌아와 보니 친구 상호의 부인은 죽고 딸 정임이 집에 와 있었습니다.

정임은 예쁘고 공부도 잘하여 자연 부인과 딸에게 구박을 받게 되고, 정임이 나이가 들어 처녀티가 나기 시작하자 부인은 질투마저 하게 되지요. 마침 정임이 고등보통학교를 1등으로 졸업하여 일본 유학하게 되자 최석은 섭섭한 마음이었지만 집안은 평온을 되찾았습니다.

얼마 후 정임이 아프다는 편지를 받은 최석은 일본으로 건너가 정임의 병을 어느 정도 돌보아주고 돌아오니 부인은 정임이와 부정한 짓을 하고 온 것처럼 대합니다. 부인의 감시인이었던 정임의 룸메이트가 보내 준 일기 때문이었습니다. 부인이 증거로 보여 준 일기에는 최석에 대한 사랑의 감정이 담겨 있었습니다.

어느 날 학교에서 훈화를 할 때 학생들이 웃어 질책을 하고, 칠판을 보니 '에로 교장 최석, 에로 여자고등사범학교 남정임'이라는 글이 쓰여 있었습니다. 그것은 K교무 주임의 교장 자리를 노린 음모였지만, 그날 석간신문에 '에로 교장'이라는 문구가 수없이 난 기사가 실린 것을 본 최석은 교장 자리를 내놓게 됩니다.

그때도 지금처럼 자리를 탐하여 모함을 하는 풍토가 있었다는 사실이 우리를 슬프게 합니다. 최석은 유언장을 쓰고 만주로 떠나려다 정임을 마지막으로 보기 위해 동경으로 갔습니다. 병원에 있는 정임을 보고 학교를 사직했고 여행길을 가려고 한다고 말하고, 여관으로 와 편지를 남기려 하다 정임이를 사랑하고 있는 자신을 발견하게 됩니다.

최석이 남긴 편지에서 그가 죽으려고 하는 것을 알았던 정임은 돌아가시지 말고 살아달라고 부탁하며 떠나갔고, 최석은 정임과의 영원한 이별을 생각하며 뒤척이다 다음날 여행을 떠납니다. 최석은 결국 바이칼 호수로 가서 정임에 대한 사랑의 마음을 외칩니다.

N은 최석의 편지를 아직도 남편을 미워하는 부인에게 주고 집에 돌아와 있는데 정임이가 온다는 전보를 받습니다. 정임이 또한 최석의 편지를 받고 최석을 찾아 떠나가려고 경성으로 온 것이지요. 최석의 편지를

본, 부인은 남편과 정임이 사이에 부정한 일이 없었다는 것을 믿게 되었고, 아버지와 정임이의 사이를 이해하는 순임이는 아직 병이 든 정임이를 데리고 아버지를 찾아 떠납니다.

그 후 N은 정임에게서 자신은 병으로 인해 바이칼호반 최석이 머물렀던 여관에 누워있고 순임은 주인 노파와 아버지 있는 곳으로 떠났다는 편지를 받습니다. 정임의 편지를 받은 십여 일 후 순임에게서 온 전보를 받고 N은 순임이 있는 곳으로 가 병석에 누운 최석을 만납니다.

최석은 N에게 자신의 일기를 보고 남이 보지 않게 태워 버리라고 부탁합니다. 일기 내용은 정임에게로 향한 그리움과 사랑의 감정을 쓴 것이었습니다. 최석의 병이 조금 나아지자 N은 정임을 데리러 떠납니다. N과 함께 순임이 병든 몸을 이끌고 왔을 때 최석은 이미 죽고 말았습니다. 그후 N은 정임이 최석이 있던 방에 가만히만 있다는 편지를 주인 노파에게서 받고 정임이가 죽었다는 기별이 오면, 둘을 나란히 묻어주겠다고 생각합니다.

허형, 혹자는 춘원이 「유정」에서 숭고한 정신적인 사랑을 그렸다고 하지만, 기실 내용 자체만 보면 그렇게 영적이고 정신적인 사랑을 다루고 있어 숭고하다고 할 것도 없고, 그렇다고 비윤리적인 사랑을 다룬 통속 소설로 치부할 수도 없는, 인간 심리의 한 단면과 세상의 기준으로 볼 때, 이루어질 수 없는 사랑을 아름답게 그린 작품이라고 할 수 있겠습니다.

다만 시대 상황 안에서 첨예하게 내면적 갈등과 번민을 담고 있던 민족의식과 연관하여 춘원 이광수의 고뇌를 읽게 되기 때문에, 이 소설이 주는 의미를 다시 생각하는 것이지요. 저는 춘원이 묘사하고 있는 바이칼 호수의 모습이 그가 겪고 있던 내면의 진솔한 그림의 모습이 아닌가

하는 생각을 합니다.

　어설프게 옮기는 제 묘사보다는 춘원이 직접 쓴 바이칼 호수의 모습을 통해 우리 함께 소설 속에서 최석의 이름을 빌어 춘원이 지니고 있던 내면의 고독을 들여다보기로 합시다.

믿는 벗 N형!

나는 바이칼호의 가을 물결을 바라보면서 이 글을 쓰오. 나의 고국 조선은 아직도 처서 더위로 땀을 흘리리라고 생각하지마는 고국서 칠천 리 이 바이칼호 서편 언덕에는 벌써 가을이 온 지 오래요. 이 지방에 유일한 과일인 야그드의 핏빛조차 벌써 서리를 맞아 검붉은 빛을 띠게 되었소.

호숫가의 나불나불한 풀들은 벌써 누렇게 생명을 잃었고 그 속에 울던 벌레, 웃던 가을꽃까지도 이제는 다 죽어 버려서, 보이고 들리는 것이 오직 성내어 날뛰는 바이칼호의 물과 광막한 메마른 풀밭뿐이오. 아니 어떻게나 쓸쓸한 광경인고. 남북 만 리를 날아다닌다는 기러기도 아니 오는 시베리아가 아니오?

소무나 왕소군이 잡혀 왔더란 선우의 땅도 여기서 보면 삼천리나 남쪽이어든, 당나라 시인이야 이러한 곳을 상상인들 해 보았겠소? 이러한 곳에 나는 지금 잠시 생명을 붙이고 있소. 연일 풍랑이 높은 바이칼호를 바라보면서 고국에 남긴 오직 하나의 벗인 형에게 나의 마지막 편지를 쓰고 있소.

허형, 눈 덮인 겨울에 보아도 그토록 아름다운 바이칼 호수를 가을 달빛에 바라보며 처참한 광경이라고 하는 춘원의 내면에 일고 있는 거친 풍랑을 생각하니, 절로 연민의 정이 일게 됩니다. 마음의 별이 없으면 달빛을 실은 바이칼의 물결도 다만 바위를 치는 채찍일 뿐이라는 사실 앞에 숙연한 마음마저 듭니다.

우리 늘 마음의 별을 잃지 않고 살기로 합시다.

숲속의 고요

허형,

걷기 명상을 한 어느 숲속이었습니다. 숲속 눈 위의 작은 나무가 숲속의 고요을 가만히 들려줍니다. 바이칼 호수 얼음 속에서 나무들이 사랑의 밀어를 속삭입니다. 자연의 언어는 바람처럼 스치고 지나갑니다. 빛과 그림자 사이에 나무가 있습니다. 빛이 없으면, 그림자도 없습니다. 많은 생각이 머리를 스칩니다.

한편 나무라는 실재가 없으면, 그림자가 있을 수 없습니다. 눈 위에 비친 나무 그림자가 평범한 진리를 가르쳐 줍니다. 일출이 늘 화려한 눈부심은 아닙니다. 은은한 일출은 바라보아도 눈부시지 않아 오는지 모르게, 어느새 곁에 와 있습니다. 하여 정겹습니다. 우리들의 만남이 그런 은은한 일출이기를 바랍니다.

허형, 파란 하늘을 배경으로 자작나무가 연인이 되어 나란히 서 있습니다. 나무들이 나란히 서 있는 것은 서로 사랑을 나누는 것이라고 합니다. 때로 그냥 나란히 서는 것이 사랑한다고 말하는 것보다 더 큰 힘이 됩니다. 창문을 열어놓아야 맑은 공기가 들어옵니다. 우리의 마음의 창문도 열어놓아야 영혼의 맑은 공기를 숨 쉴 수 있음을 생각합니다.

부리야트 샤머니즘의 본원지, 부르한 바위 위로 지는 해의 낙조가 아름답습니다. 자연이 서로 나누는 침묵의 언어가 얼어붙은 제 마음을 녹이고, 마음의 창을 열어줍니다. 바위 위의 나무들이 햇살의 리듬에 맞추어 춤을 춥니다. 얼어붙은 호수를 내려다보는 나무들은 무슨 생각을 하는 걸까요?

어느 곳이 섬이고 어느 곳이 호수이며 어느 곳이 하늘인지, 알 수 없는 모든 것이 하나로 이어지는 바이칼 호수. 나무들의 생각을 알 수 있다면, 우리가 무엇을 비우고 무엇을 채워야 하는지, 거기 고요히 머물며 그들에게 배울 수 있겠지요!

물어보자, 그대는 애당초 어디에서 왔는가.
사물이란 돌아가도 돌아가도 다 돌아갔다는 게 없다.
돌아감이 다했다 싶은 곳으로 여전히 돌아간다.
돌아가고 돌아가도 돌아감이 끝이 없는데
물어보자, 그대는 어디로 돌아가는가!

서경덕의 시를 읊으며 나무에게 물어봅니다. 우리는 어디에서 왔고, 어디로 돌아가는가! 길게 드리운 그림자, 혼자의 그림자는 외롭습니다. 석양의 아름다움은 나무, 바위, 호수, 눈 등 모든 것과의 어울림, 그 신비로운 조화에서 비롯됨을 바라보며, 우리는 함께 어울리면서 동행해야 함을 생각합니다.

어느 시인이 읊었지요.

"사랑한다는 것은 조용히 물이 드는 것"이라고. 유리창에 그린 그림은 사랑이 조용히 물들어 그리움으로 번진 꽃인가 봅니다. 물은 만물의 근원이지요. 물이 얼어 얼음이 되었고요. 그 얼음으로 아름다운 교회 첨탑을 만들었네요. 물이 만물의 근원이지만, 그 물도 다만 하느님의 창조물임을 생각합니다.

시베리아 횡단 열차에서 내린 곳이 바로 이르쿠츠크라는 도시. 이곳은 한국 공산주의 운동사의 한 획을 그은 공산당 창당 건물이 있는 곳입니다. 홍범도가 러시아 적위군 군복을 입고, 그의 생애를 걸었던 독립운동의 종지부를 찍은 곳입니다. 다른 우리 독립군들이 복속을 거부하다 갇힌 감옥이 있는 곳이기도 합니다.

허형, 저는 풍경을 쳐다보며 구소련의 붕괴로 여러 곳에서 레닌의 동상이 돌조각이 되어 뒹구는데, 이곳 앙가라 강가에 아직 처연하게 서서 자유화의 물결이 이는 도시를 내려다보고 있습니다. 저녁노을과 구름이 되어 흐르는 공장의 연기가 상념과 우수에 젖게 합니다.

허형, 순례, 시 그리고 하느님

초판 인쇄　2021년 8월 6일
초판 발행　2021년 8월 10일

지 은 이　류해욱 신부
펴 낸 이　김재광
펴 낸 곳　솔과학
등　　록　제10-140호 1997년 2월 22일
주　　소　서울특별시 마포구 독막로 295번지 302호(염리동 삼부골든타워)
전　　화　02-714-8655
팩　　스　02-711-4656
E-mail　solkwahak@hanmail.net

I S B N　979-11-87124-93-1 (03810)